1Q84

BOOK 3

10月⁄12月

村上春樹

賴明珠・譯

目次

第1章　牛河

什麼在踢著意識的遙遠邊緣

「請你別抽菸好嗎？牛河先生。」那個矮個子男人說。

牛河看了看隔桌對面對方的臉，再看看自己手指上夾著的Seven Stars。香菸並沒有點火。

「很抱歉。」男人只是禮貌性地補上這一句。

牛河臉上露出不解自己手上爲什麼會拿著這東西的表情。「啊，對不起。我眞是的。我當然沒有點火，不知不覺手就自己動起來了。」

男人下顎上下動了約略一公分，視線卻絲毫沒有移動，焦點始終固定在牛河的眼睛上。牛河把香菸放回菸盒，放進抽屜裡。

綁著一頭馬尾巴的高個子男人站在門口，像碰到又像沒碰到般輕輕靠在門框上，以像看牆上污漬的眼光看著牛河。眞討厭的傢伙，牛河心想。跟這二人組面談是第三次了，但無論見幾次面，都同樣令人無法冷靜。

在牛河這間不甚寬敞的辦公室裡，有一張書桌，矮個子和尚頭男人就坐在牛河對面。由這個男人負責開口，而馬尾巴則始終保持沉默。就像擺在神社入口的石獅子般動也不動，只是盯著牛河的臉。

「三星期了。」和尚頭說。

牛河拿起桌上的月曆，確認上面的紀錄後點點頭。「沒錯。從第一次見面以來，到今天剛好三星期。」

「在這之間一次也沒接到你的報告。我想我上次也說過，這是分秒必爭的事。沒時間了。牛河先生。」

「我很清楚啊。」牛河邊用手指把玩著金色打火機代替香菸，邊說。「沒有閒功夫磨蹭。這點我很清楚。」

和尚頭等牛河繼續下去。

牛河說：「只不過，我不喜歡把話說得零零碎碎，東扯一點，西扯一點。我想等看得見整體輪廓，理好各種頭緒，能掌握事情的實際情況後再說。如果時機還不成熟就輕舉妄動反而可能壞事。聽起來似乎很任性，不過這就是我的作風，穩田先生。」

被稱爲穩田的和尚頭男人冷冷地看著牛河。牛河知道這個男人對自己沒有好印象。不過他並不介意。從出生到現在，在自己的記憶中，從來就沒有誰對他有過好印象。對他來說這反倒是常態。父母兄弟對他沒好感；老師同學不喜歡他；妻子兒女也不喜歡他。如果有誰對他懷有好感，可能讓他有點擔心。相反的話，反而心平氣和。

「牛河先生，我們這邊也想盡可能尊重你的作法。實際上也始終都很尊重你。我是說到現在爲止。不過這次可不一樣了。很遺憾我們已經沒耐性等所有事情都明朗化了。」

「話雖這麼說，穩田先生，你們應該也不是光悠閒地等著我的聯絡吧？」牛河說。「在我行動的時候，你們應該也同時在到處打探。不是嗎？」

穩田沒回答。他的嘴唇始終水平緊閉著。表情也毫無改變。不過牛河從反應知道，自己所說的並沒有差錯。他們整個組織可能在這三星期中，正從和牛河不同的管道，傾全力追查一個女人的行蹤。不過並沒有得到什麼具體成果。所以這討人厭的二人組才會再度到這裡露面。

「所謂蛇有蛇道。」牛河張開雙手掌心，好像把祕密攤開似地說。「不瞞您說，我就是那蛇。正如您所見到的，我外表乏善可陳，不過只有鼻子很靈。只要有些微氣味，就能一直往深處挖下去。不過畢竟本來是條蛇，所以只能以自己的做法、自己的步調辦事。我知道時間很寶貴，但請再稍微等一等。如果你們不能忍，可能會連本帶利全輸光。」

牛河轉動著手中的打火機，穩田耐心地看著。然後抬起頭來。

「能不能把到目前為止已經知道的事，一部分也好，先告訴我們？雖然我知道你有你的情況，不過如果不帶一點具體成果回去，對上面無法交代。我們也站不住腳，而且牛河先生，您所處的立場應該也絕不算安穩喏。」

牛河心想，這兩個傢伙也被逼急了。據說他們因為格鬥技巧高超，因此才被拔擢為領導的貼身護衛。儘管如此，領導居然就在兩人眼前被殺害。不，並沒有被殺的直接證據。教團內的幾個醫師檢查過遺體，並沒發現任何外傷的痕跡。只是教團內的醫療設施只有簡單的器材，而且時間並不充裕。如果請專門醫師以司法解剖的方式徹底檢查，或許能發現什麼。不過事到如今已經太遲了。遺體已經在教團內祕密處理掉了。

無論如何，因為無法保護領導，這兩個人的立場都變得相當尷尬。他們現在被賦予追查失蹤女人行蹤的任務。接到命令，即使把草根翻遍也要找出這個女人。只是目前尚未掌握什麼頭緒。他們雖然有一身保全人員和警衛應有的技能，卻沒有追查失蹤人物的專業知識。

「好吧。」牛河說。「我告訴你們幾件到目前爲止已經知道的事。雖然不完全，不過部分的話還可以說。」

穩田一時瞇細了眼。然後點點頭。「這樣就可以。我們也知道了一點。可能你已經知道，也可能還不知道。我們彼此交換情報吧。」

牛河放下打火機，雙手在桌上手指交叉。「姓青豆的年輕女孩被叫到大倉飯店的套房，去爲領導做舒展肌肉的按摩。這是九月初，東京都心下了激烈雷雨那夜的事。她在另一間房裡進行治療後離開，之後領導睡著。女人說，就那樣讓他睡兩小時。你們照她的吩咐做。然而領導並不是睡著。當時已經死了。找不到外傷。看來也不像是心臟病發作的樣子。但那女人接著就消失了。事先從公寓搬走。房子人去樓空，完全只剩空殼。健身房翌日收到女人的辭呈。一切都依事先計畫進行。那麼，這就不是單純的意外事故了。不得不讓人認爲那位叫青豆的小姐是蓄意殺害領導的。」

穩田點點頭。到這裡爲止都沒異議。

「你們的目的是追究事情眞相。因此不管採取任何手段都必須逮捕那個女人。」

「眞的是青豆這個女人置他於死地的嗎？如果是，那麼爲什麼？總有個來龍去脈，這點必須弄清楚。」

牛河望著自己交叉在桌上的十根手指。好像在觀察著沒看慣的東西。接著抬起眼來看對面的男人。

「你們已經調查過青豆小姐的家庭關係。對嗎？全家人都是『證人會』的熱心信徒。雙親還健在，持續從事勸誘信徒的活動。三十四歲的哥哥在位於小田原的總部上班，結婚了有兩個小孩。太太也是忠實的『證人會』信徒。家族中只有這位青豆小姐脫離『證人會』，以他們的說法是『叛教』，因此被家族斷絕關係。已經將近二十年，看不出這個家族的人和青豆接觸的跡象。首先就排除他們有窩藏青豆的可能性。這女孩在十一歲時自己跟家族切斷聯繫，從此就靠自己獨立生活到現在。有一段時期住在叔叔家受他們照顧，進了高中後實質上就自立了。眞了不起。是個意志堅強的女性。」

和尚頭什麼也沒說。他可能已經掌握到這條情報了。

「這件事不可能牽涉到『證人會』。『證人會』以徹底的和平主義、無抵抗主義爲世人所知。整個教團參與奪取領導的命，是不可能的事。這點你們能同意吧？」

穩田點點頭。「這次的事『證人會』沒有介入。這點我們知道。爲了愼重起見我們問過她哥哥。仔仔細細地。不過他什麼也不知道。」

「仔仔細細地，有剝指甲嗎？」牛河問。

穩田不理會那問題。

「這當然是開玩笑的。無聊的玩笑。請別這麼嚴肅好嗎？總之他對青豆小姐的行動和去向也一無所知。」牛河說。「因爲我是個徹底的和平主義者，所以不會採取任何粗暴手段，不過我知道那種手法。雖說，青豆小姐跟家人和『證人會』都完全無關。不過怎麼想青豆小姐都不是單獨行動的。一個人不可能完成這麼麻煩的事。一定經過巧妙設計，她再依照設定好的程序冷靜行動。隱藏行蹤的方法也很神奇。動用不少人手，撒下大把金錢。青豆小姐背後有人，或組織，由於某種原因強烈希望領導能死。因此做了萬全準備。關於這點我們也有共識吧？」

穩田點頭。「大致上。」

「然而卻完全看不出，是什麼樣的組織？」牛河說。「她的交友關係，你們一定也調查過了？」

穩田默默點頭。

「然而，她並沒有什麼值得一提的交友關係。」牛河說。「既沒有朋友，似乎也沒有男朋友。職場上雖然算有同事，不過下了班就都沒跟誰私下來往。至少我查不出，青豆小姐跟誰有親密來往的跡象。一個年輕健康，長得又不錯的女孩子，為什麼會這樣？」

牛河這樣說，望一眼站在門口的馬尾巴。他從剛才到現在都完全沒改變姿勢和表情。本來就沒表情，也就無從改變。這個男人有名字嗎？牛河想。就算沒有也不稀奇。

「你們兩位是唯一實際看過青豆小姐長相的人。」牛河說。「覺得怎麼樣？看得出她有什麼特點嗎？」

穩田輕輕搖頭。「正如您說的，是個算有魅力的年輕女性。不過還不到引人注目的美女程度。安靜而鎮定。看來對自己的技術確實擁有自信。不過除此之外並沒有格外引人注意的特點。外表給人的印象並不深刻。我記不太起臉上五官的細部。眞不可思議。」

牛河再望一眼門口的馬尾巴。說不定他想說什麼。不過他並沒有要開口的跡象。

牛河看了看和尚頭。「你們一定查過，這幾個月青豆小姐的電話通話紀錄吧？」

穩田搖搖頭。「這倒還沒做。」

「我建議你們查查看。這部分一定要試試。」牛河露出笑容說。「人會打電話到各種地方，各種地方也會打電話來。光是調查電話通聯紀錄，就可以自然地看出一個人的生活模式了。青豆小姐也不例外。要得到個人通聯紀錄並不容易，不過眞要做也不是辦不到。你瞧，再怎麼說蛇終歸有蛇道啊。」

穩田默默聽他繼續說。

「於是我讀了一下青豆小姐的通聯紀錄後，發現幾個事實。以女孩子來說是相當稀奇的情況，青豆小姐似乎不太喜歡講電話。不但通話次數少，而且時間也不太長。偶爾夾雜幾通長時間的通話，但畢竟是例外。幾乎都是跟任職公司的通話，因為她另一方面也是個自由工作者，所以也會私下接案。換句話說，不必透過健身俱樂部的櫃台，可以跟個別客戶直接交涉預約時間。這種電話也常常有。看起來都沒有可疑的地方。」

牛河在這裡頓了一下，從各種角度望著手指上香菸菸油的顏色，想著香菸。在腦子裡點起香菸，吸進煙。然後吐出來。

「只是，只有兩個例外。一個是打了兩次電話給警察。話雖如此，卻不是打一一〇。而是警視廳新宿警署的交通課。對方也打過幾次來。她沒開車，而且警察也不會去高級健身俱樂部上什麼私人課程。所以可能在那個警署有認識的朋友。不知道是誰。還有一點令人在意的，是和另外一通，來歷不明的號碼講過幾次長話。是對方打過來的。青豆則一次也沒打過。這個號碼完全無法追蹤到來源。當然的確有設定成名字不對外公開的電話號碼。不過那種，只要想辦法也能查到。但關於這個號碼，卻怎麼查也查不出名字來。號碼鎖得牢牢的。這不是一般人辦得到的。」

「換句話說對方可以辦到一般人辦不到的事。」

「沒錯。絕對有專家介入。」

「別的蛇。」穩田說。

牛河用手掌摸摸光禿而歪斜的頭，笑了笑。「沒錯。別的蛇。而且是相當強悍的傢伙。」

「不過至少漸漸知道她背後有專家介入。」穩田說。

「沒錯。青豆小姐有某個組織在支持。而且那組織並不像是外行人偶爾插手一下而已。」

穩田半閉上眼，盯著牛河看了一陣子。然後轉向後面，視線和站在門口的馬尾巴對上。馬尾巴表示明白意思地輕輕點一次頭。穩田眼光再度轉向牛河這邊。

「所以呢？」穩田說。

「所以呀，」牛河說：「這次輪到我聽你們的了。你們有沒有想到什麼？有可能要殺害你們領導的團體，或組織？」

穩田把長眉擠成一直線。鼻子上出現三道皺紋。「聽好，牛河先生，請好好想想。我們終究是宗教團體。追求的是心的平穩和精神的價值。與自然共生，每天努力務農和修行。到底什麼地方的誰會把我們當敵人看？這樣做又有什麼好處？」

牛河嘴邊浮起曖昧的微笑。「世界各地都有所謂的宗教狂熱者。誰也不知道這些宗教狂熱者會想些什麼樣的事。不是嗎？」

「我們這邊完全想不到什麼。」穩田無視話中的諷刺，面無表情地回答。

「『黎明』呢？那邊的殘黨是不是還在蠢動？」

穩田再度，這次是斷然地搖頭。表示不可能。他們或許已經把「黎明」的相關者徹底打擊到沒有後顧之憂的地步了。大概一點也不留痕跡。

「沒關係。你們也想不到什麼。不過以現實問題來說卻有某個組織狙擊你們的領導，奪下他的命。以非常巧妙的手法。而且像煙一般消失到空中。這是隱藏不了的事實。」

「而且我們非要弄清楚那背景不可。」

「不牽涉到警察？」

穩田點頭。「那是我們的問題，不是司法問題。」

「很好。那是你們的問題，不是司法問題。說得很清楚。容易了解。」牛河說。「其次還有一件事想請教。」

「請說。」穩田說。

「教團裡有幾個人知道領導去世了？」

「我們兩個知道。」穩田說。「還有兩個幫忙搬運遺體的人。是我的部下。只有五個教團的最高層幹部知道。這就有九個人了。還沒告訴三個女巫，不過她們應該早晚會知道。因爲是在領導身旁服侍的女人，所以沒辦法長久隱瞞。還有牛河先生，您當然知道。」

「總共有十三個人。」

穩田什麼也沒說。

牛河深深嘆一口氣。「我可以坦白陳述意見嗎？」

「請說。」穩田說。

牛河說：「事到如今說這個也沒有用，不過一知道領導去世時，你們就該立刻報警。無論如何都該把他的死公諸於世。那樣重大的事情不可能一直隱瞞下去。超過十個人知道的祕密，已經不能算是祕密了。你們不久之後可能會被逼到進退維谷的地步喔。」

和尚頭表情不變。「做這判斷不是我的工作。我只是照命令行事而已。」

「那麼到底是誰下的命令？」

沒回答。

「代替領導的人物是嗎？」

穩田依然保持沉默。

「沒關係。」牛河說。「總之你們是依上面某人的指示，把領導的屍體祕密處理掉。在你們的組織裡，上面的命令要絕對服從。不過站在司法立場來看，顯然犯了毀損屍體罪。這是相當重的罪。您一定知道吧？」

穩田點頭。

牛河又深深嘆一口氣。「我前面已經說過，萬一發生要跟警察交涉的情況時，請當成我完全不知道領導去世的事。我不想被追究刑責。」

穩田說：「牛河先生對領導去世的事什麼也不知道。只是以外部調查員的身分接受我們的委託，搜尋姓青豆這個女人的行蹤而已。沒有任何違反法律的地方。」

「那就好。我什麼也沒聽到。」牛河說。

「如果可能，以我們的立場，領導被殺的事也不願意告訴身爲外人的您。不過預先對青豆進行身家調查並說沒問題的可是牛河先生您，您已經涉入這個事件了。在搜索她這方面需要您的協助。而且您的口風應該很緊。」

「保守祕密是我的工作基本中的基本。您不用擔心。話絕不會從我口中走漏出去。」

「如果知道這個祕密走漏了風聲，而情報出處是您的話，就難保不會發生什麼不幸的事。」

牛河眼睛轉向桌上，再次望著放在桌上肥肥短短的十根手指。露出好像碰巧發現那是自己的手指，大吃一驚般的表情。

「什麼不幸的事。」牛河抬起頭來重複對方的話。

穩田稍微瞇細眼睛。「領導去世的事情，無論如何都必須隱瞞下去。因此可能爲達目的不擇手段。」

「保守祕密。這方面您可以大大放心。」牛河說。「我們到目前爲止一直合作愉快。你們不方便出面的事，我也暗中接手過幾次。有時還是很難辦的事，而我也領了豐厚的酬勞。嘴巴緊緊地拉上雙重拉鍊。我雖然完全不懂信仰之類的東西，不過卻曾經受過去世的領導私下的照顧。所以我會傾全力去搜尋青豆小姐的下落。也正在努力打探她的背景。而且已經快漸入佳境了。所以請再稍微忍耐地等一等。應該不久就能有好消息報告了。」

穩田在椅子上稍微改變姿勢。站在門口的馬尾巴也像和他呼應般地交替移動了腳的重心。

「您能交出的情報，現在就只有這些嗎？」穩田說。

牛河稍微考慮一下。然後說：「正如我剛才說過的那樣，青豆曾打過兩通電話給警視廳新宿署交通課。對方也打了幾次過來。還不知道對方的名字。畢竟是警察署，所以用平常的問法也不會告訴我們。不過那時候我這不靈光的腦袋忽然靈光一閃。記得警視廳新宿署交通課好像發生過什麼。噢，我想了很久喔。到底警視廳新宿署交通課有過什麼樣的記憶呢？是什麼事卡在我可憐的記憶邊緣呢？花了很長時間才想起來。年紀大了眞討厭。年紀一大，記憶抽屜的潤滑度就變差了。從前有什麼事一下子就會滑出來的。大約一星期前，我終於想起來那是什麼事了。」

牛河在這裡閉上嘴，臉上浮現戲劇性微笑，看著和尚頭一會兒。和尚頭耐心地等他繼續說下去。

「那是今年八月的事，警視廳新宿署交通課的年輕女警，在澀谷圓山町一帶的飯店裡被人勒死。全身赤裸手上銬著官方用的手銬。當然一時之間這件事成爲一樁不小的醜聞。而，青豆小姐和新宿署的誰通過幾次電話，就是集中在那事件發生前的幾個月。當然事件後就完全沒通過話了。怎麼樣？要當成偶然的一致會不會太牽強？」

穩田沉默了一會兒。然後說：「換句話說，跟青豆聯絡的人，可能就是那個遇害的女警？」

「那個女警名字叫做中野步。年齡二十六歲。臉長得相當嬌美。父親和哥哥都是警察，這樣的警察世家。成績似乎也相當優秀。警方當然拚命搜查，不過還沒查到犯人。這樣問可能有點失禮，關於那個案子，您是不是知道一點什麼？」

穩田以宛如剛從冰河切下來般又硬又冷的眼光瞪著牛河。「我不明白你的意思。」他說。「你以為我們可能跟那事件有關嗎？牛河先生，以為我們裡面的什麼人把那女警帶進可疑的飯店，銬上手銬勒死的嗎？」

牛河撇著嘴搖搖頭。「不不，沒這回事。怎麼可能？這種事我想都沒想過。我想問的是，關於那個案子您有沒有想到什麼？只有這個。嗯，什麼都行。因為不管多細微的線索，對我都很珍貴。我不管怎麼絞盡腦汁，都無法找到澀谷賓館裡女警被殺事件，和領導被殺事件之間有任何關連性。」

穩田暫時以像在測量什麼尺寸般的眼光眺望著牛河。然後慢慢吐出憋著的氣。「明白了。我會把這訊息傳給上面。」他說。然後拿出手冊來。「中野步。二十六歲。新宿署交通課。可能和青豆有聯繫。」

「沒錯。」

「其他呢？」

「還有一件事，一直很想請教您。你們教團裡一定有誰最先提出青豆小姐的名字。說東京有一位非常擅長舒展肌肉的健身老師。那麼，就像您剛才指出的那樣，我已經接下對那個女性做身家調查的任務。不是我找藉口，我向來也都誠心誠意地徹底執行噢。只是絲毫找不到奇怪的點，和可疑的地方。從頭到尾乾乾淨淨。然後你們把她叫到大倉飯店的套房去。之後的事就像您所知道的那樣。剛開始到底是什麼地方的誰推薦她的呢？」

「不知道。」

「不知道？」牛河說。然後露出像聽到無法理解的話的孩子般的臉色。「換句話說，你們教團內部應該有誰提出青豆的名字，但沒有人想得起是誰提出的。是這樣嗎？」

穩田表情不變地說：「沒錯。」

「眞不可思議。」牛河一副不可思議的樣子說。

穩田閉著嘴。

「這眞令人無法理解啊。不知從什麼地方，從什麼時候開始，她的名字就出現了，沒有誰提出建議，事情就自己進行下去。是這樣嗎？」

「說起來，實際上最熱心推動這件事的是領導自己。」穩田愼重地選著用語說。「幹部之中，也有人提出把身體交給來歷不明的人可能有危險的意見。當然我們站在警衛的立場也持相同意見。但他本人卻不介意。反而自己強烈主張要進行這件事。」

牛河再度拿起打火機，打開蓋子，試試狀況地點起火，又立刻關閉蓋子。

「據我所知，領導是個城府很深的人。」他說。

「沒錯。是個胸有成竹，城府很深的人。」然後繼續深深的沉默。

「還有一件事想請教。」牛河說。「關於川奈天吾先生的事。他跟叫做安田恭子的年長已婚婦女交往。她每星期，會到他的公寓來一次。然後度過親密時光。因爲，還年輕嘛，這種事情也是有的。不過有一天，她先生突然打電話來，說她再也不會到這邊來了。然後從此斷了音訊。」

穩田皺起眉頭。「我不明白話是怎麼傳的。您是說川奈天吾和這次的事件有關連嗎？」

「不，這點我也不清楚。只是這件事我從以前就一直很在意。不管怎麼樣，發生了什麼事，女方也該打一通電話來才對。既然交情那麼深。然而那個女人一句話都沒說，就忽然消失無蹤。我覺得心裡掛著也不舒服，所以爲了愼重起見就順便問一下而已。這方面有沒有想到什麼？」

「至少我自己完全不知道那個女人的事。」穩田以平板的聲音說。「安田恭子。和川奈天吾有關係。」

「比他大十歲的有夫之婦。」

穩田把那名字記在手冊上。「這個我也會傳達給上面。」

「很好。」牛河說。「對了，深田繪里子小姐的行蹤怎麼樣了？」

穩田抬起臉，以好像在看歪斜畫框般的眼光看看牛河。「我們爲什麼非要知道深田繪里子在哪裡不可呢？」

「你們對她的行蹤沒興趣嗎？」

穩田搖搖頭。「她要去哪裡，想住哪裡，都是她本人的自由，跟我們沒關係。」

「對川奈天吾也沒興趣了？」

「對我們來說是個沒有關係的人。」

「有一段時期你們好像很關心這兩個人。」牛河說。

穩田一時瞇細眼睛。然後開口：「我們的關心現在集中在青豆這一點上。」

「關心的事每天改變嗎？」

穩田稍微改變一點嘴唇的角度。沒有回答。

「穩田先生，您讀過深田繪里子寫的小說《空氣蛹》嗎？」

「沒有。教團內禁止閱讀和教義有關的書本以外的東西。手上也不能擁有。」

「聽過 Little People 這個名字嗎？」

「沒有。」穩田毫不遲疑地回答。

「那很好。」牛河說。

談話到這裡結束。穩田慢慢從椅子上站起來，調整一下上衣的領子。馬尾巴也離開牆壁往前邁出一步。

「牛河先生，就像剛才說過的那樣，這次的事情時間是非常重要的因素。」穩田一面從正面俯視還坐在椅子上的牛河一面這樣說。「必須儘早掌握青豆的行蹤才行。我們當然也會盡全力，而你也必須從不同層面動起來才行。如果找不到青豆，彼此可能都會有麻煩，因爲再怎麼說你也已經變成知道重大祕密的人之一了。」

「沉重的知識伴隨著沉重的責任。」

「沒錯。」穩田以缺乏感情的聲音說。然後一轉身，頭也不回地離開。馬尾巴跟在和尚頭後面走出房間，無聲地關上門。

兩人離開後，牛河拉開書桌抽屜關掉錄音機開關。打開機器的蓋子取出錄音帶，在那標籤上用原子筆記下日期和時間。他寫出和外貌不搭配的端正字跡。然後從抽屜裡拿出Seven Stars的菸盒，手拿出一根來叼在嘴上，用打火機點火。吸進一大口煙，朝天花板大口吐出。然後繼續抬著頭面向天花板暫時閉上眼睛。不久睜開眼看看牆上的鐘。時鐘的針指著兩點半。眞是令人討厭的傢伙，牛河重新這樣感覺。

如果找不到青豆，彼此可能都會有麻煩，和尚頭說。

牛河去過兩次在山梨縣深山裡的「先驅」總部，那時也看到設置在後方雜木林裡的特大焚化爐。雖然是用來燒垃圾和廢棄物的設備，不過因爲以相當高溫處理，所以即使丟進人類屍體也能燒得一塊骨頭都不剩。他知道實際上就曾經有幾個人的屍體被丟進去過。領導的屍體可能也是其中之一。當然牛河並不希望自己遭遇這樣的情況。就算遲早總會死在什麼地方，至少希望能死得稍微安穩一點。

當然牛河也有幾個事實沒告訴他們。把手上握有的牌全攤開並不是牛河的作風。稍微亮一下數字小的牌就好。數字大的牌卻會先嚴密蓋著。而且任何事情都需要有所謂的保險。就像將祕密對話悄悄錄音那樣。牛河精通這類遊戲的程序。那些年輕護衛的經驗無法跟他相提並論。

青豆個人指導的顧客名單，牛河已經握在手上了。只要不怕麻煩，而且多少知道一些門道，大多的情報都可以弄到手。青豆負責的那十二位個人客戶的身家，牛河全都清查過一遍了。八個女人四個男人，社會地位和經濟能力都很卓越。找不到一個像會出錢買殺手的人。其中只有一個七十多歲的富裕貴婦，爲遭遇家庭暴力不得不離家出走的女人提供庇護所。在自家隔壁寬闊的土地上建的兩層樓公寓裡，收容遭遇不幸的女人，供她們住宿。

這件事情本身很了不起。沒有可疑的地方。然而卻有什麼在踢著牛河意識的遙遠邊緣。而且當有什麼在踢著自己意識的遙遠邊緣時，牛河經常都會去探索那東西到底是什麼。他擁有動物性嗅覺，而且非常相信直覺。就憑這點，過去幾次都撿回一條命。所謂「暴力」這東西，或許會成爲這次的關鍵語也不一定。這位老婦人很在意暴力性的事情，所以才會主動去保護這些受害的人。

牛河實際前往庇護所看過。那木造公寓蓋在麻布區高台的精華地上。建築物雖然老舊，卻頗具風格。從門格子之間望進去，玄關前有美麗的花壇，庭院草坪寬闊。巨大的橡樹濃蔭落在草地上。玄關門上鑲著小塊造型玻璃。最近這種建築物已經大爲減少了。

但和建築物的悠閒比起來，背後的警戒卻過分嚴密。圍牆高聳，裝上刺網圍籬。堅固的鐵門緊緊關閉著，裡頭養著一條德國牧羊犬，一有人接近就狂吠不休。幾個防盜監視錄影鏡頭正運作著。公寓前幾乎沒有行人通過，因此無法在那裡長久逗留。這裡是幽靜的住宅區，附近也有幾間大使館。如果像牛河這種長相奇怪、形跡可疑的人在附近徘徊，立刻就會被盤問。

不過警戒未免太過周密了。即便是脫離暴力的庇護所，也用不著警戒得這麼嚴密吧。對這間庇護所有必要盡量查個清楚。牛河這樣想。不管警戒多森嚴，總要想辦法撬開才行。不，越森嚴越非撬開不可。因此必須想出巧妙計策才行。絞盡腦汁想吧。

然後他想起提到Little People時他和穩田的對答。

「聽過Little People這個名字嗎？」

「沒有。」

答得有點太快。如果過去完全沒聽過這名字，至少應該會停個一拍時間才回答。Little People？試著讓那聲音在腦子裡確認一下。然後回答。這是一般人的反應。

那個男人以前聽過Little People這字眼。至於是不是知道意思和實體並不清楚。但總之不是第一次聽到。

牛河把變短的香菸熄掉，短暫地落入沉思，告一段落後又點起一根新的菸。從很久以前就決定不再為可能得肺癌而煩惱了。集中精神思考時需要尼古丁幫助。連兩三天後的命運都不可知。有必要去煩惱十五年後的健康嗎？

在抽著第三根Seven Stars時，牛河想到一件小事。他想，這個也許會進行得順利。

第2章 青豆

雖然孤伶伶一個人，但不孤獨

周遭暗下來之後，她在陽台的椅子上坐下來，眺望隔著道路那頭的小兒童公園。這已經成為她最重要的日課，也是生活的中心。無論天空是晴朗陰雲或下雨，都不停地繼續監視。進入十月，周遭的空氣越來越冷。寒冷的夜晚就再添衣服，加蓋膝毯，喝熱可可。一直眺望著溜滑梯，到十點半左右之前，然後在浴缸慢慢泡暖身體，才上床睡覺。

當然在白天，天還亮著時，天吾並不是沒有可能來到那裡。不過可能性不高。如果他會在公園露面，應該是在天黑後水銀燈亮起來，月亮清楚地浮現在空中的時刻開始。青豆簡單用過晚餐，穿上可以直接外出的服裝，把頭髮整理好，坐在庭園椅上，視線固定在夜晚公園的溜滑梯台上。手邊經常放著自動手槍和Nikon小型望遠鏡。就怕去洗手間的時候天吾剛好露面，除了可可之外嘴巴不沾其他飲料。

青豆一天也沒休息地繼續監視。不讀書也不聽音樂，一面側耳傾聽著戶外的動靜，一面只看著公園。連姿勢都幾乎沒變。只偶爾抬起頭來——如果是沒有雲的夜晚——望著天空，確認兩個月亮還並排浮在空中。然後視線立刻又轉回公園。青豆監視著公園，月亮們則監視著青豆。

只是天吾並沒有出現。

夜晚去公園的人並不多。不時會出現年輕情侶。他們坐在長椅上彼此握著手，或像一對小鳥般神經質地短暫接吻。然而公園太小了，燈光太亮了。他們在那裡度過忐忑不安的短暫片刻後就放棄，轉移到其他地方。也有人想用公共廁所而走進來，知道入口上了鎖後，大失所望（或很生氣）就回去了。也有可能爲了醒酒，一個人坐在長椅上，低著頭安靜不動準備下班回家的上班族。或許只是不想直接回家而已。也有半夜牽著狗散步的孤獨老人。狗和老人看來都一樣沉默，像失去希望似的。

不過大多的時間，夜晚的公園裡並沒有人影。連一隻貓都沒經過。只有水銀燈無個性的光，照出鞦韆、溜滑梯、沙坑，和上了鎖的公共廁所而已。長久注視著那樣的風景之後，常常會覺得自己好像被遺棄在無人的星球上似的。簡直就像描寫核子戰爭之後的世界的那部電影一樣。片名叫什麼？對了叫《海濱》（On the Beach）。

雖然如此青豆還是集中精神，繼續監視著公園。就像負責監視的船員獨自站上高高的船桅，正在尋找廣大海面上的魚群或潛望鏡的不祥影子那樣。她那高度警覺的一對眼睛所追尋的目標只有一個，那就是川奈天吾的身影。

天吾可能住在某個別的地區，那一夜只是偶然路過這附近而已。如果眞是這樣，他再度來到這座公園的可能性可以說近乎零。不過應該不是這樣，青豆想。天吾坐在溜滑梯台上的服裝和模樣，散發著到附近做一下夜晚散步般的隨性氣氛。就像在途中經過公園，走上溜滑梯台。可能是爲了眺望月亮。那麼，他家應該距離不遠，走路就可以到。

高圓寺這地區，並不容易找到抬頭就能看見月亮的場所。大多是平坦的地面，也幾乎沒有可以登高的建築物。而夜晚公園的溜滑梯台，是眺望月亮相當不錯的地方。安靜，不會被人干擾。如果想仰望月亮，他一定還會再來這裡。青豆這樣推測。然而下一個瞬間卻這樣想：不，事情可能沒那麼順利。他或許已經在某座大樓的屋頂，找到可以看得更清楚月亮的地方了。

青豆斷然地搖搖頭。不，別想太多。我除了相信天吾有一天會回到公園來，在這裡一直安靜地繼續等之外，別無選擇餘地。反正我也不能離開這裡，所以現在這座公園，就是聯繫我和他的唯一接點了。

青豆沒有扣手槍的扳機。

那是九月初。她站在塞車中的首都高速公路三號線的退避空間，浴著耀眼的朝陽，海克勒&寇奇的黑色槍口插進口中。穿著Junko Shimada（島田順子）的套裝，Charles Jourdan的高跟鞋。

周圍的人猜不透將發生什麼事，只從車子裡一直注視著她的姿態。坐在銀色賓士雙門轎車上的中年女人。從運貨卡車的高聳座位上俯視著她的黝黑男人們。青豆打算在他們眼前，以九毫米子彈射穿自己的腦袋。除了斷絕自己的生命之外，沒有其他辦法可以從1Q84年消失蹤影。這樣做可以換得解救天吾的性命。至少「領導」是這麼跟她約定的。他這樣發過誓，然後自願死去。

青豆對於自己不得不死，並不覺得怎麼遺憾。或許一切都在我被拉進1Q84年的世界時開始，就已經註定了。我只是照那劇本走而已。天上浮著大小兩個月亮，Little People支配著人們的命運，在這樣莫名其妙的世界，一個人獨自活下去到底又有什麼意義？

不過，結果她並沒有扣手槍的扳機。在最後的瞬間，她放鬆了右手食指上的力氣，槍口從嘴裡抽出來。接著像好不容易從深海底下終於浮上來的人那樣，深深吸進一大口氣，再吐出來。像把全身的空氣都換過那樣。

青豆會中斷尋死的動作，是因爲聽見遠方的聲音。那時她正處在無聲之中。從手指放在扳機上開始用力起，周遭的噪音就完全消失。她置身於感覺像是游泳池底般的深沉寂靜中。在那裡，死既不是黑暗的東西也不是可怕的東西。就像羊水對胎兒是多麼自然的東西，多麼理所當然的東西那樣。還不錯，青豆想。幾乎露出微笑。然後青豆聽到聲音。

那聲音彷彿是從某個遙遠的地方，某個遙遠的時間傳來似的。那是沒聽過的聲音。因爲轉了幾個彎才傳過來的，因此已經失去原來的音色和特性。留下的只是意義被剝除的空虛回音而已。雖然如此，從那聲響中，青豆還是可以聽出懷念的溫暖。那聲音好像在呼喚著她的名字。

青豆扣著扳機的手指力氣放鬆了，瞇細眼睛，側耳傾聽。試著努力聽取那聲音所發出的話語。但勉強聽得出，或以爲聽出來的，只有自己的名字而已。其他只有穿過空洞吹過來的風的吟聲而已。聲音終於遠去，更失去意思，被吸進無聲之中。包圍著她的空白消失了，就像栓蓋脫落了般，周遭的噪音又一舉回來了。一留神時，死的決心已經從青豆心中消失了。

我可能還可以在那座小公園裡再見到天吾一次。青豆這樣想。要死的話也可以等到那以後。再見一次就好，我要試著賭賭看那個機會。只要活著——只要不死——就還有遇到天吾的可能性。她清楚地感覺到想活下去。心情很奇怪。過去難道曾經有過這種心情？

她把自動手槍的擊鐵扳回，扣上安全裝置，把槍收進側背包。接著調整好姿勢，戴上太陽眼鏡，在公路上逆向走回自己搭來的計程車。人們默默遠望著她那穿著高跟鞋大步走在高速公路上的姿勢。不必走很遠。她所搭來的計程車在嚴重塞車中也慢慢向前進，正好來到很近的地方。

青豆敲敲司機的車窗，司機把窗戶搖下。

「可以再讓我搭嗎？」

司機猶豫了一下。「小姐，妳剛在那邊放進口中的，好像是手槍吧？」

「是啊。」

「眞的嗎？」

「怎麼可能！」青豆撇一下嘴說。

司機打開門，青豆坐進座位。把側背包從肩上拿下來放在座位上。用手帕擦擦嘴角。口中還留下金屬和機油的氣味。

「那麼，有太平梯嗎？」司機問。

青豆搖搖頭。

「就是嘛，我沒聽過這種地方有太平梯。」司機說。「那麼，就照最初的預定到池尻出口下車可以嗎？」

「是的，到那裡就可以了。」青豆說。

司機打開窗戶舉起手，移動到大型巴士前的右車道上。里程計費表還和她剛才下車時一樣。

青豆把身體靠在椅背上，一面靜靜地呼吸，一面望著已經看慣的Esso廣告看板。老虎的側臉朝向這邊，微笑著手拿加油槍。上面寫著：「讓老虎爲您的車加油」。

「讓老虎爲您的車加油。」青豆輕聲唸著。

「什麼？」司機朝後視鏡中的她問。

「沒什麼。是我自言自語。」

在這裡再多活一點時間，看看會發生什麼事。到時候再死也不遲。大概。

停止自殺想法的翌日，Tamaru打電話來時，青豆告訴他。決定改變了。我決定留在這裡不動。既不改姓名、也不整容了。

Tamaru在電話那頭沉默不語。在他腦子裡有幾種思路在無聲中重新排列組合。

「換句話說，妳不想移動地方？」

「對。」青豆簡潔地回答。「我想暫時留在這裡。」

「那裡並沒有設定爲可以讓人長期藏身的情況。」

「只要躲著不外出，應該不會被看見。」

Tamaru說：「最好別看輕對方。他們會對妳做徹底的身家調查，追蹤妳的足跡。危險的不只妳一個人，可能還會波及周圍的人。那樣我的立場就會變得很爲難。」

「關於這點我很抱歉。不過我還需要一點時間。」

「還需要一點時間的說法有點曖昧。」Tamaru說。

「不好意思，我只能這樣說。」

Tamaru默默考慮一下。他似乎已經從青豆的聲調中聽出她意志的堅定。

他說：「我是個向來就把自己的立場放在最優先順位的人。幾乎比任何事情都重要。這點妳明白吧？」

「我想我明白。」

Tamaru再度沉默，然後說：

「好吧。我只是希望妳不要誤會而已。妳既然這樣說了，一定有妳的理由。」

「是有理由。」青豆說。

Tamaru在聽筒另一頭簡潔地乾咳。「就像我之前說過的那樣，這邊已經擬好計畫，準備就緒了。會把妳轉移到安全的遠方去，消除妳的足跡，容貌姓名也都改變。不敢說完全，不過會接近完全地把妳變成另一個人。關於這一點我們應該已經彼此同意了。」

「這個我當然知道。我對計畫本身並沒有異議。只是我這邊發生了意料之外的事。因此我有必要在這裡多留一點時間。」

「我一個人無法決定Yes或No。」Tamaru說。然後從喉嚨深處發出微小的聲音。「我需要一點時間才能回答。」

「我隨時都在這裡。」青豆說。

「那就好。」Tamaru說。然後掛斷電話。

第二天早晨快九點時電話響了三聲後斷掉，再響起來。打來的人除了Tamaru沒有別人。

Tamaru連招呼都沒打就直接說：「關於妳想在那裡留久一點，夫人也很擔心。那邊只不過是個中繼地點。並沒有裝設周全的保全系統。我們的共同見解是最好能盡早移到更安全的遠方。到這裡爲止妳明白吧？」

「非常明白。」

「不過妳是個冷靜而思慮周密的人。不會犯下無謂的錯誤，也很有膽識。我們基本上非常信任妳。」

「謝謝。」

「如果妳主張要在那個房子裡暫時多留一段時間的話，想必有妳的理由。雖然不知道是什麼樣的理由。應該不只是一時心血來潮的率性想法。所以她想，就盡量依妳的願望吧。」

青豆什麼也沒說地聽著。

Tamaru繼續說：「妳可以在那裡留到年底。不過那是最高限度了。」

「換句話說一過完年就要移到別的地方嗎？」

「以我們來說，已經盡可能尊重妳的意思了。」

「我知道。」青豆說。「留到今年年底，然後移到別的地方。」

這不是她的本意。直到見到天吾以前，她不想離開這個房子一步。不過這時如果把這件事說出來，麻煩就大了。到年底爲止還有一點緩衝時間。往後的事，到時候再想吧。

「可以。」Tamaru說。「以後每星期一次，會有人去補充食物和日用品。每星期二下午一點，負責補給的人會過去那邊。有鑰匙所以可以自己進去。不過除了廚房以外不會到其他地方。那段時間妳可以進去裡面的臥室，請把門鎖上。不要露面。也不要出聲。人離開時，走出走廊會按一聲門鈴。然後妳就可以從臥室出來。如果有特別需要的東西，或想要什麼，請現在就告訴我。我會預先放進下次的補給品裡。」

「如果能有鍛鍊肌肉的室內器材是最好不過了。」青豆說。「因爲不用器材光做體操和伸展運動，效果實在有限。」

「像健身房裡設置的那種正式機器有困難，如果家庭用不占空間的也行的話，我可以準備。」

「簡單的就行了。」青豆說。

「腳踏車機和增強肌肉用的幾種輔助器材。這樣可以嗎？」

「這就行了。如果方便，再加一把壘球用的金屬球棒。」

Tamaru 沉默了幾秒。

「球棒有很多用處。」青豆說。「光是手裡擁有一把，心情就比較安穩。這就像是跟我一起長大的東西一樣。」

「了解。我會準備。」Tamaru 說。「如果想到其他需要的東西，妳就寫在紙上放在廚房的櫃台上。下次補給的時候會再準備。」

「謝謝。不過我想現在不缺什麼。」

「書或錄影帶之類的呢？」

「想不起特別想要的。」

「普魯斯特的《追憶逝水年華》如何？」Tamaru 說。「如果還沒讀過，或許是可以全部讀完的好機會。」

「你讀過了？」

「不，我既沒進過監獄，也沒在什麼地方長久躲藏過。人家說如果沒有這種機會是很難全部讀完的。」

「你周圍有誰讀完了嗎？」

「我周圍並不是沒有人在牢裡蹲過很久，不過都不是會對普魯斯特感興趣的類型。」

青豆說：「我來試讀看看。書買到以後，就請下次補給的時候一起帶來。」

「老實說我已經準備好了。」Tamaru說。

星期二下午一點整，「補給員」來了。青豆依照指示走進裡面的臥室，把門從內側鎖上，屏著氣息。聽得見大門開鎖的聲音，有幾個人開門進來。青豆不清楚Tamaru說的「補給員」是什麼樣的人。從東西的聲響和動靜大概可以推測是兩個人，完全聽不到說話聲音。他們搬了幾件行李到屋裡，在無言中整理好。聽得見他們把帶來的食品用自來水洗過，放進冰箱的聲音。似乎事先已經商量好由誰來負責做什麼事。聽得見他們解開某種物品的包裝，把包裝的紙箱和紙整理好的聲音。好像也把廚房的垃圾收集了。青豆無法把垃圾袋搬到樓下的垃圾放置場。所以只能由別人來代爲搬運。

他們的動作乾淨俐落。沒有多發出不必要的聲音，腳步聲也很安靜。作業大約二十分鐘結束，打開大門走出去。聽得見從外面上鎖的聲音。依照約定按了一次門鈴。青豆愼重起見等了十五分鐘。才從臥室出來，確定沒有人後，把大門從內側鎖上螺栓。

大型冰箱裝滿了一星期份的食品。這次不是用微波爐就可以簡單食用的調理包食品，而是以一般生鮮食品爲主。有各式各樣的蔬菜水果。魚類肉類。豆腐、海帶芽和納豆。牛乳、乳酪和橘子汁。一打雞蛋。爲了垃圾減量，全都預先去掉包裝袋，妥善地用保鮮膜重新包起來。他們對青豆日常需要什麼樣的食材，掌握得相當正確。他們爲什麼會知道這種事呢？

窗邊擺著腳踏車機。雖然是小型機種卻是高級品。儀表上顯示出時速、行走距離和消耗熱量。也可以監測出一分鐘車輪的轉數和心跳數。還有鍛鍊腹肌、背肌、和三角肌的多功能健身椅。附屬工具可以簡單組合、分解。青豆很清楚這些器具的使用法。因爲是最新型，雖然結構單純卻能獲得充分的效果。只要有這兩種機器，就能確保必要的運動量。

還放有盒裝的金屬球棒。青豆把球棒從盒子裡拿出來，揮動幾次。銀色閃亮的金屬球棒發出聲音銳利地切著空氣。好懷念的重量，讓青豆感覺心情一下安穩下來。那手的觸感，也讓她憶起和大塚環一起度過的十幾歲時光。

餐桌上疊放著普魯斯特的《追憶逝水年華》。雖然不是新買的，但也沒有讀過的痕跡。總共五冊，她拿起一冊來一頁頁翻著。另外還放著幾本雜誌。有周刊和月刊。五卷沒拆封的新錄影帶。不知道是誰選的，不過都是她沒看過的新電影。因爲青豆沒有上電影院的習慣，所以多的是她沒看過的影片。

百貨公司的大紙袋裡有三件新毛衣。從厚的到薄的都有。兩件法蘭絨厚襯衫，四件長袖T恤，全是素面的，設計式樣簡單。尺寸也合。還準備了厚短襪和緊身褲襪。如果要在這裡留到十二月的話，就一定需要這些東西了。準備得眞周到。

她把這些衣服拿到臥室，收進抽屜，掛進衣櫥的衣架上。回到廚房正在喝咖啡時電話來了。響三聲，掛斷一次，鈴聲再響起來。

「東西送到了嗎？」Tamaru問。

「謝謝。我想必需品都齊全了。運動器材這樣也足夠了。接下來就等閱讀普魯斯特了。」

「如果還有什麼我們沒想到的，別客氣儘管說。」

「我會。」青豆說。「要找到你們沒想到的東西好像還眞不簡單呢。」

Tamaru乾咳一聲，「也許我多管閒事，不過可以給妳一個忠告嗎？」

「任何事都可以。」

「不要見任何人，不要對任何人說話，在狹小的地方一個人長久窩著，實際做起來並不是簡單的事。不管多堅強的人不久都會發出怨聲。尤其被追蹤的人情況更嚴重。」

「不過我以前，也是在不怎麼寬闊的地方活過來的。」

「那或許成為妳的一個強項。」Tamaru說。「不過雖然如此還是要非常注意才行。一直保持緊張狀態時，自己會在不知不覺之間，像過度繃緊的橡皮彈性疲乏了那樣，一旦伸長了，就很難恢復原狀。」

「我會注意。」青豆說。

「我想我以前也說過，妳的個性很小心。既務實，耐力也強。對自己不會過分自信。不過一旦注意力用完了，不管多小心的人也一定會犯下一兩個疏失。孤獨會化為強酸腐蝕一個人。」

「我想我並不孤獨。」青豆告白說。半對Tamaru，半對自己。「雖然孤伶伶一個人，但不孤獨。」

電話那頭一時沉默。可能是對孤伶伶和孤獨的差別做了一番思索。

「不管怎麼樣，我會比現在更小心。謝謝你的忠告。」青豆說。

「我希望妳明白一件事。」Tamaru說。「我們會盡力支援妳。不過萬一那邊發生了什麼緊急事情，不知道會是什麼樣的事態，妳可能不得不一個人面對處理。不管我多快衝過去，時間上都可能來不及。或者有些情況，甚至可能無法趕過去也不一定。例如，我們如果判斷最好不要跟在那裡的妳扯上關係的情況時。」

「我明白。因為是我自己要留在這裡的，所以要有自我保護的心理準備。靠金屬球棒，還有你送給我的東西。」

「這是個強悍的世界。」

「有希望的地方一定會有考驗。」青豆說。

Tamaru又再沉默一下。然後說：「妳聽過史達林時代想當祕密警察訊問官的人必須接受最後考驗的故事嗎？」

「沒有。」

「人被帶進一個四方的屋子裡。屋裡只放著一把毫不起眼的小木椅。然後長官這樣命令他：『從那把椅子套出自白來，作成調查報告。沒作出來以前不能走出這屋子一步。』」

「相當超現實的故事啊。」

「不是，這不是超現實的故事。而是徹頭徹尾的眞實故事。史達林實際製造出這種偏執狂性的組織，在他當政時大約逼死了一千萬人。那些幾乎都是他的同胞。我們現實上就住在這樣的世界裡。妳最好牢牢記住這件事。」

「你知道好多溫暖人心的故事。」

「也沒多少。只是應需要儲備了一些而已。因爲我沒受過有系統的教育，只能把可能有用的東西，一件件當場學起來。正如妳說的那樣，有希望的地方一定會有考驗。確實是這樣。只是希望非常渺小，大多是抽象的，但考驗卻多得不得了，大多是具象的。這是我親身付出代價所學到的事情之一。」

「那麼那些訊問官志願者，最後從木椅套出什麼樣的自白呢？」

「這是個值得思考的問題。」Tamaru說。「就像參禪的課題那樣。」

「史達林禪。」青豆說。

Tamaru停了一會兒之後掛斷電話。

那天下午青豆用腳踏車機和多功能健身椅運動。這些所給與的適度負荷，帶給她久違的快樂。然後淋浴把汗沖掉。一面聽FM廣播一面做簡單的菜。傍晚看看電視新聞（沒有一件新聞令她感興趣）。接著日落後她就走到陽台監視公園。帶著薄膝毯、望遠鏡和手槍。還有美麗閃亮的嶄新金屬球棒。

如果到時候天吾還是沒在公園現身，到這充滿了謎的1Q84年年底爲止，我都會繼續在高圓寺的一角繼續度過這樣單調的生活。一面做做菜、運動運動、查看電視新聞、讀讀普魯斯特的小說，一面等候天吾在公園裡出現。等他成爲我生活的中心課題。現在這微細的一線希望勉強支持著我繼續活下去。就跟走下首都高速公路太平梯時所見到的蜘蛛一樣。在骯髒的鋼筋一隅張開單薄的網子，屏著氣息埋伏在那裡的微小黑蜘蛛。被吹過橋墩間的風搖晃著，那絲網灰撲撲破爛爛的。看到那個時覺得好可悲。然而現在我自己和那蜘蛛幾乎置身於相同的處境。

青豆想到一定要有楊納傑克的《小交響曲》錄音帶。運動的時候需要。那音樂和我在某個地方——無法特定的某個地方——互相聯繫著。具有導入什麼的作用。下次一定要加在請Tamaru準備補給品的清單上。

現在是十月，緩衝期間已經不到三個月了。時鐘不停地繼續刻著時間。她的身體沉進庭園椅裡，從塑膠遮板縫隙繼續觀察公園的溜滑梯台。水銀燈蒼白的光映出小小兒童公園的風景。那風景讓青豆想起夜晚水族館裡無人的通道。眼睛看不見的虛構魚群無聲地穿梭游泳在樹木間。魚群不中斷那無聲的游泳。天空並排浮著兩個月亮，正盼望著青豆的認證。
天吾！青豆低聲呼喚著。你現在在哪裡？

第3章 天吾

全都是穿著西裝的野獸

到了下午，天吾到父親的病房去，坐在床邊翻開帶來的書，開始朗讀。讀了大約五頁之後休息一下，又再朗讀五頁左右。自己當時只是把讀的書發出聲音讀出來。不管那書是小說也好、傳記也好、自然科學方面的也好。重要的是把文章化爲聲音，而不是內容。

天吾並不知道父親是否聽得見那聲音。光是看他的臉，完全看不出任何反應。消瘦而貧相的老人只是閉著眼睛，一直睡覺。身體沒動，連呼吸聲都聽不見。當然仍在呼吸，但除非用耳朵緊貼著聽，或拿鏡子靠近臉，檢查是否有霧氣，否則無法確定。點滴液注入體內，導尿管排出微量的排泄物。顯示他還活著的，只有這些緩慢而安靜的進出而已。有時護士會用電鬍刀幫他刮鬍子，用圓頭的小剪刀，剪掉伸出鼻孔和耳朵的白毛。也把眉毛剪齊。就算沒有知覺了這些還是會繼續長。看著這個男人時，人的生與死之間到底有多少差別？天吾漸漸分不清了。本來就沒有多大差別吧？我們只是爲了方便而認爲有差別而已，不是嗎？

三點左右醫師來了，向天吾說明病情。說明經常很短，內容大體上都相同。病情沒有進展。老人只是沉睡著。生命力漸漸減弱衰退。換句話說，來日不多並確實正在接近死亡。目前醫學上已經無技可施。只能讓他在這裡安靜躺著。醫師能說的話也只有這個程度了。

向晚時分，兩個男護士過來，把父親運到檢查室去，接受檢查。來的護士的臉每天不盡相同。但一律沒開口。可能也是因爲戴著大口罩的關係，全都一言不發。有一個看來像外國人。小個子膚色微黑，雖然戴著口罩但總是對著天吾微笑。看他的眼睛，就知道他在微笑。天吾也對他微笑點頭。

半小時到一小時之後，父親被送回病房。天吾不知道是進行什麼樣的檢查。父親被推出去之後，他就下樓到餐廳去喝熱綠茶，消磨十五分鐘左右的時間後再回到病房。一面期待那空床上會不會再度出現空氣蛹？青豆會不會以少女的身體躺在那裡面？但並沒有發生這種事。昏暗的病房裡只留下病人的氣味，和有凹痕的無人空床而已。

天吾站在窗邊眺望外面的風景。綠草庭園對面是黑壓壓延伸出去的防風松林，從那深處傳來海浪的聲音。是太平洋的浩瀚波濤。彷彿有許多幽靈聚集在一起，互相囁嚅著各自的故事般。發出巨大而暗沉的聲響。那聚集的群體似乎正邀約著更多幽靈的參與。他們正渴求著更多可述說的故事。

天吾在那之前，十月裡有兩次，休假日當天來回地造訪過千倉的療養院。清晨搭特快車去到那裡，坐在父親的床邊，不時對他說話。但他並沒有什麼反應。父親仰臥著，只是深深沉睡。大多的時間，天吾都眺望著窗外的風景度過。然後接近黃昏時，他會期待那裡再發生什麼。但什麼也沒發生。只是安靜地暗下來。房間逐漸被淡淡的黑暗籠罩而已。他終於放棄地站起來，搭最後一班特快車回東京。

或許我必須更腳踏實地面對父親才行，有一次天吾想。當天來回的探望時間也許不夠。或許需要投入更多心力。雖然沒有特別具體的根據，不過就是有這種感覺。

十一月中過後，他決定請幾天假。對補習班解釋因爲父親病重不得不去看他。這麼說並非捏造事實。並請了大學時的同學代課。他是天吾勉強維持些許聯繫的少數對象之一。大學畢業後，每年彼此還有聯絡一兩次。這個即使在怪人很多的數學系也算以特別怪聞名的男人，頭腦超好。但大學畢業後既沒工作，也沒上研究所，心血來潮時就在朋友經營的以中學生爲對象的補習班教教數學，此外讀很多雜書，到溪流去釣釣魚，很隨性地過日子。天吾碰巧知道他也是個能力很強的老師。他只是對自己的能幹覺得膩了而已。而且家裡有錢，也沒必要勉強自己工作。以前請他代課過一次，當時學生對他的評價也很好。天吾打電話向他說明情況後，他也很乾脆就答應了。

然後同居的深繪里怎麼辦也是問題。天吾無法判斷，把完全不食人間煙火的少女長久留在自己的公寓裡是否妥當。何況她正躲著外人的耳目，「潛伏」在那裡。所以他問深繪里本人看看。可以一個人在這裡看家嗎？還是想暫時搬到別的地方去？

「你要去哪裡？」深繪里以認眞的眼神問。

「要去貓之村。」天吾說。「父親的意識沒有恢復。從前一陣子就開始陷入昏睡狀態。據說可能來日不多了。」

沒提到出現空氣蛹那天傍晚，病床上發生的事。沒說那裡面躺著身爲少女的青豆的事。沒說那空氣蛹連細部，都跟深繪里的小說中所描寫的一樣。此外也沒提自己現在正悄悄期待著，空氣蛹還能再一次出現在自己眼前。

深繪里瞇細眼睛，嘴唇緊閉成一直線，從正面長久注視著天吾的臉。就像要讀取用細字寫在上面的訊息那樣。他幾乎潛意識地伸手摸摸自己的臉，但並沒有什麼寫在上面的觸感。

「好啊。」深繪里過一會兒後，才這樣說著點了幾次頭。「你可以不用擔心我。我會在這裡看家。」然後稍微考慮一下再補充道：「目前沒有危險。」

「目前沒有危險？」天吾反覆道。

「你可以不用擔心我。」她又重複說。

「我會每天打電話。」

「可別被遺棄在貓之村喏。」

「我會小心。」天吾說。

天吾到超級市場去，爲了讓深繪里可以暫時不必外出買東西，他採購了大量食品回來。全都是只需簡單調理的食物。天吾很清楚她既沒有能力也幾乎沒有意願做菜。他不希望兩星期後回家時，發現生鮮果菜都在冰箱裡爛掉了。

把換洗衣服和盥洗用具放進塑膠袋，加上幾本書、筆記用具和稿紙。他跟平常一樣從東京車站上了特快車，到館山轉普通電車，在第二站千倉下車。到站前的遊客服務中心去，找到比較便宜的旅館。因爲是淡季所以很容易找到空房間。主要是給來釣魚的人住的簡易旅館。房間雖然不大卻很清潔，散發著新榻榻米的氣味。從二樓窗戶看得見漁港。附早餐的房間，住宿費比他預料的便宜。

天吾說還不知道要住幾天，暫且先預付三天的房錢。旅館女主人並沒有意見。晚上十一點關門，她（委婉地）說明不能帶女伴進來。天吾也沒意見。在房間裡安頓下來之後，打電話到療養院。問接電話的護士（每次那位中年護士），下午三點左右想去見父親，不知道可以嗎？對方說可以。

「川奈先生一直都在睡。」她說。

就這樣天吾在海邊「貓之村」的日子便開始了。早晨很早起床到海邊散步，到漁港眺望漁船出入，然後回到旅館吃早餐。每天的菜色像蓋章般千篇一律，竹筴魚乾、荷包蛋、切成四片的番茄、加味海苔、蛤蠣味噌湯和白飯，但不知怎麼總是很美味。早餐後在小書桌寫稿子。好久沒動筆了，能用鋼筆寫文章眞開心。在陌生的土地上脫離平常的生活工作起來，感覺不一樣也很不錯。從漁港傳來歸航漁船發出的單調引擎聲。天吾喜歡這聲音。

他寫了天上浮著兩個月亮的世界所展開的故事。有Little People和空氣蛹存在的世界。那個世界雖然是從深繪里的《空氣蛹》借來的東西，但現在完全變成他自己的東西了。在面對稿紙時，他的意識就活在那個世界裡。即使擱下鋼筆離開書桌，有時意識還留在那邊。這種時候，會有肉體和意識彷彿已開始分離般的特別感覺，變得無法適當判斷，到什麼地方是現實世界，從什麼地方開始是虛構世界。進入「貓之村」的主角想必也嚐到類似的感覺。世界的重心在不經意之間移動到別的地方去了。就這樣主角（可能）永遠也無法搭上離開村子的列車。

到了十一點，必須暫時出去讓他們打掃房間。時間到了他會停止書寫，走出外面，慢慢走到車站前，走進喫茶店去喝一杯咖啡。有時也會吃一點三明治，不過大多什麼也沒吃。並拿起放在那裡的早報，仔細查閱有沒有刊登和自己有關的報導。但並沒看到這類報導。《空氣蛹》老早就從暢銷排行榜上消失。現在第一名是名爲《想吃什麼盡量吃的消瘦法》的減肥書。書名很響亮。內容就算完全是白紙也可能暢銷。

天吾喝完咖啡，也大致讀過報紙後，搭巴士到療養院去。到達那邊大約是一點半到兩點之間。每次都會在服務台跟護士閒聊一下。自從天吾住在這個地方，每天去探視父親後，護士待他比以前親切，也比較熟了。就像寬容地迎接一個放蕩的兒子回家的家人那樣。

一個年輕護士每次看到天吾的臉，都會害羞地微笑。看來似乎對他頗有意思。個子嬌小頭髮綁著馬尾巴，眼睛大大臉頰紅紅。大約二十出頭。不過天吾自從目擊空氣蛹中睡著的少女姿態以來，除了青豆以外，已經不再想別人了。別的女人對他來說，只不過是從旁邊走過的淡影而已了。在他頭腦的一角經常浮著青豆的身影。青豆正活在這個世界的某個地方——他有這種感覺。而且青豆可能也在尋找天吾。所以她才會在那個黃昏，通過特別的通路，來和自己相會。她也沒有忘記天吾。

如果自己所看見的東西，不是幻覺的話。

偶爾在一些情況下，會想起年紀大的女朋友。現在到底怎麼樣了？她丈夫在電話上說她已經失去了。所以他說再也無法和天吾見面了。已經失去了。這種說法到現在還是讓天吾心情忐忑不安無法平靜。那話中無疑含有不祥的意味。

雖然如此，結果她的存在也逐漸一點一點地遠離了。和她所共度的午後，想起來那意義只不過是一件過去發生的往事。這件事讓天吾感到內疚。然而不知不覺之間重力改變了，重點也轉移了。事情已經不可能恢復原狀了。

天吾走進父親的房間，在床邊的椅子上坐下，短短地打一聲招呼。然後把前一天傍晚到現在自己做了什麼，都照順序說一遍。當然沒做什麼大不了的事。搭巴士回到村子，走進餐廳吃簡單的晚餐，喝一瓶啤酒，回旅館讀書。十點睡覺。早晨起床後到村子裡散步，用過餐，寫了兩小時小說。每天都反覆做同樣的事情。雖然如此，天吾還是每天對著沒有意識的男人，相當詳細地報告自己的行動。對方當然沒有任何反應。就跟對著牆壁說話一樣。一切只不過是習慣性儀式而已。不過有時單純的反覆也擁有不少意義。

然後天吾把帶來的書拿起來朗讀。並沒有特定的書。只是把自己讀著的書，當時讀到的地方發出聲音讀出來而已。如果手頭上碰巧有電動割草機的使用說明書，或許也會把它讀出來。天吾盡可能以清晰的聲音，讓對方容易聽懂地，慢慢讀著文章。那是他唯一留意的重點。

外面的閃電逐漸增強，一時之間，青色的光把馬路照得通明，卻聽不見雷聲。也可以想成或許有雷聲，但因為自己心慌意亂注意力分散，沒聽見也不一定。路上的雨水匯成水紋流著。客人似乎陸續踏過那上面，不斷湧進店裡來。

同行的友人只顧看著別人的臉，因此雖然想著到底怎麼回事，卻從剛才就一直沒開口。周圍人聲吵雜，客人都從鄰座和對面的座位擠到這邊來，令人窒息。

有人乾咳，或被食物嗆到，覺得聲音好怪，那悶哼的聲調，像狗一樣。

不料猛然強烈閃電，連屋裡都射進青光，照亮店裡站在門口土間的人們。這時猛然響起一聲劈裂屋頂般的雷鳴，大吃一驚站起來時，滿滿擠在土間的客人的臉，一時全都朝向這邊，那臉分不清是狗還是狐狸，全都是穿著西裝的野獸，其中也有伸出長長的舌頭正舔著嘴巴周圍的。

讀到這裡，天吾看看父親的臉。「完畢。」他說。作品到這裡結束。

沒有反應。

「有什麼感想嗎？」

父親還是沒反應。

有時也會把當天早上寫的小說稿讀給他聽。讀完後覺得不妥的地方用原子筆修改，改寫的部分再讀一次。如果對那讀出來的聲響還不滿意，就再修改。然後再讀出來。

「改寫過比較好。」他好像在向父親徵求同意般說。然而當然父親沒有表明意見。既沒說確實比較好，或者不，以前的更好，也沒說兩邊都沒什麼太大差別。深陷的眼睛眼瞼緊閉。就像捲門沉重降下的不幸家庭般。

天吾偶爾從椅子上站起來大大地舒展身體，走到窗邊眺望戶外的風景。一連幾天陰天，接著是雨天。下個不停的午後的雨，把松樹防風林濡溼得暗暗沉沉的。那天完全聽不見海浪聲。也沒有風，只是雨從空中筆直落下而已。在那之間，黑色的鳥成群飛著。那些鳥的心暗暗濕濕的。病房裡也是溼溼的。枕頭、書、書桌，和在那裡的一切都滿含溼氣。但和天氣、溼度、風和浪的聲音全都沒關係，父親依然繼續深陷在昏睡中。麻痺就像慈悲的大衣那樣，包裹著他的全身。天吾休息一下之後，又開始繼續朗讀。在那狹小而潮濕的房間裡，他能做的除此之外沒有別的。

書朗讀膩了之後，天吾只默默坐在那裡，看著繼續沉睡的父親的模樣。並推測那腦子裡到底在進行著什麼樣的事情。那裡——像舊鐵床般頑固的頭蓋骨的內側——到底隱藏著什麼樣的意識。或者已經不剩下任何東西了？就像被遺棄的房子那樣，家具器具全被搬光了，連過去住過的那些人的氣息也都消失無蹤了嗎？不過就算是這樣，那牆壁和天花板，應該還會烙下有些時候的記憶和光景。長時間培養起來的東西，是不會那麼輕易就被吸進虛無中的。父親一面躺在這海邊療養院簡樸的床上，同時在那深奧內部的空屋靜悄的黑暗中，或許正被沒映入別人眼裡的光景和記憶包圍著也不一定。

臉頰紅潤的年輕護士終於來了，對著天吾微笑，然後量父親的體溫，檢查點滴液還剩多少，確認累積的尿量。用原子筆在紙夾上記一些數字。可能所有的流程都是規定好的，動作自如而俐落。在這海邊小村的療養院裡，眼睛追逐著這一連串的東西，一面照顧沒有治癒希望的失智症老人一面生活，是什麼樣的心情？天吾想。她看來年輕又健康。在上了漿的筆挺白制服下那乳房和腰，雖然嬌小卻相當有質量。光滑的脖子上寒毛閃著金色的光。胸前的塑膠名牌上寫著姓「安達」。

到底是什麼，把她送到這樣一個被遺忘和緩慢的死亡所支配的偏僻地方來的？天吾知道以護士來說她是能幹而勤勉的。年紀還輕，手腳也俐落。如果願意，應該能到不同類的醫療場所去的。更活潑、更有趣的地方。爲什麼會特地選擇這樣寂寞的地方工作？天吾想知道其中的原因和經過。如果問她，她應該會坦白回答。有這種感覺。不過天吾也想可能最好不要牽扯到這種事情比較好。怎麼說這裡都是貓之村。他終究必須搭上列車，回到原來的世界去。

護士做完例行工作之後，收回紙夾板，朝天吾尷尬地微笑。

「沒有什麼改變。跟平常一樣。」

「很穩定。」天吾盡量以開朗的聲音說。「往好的方面說的話。」

她臉上露出有點抱歉的微笑，輕輕歪一下脖子。然後眼光望向他膝蓋上闔著的書。「你在爲他讀那個嗎？」

天吾點點頭。「雖然很懷疑他到底聽不聽得見。」

「雖然這樣，我覺得還是好事。」護士說。

「不管是好是壞，也想不起其他能盡力的事了。」

「不過並不是所有的人都能盡力去做事。」

「因爲大多數人都跟我不同，他們要爲生活忙碌。」天吾說。

護士想說什麼又猶豫。結果，什麼也沒說。她看看睡著的父親的模樣，然後看看天吾。

「保重了。」她說。

「謝謝。」天吾說。

安達護士出去之後，天吾隔一會兒，又開始繼續朗讀。

到了黃昏，父親被輪床推去檢查室之後，天吾就到餐廳去喝茶，從那裡的公共電話打給深繪里。

「有沒有什麼事？」天吾問深繪里。

「什麼事也沒有。」深繪里說。「跟平常一樣。」

「我這邊也沒有變。每天都一樣。」

「不過時間卻在往前進。」

「沒錯。」天吾說。「時間每天都往前推進一天。」

而且前進的東西就無法倒退回去了。

「剛才烏鴉又來了。」深繪里說。「很大的烏鴉。」

「那隻烏鴉每到黃昏就會到我家窗邊來。」

「每天都做同樣的事。」

「沒錯。」天吾說。「跟我們一樣。」

「不過不會考慮時間的事。」

「烏鴉應該不會考慮時間。因爲可能只有人類才有時間觀念。」

「爲什麼?」

「因爲人類把時間當成直線來掌握。在長長直直的棒子上畫上刻度一樣。好比這邊是前面的未來，這邊是後面的過去，現在則在這一點上。這樣妳明白嗎?」

「大概。」

「不過實際上時間並不是直線。不是任何形狀。在所有的意義上都是不具有形狀的東西。不過我們對沒有形狀的東西很難想像，所以爲了方便而把那當直線來認識。能夠做這種觀念轉換的，目前只有人而已。」

「不過我們可能錯了。」

天吾想了一下。「妳是說把時間當直線來掌握可能錯了嗎?」

沒有回答。

「當然有這個可能。也許我們錯了，烏鴉才對。時間也許完全不是像直線似的東西。形狀也許像麻花甜甜圈也不一定。」天吾說。「不過人類可能從幾萬年前開始就這樣活過來了。換句話說，人類把時間當成永遠持續的一直線來掌握，在那樣的基本認識下行動過來。而且到目前爲止，這樣做並沒有發現什麼不方便或矛盾的地方。所以以經驗法則來說那應該是對的。」

「經驗法則。」深繪里說。

「透過許多樣本，找到一個推論，把那當成事實上正確的事。」

深繪里沉默了一下。天吾不知道她是否理解了。

「喂喂。」天吾確認著對方的存在。

「要在那裡到什麼時候。」深繪里不帶問號地問。

「妳是說我要留在千倉到什麼時候嗎？」

「是。」

「不知道。」天吾老實說。「只能留到自己想通了爲止，現在還很難說。還有幾件想不通的事。我想再順其自然地觀察一陣子。」

深繪里又在聽筒那頭沉默下來。她一旦沉默起來連動靜本身也都消失了。

「喂喂。」天吾再度出聲呼喚。

「不要來不及搭上電車。」深繪里說。

「我會注意。」天吾說。「小心別來不及搭電車。妳那邊沒問題嗎？」

「前不久有一個人來。」

「什麼樣的人？」

「ｎｈｋ的人。」

「ＮＨＫ的收費員嗎？」

「收費員。」她不帶問號地問。

「妳跟那個人說話了嗎？」天吾問。

「不明白他說什麼。」

她本來就不知道ＮＨＫ是什麼。她並不具備某些基本社會常識。

天吾說：「說來話長，在電話上無法詳細說明，不過簡單說那是個很大的組織，很多人在那裡工作。他們每個月到全日本的各個家庭去收費。不過我跟妳都不必付錢。因爲我們什麼也沒有得到。總之妳沒有打開門鎖吧？」

「沒有打開門鎖。照你說的那樣。」

「那就好。」

「可是被說是小偷。」

「這個妳不必在意。」天吾說。

「我們什麼也沒有偷。」

「當然，妳跟我都沒有做任何壞事。」

深繪里又在電話上沉默下來。

「喂喂。」天吾說。

深繪里沒回答。她也許已經掛斷電話了。不過並沒有聽見那樣的聲音。

「喂喂。」天吾再說一次，這次音量提高一點。

深繪里小聲乾咳一下。「那個人對你的事很清楚。」

「那個收費員嗎？」

「對。ｎｈｋ的人。」

「還說妳是小偷。」

「他不是說我。」

「是說我嗎？」

深繪里沒回答。

天吾說：「不管怎麼說我們家又沒有電視機，我也沒從ＮＨＫ偷什麼。」

「不過我沒開門他很生氣。」

「那沒關係。讓他生氣好了。不過不管他說什麼，妳都絕對不可以把門鎖打開喲。」

「不開門鎖。」

這樣說完，深繪里就唐突地把電話掛斷。或許並不唐突。對她來說到這裡把聽筒放下也許是很自然也很合理的行為。然而對天吾的耳朵來說，聽起來卻是唐突的掛電話方式。無論如何天吾都很清楚，要推測深繪里在想什麼，怎麼想，怎麼感覺都是白費力氣的。以經驗法則來說。

天吾把聽筒放下，回到父親的房間。

他們還沒把父親送回房間。病床的床單上還留著他的凹痕。但那上面依然沒有空氣蛹的影子。被淡淡冷冷的昏暗夕暮暈染下的房間裡，只留下剛才還在那裡的人的些微痕跡而已。

天吾嘆一口氣在椅子上坐下。並把雙手放在膝上，長久凝視著那床單的凹痕。然後站起來走到窗邊，眺望窗外。防風林上方晚秋的雲筆直地拉長。好久沒出現這種正在醞釀美麗晚霞的氛圍了。

ＮＨＫ收費員為什麼會對我的事情「很清楚」呢？天吾不明白。上次ＮＨＫ收費員來，是大約一年前了。那時他站在門口，客氣地向收費員說明房間裡沒有電視機。自己完全不看電視這東西。收費員對這說明無法接受，但只把不滿在嘴裡嘀咕一番，沒再多說什麼就回去了。

今天來的會不會是那時候的收費員？記得那個收費員確實好像也把他叫做「小偷」。不過如果同一個收費員事隔一年再跑來，說對天吾的事「很清楚」，就有點奇怪了。他們兩個人只不過在門口站著說五分鐘話而已。

算了，天吾想。總之深繪里沒有把門鎖打開。收費員應該不會再來。他們有配額壓力，和拒絕付款的人彼此惡言相向也很累。所以會避免白費力氣寧可繞過麻煩的地方，到容易收的地方去收。

天吾的眼光再度轉向父親所留下的床上凹痕。然後想起父親穿破許多鞋子的事。由於每天走遍許多收款路線，因此父親在漫長的歲月裡眞是葬送了無數的鞋子。全都是看起來同樣的鞋子。黑色厚底，非常務實的便宜皮鞋。那些都穿到破破爛爛，嚴重磨損，鞋後跟歪斜。每次看到那樣激烈變形的鞋子，少年時代的天吾就一陣心痛。他覺得可憐的不是父親，反而是鞋子。這些鞋子，能被利用就被利用，現在讓他聯想到瀕臨死亡的可悲的使役動物。

不過試想起來，現在的父親本身，難道不也像瀕臨死亡的使役動物？像被磨損破掉的皮鞋一樣嗎？

天吾再度眺望窗外，西邊的天空晚霞顏色逐漸加深的光景。想起發出微弱青白色光的空氣蛹，想起躺在那裡面沉睡著的少女時代的青豆的模樣。

那空氣蛹會不會再出現在這裡？

時間眞的是以直線形狀前進的嗎？

「我好像碰壁了。」天吾對著牆壁說。「變數太多。不管原來是怎樣的神童，都無法解答。」

牆壁當然沒有回答。也沒有發表意見。只在無言中反映著晚霞的顏色而已。

第4章 牛河

奧坎剃刀

牛河怎麼也無法說服自己，住在麻布宅院的老婦人，可能以某種形式涉及暗殺「先驅」的領導。牛河試著把她的身邊整個清查一遍。因爲是知名的，有社會地位的人，調查並不費事。丈夫是戰後企業界的大人物之一，在政界也頗具影響力。事業核心雖然是投資和不動產，不過對大型零售店和運輸相關產業等周邊發展領域也涉入頗深。一九五〇年代中期丈夫去世後，由她繼續經營事業。她頗有經營才能，特別擁有察覺危機的能力。六〇年代後半，有感於公司所經營的業務範圍過廣，於是把幾個部門的股票趁高價之際有計畫地脫手，逐漸縮小組織規模。並將全力投注到留下部門的體質強化上。幸虧如此，不久後石油危機來臨時，傷口降到最低限度地安然度過，累積下豐厚的資金。她深諳把他人的危機化爲自己的良機之道。

現在已經從事業經營上隱退下來，正迎接七十歲代的中期。擁有雄厚資產，住在寬闊的宅院裡過著悠然自得不受任何人干擾的生活。出生在富裕家庭，和資產家結婚，丈夫去世後變得更富裕。這樣的女性爲什麼非要圖謀從事計畫性殺人不可呢？

然而牛河決定對這個老婦人，繼續做更深入的調查。一則是因爲沒有找到其他頭緒，另一則是她所主持的「庇護所」的模樣有點引起他注意的地方。對遭受家庭暴力之苦的女性無償提供藏匿場所，這行爲本身並沒有什麼不自然的地方。是健康而有益的社會公益。對她來說有經濟餘力，對有那樣遭遇的女性來說，受到這樣的善意想必也非常感激。只是那公寓的警戒未免太用心了。堅固的門扉和門鎖，德國牧羊犬，幾台監視錄影機。牛河不得不感覺到那裡有某種過度的東西。

牛河首先確認老婦人所居住的土地和房屋在誰的名下。那是公開的情報，只要到區公所走一趟立刻就知道。土地和房屋全都是在她個人名下。也沒有設定擔保，單純而明快。因爲是個人資產，每年固定資產稅額也相當高，但每年支付這個程度的金額，對她來說應該不算一回事。日後的遺產稅應該也很可觀，對這個似乎也不在乎的樣子。以有錢人來說算很稀奇。就牛河所知，沒有任何人種比有錢人更厭惡、更痛恨納稅的了。

丈夫去世後，她就一個人住在那寬闊的深庭大院裡。當然雖說是一個人生活，但也有幾個傭人住在裡面。有兩個孩子，長男繼承事業，有子女三人；長女結婚後，十五年前病死，膝下並無子女。

這種程度的資訊很容易取得。然而從這裡要再往前踏進一步，想更深入知道她的個人背景時，突然就碰到銅牆鐵壁。往前進的路全都關閉了。牆太高，門上了幾道鎖。牛河知道，這個女人的隱私完全不願意暴露在眾人眼前。而且爲了貫徹這個方針，似乎投入相當大的心力和金錢。不回應任何詢問，也不做任何發言。無論查多少資料都沒見過她的照片。

港區電話簿上登記著她的姓名。牛河試打那號碼。任何事情都要實際從正面試試看是牛河的風格。鈴聲還響不到兩聲就有男人來接電話。牛河用的是假名，隨便報一個證券公司的名字，用「關於閣下手上投資的基金方面，有事想請教夫人」的說法切出。對方說：「夫人無法接電話。有事可以跟我說。」機械合成般事務性的聲音。礙於公司規定除了本人以外無法告知內容，因此如果本人無法接聽電話，可能需要幾天時間，我們把文件用郵寄方式寄到府上，牛河說。對方說那麼請這樣做。就掛斷電話。

不能跟老婦人說上話牛河並不特別失望。本來就不存這妄想。他想知道的是，爲了保護隱私她到底花了多少心力。看來用了充分的心思。她在那宅邸中，似乎被幾個人嚴密厚實地保護著。這種氣氛從來接電話的男人——可能是祕書——的口氣中也傳了過來。電話簿上印著她的名字。但能和她直接講話的對象卻有限，除此之外的對象就像要鑽進糖壺的螞蟻那樣，會被毫不容情地抓出來。

牛河裝成想找出租房子的模樣，去鄰近的房屋仲介公司走動，試著不經意地問起用做庇護所的公寓的情形。大多業者連那地址有那樣的公寓存在都不知道。這一帶是東京屈指可數的高級住宅區。基本上只處理高額物件，對木造兩層樓的出租公寓絲毫不關心。他們只看了一眼牛河的臉和服裝，就不太理睬他了。甚至讓人覺得如果是被雨淋濕得了疥癬斷了尾巴的狗，從門縫鑽進來，恐怕還能得到稍微溫暖一點的對待。

幾乎已經要放棄的時候，一家從很久以前就存在的本地小型房屋仲介公司吸引住牛河的眼光。在那裡看店的黃臉老人以「啊，那間嗎？」的表情，主動告訴他情況。相貌像次級品木乃伊般乾癟的男人，對那一帶的事情知道得鉅細靡遺。無論誰都好，正缺述說對象。

「那棟房子是緒方先生的太太擁有的，啊，從前好像當出租公寓。爲什麼緒方先生會有那樣的東西，並不清楚。因爲以他們的境遇並不是需要經營公寓出租的人哪。大多是當成傭人宿舍在使用吧。現在怎麼用不知道，啊，好像變成遭受家暴之苦的女人逃家避難的寺廟般的地方了。反正不動產業者是吃不到他們的飯的。」

老人這樣說完，就口也不開地以小啄木鳥般的聲音笑著。

「哦，逃家避難的寺廟嗎？」牛河說，敬了老人一根Seven Stars。老人接下香菸，讓牛河用打火機爲他點菸，一副津津有味地吸著。Seven Stars能被這樣津津有味地抽一定也心滿意足吧，牛河想。

「被老公揍得鼻青臉腫逃出來的女人，啊，就藏在那裡。當然是不收房租的。」

「就像社會救濟一樣嗎？」牛河說。

「啊，差不多是這樣。因爲公寓有多一棟，所以就用那個去幫助有困難的人。畢竟是大財主嘛，可以去做喜歡做的事不必在意得失。跟我們小市民不一樣。」

「不過緒方先生的太太爲什麼會開始做這種事呢？是不是有過什麼類似契機？」

「這就不清楚了，反正是有錢人，大概當成好玩的消遣吧。」

「不過就算消遣，能主動去做什麼幫助有困難的人，不也是好事一樁嗎？」牛河笑咪咪地說。「但是並不是所有錢太多的人都會主動去做這種事。」

「那倒也是，說是好事，確實是好事。我以前也經常打老婆，所以也不能說大話。」老人說，大大張開缺了牙齒的嘴巴笑起來。就像常常打老婆，是人生値得特別記上一筆的快事似的。

「那麼，現在有幾個人住在那裡呢？」牛河試著問。

「我每天早晨散步經過那前面，從外面什麼也看不見。不過好像總是有幾個人住在裡面。世間打老婆的男人好像多的是啊。」

「因爲對社會有利的人，總是不如沒用的人來得多。」

老人又再張大嘴巴笑。「正如你所說的。這個世間，做好事的人，不如幹壞事的人數目多。」

這個老人似乎對牛河有好感的樣子。牛河倒感覺有點不自在起來。

「對了，那位緒方先生的太太，是個什麼樣的人呢？」牛河若無其事地問。

「緒方先生的太太嘛，啊，不太清楚。」像枯樹的精靈般的老人嚴厲地皺起眉頭說。「因爲生活相當安靜隱密呀。我雖然長久在這裡做這生意，但只是偶爾從遠處瞄到一眼的程度。出門時有司機開車，買菜都有女傭做。還有一個像祕書的人喏，那個男人大概包辦了所有的事。畢竟出身好加上是大富豪，所以是不會直接跟我們這種下賤人交談的。」他的臉猛然皺起眉來，從那皺紋間盯著牛河。

所謂「我們這種下賤人」集團，似乎以這黃臉老人自己和牛河爲中心所組成的一般。

牛河問：「緒方先生的太太是從多久以前開始開設『家庭暴力受害女性庇護所』的呢？」

「嗯，確實的時間不太清楚。因爲所謂逃家避難寺廟的事，我也是聽人家說的。是從什麼時候開始做那種事的呢？不過那公寓開始頻繁地有人出入，大約是四年前。四年或五年，大概是這樣。」老人拿起茶杯，喝了涼掉的茶。「約莫那時開始門就換新了，戒備也突然加強。畢竟是所謂的庇護所啊。如果讓什麼人都可以隨便進去的話，裡面的人就住得不安心了。」

然後老人好像忽然回到現實般，以探尋的眼光看牛河。「那麼，你是想找租金適當的公寓嗎？」

「是啊。」

「那就要到別的地方去了。這邊都是豪宅，就算有出租物件，也都是以大使館上班的外國人爲對象的高額物件。從前哪，這一帶也住了不少不是有錢人的普通人。我們也做過這種物件的生意。不過現在已經都沒有了。所以我想差不多該把店關了。東京都心的地價狂飆起來，我們這種小公司已經不行了。如果你也不是錢太多的人，還是到別的地方去找比較好。」

「我會的。」牛河說。「不是我誇大，錢我可是一點也沒剩。還是到別的地方去找看看吧。」

老人混著香菸的煙和嘆氣呼地吐出來。「不過如果緒方太太死掉的話，那宅院遲早也會消失噢。因爲她兒子很能幹。這麼大一塊精華地是不會平白閒置的。不久就會拆掉改建超高層大樓喔。說不定現在已經開始動手畫著像樣的設計圖了。」

「那麼一來，這一帶悠閒的氣氛也會改觀吧。」

「噢，那當然會完全改觀。」

「他兒子，是做什麼生意的？」

「基本上是不動產哪。啊，簡單說就是我們的同業。話雖這麼說，但所做的卻有天壤之別，勞斯萊斯和腳踏車的差別。那邊是在動用資本，自行快速地處理龐大物件。有完善的結構，美味的原汁一滴不剩地自己吸個夠。不會把溢出來的點滴轉到這邊來。世間已經變得很殘酷了啊。」

「剛才我繞了周圍一圈，整個見識過了，噢，太佩服了。眞是氣派的宅院。」

「是啊，在這一帶也算是頂尖的宅院。一想到那棵壯觀的柳樹會被整棵砍倒，光想像就心痛呢。」老人說著難過得搖搖頭。「但願緒方太太能夠活得長壽一點。」

「這倒是呢。」牛河也同意。

牛河試著聯絡「家庭暴力受害婦女會客室」。驚人的是電話簿上居然照樣登出相同名字的號碼。這是由幾位義工律師所組成的非營利團體。老婦人的庇護所和這個團體合作，收容從家裡逃出來走投無路的女性。牛河以他事務所的名義請求見面。也就是「新日本學術藝術振興會」。故意讓對方聞到可能提供資金援助的氣味。並定下了面談日期和時間。

牛河遞了名片給他們（和給天吾的名片相同），說明這個法人的目的之一是每年選出一家對社會有貢獻的優秀非營利團體，頒給補助金。而「家庭暴力受害婦女會客室」就在候選名單中。雖然無法透露贊助者是誰，但補助金的用途完全不受限制，除了在年度末提出一次簡單報告之外，沒有其他義務。

對方年輕律師大略觀察了牛河的模樣，印象似乎不太好。牛河的樣子無法給第一次見面的對象好感或信賴感。不過他們長期缺乏營運資金，無論任何援助都沒有理由不歡迎。因此雖然還有幾分懷疑，也就暫時先聽聽牛河要說什麼。

牛河說想多了解一點活動內容。律師說明了「家庭暴力受害婦女會客室」的成立經過。關於他們是如何開始建立這個團體的。雖然這種事對牛河來說只覺得無聊，但還是裝出一副很感興趣的表情注意聽對方說明。適時隨聲附和，大大地點頭，露出讚許的表情。在這之間對方也漸漸適應牛河。開始想或許牛河並不像第一眼看到時那樣形跡可疑了。牛河是受過訓練的聽者，他那誠實的傾聽方式，大多能讓對方感到心情平和。

他抓住機會，不經意地把話題轉移到「庇護所」的方向。那些從家庭暴力逃出來的可憐女人，找不到地方投靠時，就會來問有什麼地方可以借住？對她們那宛如遭到暴風襲擊的樹葉般的命運，牛河露出衷心同情的表情。

「為因應這種情況，我們準備了幾間庇護所。」年輕律師說。

「所謂的庇護所是？」

「就是暫時避難的地方。雖然不多，不過慈善家提供了幾處這樣的地方。其中也有人提供整棟公寓的。」

「整棟公寓嗎？」牛河一副很敬佩的樣子說。「這個世界居然也有這種人啊。」

「是啊。我們的活動在報紙和雜誌上被登出來時，就有人會跟我們聯絡，說想提供某種形式的協助。如果沒有這些人的支持，這個組織是沒辦法繼續營運下去的。因爲都是自掏腰包在辦活動。」

「你們眞的是在做非常有意義的活動。」牛河說。

律師臉上浮現出無防備的微笑。牛河重新覺得沒有比確信自己正在做正確事情的人更容易受騙的對象了。

「現在大約有幾個女性住在那間公寓呢？」

「每段時間人數各有不同，嗯，大概四、五個人吧。」律師說。

「提供那公寓的慈善家，」牛河說：「是在什麼樣的情況下加入這個運動的？我想大概有什麼契機之類的吧。」

律師歪著頭想一想。「這方面我也不清楚。只是在這之前，好像私下也從事過類似的活動。不管怎麼說，我們這邊，只是接受他們的善意而已。如果對方沒有說明，我們不會去一一過問原因。」

「那當然。」牛河點頭說。「不過，關於那家庇護所的地點，有沒有保密？」

「是的，女性的安全必須受到保護，而且許多慈善家也希望保持匿名。因爲再怎麼說這總是牽涉到暴力行爲的事。」

之後還繼續談了一會兒，不過並不能從這位律師口中打聽出更具體的情報。牛河知道的只有以下的事實。「家庭暴力受害婦女會客室」眞正開始活動是從四年前，不久有一位「慈善家」就主動聯絡他們，說現在自己沒有使用的一棟公寓願意提供出來當庇護所。因爲他們的活動被報紙報導出來，那位「慈善家」讀了之後才跟他們聯絡的。贊助條件是絕對不能透露姓名。不過從話的內容來看，那位「慈善家」是麻布的一位老婦人，「庇護所」是她個人擁有的木造公寓，則是毫無疑問的。

「不好意思耽誤您很多時間。」牛河向那位理想家氣質的年輕律師誠懇地道謝。「你們所從事的顯然是充實而有益的活動。我會把您這次所說的話帶回去，在下次的理事會上供大家討論。我想近日就會再跟您聯絡。祝你們的活動更順利發展。」

牛河接下來所做的，是調查老婦人女兒去世的經過。她和運輸省的菁英官員結婚。去世時三十六歲。死因不明。丈夫在妻子死後不久就離開運輸省。能打探到的事實只到這裡爲止。既不清楚丈夫突然辭去運輸省官職的理由，也不知道他後來走上什麼樣的路。他的辭官可能和妻子的死有關，或沒有關聯。運輸省不是會對一般市民親切而積極地公開省內情報的公家機構。不過牛河擁有敏銳的嗅覺。其中有什麼不自然的東西。牛河怎麼也無法認同，那個男人因爲失去妻子悲傷過度而捨棄職業生涯，離開職場，從世間隱遁起來。

就牛河所知，三十六歲病死的女性人數並不太多。當然不是完全沒有。人無論在任何年齡，無論處在多麼優渥的環境，都可能突然生病而喪失性命。可能是因爲得了癌症、或腦瘤、腹膜炎、或急性肺炎。人的身體是脆弱而不確定的物體。不過環境富裕的女性三十六歲就進了鬼門關，以機率來說，與自然死相比，意外死亡或自殺的比率更高。

來做個假設看看，牛河想。在這裡姑且根據著名的「奧坎剃刀」（Occam's razor）法則，盡量簡單地累積假設。暫且先排除無用的因素，試著把理論的線集中在一條上來看事情。

假定老婦人的女兒不是病死，而是自殺。牛河雙手合起地這樣想著。把自殺對外謊報成病死並不困難。尤其對擁有財力和影響力的人來說。更進一步假定，女兒受到家暴而對人生絕望，自己了斷性命。這也不是不可能的事。世間被稱爲菁英的人絕不在少數——彷彿把社會的配額主動多拿了般——擁有臭不可聞的性格、或陰溼扭曲的性向，也是眾所周知的事實。

那麼，如果眞是這樣的話，爲人母親的老婦人會怎麼樣呢？這也是命，沒辦法！光這樣想就放棄了嗎？不，不可能。對逼死女兒的元凶應該會施加應有的報復才對。老婦人是什麼樣的人，牛河現在大致已經知道。是一個有膽識又聰明的女性，擁有清楚的願景，一旦下決心的事就會立刻付諸實行。爲此不惜投入自己所擁有的財力和影響力。對傷害、虐待她所愛，最後甚至還奪走性命的人，她沒有理由就那樣放過。

牛河無從知道，實際上她對女婿採取什麼樣的報復手段。那個人名副其實地消失無蹤了。他不認爲老婦人會奪走他的命。她是個用心很深而冷靜的女性。也擁有寬廣的視野。不會做得這麼明顯吧。話雖如此，但也一定採取了某種激烈痛切的處置。而且不管她做了什麼，應該也不會留下不周詳的痕跡。

不過女兒被奪走的母親的憤怒和絕望，並不只停留在達成個人復仇爲止。當她有一天從報紙上知道「家庭暴力受害婦女會客室」的活動之後，便表示願意提供協助。自己現在在都內擁有一棟幾乎沒有使用的出租公寓，可以免費提供給走投無路的女性。過去也做過幾次類似這種目的的用途，所以大概情況都了解。只希望對外不要透露姓名。主持這團體的律師們當然很感謝這樣的贊助。由於和公眾性團體的合作，她的復仇心昇華至更廣泛、有益而積極的方面。其中有契機也有動機。

推測到這裡覺得還合情合理。沒有具體根據。一切都只是假設的累積。不過以這些理論來對照的話，很多疑問都暫且解除了。牛河一邊舔著嘴唇，一邊猛搓著雙手。但接下來事情卻變得有點不明朗了。

老婦人在經常去的健身房，認識了姓青豆的年輕女教練，不知道是因爲什麼契機，竟然成爲祕密交心的朋友。而且透過周到的準備，把青豆送進大倉飯店的一室，將「先驅」的領導殺死。殺害方法不明。也許青豆長於特殊的殺人技法。結果領導雖然有忠實而強悍的警衛加以嚴密戒備，依然喪失了性命。

到這裡爲止雖然勉強但假設的線還可以連得上。但一碰到「先驅」的領導和「家庭暴力受害婦女會客室」之間有什麼關係？牛河就沒轍了。他的思路到這裡受到阻礙，連接到這裡的假設線索被銳利的剃刀一下斬斷了。

教團現在對牛河要求的，是對兩個疑問的解答。一個是「誰企圖殺害領導」，另一個是「青豆現在在哪裡？」

對青豆進行事先調查的是牛河。以前他也做過幾次類似調查。說起來這算是他做慣的業務。而且牛河交出她是清白的結論。無論從任何角度來看都沒發現疑點。也就這樣向教團報告。於是青豆被叫到大倉飯店的套房，進行肌肉的舒展。她回去之後領導卻喪命了。青豆從此失蹤。簡直像被風吹散的煙那樣。說得保留一點，他們爲了這件事，對牛河應該是感到強烈不滿的。認爲牛河的調查不完全。

然而實際上，他就像平常那樣進行過沒有漏洞的調查。如同對和尚頭也說過的那樣，牛河在工作上是絕對不會打馬虎眼的。雖然事前沒有檢查電話的通聯紀錄確實是疏忽，不過除非是相當可疑的案例，否則通常不會做到那個地步。而且就他調查所及，看不到青豆有任何疑點。

無論如何以牛河來說，總不能讓他們一直繼續不滿下去。雖然他們付錢方面沒得挑剔，不過卻是危險的傢伙。光是知道領導的遺體是被祕密處理掉這件事，牛河對他們來說就已經成爲危險人物了。他必須以立刻看得見的形式具體顯示自己是個有用的人才，是有利用價値的人才行。

麻布的老婦人可能涉及殺害領導的事沒有具體證據。目前一切都還不出假設推測的領域。但在那有壯觀茂密柳樹的深宅大院裡，隱藏著某種重大祕密。牛河的嗅覺已經這樣告知他了。現在開始他一定要揭發那眞相。可能不是簡單的作業。對方戒備森嚴，其中一定有高手介入。

是黑道嗎？

或許是。企業界，尤其不動產業界多半會在世間的眼睛看不見的地方和黑道掛勾。比較粗暴的工作就交給這些傢伙。老婦人也不是不可能利用他們的力量。不過牛河對這點卻抱著否定的看法。老婦人出身太好不可能跟這種人交往。尤其爲了保護「家庭暴力受害婦女」，很難想像會利用流氓的力量。可能她備有自己的一套警衛體制。精鍊的個人化組織。也許很花錢，但她並不缺錢。而且那組織可能必要時也能帶有暴力傾向。

如果牛河的假設正確的話，青豆應該得到老婦人的幫助，現在正藏身在某個遠方的隱匿場所。仔細地消除足跡，換新身分，可能連姓名都改掉。說不定連面貌都不同了。這麼一來，牛河現在所做的詳細個人調查，就絕不可能查到她的足跡了。

也許只能暫且緊咬著麻布老婦人的這條線索不放了。只能找出其中的某個破綻，從那破綻推測出青豆的足跡。也許順利，也許不順利。不過敏銳的嗅覺，和緊咬不放的黏功是牛河的長項。而且除此之外我到底有什麼值得一提的資質呢？牛河自問。其他還有什麼可以向別人誇耀的能力呢？

……一樣也沒有，牛河確信地回答自己。

第5章　青豆

不管妳怎麼消聲匿跡

躲在一個地方，過著單調的生活，對青豆來說並不特別痛苦。早晨六點半起床，用過簡單的早餐。花一小時左右洗衣服、燙衣服、掃地。中午以前的一個半小時，用Tamaru爲她準備的健身器材，有效率地密集運動身體。身爲專業教練，她熟知哪部分的肌肉每天需要給多少刺激。也知道負荷到什麼程度是有益的，超過什麼程度則是過度了。

午餐以蔬菜沙拉和水果爲主。下午大多坐在沙發上看書，短暫地午睡一下。傍晚花一小時左右做菜，六點以前吃完晚餐。天黑後，走出陽台坐在庭園椅上，監視兒童公園。然後十點半上床。每天如此反覆。不過對這種生活她並沒有特別感到無聊。

自己的個性本來就不喜歡社交。長時間不跟誰見面，不跟誰說話，也不會感到不方便。小學時候甚至跟同學也幾乎沒講話。正確說，除非必要誰也不會過來跟她說話。青豆在班上被視爲「莫名其妙」的特異份子，應該算是被排斥被視若無睹的人。青豆覺得不公平。如果是她本人犯了錯或有問題，或許被排斥也是沒辦法的事。然而並不是這樣。幼小的孩子要生存下去只能默默聽從父母的命令。所以在營養午餐之前她一定會大聲祈禱，禮拜天要跟母親一起走到街上去勸人信教，由於宗教上的理由不參加前往寺院神社的遠足，拒絕參加聖誕晚會，毫無怨言地穿上別人淘汰的舊衣服。但周圍的孩子沒有人知道這些緣故，也不想去了解。只是一味討厭她而已。老師們也明顯地感覺有她這個學生存在很麻煩。

當然她也可以向雙親說謊。說每天營養午餐之前有祈禱，其實卻沒做。但她不願意這樣。一個原因是不想對神——無論實際上有沒有神——說謊，另一個原因是，她其實對同學也很生氣。如果那麼討厭我的話，就盡量討厭吧。青豆這樣想。繼續祈禱其實是對他們的挑戰。公正的是我這邊。

早晨醒來，爲了上學要換衣服時最痛苦。因爲緊張而經常拉肚子，有時還會嘔吐。也曾經發燒，或感覺頭痛，或手腳麻痺。雖然如此還是不曾跟學校請假休息。恐怕休息一天，就會想繼續休息好幾天。這種事如果繼續下去，可能就無法再去上學。那意味自己輸給同學和老師。她如果不再出現在教室，大家一定都會鬆一口氣。青豆可不願意讓他們鬆一口氣。所以不管多麼不舒服，爬著也要去學校。而且咬緊牙根忍耐著保持沉默。

和當時所處的嚴苛狀況比起來，對青豆來說，躲在雅致公寓的一室裡不跟任何人說話，根本不算一回事。和周圍的人都在高高興興地談笑，只有自己持續沉默的難過比起來，在只有自己一個人的地方保持沉默要容易多了，而且自然。還有書可以讀。她開始讀Tamaru送來的普魯斯特。但留意一天不要讀超過二十頁。花時間順著文字一字一句，仔細地讀二十頁。這樣讀完之後，再拿起其他書。然後就寢前一定會讀幾頁《空氣蛹》。那是天吾所寫的文章，某種意義下也是她在1Q84年活下去的指南。

也聽音樂。老婦人把古典音樂的錄音帶用紙箱裝著爲她送來。裡面有馬勒的交響曲、海頓的室內樂、巴哈的鍵盤音樂、各種形式的音樂。也有她託的楊納傑克的《小交響曲》。她一天聽一次《小交響曲》。和著音樂做激烈而無聲的運動。

秋天靜靜加深。在日子移動之間自己的身體有一點一點逐漸變透明的感覺。青豆努力盡量不去想事情。但當然不可能什麼都不想。如果有眞空的話就會有什麼去充滿它。但至少現在的她，沒有感覺需要恨什麼。沒有必要恨同學或老師。她已經不是無力的小孩，也沒有人會再強迫她信仰什麼。沒有必要去憎恨那些毆打、傷害女人的男人。過去有時會像高潮般在體內湧起的憤怒——沒來由地想敲打眼前牆壁般的高昂情緒激動——不知不覺間已經消失無蹤了。不知道爲什麼，那已經不再回來了。青豆爲此感到欣慰。她希望盡可能不要再傷害別人了。就像不想傷害自己一樣。

睡不著的夜晚，會想到大塚環和Ayumi（中野步）。眼睛閉起來，抱過她們身體的記憶便鮮明地甦醒過來。她們各自擁有柔軟、光澤、溫暖的身體。是溫柔而有深度的肉體。裡面流著新鮮的血，心臟發出規則而深沉的聲音。聽得見微小的嘆息聲，聽得見咯咯的笑聲。纖細的指尖、硬挺的乳頭、光滑的大腿……。不過她們已經不在這個世界了。

悲傷像黑暗而溫柔的水那樣無聲無息，充滿青豆的心。這種時候她就把記憶的回路切換過來，努力去想天吾的事。集中意識，回想起在放學後的教室裡，極短暫地握緊十歲時他的手的觸感。然後喚起腦子裡不久前，出現在溜滑梯台上三十歲天吾的模樣。想像那成年的粗壯雙臂擁抱自己的情景。

他已經來到差一點就伸手可及的地方了。

而且下次，說不定我伸出的手就可以眞的摸到他了。青豆在黑暗中閉著眼，讓身體沉醉在那樣的可能性中。任由心去嚮往。

但如果再也無法見到他的話，我到底該怎麼辦才好呢？青豆的心開始戰慄。和天吾現實上沒有接點存在時，事情單純多了。遇見長大成人的天吾，這件事過去對青豆來說只不過是夢想，是抽象的假設而已。然而親眼看到他實際的身影的現在，天吾的存在變成與過去無法相比的確實而強烈。青豆無論如何一定要再跟他見面。而且讓他擁抱、讓他盡情愛撫。光想到這可能無法實現時，整個心和身體就像從中間撕裂成兩半似的。

或許我在Esso的老虎看板前，就該讓那九毫米的子彈射穿腦袋。應該就不必活著忍受這折磨了。卻怎麼也無法扣下扳機。她親耳聽到聲音。有人正在遠方呼喚她的名字。說不定還能見天吾一面，這樣的想法一旦浮上腦海，她就沒有理由不繼續活下去了。就算像領導說的，那樣會危害到天吾的安全，她也無法選擇其他的路了。當時有理論所無法企及的強大生命力在奔騰。結果，我渾身被想見天吾的激烈欲望所焦灼。被渴望和絕望的預感不斷輪番煎熬。

這就是繼續生存的意思啊，青豆覺悟到了。人被賦予希望，把那當成燃料，當作目的活過人生。人沒有希望是無法繼續活下去的。不過那跟丟銅板一樣。會出現正面或反面，在銅板落地之前無法預知。這樣想時心會緊緊縮起來懸在半空中。強烈到全身所有的骨頭都在互相吱咯碰撞大聲哀嚎的地步。

她坐在餐桌拿起自動手槍。拉起滑套把子彈送進彈匣，拇指撥起擊鐵，槍口伸進口中。右手食指只要再施一點力，立刻就可以消除這煎熬了。再施一點力。再一公分，不，只要手指再朝內側拉五毫米，我就可以移到無憂無慮的沉默世界去了。疼痛只有短短一瞬間。之後無比慈悲的虛無便會來臨。她閉上眼睛。Esso看板上，手拿著加油槍的老虎對著她微笑。讓老虎爲您的車加油。

她把堅硬的槍身從口中拔出來，慢慢搖搖頭。

不能死。陽台前面有公園，公園裡有溜滑梯台，天吾說不定會回來那裡，只要還有這希望，我就無法扣下這扳機。可能性在千鈞一髮之間把她拉了回來。她感覺到心中似乎有一扇門關閉了，另一扇門打開了。安靜，無聲地。青豆拉開手槍的滑套從彈匣取出子彈，撥回安全裝置，把槍放回書桌裡。閉上眼睛時，在那黑暗中可以知道有發出昏暗光亮的某種微小東西正一刻刻消失而去。非常細，像光的塵埃般的東西。但那到底是什麼，她並不知道。

坐在沙發上集中注意力在《追憶逝水年華》第一卷〈去斯萬家那邊〉的頁面。在腦子裡描繪故事的情景，努力不讓其他雜念混進來。外面開始下起冷雨。收音機的氣象預報告知，安靜的雨會繼續下到翌日早晨。秋雨鋒面正滯留在太平洋的海面不動。就像沉溺在思考中忘了時間的孤獨的人那樣。

天吾不會來嗎？天空被厚厚的烏雲層層覆蓋著，無法看見月亮。雖然如此青豆應該還是會走出陽台，一面喝著熱可可一面監視公園。把望遠鏡和手槍放在手邊，穿著隨時可以外出的衣服，繼續眺望被雨淋濕的溜滑梯台。因為那是對她來說唯一有意義的行為。

下午三點，公寓入口的門鈴響了。有人想進到大樓裡來。青豆當然不理。沒有誰會拜訪她。她想喝茶正在燒開水，為了慎重起見把瓦斯關掉觀察動靜。門鈴響了三、四次，然後沉默。

五分鐘後門鈴再響起來。這次是房門口的門鈴。這個誰現在已經進到大樓裡了。就在她的房子門前。可能跟在誰後面從玄關進到大樓內部的。或者按了別家的門鈴，隨便說了什麼讓人把大門打開。青豆當然保持沉默。不管是誰來都不要回答，門從裡面反鎖別出一點聲音——這是Tamaru交代過的。

門鈴可能響了有十次之多。以推銷員來說太執拗了。他們頂多只會按三次門鈴。青豆保持沉默時，對方居然用拳頭開始敲門。不是太大聲。但其中帶有強硬的焦躁和憤怒。「高井小姐。」中年男人粗壯的聲音。些微沙啞。「高井小姐，妳好。請妳出來好嗎？」

高井是這房子信箱上用的假名。

「高井小姐，打攪妳了，但請妳出來一下。拜託妳。」

男人停一下看看反應。知道沒有反應之後，又再開始敲門。比剛才用力一點。

「高井小姐，我知道妳在裡面。所以請妳開門省得麻煩。妳在裡面，而且聽得見我的聲音。」

青豆拿起放在餐桌上的自動手槍，將安全裝置撥開，用小毛巾包起來，握緊槍把。不清楚對方到底是誰，想要什麼。不過這個人不知為什麼對她懷有敵意，堅決要她開門。不用說，對現在的她來說這是不該歡迎的事。

敲門聲好不容易才停止，男人的聲音再度在走廊響起來。

「高井小姐，我是來收ＮＨＫ收訊費的。沒錯。大家的ＮＨＫ。我知道妳在裡面。不管妳怎麼消聲匿跡，我都知道。因為我是長年做這種工作的過來人，我可以分得出，是真的不在，或假裝不在。不管多麼努力不發出聲音，人還是有所謂氣息的。人會呼吸、會心跳、胃會繼續消化。高井小姐，妳現在正在屋子裡。而且正在等我放棄就此告退。既不打算開門，也不打算回答。為什麼呢？因為不想繳收訊費。」

男人發出沒必要的過大聲音。那聲音響徹大樓的整個走廊。那是男人故意的。大聲喊叫對方的名字，加以嘲笑、讓對方感到羞辱。並以此警告鄰居們。當然青豆繼續保持沉默。不理對方。她把手槍放回桌上。不過為了慎重起見還先解除安全裝置。或許有人偽裝成ＮＨＫ的收費員也不是不可能。她依然坐在餐廳的椅子上，繼續注視著玄關的門。

她也想躡著腳步走到門邊，從窺視孔探看門外。確認一下到底是什麼樣的人。不過她在椅子上沒動。

別輕舉妄動比較好。不久那個人應該會放棄，離開。

然而那個人似乎決定在青豆的房子前發表一場演講。

「高井小姐，別再玩捉迷藏了。我並不是喜歡做這件事而做的。我也很忙啊。高井小姐，妳應該有看電視吧。而看電視的人，都必須繳收訊費，或許妳不高興，不過法律上是這樣規定的。不付收訊費，等於是小偷竊盜一樣。高井小姐，妳應該也不願意爲這麼一丁點小事而被當成小偷吧。住在這麼氣派的新建大廈裡，不可能付不起電視的收訊費，對吧？這種事我在大家面前大聲嚷嚷的話，妳一定也不太愉快吧。」

不管被NHK的收費員怎麼大聲嚷嚷，平常的話青豆也不會理會。不過現在的她正處於躲著外人的耳目，潛伏在房子裡的處境。無論如何都不想引起周圍人對這間房子的注意。只是她什麼都不能做。只能消聲匿跡地等那個人離開。

「高井小姐，聽起來好像很固執地反覆說個不停，不過我知道。妳在屋子裡，靜靜地傾聽著。而且這樣想。爲什麼偏偏要在我的房子前面吵吵鬧鬧呢？爲什麼？高井小姐。因爲我不喜歡假裝不在家。假裝不在家不是在敷衍嗎？開門吧，妳就當面說個清楚，不想繳NHK的收訊費不好嗎？那樣妳會覺得比較痛快。我也覺得比較痛快。至少那樣還有個商量餘地。可是假裝不在是不行的。就像小氣的老鼠一樣躲在黑暗的地方。等到人不在了才偷偷摸摸地出來。這樣活著太無聊了。」

這個男人在說謊，青豆想。說知道裡面有人的動靜一定是胡扯的。我既沒發出任何聲音，連呼吸也安安靜靜。不管在哪裡都可以，在任何一戶人家前面大聲嚷嚷，威嚇附近的居民，是這個男人眞正的目的。想讓人們心想與其被人在門口這樣吵鬧，不如繳收訊費算了。這個男人可能在各個地方都幹過同樣的事，因而收到相當的成果吧。

「高井小姐，妳一定覺得我這個人令人不愉快吧。妳在想什麼我都清清楚楚。沒錯，我確實是個令人不快的人。這我自己也知道。不過，高井小姐，給人好印象的人是無法收到費用的。爲什麼呢？因爲世間有很多人決定不繳NHK的收訊費。要從他們那裡收到錢，就很難經常保持令人有好感的樣子了。以我來說，我也很想說：『是嗎？您不想繳NHK收訊費。明白了。對不起打攪了。』然後高高興興地告退。不過事情可不能這樣。收取收訊費既是我的職務，而且我個人也實在不喜歡假裝不在這件事。」

男人說到這裡，閉口停頓一下。然後繼續響起十聲敲門聲。

「高井小姐，差不多快不愉快起來了吧？覺得自己眞的像小偷一樣了吧？請好好的想想。我們的問題，並不是多了不起的金額。只不過相當於在隨便一間家庭餐廳吃一頓簡單晚餐的程度而已。只要付過這個，就不會被當小偷看待，也不會被高姿態地大聲嚷嚷，被固執地敲門了。高井小姐，我知道妳躲在這扇門後面。妳以爲可以一直躲在那裡，可以逃得掉嗎？沒關係，那妳就躲吧。不過不管妳再怎樣消聲匿跡，不久一定還是有人會找到妳。狡猾的事情沒辦法長久繼續下去。請妳想一想。比妳窮得多的人，在全日本都每個月誠實地繳著收訊費。這是不公平的。」

門被敲了十五次。青豆數著那次數。

「我明白了，高井小姐。看來妳好像也是個相當固執的人。今天我就告退了。我也不能一直只顧著妳這邊。不過我還會再來喲。高井小姐。我的個性是一旦決定這樣之後，就不會簡單放棄的。也不喜歡假裝不在家。我會再來拜訪。而且還會再敲這扇門。繼續敲到讓全世界都聽得見這聲音爲止。我跟妳約好了。只有妳跟我之間的約定。好嗎？那麼過幾天再見了。」

聽不見腳步聲。大概因爲穿著膠底鞋吧。青豆就那樣等了五分鐘。屏著氣，注視著門。走廊靜悄悄的，聽不見任何聲音。她躡著腳步走到門前，放膽從窺視孔往外看。看不見任何人的影子。

她把手槍的安全裝置扣上，深呼吸了幾次讓心臟的鼓動鎮定下來。打開瓦斯爐火燒開水，泡了綠茶來喝。只不過是ＮＨＫ的收費員，她這樣告訴自己。不過那個男人的聲音裡含有某種邪惡的東西，病態的東西。無法判斷那是針對她個人發出的？或是針對碰巧賦與高井這個名字的虛構人物。不過那沙啞的聲音和執拗的敲門聲，仍然留下令人不愉快的感覺。好像露出的皮膚被黏黏的東西貼住的感覺。

青豆脫下衣服去沖澡。淋著熱水，用肥皀仔細地洗身體。洗過澡換上新衣服，心情輕鬆了些。皮膚上討厭的觸感也消失了。她在沙發上坐下，喝著剩下的茶。想繼續讀書，但精神無法集中在書頁上。男人的聲音又片段地在她耳裡甦醒過來。

「妳以爲可以一直躲在那裡，可以逃得掉嗎？沒關係，那妳就躲吧。不過不管妳再怎樣消聲匿跡，不久一定還是有人會找到妳。」

青豆搖搖頭。不，這個男人只是信口開河地隨便說說而已。只是假裝知道地大聲嚷嚷，想惹人家不愉快而已。至於我做了什麼？我爲什麼會在這裡？那個男人其實對我的事一無所知。雖然如此青豆心臟的鼓動卻久久難以平復。

不管妳再怎樣消聲匿跡，不久一定還是有人會找到妳。

那個收費員的話似乎含有很重的弦外之音。也許只是偶然。不過那個男人，好像非常熟知什麼樣的話最能擾亂我的情緒似的。青豆放棄看書，在沙發上閉起眼睛。

天吾，你在哪裡？她這樣想。也試著說出口。天吾，你在哪裡？快點找到我吧。在別人找到我以前。

第6章 天吾

從拇指的刺痛可以知道

天吾在那海邊的小村過著規律的日子。生活型態一旦定下來之後，就盡量維持不要亂掉。自己也不知道爲什麼，但覺得這樣似乎比什麼都重要。早晨散步、寫小說，到療養院去爲昏睡的父親朗讀適當的書，然後回到住處睡覺。這樣的日子就像單調的秧歌般反覆著。

溫暖的夜晚繼續了幾天，然後是冷得驚人的夜晚來臨。天吾和這樣的季節變化無關，只是順著自己昨天的行動照樣繼續活下去。試著盡可能變成一個無色透明的觀察者。屏著氣不動聲色，安靜等著那一刻。一天和下一天之間的差別逐日變稀薄。一星期過去、十天過去。但空氣蛹並沒有現身。午後的日暮時分父親被送去檢查室後的床上，只留下小得可悲的人型凹陷而已。

那個是僅限於那時候一次的事情嗎？天吾在黃昏遲遲未到的狹小病房中，邊咬著牙邊想。那是不會再度出現的特別顯示嗎？或者我只是看到幻影呢？沒人能回答這問題。傳進他耳裡的只有遠方的海鳴，和時而吹過防風林的風聲而已。

天吾不確定，自己是否採取了正確的行動。從東京來到這偏遠的海邊村子，在被現實所遺棄了般的療養院的一室裡，或許只是徒勞地消磨著時間而已。不過就算這樣，天吾還是無法就這樣離開這裡。他之前在這房間裡目擊過空氣蛹，看過在昏暗光線中睡著的小青豆的身影。甚至碰觸到她的手。就算那是只限於一次的事情也好，不，就算是虛無的幻影也好，只要容許，他都想盡量在這裡留久一點。希望能以心的手指繼續觸摸那時眼睛見到的情景。

護士們知道天吾沒有回東京，暫時還留在海邊的村子時，開始對他懷有親近感。她們會在工作的空檔稍微休息一下，跟天吾聊聊天。一有空時，就會特地到病房來找他談話。帶著茶或甜點來給他。頭髮往上梳成髮髻、上面插一根原子筆的三十五歲左右的大村護士，和臉頰紅潤綁著馬尾巴的安達護士，輪流照顧天吾的父親。戴金邊眼鏡、年屆中年的田村護士多半在門廳的服務台接待來客。人手不足的時候也會來代替她們照顧父親。這三個人私下似乎對天吾很感興趣的樣子。

天吾除了傍晚的特別時刻之外，因爲時間太多，所以也跟她們談了很多話。或者該說，被問到什麼他都盡量誠實回答。說他在補習班當老師教數學。副業是受託寫各種零星文章。父親長年從事ＮＨＫ的收費員工作。自己從小就學柔道，高中時參加縣內大賽還進入決賽。不過完全沒提到和父親之間長年不和。也沒提把母親當成已經死了，但她可能拋棄丈夫和兒子跟其他男人私奔的事。把這些事搬出來有點麻煩。當然不可能提爲暢銷小說《空氣蛹》代筆的事。也沒說看見天空有兩個月亮的事。

她們也各自談了自己的身世。三個都是當地人，高中畢業進了專科學校，當上護士。療養院的工作大體上單調而無聊，工作時間長而不規律，不過能在自己成長的地方工作很幸運，比起在一般綜合醫院上班，每天看病人面臨生死關頭的工作，比較沒那麼緊張。老人們慢慢花時間失去記憶，在不明情況下安靜斷氣。很少流血，痛苦也降到最低限度。既沒有半夜被救護車送來的患者，也沒有圍在身邊哭叫的家屬。

生活費比較便宜，所以就算薪水不太高，生活也還過得去。戴眼鏡的田村護士五年前丈夫車禍去世，在附近的村子和母親兩個人一起住。原子筆插在髮髻的高個子大村護士有兩個還小的兒子，丈夫開計程車。年輕的安達護士和當美容師大她三歲的姊姊，兩個人一起在村子外圍租公寓一起住。

「天吾很體貼嘛。」大村護士一面換著點滴一面說。「沒有家屬會每天來讀書給昏迷不醒的人聽的。」

被這麼一說，天吾覺得很不自在。「只是碰巧有休假。不過我想沒辦法做太久。」

「不管多空閒，都沒有人願意來這裡喲。」她說。「雖然這麼說不太好意思，但因爲是不會康復的病啊。時間拖久後，大家都會漸漸灰心。」

「因爲父親曾經要我讀書給他聽，說隨便什麼都可以。更久之前，他還多少有一點意識的時候。而且在這裡，反正也沒別的事可做。」

「你在讀什麼給他聽？」

「各種東西。只是我碰巧正在讀的書，碰巧讀到的地方，發出聲音讀出來而已。」

「現在正在讀什麼？」

「伊莎·丹尼森（Isak Dinesen）的Out of Africa《遠離非洲》。」

護士搖搖頭。「沒聽過。」

「這本書是一九三七年寫的，伊莎·丹尼森是丹麥的女作家，和瑞典貴族結婚，在第一次世界大戰開始前到非洲去，在那裡經營農場。後來離婚，一個人繼續經營。她把當時的親身體驗寫成書。」

她量著父親的體溫，在紀錄表上寫下數字，然後把原子筆再插回頭髮上。並撩一下瀏海。「我可以在這裡聽一下朗讀嗎？」

「不知道妳會不會喜歡。」天吾說。

她在凳子上坐下來，蹺起腳。骨骼結實，形狀美麗的腳。肌肉相當勻稱。「總之讀讀看吧。」

天吾開始繼續慢慢讀起來。那種文章是必須慢慢讀的。就像流過非洲大地的時間那樣。

經過炎熱乾燥的四個月之後，是漫長雨季開始的非洲的三月，周遭全面充滿旺盛的生機和新綠，瀰漫著馥郁的芬芳。

然而農園經營者卻把心縮緊，警告自己先別讓自然的恩寵給樂壞了。降雨聲沒有減弱嗎？她擔心地側耳傾聽著。現在大地所吸進的水分，必須要讓活在農園裡的所有植物、動物，和人，撐過即將來臨的無雨的四個月。

農園內所有的道路，全都變成滿溢水流的小河，景色真美。農園主人滿心雀躍忍不住想唱起歌來，涉過泥地，走到花正盛開被雨淋得滴滴答答的咖啡園裡。然而，就在雨季正當中，有一夜突然雲開了，看得見閃爍的星光。於是農園主人走出家裡抬頭望天。希望能下更多的雨，想抓住天空把雨水擠出來般。農園主人朝天空喊出願望：「再下更多的雨呀，請再下更多豐沛的雨水。現在，我的心正赤裸裸地獻給您。如果您不祝福我的話，我可不願意放手。如果您願意，可以把我打倒。但別折磨我。性交中斷可傷腦筋哪。天上的主啊！」

「性交中斷？」護士皺著眉說。

「怎麼說呢，因爲是用語露骨的人。」

「就算這樣，對神這樣開口不是相當寫實的用語嗎？」

「確實。」天吾同意。

雨季結束後，有幾天奇怪的涼快陰天。那樣的日子令人想起馬爾卡．姆巴雅，也就是凶年、旱災的時候。那時候肯亞的吉庫岳族人會帶著乳牛來，在我家周圍吃草。牧牛的少年會帶著笛子來，不時吹起一些短調。後來我每次聽到同樣的曲調時，都會清楚想起那過去的日子裡我們的一切苦難和絕望。那調子中含有眼淚的苦澀。不過同時，在那相同的曲調中，很意外地，我也在同一首歌中聽出了活力和不可解的溫柔。在那難過的時期，真的那麼難過嗎？那時候，我們有的是年輕，充滿了強烈的希望。正是那漫長而持續的苦難日子，帶給我們堅強的團結。強到就算被移到別的星球，我們也一定能立刻認出彼此是伙伴。而布穀鳥鐘，我的藏書，草地上瘦弱的母牛，哀愁的吉庫岳族的老人們，彼此這樣呼喚。「你也在那裡吧。你也是這咕咕鐘農園的一部分吧。」就這樣那苦難的時期祝福著我們，然後離去。

「好生動的文章啊。」護士說。「情景就在眼前浮了上來。伊莎．丹尼森的《遠離非洲》。」

「是啊。」

「聲音也好好聽。有深度，帶著感情。好像很適合朗讀。」

「謝謝。」

護士仍然坐在凳子上，暫時閉上眼睛，輕輕呼吸著。就像要讓文章的餘韻滲透到體內般。看得見她胸部的隆起在白色制服下隨著呼吸而上下。在看著那之間，天吾想起年紀比他大的女朋友。想起星期五下午，脫下她的衣服，手指碰觸到她變硬的乳頭時。她所吐出的深沉氣息，和那濡溼的性器。窗簾拉上的窗外正下著密密的雨。她的手掌正測量著天吾睪丸的重量。然而即使想起這種事情，也沒有引起他的性慾。一切情景和感覺就像罩著一層薄膜般模糊，並在遠遠的地方。

護士不久後睜開眼，看天吾。以就像天吾正在想的事情全都被看透般的視線。只是她並不是在責怪天吾。她的臉上浮現淡淡的微笑站了起來，俯視天吾。

「不走不行了。」護士摸摸頭髮，確認原子筆在頭髮上後，一轉身走出房間。

大多都在傍晚打電話給深繪里。她每次都說，一整天沒發生什麼特別的事。電話響過幾次，不過都照他吩咐的沒去接。那樣就好，天吾說。鈴聲讓它一直響沒關係。

天吾打電話給她時，都會採取讓鈴聲響三次後先掛斷，再立刻重打的方式，不過這規定她並不太遵守。深繪里多半在響第一聲時就拿起聽筒。

「妳不照規定來不行啊。」天吾每次都提醒她。

「我知道是你所以沒關係。」深繪里說。

「妳是說妳知道是我打的？」

「別的電話我不接。」

天吾想或許有這種事。他自己，小松打來的電話不知爲什麼總覺得自己也會知道。鈴聲的響法比較匆促而神經質。就像用手指執拗地在桌上咚咚地繼續敲著般。不過那畢竟只是總覺得而已。並非有十足把握而拿起聽筒的。

深繪里所過的日子，單調程度並不亞於天吾。她一步也不能走出公寓的房子，只能一個人保持安靜。沒有電視，不讀書。東西也吃很少。所以現在也沒必要出去買東西。

「因為不動所以也不太需要吃。」深繪里說。

「每天一個人做什麼？」

「想事情。」

「想什麼樣的事情？」

她沒回答這個問題。「烏鴉會來。」

「烏鴉一天會來一次嗎？」

「不只一次，會來好幾次。」少女說。

「同一隻烏鴉嗎？」

「對。」

「此外沒有任何人來？」

「ｎｈｋ的人又來了。」

「跟上次一樣的ＮＨＫ的人嗎？」

「大聲說川奈先生是小偷。」

「在我家門口這樣大叫嗎？」

「讓大家都聽得見。」

天吾對這想了一下。「這件事妳不用擔心。因爲這跟妳無關，而且也沒有什麼害處。」

「他說他知道我躲在裡面。」

「別理他。」天吾說。「這種事對方不會知道。他只是隨便胡說嚇唬人的。ｎｈｋ的人常常會用這一招。」

天吾目睹過父親幾次採用一模一樣的手法。星期天下午，響徹集合住宅走廊的充滿惡意的聲音，半威脅半嘲笑。他以指尖輕壓著太陽穴。記憶隨著各種沉重的附屬品甦醒過來。

從沉默中感覺到什麼似的，深繪里問：「沒問題嗎？」

「沒問題呀。ｎｈｋ的人妳別理他就好了。」

「烏鴉也這麼說。」

「那就好。」天吾說。

天上浮著兩個月亮，自從看見空氣蛹出現在父親的病房以來，天吾對大多的事情都見怪不怪了。深繪里每天跟烏鴉在窗邊交換意見有什麼不好呢？

「我想再在這裡多待一陣子。還沒辦法回東京。沒關係吧？」

「想待多久就盡量待吧。」

這樣說完，深繪里沒停一下就掛斷電話了。對話瞬間消失。就像有誰掄起磨快的柴刀一斬而下，把電話線切斷了似的。

然後天吾撥了小松出版社的電話號碼。但小松不在。說是下午一點左右到公司露一下面，又不見了，現在不知道去哪裡，也不清楚會不會再回公司。這並不稀奇。天吾留下療養院的電話號碼，說白天大概都在這裡，麻煩他聯絡一下。如果說出旅館電話，他半夜打來就傷腦筋了。

上次跟小松通話，是九月將近尾聲時。在電話上簡短地談一下。從那次以後他就完全沒有聯絡，天吾也沒跟他聯絡。八月底開始的三星期左右，他不知道消失到哪裡去。只打了一通「身體不舒服，想暫時請假休息。」這樣沒頭沒腦的電話到公司，就從此失去聯繫。幾乎處於行蹤不明的狀態。當然擔心，不過也還不至於到非常擔心的地步。小松生來就有很隨性衝動的地方，基本上是以自己的方便行動的人。可能不久就會若無其事地忽然回公司上班。

當然在所謂公司這樣的組織中，是不容許這種任性行為的。不過他的情況，同事會有人幫他設法頂替遮掩，防止麻煩事發生。雖然他的人緣絕不算好，不過不知道為什麼隨時隨地總是會有奇怪的人為他擦屁股。公司方面多少也睜一隻眼閉一隻眼。雖然是這樣一個本位主義、協調性差、旁若無人個性的人，但因為工作上特別能幹，現在更獨自負責暢銷作品《空氣蛹》，不可能那麼容易被砍頭。

小松正如天吾預測的那樣，有一天忽然沒有任何預告地又出現在公司，既沒特別說明，也沒向誰道歉，就那樣重新回到工作崗位。認識的編輯，有事打電話來時順便告訴他這件事。

「那麼，小松的身體情況好了嗎？」天吾問那個編輯。

「嗯，看起來很好啊。」他說。「只是比以前稍微沉默的樣子。」

「變沉默了？」天吾有點吃驚地說。

「該怎麼說呢？我是指比較沒有以前那麼愛應酬了吧。」

「眞的是因爲身體不舒服嗎？」

「這個我也不清楚。」編輯以敷衍的聲音說。「他自己這樣說。只能這樣相信哪。不過，幸虧他平安無恙地回來了，堆積如山的事都在確實地逐一解決。他不在的期間，畢竟發生了和《空氣蛹》有關的很多事，這邊也很累。」

「說到《空氣蛹》，深繪里的失蹤事件怎麼樣了？」

「沒怎麼樣。還是一樣啊。事情看不出進展，少女作家的行蹤依舊杳然。所有相關者都一籌莫展。」

「我看報紙，最近也完全看不到這方面的報導了。」

「媒體大多從這事抽手，或愼重地保持距離觀望。警察也沒有明顯的動作。詳細情況你可以問小松。只是，就像剛才說過的那樣，他最近話比較少。或者說，整個人都有點不像他。信心十足的模樣收斂了，變得比較內省，或者說獨自沉思的時候變多了。也比較孤僻。有時看來像忘了周圍人的存在。簡直像一個人躲進洞裡似的。」

「變得內省嗎？」天吾說。

「我想你實際跟他談談就會知道。」

天吾道過謝掛了電話。

幾天後的傍晚天吾打電話給小松。小松在公司。就像認識的編輯說的那樣。小松的說話方式跟平常不同。平常像連珠炮似地說個不停，那時語氣卻有點不太順，給人一種一邊跟天吾聊著，一邊還不停在尋思著其他什麼的印象。天吾想他可能有什麼煩惱，或正在處理什麼麻煩案件，卻又不形於色，總之一貫保持自己的風格和步調是小松的作風。

「身體情況已經好了嗎？」天吾問看看。

「身體情況？」

「你不是因爲不舒服所以向公司請假很久的嗎？」

「噢，是啊。」小松好像想起來似的。短暫沉默一下。「那已經好了。關於那件事，下次另外找時間再談。現在還沒辦法好好說。」

下次另外找時間，天吾想。聽得出小松的口氣中有什麼奇怪的弦外之音。其中缺少了適當的距離感似的東西。口中說出的話有點平板，沒有深度。

天吾那時候，適度把話打住，自己掛了電話。也刻意不提《空氣蛹》和深繪里的話題。因爲從小松的口氣可以感覺到，好像在避免觸及那個話題似的。到目前爲止小松曾經有過無法暢所欲言的情況嗎？

總之那是最後一次跟小松說話。九月底。然後已經過了兩個月。小松是個喜歡講很長電話的男人。當然也會選對象吧。他有把腦子裡浮現的事情逐一講出來一面繼續整理思緒的傾向。說起來天吾一直就爲這樣的他，充當像往牆壁打網球時的壁板般的角色。當他心血來潮時，有事沒事都會常常打電話給天吾。而且多半是毫無道理的時刻。如果沒想到也會很久一段時間都不打電話聯絡。但兩個月以上毫無音訊則非常稀奇。

可能是跟誰都不太想講話的時候吧。誰都會有這樣的時候。就算小松也一樣。而天吾也沒有非和他立刻商量不可的事情。《空氣蛹》的銷售已經停滯下來，幾乎已經不再被世間當成話題，行蹤不明的深繪里其實自己也知道在哪裡。如果小松那邊有事，他應該會打來。如果沒打，就表示沒事。

不過天吾想差不多該打電話了。因爲小松說「關於那件事，下次另外找時間再談」的話，不可思議地還一直卡在腦子的一角。

天吾打電話給幫他代補習班課的朋友，問問情況。對方說，這邊沒什麼特別問題。那麼你父親的情況呢？

「還是一直昏睡不醒。」天吾說。「有在呼吸，體溫和血壓雖然低，不過數值還算穩定。不過沒有意識。可能也不痛苦。就像留在夢中的世界似的。」

「這可能是不錯的死法。」那個男人不帶什麼感情地說。他想說的是「這種說法也許沒禮貌，不過試想，其實某種意義上也未嘗不是不錯的死法。」只是把開頭的部分省略了。在大學的數學系上了幾年課之後，就會習慣這種省略的對話法。並不會覺得特別不自然。

「最近有沒有看月亮？」天吾忽然想到試問看看。唐突地被問到最近月亮的樣子，也不覺得奇怪的，可能只有這個朋友吧。

對方思考了一下。「這麼一說不記得最近有看月亮。月亮怎麼了嗎？」

「如果有空試著看一次好嗎？我想聽聽你的感想。」

「感想？你說感想，是從什麼樣的觀點？」

「任何觀點都沒關係。我想聽你看到月亮想到什麼。」

停頓了一下。「所謂想到什麼，可能很難形容。」

「不，不用介意怎麼形容。重要的是直截了當的特質般的東西。」

「一看到月亮對那直截了當的特質有什麼感覺嗎？」

「對。」天吾說。「如果沒什麼感覺，也沒關係。」

「今天是陰天所以我想月亮可能不會出來，下次放晴的時候我來看一看。我是說，如果記得的話。」

天吾謝過他掛了電話。如果記得的話。這是學數學的人的問題之一。對於自己沒有直接關心的事項，記憶的壽命短得驚人。

會面時間結束離開療養院時，天吾向坐在服務台的田村護士打招呼。「辛苦了。再見。」他說。

「天吾還會在這裡留幾天左右？」她一邊把眼鏡架往上推推一邊問。好像已經下班的樣子，穿的不是護士服，而是葡萄色的摺裙，白襯衫，和灰色毛衣外套。

天吾停下來想一想。「還沒決定。看情形再說。」

「你工作還可以請假嗎？」

「因爲已經請人代課了，所以還可以再待一陣子。」

「你都在哪裡吃飯？」護士問。

「就那邊街上的餐廳。」天吾說。「旅館只供早餐，所以就隨便走進附近的餐廳，吃定食，或蓋飯之類的。」

「好吃嗎？」

「沒什麼特別好吃。我也不太在意這個。」

「這樣不行啊。」護士臉色難看地說。「要吃營養一點的東西才行。因爲你最近的臉色就像站著睡覺的馬一樣噢。」

「站著睡覺的馬?」天吾驚訝地說。

「馬是站著睡覺的,你看過嗎?」

天吾搖搖頭。「沒有。」

「就像你現在的臉色一樣。」那位中年護士說。「你可以到洗手間去看看自己的臉。剛開始可能還不覺得在睡覺,不過仔細看的話是正在睡覺。就算眼睛是睜開的,也什麼都沒在看。」

「馬是睜著眼睛睡覺的嗎?」

護士深深點頭。「就跟你一樣。」

天吾一瞬之間想到洗手間去看看鏡子,但轉念又作罷。「知道了。我會去吃營養一點的東西。」

「嘿,要不要去吃燒肉?」

「燒肉嗎?」天吾不太吃肉。並不是討厭,只是平常並不會想吃肉。不過被她這麼一說,產生了一種好久沒吃肉,吃個肉也無妨的感覺。或許身體眞的正渴望營養的東西。

「今天晚上大家說好要一起去吃燒肉呢。你也來嘛。」

「大家?」

「和六點半下班的人會合,三個人一起去。怎麼樣?」

另外兩個人就是把原子筆插在頭髮上,有孩子的大村護士,和小個子年輕的安達護士。這三個人下班後感情也很好的樣子。天吾想看和她們一起吃燒肉會怎麼樣。希望盡量不要擾亂生活的簡樸步調,但也找不到拒絕的藉口。在這個村子天吾太閒了是眾所周知的事實。

「如果不會妨礙妳們的話。」天吾說。

「當然不會妨礙呀。」護士說。「會妨礙的人我們不會為了情面去邀請。所以你不用客氣一起來吧。偶爾有健康的年輕男人加入也不錯。」

「健康倒是真的。」天吾以靠不住的聲音說。

「對，這樣最好。」護士從職業的觀點斷言。

在同一個職場上班的三個護士，要同時不排班並不簡單。不過她們總會想辦法一個月製造一次機會。然後三個人到街上吃吃「有營養的東西」，喝喝酒唱唱卡拉ＯＫ。然後放鬆下來，把剩餘的精力（可以這麼說）發洩掉。她們確實需要這樣放鬆一下。鄉下生活單調，在職場看見的除了醫師和護士同事之外，全都是喪失了生氣和記憶的老人。

三個護士總之都很能吃，很能喝。天吾實在跟不上她們的步調。所以當她們很開心地鬧著時，他則在旁邊乖乖配合著，適度吃一點燒肉，一面注意著別醉過頭，一面喝著生啤酒。走出燒肉店又轉到附近的小酒吧，點了一瓶威士忌，開始唱起卡拉ＯＫ。三個護士輪番唱著自己拿手的歌，然後開始唱起偶像團體Candies的歌，連歌帶舞加動作地唱。可能平常就常練習吧。唱得相當可以登台。天吾對卡拉ＯＫ不拿手，只唱了一首勉強記得的井上陽水的曲子。

平常不太說話的年輕安達護士，也因為酒精下肚之後變得活潑而大膽。粉紅的臉頰一醉起來，就變成充分曬過般的健康膚色。無聊的笑話也咯咯地笑著，很自然地靠到旁邊的天吾肩膀上來。頭髮上經常插著原子筆的高個子大村護士，穿著淺藍色洋裝，頭髮放下來。頭髮一放下來看起來年輕了三、四歲，聲音變得更低一階。收斂起麻利的職業性舉止，動作顯出幾分慵懶，看來像換了個人似的。只有戴著金邊眼鏡的田村護士，外表和性格都沒什麼改變。

「今晚小孩託鄰居照顧。」大村護士對天吾說。「我先生值夜班不在家。這樣的時候，當然要開懷地盡情享樂囉。散散心很重要喔。嘿，天吾，你也這樣覺得吧。」

她們今天對天吾，既不叫川奈先生，也不叫天吾君，而叫天吾。周圍大多的人不知道爲什麼都開始很自然地叫他「天吾」了。連補習班的學生，背後也這樣叫他。

「是啊。確實。」天吾同意。

「我們哪，有必要這樣做。」田村護士邊喝著Suntory Old對水威士忌邊說。「因爲我們也是有血有肉的普通人哪。」

「脫下制服之後，只是個女人。」安達護士說。並且像說出什麼意義深長的話似地獨自吃吃笑著。

「嘿，天吾，」大村護士說：「這種事情可以問嗎？」

「什麼樣的事情？」

「天吾有沒有女朋友？」

「對，我也想聽這個。」安達護士以她的大白牙一面啃著巨人玉米一面說。

「一言難盡。」天吾說。

「一言難盡，沒關係呀。」世故的田村護士說。「我們有很多時間，最歡迎這種了。天吾一言難盡的故事，到底是什麼樣的故事。」

「快說，快說。」安達護士說著小聲拍手，吃吃地笑著。

「並不是什麼有趣的事。」天吾說。「很普通，而且沒頭沒尾的。」

「那，光說結論也行啊，說嘛。」大村護士說。「有正在交往的人，或沒有？」

天吾認命地說：「以結論來說，現在好像沒有正在交往的人。」

「哦？」田村護士說。並用手指喀拉喀拉地攪拌著杯子裡的冰塊，舔一舔那手指。「這樣不好啊。不好喔。像天吾這樣年輕又健康的男人，居然沒有交往親密的對象，不是很可惜嗎？」

「對身體也不好。」高個子的大村護士說。「長久一個人積存著，頭腦都會開始癡呆喲。」

年輕的安達護士又再吃吃地笑著。「頭腦會變癡呆。」她說。並用手指戳著自己的太陽穴。

「不久以前，本來有一個那樣的對象。」天吾好像在辯解似的。

「不過不久以前，變成沒有了是嗎？」田村護士用手指推一下眼鏡架說。

天吾點點頭。

「也就是說，你被甩了嗎？」大村護士說。

「怎麼說呢？」天吾歪著頭想。「不過或許是這樣。一定是被甩了吧。」

「嘿，該不會那個人，比天吾大很多對嗎？」田村護士瞇起眼睛問。

「是啊，沒錯。」天吾說。爲什麼會知道這種事情呢？

「妳們看，我說的沒錯吧。」田村護士得意地對另外兩個人說。兩個人點點頭。

「我跟她們說過。」田村護士對天吾說。「天吾一定是在跟比他大的女人交往。這種事情，女人憑氣味就聞得出。」

「嗯哼。」安達護士吸著鼻子說。

「而且說不定還是有夫之婦。」大村護士以慵懶的聲音指出。「不對嗎？」

天吾猶豫了一下後點頭。事到如今說謊也沒用。

「壞小子。」年輕的安達護士以指尖連連戳天吾的大腿。

「大幾歲？」

「十歲。」天吾說。

「哇喔。」田村護士說。

「原來如此，天吾曾經被經驗老到的有夫之婦充分調教疼愛過了。」有孩子的大村護士說。「眞好。我看我要不要也來加加油。安慰一下孤獨而溫柔的天吾小弟呢。別小看人喏，我的身體可還不錯呢。」

她拉起天吾的手正要往自己胸前貼。另外兩個人趕快阻止她。就算喝醉了多少有點脫出常軌，不過她們似乎考慮到護士和照顧患者的家屬之間還是必須保持界限。說不定也怕被誰目擊到那樣的現場。畢竟是小村子，那種流言轉眼之間就會流傳開來。大村護士的丈夫也可能是嫉妒心非常強的人。天吾自己也想避免捲入更大的麻煩。

「不過天吾眞了不起喲。」田村護士及時改變話題說。「來到這麼遠的地方，每天花好幾小時在父親的枕邊朗讀書本給他聽……可不是一般人能辦到的。」

年輕的安達護士輕輕歪著頭說：「嗯，我也覺得非常了不起。這方面令人尊敬。」

「我們哪，經常都在讚美你喲。」田村護士說。

天吾不禁臉紅起來。他留在這個村子並不是爲了看顧父親。而是爲了想再看一次發出幽微光線的空氣蛹，和睡在那裡面的青豆的身影。那幾乎是天吾留在這個村子的唯一理由。照顧昏睡中的父親只不過是藉口而已。不過這件事總不能原原本本坦白出來。那樣首先就不得不從「什麼是空氣蛹」說起了。

「因爲以前什麼都沒爲他做。」天吾在狹小的木椅子上，一邊不舒服地縮著龐大的身體，一邊爲難地說。不過他這樣的態度，在護士們看來也只是謙虛動作的反映而已。

天吾很想說已經睏了然後站起來，一個人先回住處，卻未能掌握適當時機。本來就不是會強勢做什麼的性格。

「不過，」大村護士說，並乾咳一聲，「再回到剛才的話題，爲什麼會離開那個大十歲的有夫之婦呢？不是處得很好嗎？是被她丈夫發現了，還是怎麼呢？」

「我也不知道爲什麼。」天吾說。「有一天開始突然不再聯絡。從此就斷了。」

「嗯。」年輕的安達護士說。「是她對天吾膩了嗎？」

高個子有孩子的大村護士搖搖頭。然後把食指往天上直立著，朝年輕的護士說：「妳還不懂人世間的事情呢。完全不懂。四十歲有丈夫的女人，抓住這麼年輕健康又美味的男孩子，盡情地享受過後，會說『謝謝你，盛情款待。好了，拜拜。』不可能的。相反倒有可能。」

「是這樣嗎？」安達護士輕輕歪著頭說。「這方面我就不太懂了。」

「就是這麼回事。」有孩子的大村護士斷言。以退後幾步瞇起眼睛確認石碑上鑿刻的文字般的眼神，仔細注視天吾，然後獨自點頭。「妳以後年紀大一些也會懂的。」

「啊，我已經很久沒有好事了。」田村護士深深靠到椅背說。

然後三個護士一連耽溺在天吾所不認識的某人（可能是一個護士同事）的性經歷話題中。天吾拿起對水威士忌的玻璃杯，看著那三個人的模樣，腦子裡浮現《馬克白》的三個女巫。邊唱著「清潔即骯髒。骯髒即清潔」的咒語，邊向馬克白吹入邪惡野心的女巫。當然天吾並不把三位護士視爲邪惡的存在。她們是親切而坦率的女性。認眞工作，也把父親照顧得很好。她們在職場被賦予過重的工作量，在以漁業爲基礎產業的小漁村過著算不上刺激的生活，只是把那緊張一個月發洩一次而已。不過看著眼前三個不同世代的女人，能量聚在一起的樣子時，腦子裡自然浮現蘇格蘭的荒野風景。天空陰沉沉的，混著雨的冷風吹過石南灌木而去。

大學時代在英語課上讀過《馬克白》，有一節很奇妙地還留在心中。

By the pricking of my thumbs,
Something wicked this way comes,
Open, locks,
Whoever knocks.

從我拇指的刺痛，
知道邪惡的事即將來臨，
開鎖吧，
無論誰敲門。

連是誰唱出戲曲中這台詞的都不記得了。爲什麼只有這一節我現在還記得清清楚楚。不過這一節讓天吾想起，執拗地敲著高圓寺公寓門的ＮＨＫ的收費員。天吾注視著自己的拇指。並不痛。雖然如此，莎士比亞所寫出的巧妙音韻中還是帶有相當不祥的聲響。

Something wicked this way comes,

但願深繪里沒有打開門鎖，天吾想。

第7章　牛河

正朝那邊步步接近中

關於麻布老婦人的情報，牛河不得不暫時放棄收集。因爲他發現她身邊團團包圍的警衛實在太嚴密了，無論從任何方面出手都一定會碰到高牆。他想再稍微探查一下「庇護所」的情況，但在附近多徘徊可能危險。因爲設有監視錄影機，而且牛河的長相本來就已經夠引人注目了。一旦引起對方警戒以後就難辦事了。暫且離開柳宅，從其他門路查看看吧。

能想到的「其他門路」，說來也不過是把青豆周圍的一切重新調查一次。上次委託一家有往來的調查公司收集資料，自己也親自出馬探聽過。整理出有關青豆的詳細檔案，從各種角度加以檢查求證之後，判斷沒有危險性。以一個健身俱樂部的教練來說，青豆的身手確實不錯，評價也高。少女時代雖然曾經屬於「證人會」，不過十幾歲後就脫會和教團切斷關係。以幾乎頂尖的成績從體育大學畢業，先在銷售健康飲料的中堅食品公司工作，還是個活躍的壘球部核心選手。同事說她無論在球團活動或工作表現上都是優秀人才。人積極頭腦又靈活。大家對她的評價都好。但話不多，交際也不算廣。

幾年前突然辭掉壘球部，從公司辭職，到廣尾的高級健身俱樂部上班擔任指導員。因此收入增加了三成左右。單身，一個人住。目前好像沒有男朋友。無論如何都完全看不到可疑的背景或不透明的要素。牛河皺起眉頭，深深嘆一口氣，把重讀的檔案放在桌上。我一定看漏了什麼。不可以看漏的，極重要的重點。

牛河從書桌的抽屜拿出通訊錄，撥了一通電話。當他有必要非法取得某種情報時，每次都會打電話到這裡。對方是生存在比牛河更陰暗世界的人種。只要肯付錢大多的情報都能幫你弄到手。當然對方的警戒越高收費就越貴。

牛河要求兩個情報。一是關於現在依然是「證人會」忠實信徒的青豆雙親的個人情報。牛河確信「證人會」把全國信徒的情報集中做中央管理。日本全國的「證人會」信徒人數眾多，總部和各地分部間的人員來往和物資流通頻繁。如果中央沒有資料庫，系統便無法順利運作。「證人會」總部設在小田原郊外。占地廣闊建築雄偉，擁有印刷精美文宣資料的自營工廠，設有供來自全國各地信徒集會和住宿的場所。想必所有情報都集中在這裡，嚴密管理。

一是關於青豆上班的健身俱樂部的營業紀錄。她在那裡做什麼樣的工作，什麼時間對什麼對象做個人指導。這邊的情報應該沒有像「證人會」那邊管理那麼嚴格。不過你提出「對不起，可以讓我看看和青豆小姐上班相關的紀錄嗎？」也不會很爽快地就讓你看。

牛河在電話答錄機中留下姓名和電話號碼。三十分鐘後電話打來了。

「牛河先生。」沙啞的聲音說。

牛河把所要的情報詳細告訴對方。不曾和對方碰過面。經常用電話聯繫。收集到的資料都用快遞送來。聲音有點沙啞，有時混有輕聲咳嗽。可能喉嚨有問題。電話那頭總是完全沉默。簡直像在設有完全隔音裝置的房間打電話似的。聽得見的只有對方的聲音和刺耳的呼吸聲而已。此外聽不到任何聲音。而且聽到的聲音全都有點被誇張過。牛河老覺得這是個怪可怕的傢伙。世上似乎充滿了可怕的傢伙（別人看來或許我也是其中之一）。他悄悄幫對方取了個蝙蝠的外號。

「不管什麼情況，只要跟青豆這個姓有關的情報就行嗎？」蝙蝠以沙啞的聲音說。乾咳一下。

「對。很少見的姓。」

「情報必須追根究柢吧？」

「只要跟青豆這姓有關，什麼都可以。如果可能，希望也能得到可以看得出臉的相片。」

「健身房那邊應該很簡單。應該沒有想過情報會被誰偷走。不過『證人會』卻有點嚴格。組織龐大、資金雄厚，可能戒備也很森嚴。宗教團體是最難接近的對象之一。因為有保護個人機密的問題，也牽涉到稅金問題。」

「辦得到嗎？」

「試試看應該沒有做不到的吧。總有辦法把門打開。更難的是門開了以後，還要把它關起來。不然可能會被火箭追蹤到。」

「跟戰爭一樣。」

「名副其實的戰爭。可能會出現可怕的東西。」對方以沙啞的聲音說。從聲調聽得出，他對那戰爭似乎頗樂在其中。

「那麼您願意幫這個忙囉。」

一聲輕輕的乾咳。「做做看吧。不過可能不便宜喲。」

「說個大概，要多少？」

對方說出一個想要的金額。牛河吃驚地緩一口氣後接受了。是個人暫且籌得出來的金額，而且只要有結果，那個程度的金額日後也可以請款。

「會花時間嗎？」

「反正你很急吧？」

「是很急。」

「無法正確預測，不過我想需要一星期到十天。」

「這樣可以。」牛河說。這時只能配合對方的步調。

「資料湊齊了我會打電話過來。十天之內一定聯絡。」

「如果沒被火箭追蹤的話。」牛河說。

「沒錯。」蝙蝠若無其事地說。

牛河掛上電話後，靠在椅背上，沉思了一會兒。牛河並不知道蝙蝠是怎麼從「後門」收集情報的。他知道問了他也不會答。無論如何，只能確定是用不正當手段。首先能想到的是收買內部的人。必要時也可能採取非法侵入的方法。如果牽涉到電腦的話事情就變得更複雜了。

用電腦管理資訊的政府機構和企業數量仍然有限。費用太高也過於費時費力。不過如果是全國性規模的宗教團體則應該有這個餘裕。牛河自己對電腦幾乎一無所知。不過卻理解到要收集資訊，電腦已經逐漸變成不可或缺的工具了。到國會圖書館去，把新聞縮刷版和年鑑疊在書桌上，花一整天找資料的時代終究會過去。而且世界很可能會變成那些電腦管理者和侵入者的血淋淋戰場。不，和所謂血淋淋的不一樣了。既然是戰爭，多少總會流血吧。不過卻沒有氣味。非常奇怪的世界。牛河喜歡確實有氣味和疼痛存在的世界。就算那氣味和疼痛有時很難忍受。不過不管怎麼樣，像牛河這種類型的人，想必將確實而急速地化爲落後時代的遺物。

雖然如此他並沒有特別感到悲觀。他知道自己擁有本能的第六感。具備特殊的嗅覺器官，可以分別嗅出周圍的各種氣味。從皮膚所感知的疼痛可以掌握到風向的變化。那是電腦所無法達成的工作。因爲這些能力是屬於無法數值化、系統化的東西。憑著巧妙操作進入嚴格戒備的電腦，以取出資料是侵入者的工作。但判斷該取出什麼樣的資料，從取出的龐大資料中只選出有用的東西，這種工作也只有活生生的人才能辦到。

或許我是個落伍的中年醜男人，牛河想。不，不能說或許。而是毫無疑問，是個落伍的中年醜男人。不過我，也擁有其他人不太有的幾項資質。天生的嗅覺，和一旦咬上什麼就會緊咬不放的執著。向來都靠這個吃飯。而且只要有這能力，無論在多麼奇怪的世界，都一定有我可以吃飯的地方。

青豆小姐，我會追到妳的。妳頭腦相當好。手腕高明，小心謹慎。不過，我會緊緊追上。請等我吧。我現在正在朝妳那邊走的路上。聽得見我的腳步聲嗎？不，應該聽不見。因爲我就像烏龜那樣消掉腳步聲走。不過我正一步又一步地接近妳。

相反地也有東西正近逼牛河背後。那就是時間。對牛河來說追蹤青豆這件事，同時也是在一面擺脫時間的追蹤。盡快找出青豆的去向，弄清楚她背後的關係，把這放在托盤上端出去獻給教團的人說「請」。被賦予的時間有限。三個月後才說一切都弄清楚了恐怕就太遲了。過去牛河對他們來說是有用的人。能幹而圓融，擁有法律知識，口風緊。置身組織之外，可以自由行動。不過畢竟是個用錢雇來的雜牌軍。既不是他們的自己人也不是伙伴，更沒有半點信仰心。如果對教團可能構成危險，說不定一下就會被排除。

在等蝙蝠的電話這段時間裡，牛河到圖書館去詳細調查有關「證人會」的歷史和現在的活動狀況。記筆記，必要的部分影印起來。到圖書館去查資料對他而言並不辛苦。他很喜歡獲得往腦子裡累積知識的充實感。這是從小就養成的習慣。

在圖書館查完資料之後，他腳步移往青豆住過的自由之丘的出租公寓，再確認一次那裡已經變成空屋了。信箱上雖然還留著青豆的名牌，但房子卻沒有人住的氣息。腳步再移到處理那棟房屋出租事宜的不動產公司去。聽說那棟公寓有空房間，不知道可不可以租，牛河問。

「空是空著，不過到明年二月初為止還不能住進去。」不動產業者說。跟現在的住戶之間租賃契約到明年一月底才到期，房租和向來一樣每個月還在支付。

「行李都搬出去，電費瓦斯自來水都辦好移轉手續了。雖然如此，租賃契約還在有效期間內。」

「也就是說到一月底為止會一直付著空屋的租金。」

「就是這樣。」不動產公司說。「因為契約中的租金仍然全額支付，表示希望房子能繼續保留。當然只要有付房租，這邊就沒有理由抱怨了。」

「眞奇怪。誰也沒在住，還白白浪費租金。」

「我們也擔心屋裡的東西，請房東陪著一起進去看過。如果壁櫥裡藏著一具變成木乃伊的屍體可就傷腦筋了。不過什麼都沒有。打掃得非常乾淨。只是讓它空著而已。不知道為什麼。」

青豆當然已經不住在那裡了。但他們因爲某種原因，想讓那房子名義上還是青豆租的。因此付了四個月的空屋房租。這些傢伙眞細心，而且也不缺錢。

整整十天後的午後，蝙蝠打電話到麴町的牛河事務所。

「牛河先生。」沙啞的聲音說。背景照例無聲。

「我是牛河。」

「現在說話方便嗎？」

沒關係，牛河說。

「『證人會』的情報保護得非常嚴密。不過這是預料中的事。和青豆有關的情報已經順利到手了。」

「有沒有追蹤火箭？」

「目前還沒看到。」

「那就好。」

「牛河先生。」對方說。然後一連咳嗽了幾聲。「很抱歉，請你把香菸熄掉好嗎？」

「香菸？」牛河看看自己手指間夾著的Seven Stars。那煙正靜靜地朝天花板上升。「啊，我確實正在抽菸，不過這是電話啊。這種事你怎麼會知道呢？」

「當然氣味不會傳到這邊來。不過光是從聽筒聽到那種呼吸法，我的呼吸就會困難起來。因爲體質極端過敏。」

「原來如此。我倒沒注意到這個。很抱歉。」

對方乾咳幾聲。「不，這不能怪牛河先生。沒注意到是當然的。」
牛河把香菸在菸灰缸裡按熄，並把喝一半的茶從那上面澆下。還站起來，把窗戶大大地推開。
「香菸已經完全熄掉，窗戶也打開讓房間的空氣換新了喔。不過，外頭的空氣也不算多乾淨。」
「很抱歉。」
沉默持續了十秒。一陣完全的寂靜。
「那麼『證人會』的情報拿到了吧？」牛河問。
「是的，不過分量相當大。因爲青豆一家長年以來是熱心的信徒，所以相關資料也很多。必要的跟不必要的東西可以由您來判斷嗎？」
牛河同意。不如說正希望這樣。
「健身俱樂部那邊沒問題。打開門進去，辦完事，走出來關上門而已。不過因爲時間有限，所以乾脆全部要來，這邊分量也很多。總之這兩方面的資料我就整疊交給您。跟以前一樣交換費用。」
牛河把蝙蝠說的金額記下來。比預估的高出兩成。不過除了接受也沒得選擇。
「因爲這次不想用郵寄，所以明天這個時候我會派人直接送上。請準備好現金。而且和以往一樣沒有收據。」
牛河說我知道。
「還有上次雖然說過了，但爲了愼重起見再重複一次。關於您所希望的主題，能找出來的情報都到手了。因此就算牛河先生對那內容有什麼不滿，這邊也無法負責。因爲技術上該做的我都做了。報酬是對勞動支付的，不是對結果。如果因爲沒有您要的情報就要求退錢，那可傷腦筋了。這點還請諒解。」

牛河說，這個我知道。

「還有青豆的照片無論如何都沒辦法取得。」蝙蝠說。「所有的資料都非常仔細地把照片去除了。」

「知道了。沒關係。」牛河說。

「而且說不定臉已經變了呢。」蝙蝠說。

「或許。」牛河說。

蝙蝠乾咳了幾聲。「那就這樣了。」說著掛斷電話。

牛河把聽筒放回去，嘆了一口氣，叼起一根新的香菸。用打火機把菸點著，朝向電話機慢慢吐出煙。

翌日下午，一個年輕女子造訪牛河的事務所。可能還不到二十歲。穿著顯出身材曲線的白色漂亮短洋裝，腳穿同樣白色有光澤的高跟鞋，戴著珍珠耳環。個子嬌小，相對地耳垂卻大。身高約略超過一五〇公分。頭髮又直又長，眼睛大而清澈。看來有點像初出茅廬的小妖精。她從正面看牛河的臉，像看到難以忘記的貴重東西般，明朗而親切地微笑。從小巧的嘴唇間愉快地露出美麗而整齊的白牙齒。當然可能是職業性的微笑。不過即使這樣，第一次見面看到牛河的臉而不畏縮的人算是很稀奇的。

「您要的資料我帶來了。」女子說。從掛在肩上的布包裡拿出兩個厚厚的文件大信封。並像搬運古代石版的女巫般用雙手捧著，放到牛河的書桌上。

牛河從書桌抽屜拿出預先準備好的信封，交給女子。女子打開封口拿出一疊萬圓鈔票，就站在那裡數起金額。熟練的數法。纖細美麗的手指迅速地動著。數完後把整疊鈔票放回信封，把信封放進布包。然後對牛河露出比剛才更大而親切的微笑。彷彿表示能見到閣下眞是無上的喜悅似的。

這個女子跟蝙蝠到底是什麼樣的關係，牛河做著各種想像。不過這當然跟牛河沒有任何關係。這女孩不過是個聯絡人而已。把「資料」交給他，收取報酬。可能是她被賦予的唯一任務。

這位嬌小女子走出房門之後，牛河長久之間心情無法平穩下來，一直盯著門看。門在她背後關上。房子裡還留下她強烈的氣息。說不定這女子以留下她的氣息交換，卻帶走了牛河的部分靈魂。他可以感覺到胸腔深處那新產生的空白。爲什麼會發生這種事？牛河感到不可思議。而且那到底意味著什麼？

經過十分鐘左右，牛河終於回過神來打開文件封套。封套以膠帶封了好幾層。裡面混雜地塞滿了列印的、影印的資料，和原始文件。不知道是怎麼弄來的，竟然能在這麼短的時間內取得這麼多資料。每次都不得不佩服他。不過同時牛河面對那堆積如山的成疊文件卻也被一股無力感所襲。再怎麼研究這些文件可能都得不到任何有用的資訊。他是否付了大錢卻只得到一堆沒用的廢紙呢？那是怎麼睜眼注目都看不見底的無力感。而勉強映入眼底的東西，全都被死亡預兆般陰暗的黃昏所包圍。他想這可能也是那個女子所留下的什麼的關係。或帶走的什麼的關係。

不過牛河總算恢復了力氣。到傍晚爲止一直耐心地過目那些資料，把認爲必要的情報分門別類地一一抄進筆記裡。由於集中精神在那樣的作業中，終於把沒來由的無力感趕走了。然後當屋子裡暗下來，點起書桌的燈時，牛河終於感覺到付出高價是值得的。

首先從健身俱樂部這邊開始讀「資料」。青豆四年前到這家俱樂部上班，主要負責肌力訓練和武術教練的課程。開了幾門課，進行指導。從資料可以充分讀出她的教練能力很高，在會員間也很受歡迎。除了主持一般課程之外，同時也擔任個人指導。費用當然比較高，但對無法在規定時間到俱樂部來的人，或希望在比較私密的環境上課的人來說，是更恰當的方式。青豆也擁有相當多這種「個人顧客」。青豆什麼時間、在什麼地方、指導什麼樣的「個人顧客」，都可以從影印的日程表追查到。有些人青豆在俱樂部個別指導，有些則到他們家去指導。顧客中有知名演藝圈人士，也有政治家。柳宅的女主人緒方靜惠是顧客中年紀最大的。

跟緒方靜惠的來往是從青豆到俱樂部上班不久之後開始，繼續到青豆失蹤前爲止。正好是柳宅二樓的木造公寓正式提供出來給「家庭暴力受害婦女會客室」當庇護所使用的時期。這或許是偶然的一致，或許不是。無論如何，根據紀錄，兩人的關係似乎隨著時間的加長而變更密切了。

青豆和老婦人之間可能產生了個人交情。牛河憑第六感可以感覺到那樣的跡象。本來是從健身俱樂部的教練和顧客開始的關係，從某個時間點開始變質。牛河的目光一面追蹤著事務性記述，一面努力想找出那特定的「時間點」。那時候發生了什麼事，或有什麼明朗化，以那爲界，兩個人成爲不只是教練和顧客的關係。成爲超越年齡和立場差距，純粹個人與個人的親近關係。甚至說不定含有精神上的密約般的情感聯繫。而且那密約經過順理成章的路徑，終於到達在大倉飯店殺害領導的結果。牛河的嗅覺這樣告訴他。

經過什麼樣的路徑？擁有什麼樣的密約？

牛河無法推測到那個地步。

不過恐怕和「家庭暴力」因素有關。看來這對老婦人來說似乎成爲一個重要的個人主題。根據紀錄，緒方靜惠第一次接觸青豆，是青豆在主持「防身術」課程的時候。超過七十歲的女性參加防身術課程應該稱不上平常的事。可能就是和暴力性事情有關的某種因素，把老婦人和青豆拉攏在一起的。

或許青豆自己就是家庭暴力的受害者。而領導則是家庭暴力的加害者也不一定。她們可能知道了這件事，而打算對領導加以制裁。不過這些畢竟都只不過是「可能」程度的假設而已。而且這假設和牛河所認知的領導形象並不符合。當然人，不管是什麼樣的人，別人都無法探知他的心底，何況領導本來就是個高深莫測的人物。畢竟是主宰著一個宗教團體的人。既聰明又富有知識，而且本性有不明的地方。不過就算他實際上是個會施加激烈家庭暴力的人，但那事實所擁有的意義之重大，有到讓她們擬訂如此周密的殺人計畫，甚至捨棄個人身分，危及自己的社會地位，依然不得不付諸實行的地步嗎？

無論如何，殺害領導想必不是一時衝動的感情用事。必定含有不可動搖的堅定意志，毫不含糊的明確動機，和細密的組織介入。那組織是花漫長時間和大量資金，苦心建立起來的。

不過背後並沒有任何支持這些推測的具體證據。牛河所掌握的全都不過是基於假設的狀況證據而已。是用奧坎剃刀就能輕易切除的東西。這個階段還無法對「先驅」提出報告。但牛河知道。這裡頭有氣味，有手感。一切要素都指向一個方向。老婦人由於和家庭暴力有關的某種原因，指示青豆殺死領導，事後幫她逃到某個安全場所。蝙蝠所收集到的資料，全都間接爲他那樣的「假設」背書。

整理「證人會」的資料很花時間。因爲不僅分量多得驚人，而且大多資料對牛河來說都是沒用的東西。青豆一家人對「證人會」的活動歷來貢獻了多少，這類數字就占了報告的一大半。讀這資料，就會知道青豆一家人確實是熱心奉獻的信徒。他們人生的大半都獻給了爲「證人會」傳教的工作。青豆的雙親現在的住址是在千葉縣的市川市。三十五年之內搬了兩次家，但地址都還在市川市內。父親青豆隆行（五十八歲）在工程公司上班，母親青豆慶子（五十六歲）無業。長男青豆敬一（三十四歲）從市川市內的縣立高中畢業後，曾經在東京都內一家小印刷廠工作，三年後辭職，轉到位於小田原的「證人會」總部上班。

在那裡從事教團文宣資料的印刷工作，現在已經升到管理職。五年前和同樣是信徒的女子結婚，生下兩個小孩，在小田原市內租房子住。

長女青豆雅美的經歷到十一歲時就結束了。她在那時候捨棄了信仰。而「證人會」對捨棄信仰的人似乎也失去一切興趣。對「證人會」來說，青豆雅美等於像在十一歲死去的人一樣。在那之後青豆雅美走過什麼樣的人生，是不是還活著，連一行都沒記載。

這麼一來，只能到她雙親和長兄的地方去打聽了，牛河想。從那裡或許可以得到什麼提示。不過從資料看來，感覺他們對牛河的問題不可能爽快回答。青豆的家人——當然是指從牛河的眼裡看來——是擁有偏狹想法，過著偏狹生活的人，他們腦子裡深信不疑越偏狹越接近天堂。對他們來說捨棄信仰的人，就算是自家人，都是走上錯誤而骯髒道路的人。不，可能已經不把他們當成自家人了。

青豆少女時代是否受過家庭暴力？

可能受過，可能沒有。不過就算受過，雙親應該也不認為那是家庭暴力。牛河知道「證人會」對小孩也嚴加教導。其中很多情況是伴隨體罰的。

雖然如此，那樣的幼兒期經驗，會在內心留下深深的傷痕，以至於長大後去殺害人嗎？當然不是不可能，不過牛河覺得這似乎是相當極端的假設。要有計畫地去殺一個人是很困難的事。伴隨相當的危險，精神負擔也太大。如果被捕更要服很重的刑罰。其中應該有更強的動機。

牛河再度拿起文件，仔細重新閱讀青豆雅美十一歲以前的經歷。她能走路之後，立刻就跟著母親去從事傳教活動。到家家戶戶去散發教團的小冊子，向世人述說世界不可避免地將面臨末日的來臨，呼籲大家參加教會的聚會。如果能加入教會就能在那末日繼續活下去。然後可以到至福的王國去。牛河也受過幾次這樣的勸誘。對方多半是中年女子。戴著帽子或打著洋傘。多半戴著眼鏡，以聰明的魚般的眼睛一直盯著對方看。多半帶著小孩。牛河想像幼小的青豆跟在母親身後到家家戶戶拜訪的情景。

她沒上幼稚園，進了附近的小學。並在五年級時脫離「證人會」。棄教的原因不明。「證人會」並不會一一記錄棄教理由。落入惡魔之手的人，就交給惡魔之手吧。他們要傳述樂園，傳述通往樂園的路，已經夠忙了。善人有善人的工作，惡魔有惡魔的工作。這是在進行分工。

牛河的腦子裡，有人正在敲著用便宜合板隔成的房間。呼喚著「牛河先生，牛河先生」。牛河閉著眼睛，側耳傾聽著那呼喚。聲音雖小卻很執著。我似乎看漏了什麼，他想。什麼重要事實就記錄在這文件的某個地方。但我卻未能讀出來。那敲門聲正在告訴我這個。

牛河再度瀏覽那疊厚厚的文件。不光用眼睛追逐那文章，也具體讓各種情景浮現在腦子裡。三歲的青豆跟著母親去布教。大多的情況，在門口就被無情地趕走。她上了小學。繼續布教活動。週末全都耗費在布教上。應該沒有時間跟朋友遊玩。不，或許沒交到朋友。很多「證人會」的孩子在學校會被虐待或排斥。牛河讀過關於「證人會」的書，也很知道這件事。然後她在十一歲時棄教。棄教應該要有相當的決心。青豆從出生就被灌輸信仰。和那信仰一起成長。信仰已經滲透到身體的骨髓裡去了。並不是像換衣服那樣可以輕易丟棄得了的。那也意味著在家裡的孤立。因爲他們是信仰非常深的家族。他們無法平靜地接受棄教的女兒。捨棄信仰就等於捨棄家人一樣。

十一歲時，青豆身上到底發生了什麼事？是什麼讓她下了這麼大的決心？

千葉縣市川市立＊＊小學，牛河想。試著將那名字實際出聲唸出來。這時發生了什麼。在這裡一定有什麼……然後牛河倒吸了一口氣。這家小學的名字我以前在哪裡聽過。

到底是在哪裡聽過的呢？牛河跟千葉縣完全沒有關係。他生在埼玉縣浦和市，從上大學出到東京以來，除了在神奈川縣中央林間的時期之外，一直都住在東京都的二十三區之內。幾乎沒有踏進過千葉縣境。只去過一次富津的海水浴場。但爲什麼會記得聽過市川的小學名字呢？

花了很長時間才想到。他一面用手掌猛搓歪斜的頭腦一面集中精神。好像把手伸進深深的泥堆裡般，探尋著記憶的底層。聽到這名字並不太久。就是最近的事。千葉縣……市川市……小學。然後他的手終於抓到一根細繩的一端。

川奈天吾，牛河想到了。對，那個川奈天吾也是市川出身的。他確實也應該是上市內公立小學的。

牛河從事務所的文件櫃裡取出有關川奈天吾的檔案。幾個月前，受「先驅」委託所收集的資料。翻開文件確認一下天吾的學歷。他那粗短的手指找到那名字了。正如所料。青豆雅美和川奈天吾上過同一家小學。從生年月日看來，可能也是同學年。是不是同班，不查還不知道。不過兩個人互相認識的可能性非常大。

牛河叼起Seven Stars，用打火機點著。感覺到事情開始歸結到一點上了。點與點之間分別拉出一條線來。從這裡開始會形成什麼樣的圖形？牛河也還不知道。不過不久應該會漸漸看出構圖來。

青豆小姐，聽得見我的腳步聲嗎？可能聽不見。因爲我盡量不發出聲音。不過我正一步一步地接近那邊。雖然是愚笨的烏龜，但確實是在前進。不久應該可以看得見兔子的背影了。請期待吧。

牛河在椅子上挺起背來，仰望天花板，把香菸的煙往上慢慢吐出。

第8章 青豆

這扇門相當不錯

接下來的兩星期左右，除了星期二下午來補充物品的無言的人之外，並沒有人拜訪青豆的房子。自稱是ＮＨＫ收費員的人丟下「我一定會再來」的話。聲音也充滿堅強的意志。至少在青豆耳裡聽來是這樣。然而從此以後並沒有來敲門。或許最近在忙著繞別的路線吧。

表面上是安靜而平穩的日子。什麼也沒發生，誰也沒來，電話鈴也沒響。Tamaru爲了安全起見，也盡量減少電話聯絡次數。青豆經常在屋裡拉上窗簾，消聲匿跡，盡量不引人注意地靜悄悄生活著。天黑之後電燈也減少到最低限度。

一面留意不發出聲音一面做著高負荷量的運動，每天用抹布擦地板，每天花時間做飯菜。用西班牙語教學錄音帶（請Tamaru加進補給品裡的），發出聲音練習會話。長久不說話，嘴巴周圍的肌肉會退化。必須刻意張大嘴巴動作才行。外語會話的練習對這很有用。而且青豆從以前就對南美洲多少懷有浪漫的幻想。如果能讓她自由選擇目的地的話，她想住在南美的某個和平小國。例如哥斯大黎加。在海邊租一間小別墅，游游泳讀讀書過日子。她的旅行袋裡塞的現金，只要不太奢侈浪費應該可以過個十年。他們想必也不會追到哥斯大黎加來。

青豆一邊練習西班牙語日常會話，一邊想像在哥斯大黎加海邊平靜而安詳的生活。那樣的生活是否包含天吾在內？閉上眼睛，腦子裡浮現加勒比海的海灘，她和天吾兩個人正在做著日光浴的光景。她穿著黑色小比基尼戴著太陽眼鏡，和身旁的天吾手牽著手。然而那缺少動人心弦的現實感。看來只有到處可見的觀光宣傳照片的感覺。

想不到事情可做時，就清理手槍。依照使用手冊指示，將海克勒&寇奇手槍分解成幾個零件，用布和刷子清理、擦油、重新組合。確認每個動作都能順利操作。她熟悉那些作業。現在甚至感覺手槍就像自己身體的一部分。

大約十點上床，讀幾頁書，然後睡覺。青豆有生以來從來沒有為睡不著而煩惱過。在追逐著印刷活字之間睏意自然就來了。把枕邊的燈熄掉，把臉靠在枕頭上閉上眼皮。除非有什麼大事，否則下次睜開眼皮已經是翌日的早晨。

她本來不太做夢。就算做了，醒來時也幾乎什麼都不記得了。雖然像夢的幾個微小碎片，還掛在意識的牆上。卻無法追溯夢的故事線索。只剩下毫無脈絡可循的短短片段而已。她睡得很深，做的夢也是在深處的夢。那樣的夢也許像住在深海的魚那樣，無法浮上接近水面。就算能浮上來，也因水壓的不同而失去原來的形狀了。

不過自從住進這藏身處之後，卻每天晚上都做夢。而且是清楚而真實的夢。做夢，並一面做著夢一面醒來。一時無法判斷自己所置身的是現實世界還是夢中世界？這對青豆來說是不記得有過的體驗。她看看枕邊的數字式時鐘。數字有時顯示1點15分，有時是2點37分，有時是4點07分。閉上眼睛想再睡一次。但睡眠卻不容易再度來訪。兩個相異的世界，在無聲中互相爭奪著她的意識。簡直像在巨大的河口，湧來的海水和流進的淡水在互相爭奪一般。

沒辦法，青豆想。住在有兩個月亮浮在空中的世界本身，是不是眞的現實都很可疑。在那樣的世界入睡並做夢，分不清那是夢還是現實，又有什麼奇怪呢？何況我用這雙手殺過幾個男人，被宗教狂熱者緊迫追蹤，躲在這藏身處，當然會緊張會害怕。這雙手還留有殺人的觸感。說不定從此我在夜晚再也無法安然入睡了。那或許是我該負的責任，也是我不得不付出的代價。

大致說來她會做三種夢。至少她記得起來的夢，全都可以歸類成這三種類型。

一種是在打雷的夢。被黑暗包圍著的房間，雷聲隆隆響個不停。卻沒有閃電。就像殺害領導的那夜一樣。房間裡有什麼。青豆赤裸地躺在床上，旁邊有什麼在徘徊著。緩慢而愼重的移動。地毯毛長長的，空氣沉甸甸的。窗玻璃被激烈的雷鳴震得細細地顫動。她很害怕。不知道在那裡的是什麼。可能是人。可能是動物。可能不是人也不是動物。不過那個什麼終於離開房間。不是從門出去。也不是從窗戶出去。雖然如此那動靜漸漸遠去，終於完全消失。房間裡除了她之外沒有誰了。

伸手打開枕邊的燈。赤裸裸地下了床，在房間裡檢查看看。床的對面牆上開了一個洞。一個人勉強能穿過的洞。但不是固定的洞。而是能變形會旋轉的洞。正在震動、移動、變大縮小著。看起來好像是活的。那個什麼就是從這個洞出去的。她往那洞窺探。那似乎通往什麼地方。但深處只能看見黑暗而已。好像可以切下來拿在手上般濃密的黑暗。她很好奇。同時也感到害怕。心臟發出乾乾的冷漠聲音。夢在這裡結束。

另外一種是站在高速公路路肩的夢。在那裡她也是全裸的。人們從阻塞中的車子裡不客氣地眺望著她的裸體。幾乎全是男人。不過也有幾個女人。人們眺望著她那不完美的乳房，和長得很奇怪的陰毛，似乎在仔細地批評著。有人皺眉、有人苦笑、有人打呵欠。或以缺乏表情的眼睛只是凝視著而已。她想用什麼遮住身體。只要能遮住乳房和陰部就好。一塊碎布也好，一張報紙也好。但周圍看不見任何手拿得到的東西。而且由於某種原因（不知是什麼原因）她的雙手無法自由移動。風偶爾想起來似地吹過，刺激她的乳房、拂過她的陰毛。

偏偏——事情眞不湊巧——月經現在好像正要開始。腰際倦怠地沉重，下腹有一股熱熱的感覺。如果在這樣眾目睽睽之下開始出血，到底該怎麼辦？

這時銀色賓士雙門轎車駕駛座的門開了，一位很有品味的中年女子下了車，穿著色調明朗的高跟鞋，戴著太陽眼鏡，銀色耳環。瘦瘦的，個子跟青豆差不多。穿過塞車的車陣縫隙走過來，脫下她穿著的大衣，披在青豆身上。及膝長的雞蛋色春季大衣。簡直像羽毛般輕。設計簡單，看來相當昂貴的大衣。尺寸簡直像訂做般完全合青豆的身。那個女人幫她把大衣釦子扣到最上面爲止。「不知道什麼時候才能還妳，而且生理期的血可能沾污大衣。」青豆說。

女人什麼也沒說只輕輕搖頭，然後穿過壅塞的車陣，走回銀色賓士轎車。看得見她似乎從駕駛座朝青豆稍微舉一下手。不過也可能是眼睛的錯覺。青豆被輕柔的春季大衣包著，感覺自己被保護著。她的肉體已經不再暴露在任何人的眼裡。而且這時候簡直像不能再等了似的，一道血順著大腿流下來。溫暖、濃稠而沉重的血。不過仔細看那並不是血。並沒有顏色。

第三種夢是言語所無法適當表達的。無從掌握，沒有脈絡，也沒有情景的夢。有的只是移動的感覺。她不斷地在時間之間來回、在不同的地點之間來回。那是什麼時間、什麼地點並不是重要問題。重要的是在那之間來回的本身。一切都是流動著的，意義是在流動中產生的。但置身在那流動之間，身體逐漸變透明。從透明的手掌，可以看透對面。也可以看出身體裡的骨骼、內臟、子宮。這樣下去自己豈不是要消失掉了嗎？完全看不見自己之後，到底會有什麼來臨呢？青豆想。沒有答案。

下午兩點電話鈴響起，在沙發上迷迷糊糊地睡著的青豆跳了起來。

「沒有改變吧？」Tamaru問。

「沒什麼改變。」青豆說。

「ＮＨＫ的收費員呢？」

「從此沒有再來。說會再來，可能只是威脅。」

「或許。」Tamaru說。「ＮＨＫ的收訊費已經從銀行帳戶自動扣款了，門口也貼著這樣的告示。如果是收費員應該會看見。我問過ＮＨＫ了，對方也這樣說。所以可能搞錯了。」

「應該只要這邊不理他就行了。」

「不，不管任何形式都不想引起鄰居注意。而且我的個性是有什麼差錯就會擔心的。」

「世間充滿了各種小差錯。」

「世間是世間，我是我。」Tamaru說。「不管多細微的事，如果妳有一點擔心的話，我都希望妳能告訴我。」

「『先驅』那邊沒有什麼動作嗎？」

「非常安靜。簡直像什麼也沒發生過似的。可能在水面下進行著什麼，但從外表看不出是什麼樣的動作。」

「聽說你們在教團內部有情報來源。」

「是有情報進來，但都只有零星的周邊情報。看來內部的管制似乎更嚴了。水龍頭關得緊緊的。」

「不過他們一定在追查我的行蹤。」

「領導去世之後教團必定會產生很大的空窗期。要推誰來繼承，教團要以什麼樣的方針推動下去，似乎還沒有決定。不過雖然如此，只有對追蹤妳這點，他們的見解是不可動搖的一致。我所掌握到的事實只有這個程度而已。」

「不是太令人感到溫暖的事實。」

「對事實重要的要素是重量和精度。溫度還在其次。」

「總之，」青豆說：「如果我被逮捕，眞相大白的話，對你們那邊也會連帶造成困擾。」

「所以希望能早一刻，把妳送到他們的手伸不到的地方。」

「這個我知道。不過稍微再等一陣子。」

「她說可以等到今年年底。所以我當然也等了。」

「謝謝。」

「妳謝我也傷腦筋。」

「不管怎麼樣。」青豆說。「還有，下次的補給品單子希望增加一項，不過對男人有點難說出口。」

「我就像是石牆般的東西。」Tamaru說：「而且是美國職棒大聯盟級的同性戀。」

「我想要驗孕工具。」

一陣沉默。然後Tamaru說：「妳想有做這個檢驗的必要。」

這不是問題。所以青豆沒有回答。

「妳覺得有懷孕的可能嗎？」Tamaru問。

「也不是這樣。」

Tamaru腦子裡有什麼在快速轉著。側耳傾聽就可以聽見那聲音。

「不覺得有懷孕的可能，卻有必要檢驗。」

「對。」

「在我聽來就像謎語一樣。」

「很抱歉現在只能說到這裡。只要一般藥房有賣的簡單東西就行了。還有如果有關於女性身體和生理機能的指南書也麻煩你。」

Tamaru再度沉默。被壓縮變硬的沉默。

「好像重打一次電話會比較好。」他說。「可以嗎？」

「當然。」

他的喉嚨深處發出微小的聲音。然後掛上電話。

電話十五分鐘後打來。很久沒聽到麻布的老婦人聲音了。感覺好像又回到那個溫室了似的。珍奇的蝴蝶飛著，時間慢慢流著，那溫暖而生鮮的空間。

「怎麼樣，過得還好嗎？」

保持一定步調過著日子，青豆說。老婦人想知道，因此她把每天的日課、運動和飲食的安排大概地說說。

老婦人說：「不能出去屋外一定很難過，不過妳是個意志堅強的人，所以我並不特別擔心。妳應該可以度過。我想妳還是盡快離開那邊，轉移到更安全的地方去比較好。不過妳如果無論如何還想留在那裡的話，雖然不知道理由是什麼，不過我這邊也想盡量尊重妳的意思。」

「我很感謝。」

「不，該感謝的是我。再怎麼說，妳都幫我們做了很了不起的事。」有一陣短暫的沉默，然後老婦人說：「聽說妳需要驗孕工具。」

「生理期已經遲了將近三星期。」

「妳的生理期向來都算規則嗎？」

「從十歲開始，二十九天一次，幾乎持續這樣沒有亂過一天。就像月亮的圓缺那樣準確。沒有一次例外。」

「妳現在所處的狀況，是不平常的。這種時候精神的平衡、身體的節奏都會產生變調。生理期會停止，也可能會大亂。這些都不是沒有可能。」

「雖然從來沒有過這種現象，不過我知道有這種可能性。」

「而且據Tamaru說，妳告訴他完全想不到有懷孕的可能。」

「我最後跟男人有過性接觸是六月中。在那之後就完全沒有那類事情。」

「雖然如此妳還是認爲妳也許懷孕了。這有根據嗎？除了生理期亂了之外。」

「我只是感覺到。」

「只是感覺到？」

「自己體內有這種感覺。」

「妳是指有已經受胎的感覺嗎？」

青豆說：「有一次，妳提過卵子的事。在去小翼那裡的那個傍晚。妳說女性天生就擁有一定數目的卵子。」

「我記得。一個女性大約被賦予四百個卵子，每個月各排出一個到體外。我確實說過這件事。」

「我可以確實感應到其中的一個受胎了。不過我對感應這個說法是否正確並沒有自信。」

老婦人對這個思考了一下。「我生過兩個小孩。所以對妳所謂的感應多少可以理解。不過妳說在時期上，是沒有和男人有性關係之下受胎懷孕的。這是一時還很難接受的事情。」

「對我來說也一樣。」

「我想問一個很失禮的問題，有沒有可能在沒有意識的時候跟誰有過性交？」

「這也沒有。我意識經常是清楚的。」

老婦人愼重地選擇用語。「我從很久以前開始就覺得妳是個很冷靜，而擁有理論性想法的人。」

「至少我也希望盡量能這樣。」青豆說。

「儘管如此，妳還是認爲可能沒有性交卻受胎了。」

「我在想有這個可能性。正確說。」青豆說。「當然想到有這種可能性本身，也許就不合理了。」

「我明白了。」老婦人說。「總之等待結果吧。明天就讓人送驗孕工具過去。妳就照往常的補給要領，在往常的時刻收下。爲了愼重起見會多準備幾種。」

「謝謝。」青豆說。

「而且，如果假定眞的受胎了，妳想那是什麼時候的事？」

「可能是那一夜。我去大倉飯店，暴風雨般的那一夜。」

老婦人短短地嘆一口氣。「妳可以斷定到那個程度嗎？」

「是的。試著計算起來，那一天雖然純屬偶然，卻正好是我最容易受胎的日子。」

「那麼，大約已經懷孕兩個月了嗎？」

「應該是。」青豆說。

「有沒有害喜現象？如果是一般情況我想應該是最難過的時期。」

「這個倒完全沒有。不知道爲什麼。」

老婦人花時間愼重地選擇用詞。「檢驗看看，如果知道是眞的懷孕了，妳首先會有什麼樣的感覺呢？」

「首先會去想誰是孩子生物學上的父親吧。當然這對我來說是具有很大意義的問題。」

「不過那是誰，妳卻想不起有那樣的情況來。」

「現在還沒有。」

「明白了。」老婦人以平穩的聲音說。「不管怎麼樣，無論發生什麼事情，我都會站在妳旁邊。盡全力保護妳。妳要好好記住這點。」

「在這種時候，還提出這麼麻煩的事情眞過意不去。」青豆說。

「哪裡，這不是麻煩事。這對女人來說是比什麼都重要的問題。看過檢驗結果，接下來該怎麼辦，再一起來想吧。」老婦人說。

然後安靜地掛上電話。

有人在敲門。青豆正在臥房的地板上做著瑜伽，停下動作側耳傾聽。敲門聲強硬而執拗。記得聽過那樣的聲音。

青豆從櫃子的抽屜拿出手槍，撥開安全裝置。拉下滑套，迅速送進子彈。把手槍插進運動褲後方，躡著腳步走到餐廳。雙手緊握壘球用金屬球棒，從正面瞪著房門。

「高井小姐。」粗啞的聲音說。「高井小姐，妳在嗎？我是大家的ＮＨＫ。來收收訊費了。」

球棒握的地方捲上了止滑膠帶。

「是這樣的，高井小姐，我好像又再重複說了，不過我知道妳在裡面。所以，別再玩這種無聊的躲迷藏似的遊戲了。高井小姐，妳在裡面，正在聽著我的聲音。」

這個男人幾乎重複說著和上次一樣的話。簡直就像在放錄音帶。

「上次我說過我會再來，妳可能以爲我只是在威脅妳。不不，我一旦說出口的事一定會守信。而且如果有該收的費用，也一定會收。高井小姐，妳在裡面，正側耳傾聽著。而且正這樣想：就這樣一直默不作聲，這個收費員最後總會放棄了走掉。」

又再用力猛敲一陣門。二十次或二十五次。這個男人到底長著什麼樣的手？青豆想。而且爲什麼不按門鈴？

「妳一定也這樣想，」收費員好像會讀她的心似的，「這個男人的手相當強壯。這樣用力地猛敲好幾次，手難道都不痛嗎？而且也這樣想，到底爲什麼要敲門？既然有門鈴，怎麼不按鈴呢？」

青豆不禁大大地皺起眉來。

收費員又再繼續：「不不，我不想按門鈴。那種東西按了，只會叮咚地響一下而已。不管誰按的都一樣，發出人畜無害的聲音。就這點來說，敲門卻有個性。因爲是人用肉體實際敲東西，所以含有活生生的感情。當然手某種程度是會痛喔。因爲我也不是鐵人28號啊。不過沒辦法。這是我的職業。而且所謂職業這東西，不管是什麼，都不分貴賤應該被尊敬。不是嗎？高井小姐。」

敲門聲再度響起。總共二十七次，以均等的間隔用力地敲著。握著金屬球棒的手掌開始滲出汗來。

「高井小姐。收到電波的人是不能不支付NHK費用的，這是法律規定的。沒辦法的事。是這個世界的規則。請妳就高高興興地付好嗎？我也並不喜歡這樣來敲門，高井小姐，妳一定也不想一直碰到這麼不愉快的事。妳一定也會想爲什麼只有自己這麼倒楣呢？所以就請妳乾脆一點把收訊費付掉吧。那樣妳就可以重新再回到原來的安靜生活了。」

男人的聲音在走廊上大聲回響。青豆感覺這個男人似乎對自己的饒舌頗樂在其中的樣子。以嘲笑、諷刺、怒罵不付收訊費的人爲樂。可以從中感覺到一種扭曲的喜悅意味。

「高井小姐，不過妳也眞好強啊。我眞服了妳。就像深海底下的貝類那樣，始終頑固地守著沉默。不過我知道妳在裡面。妳現在正在那裡，透過門一直瞪著這邊。緊張得腋下都流出汗來。怎麼樣，不對嗎？」

敲門聲繼續十三次。然後停止。青豆發現自己腋下流著汗。

「好吧。今天就到此爲止，先告退了。但過幾天我還會再來拜訪。我好像也漸漸喜歡上這扇門了。門也有很多種噢。這扇門相當不錯。敲起來很舒服。看樣子我如果不定期來這裡敲敲門可能還會覺得不舒坦呢。那麼高井小姐，下次見了。」

之後沉默來訪。收費員好像走掉了。但沒聽到腳步聲。會不會假裝離開了卻還站在門前。青豆雙手更握緊球棒。就那樣等了兩分鐘。

「我還在喲。」收費員開口說。「哈哈哈，妳以爲我走掉了吧。不過我還在。我撒謊了。對不起，高井小姐。我就是這種人。」

聽得見乾咳的聲音。故意的刺耳乾咳。

「我做這件工作已經很久了。於是好像漸漸看得見門後面人的身影了。這不是說謊噢。有不少人躲在門後，想賴掉NHK的收訊費。我以這種人爲對象已經幾十年了。嘿，高井小姐。」

他敲了三次門，沒有以前那麼重的敲法。

「嘿，高井小姐，妳就像蓋在沙子下的海底的比目魚那樣，躲得非常高明。這種稱爲擬態。不過就算這樣做，最後還是逃不了的。一定會有人來打開這扇門。眞的。大家的NHK老經驗收費員我保證。不管躲得多巧妙，擬態畢竟只不過是在打馬虎眼。沒辦法解決任何事。眞的。高井小姐。我差不多要走了。沒問題，這次沒騙妳。眞的會走掉。不過過幾天還會來。聽到敲門聲的話，就是我了。那麼高井小姐，祝妳愉快。」

還是沒聽到腳步聲。她等了五分鐘。然後走到門前去，側耳傾聽。並從窺視孔往外看。走廊沒有人影。收費員好像真的走掉了。

青豆把金屬球棒立著靠在廚房的櫃台邊。把子彈從手槍的彈匣取出，安全裝置扣上，用厚厚的褲襪捲起來放回抽屜。然後在沙發躺下閉上眼睛。男人的聲音還在耳邊響著。

不過就算這樣做，最後還是逃不了的。一定會有人來打開這扇門。真的。

這個男人至少不是「先驅」的人。他們會更安靜地以最短距離採取行動。不會在公寓的走廊大聲喊叫，說些故作姿態的話，做些讓對方提高警戒的動作。這不是他們的作風。青豆試著回想和尚頭和馬尾巴的模樣。他們應該會不出聲地悄悄靠近。當妳發現時已經站在妳背後了。

青豆搖搖頭。安靜地呼吸。

可能是真的ＮＨＫ的收費員。但會沒注意到收訊費已經自動從帳戶扣款的告示也奇怪。青豆確認過那就貼在門邊。可能是精神病也不一定。不過就算那樣，那個男人說出口的話卻擁有不可思議的真實感。覺得這個男人，似乎確實能透過門感覺得到我的氣息。好像能敏感地嗅出我的祕密，或那一部分似的。不過他並不能憑自己的力量打開門，進入屋裡來。門必須從內側才能打開。而且不管發生什麼事，我都不打算打開這扇門。

不，無法這樣斷言。我可能什麼時候會從內側打開這扇門也不一定。如果看到天吾再度出現在兒童公園的話，我可能會毫不猶豫地打開這扇門，奔向公園。不管有什麼埋伏在那裡。

青豆把身體沉進陽台的庭園椅裡，和每次一樣地從遮板縫隙眺望兒童公園。櫸樹下的長椅上坐著穿制服的高中生情侶，以一本正經的表情交談著什麼。兩個年輕媽媽帶著還沒上幼稚園的幼兒，讓他們在沙坑玩耍。兩個人的眼光大致沒有離開小孩，雖然如此還是站著熱烈地談話。到處可見的午後公園的光景。青豆長久凝神注視著無人的溜滑梯台頂上。

然後青豆把手掌貼在下腹部。閉上眼瞼側耳傾聽，想聽取聲音。那裡面確實有什麼存在著不會錯。活著的小東西。她知道。

Daughter，她試著小聲說出口。

Mother，有什麼這樣回答。

第9章　天吾

趁著出口還沒被關閉

四個人吃過燒肉，換地方唱卡拉ＯＫ，把一整瓶威士忌喝光。這小巧、卻也算熱鬧的饗宴迎接終曲時是快要十點。走出小酒吧，天吾送年輕的安達護士回她住的公寓。一來因為往車站的巴士招呼站就在附近，二來因為其他兩個人都有意無意地這樣順水推舟。兩個人在無人的路上並肩走了十五分鐘左右。

「天吾、天吾、天吾，」她像在唱歌般說：「很好的名字喔。天吾。覺得好像很容易叫。」

安達護士應該喝了不少酒，但本來臉頰就紅，所以光看臉無法判斷醉到什麼程度。語尾還很清楚，腳步也很穩。看不出醉了。不過人有各種醉法。

「我倒一直覺得自己的名字很怪。」

「一點也不怪。天吾君。聲音好聽又容易記。非常漂亮的名字啊。」

「這麼說來我還不知道妳的名字。大家都叫妳久兒。」

「久兒是暱稱。我本名叫安達久美。不怎麼特別的名字。」

「安・達・久・美。」天吾試著出聲唸出來。「不錯啊。很簡潔沒有多餘的裝飾。」

「謝謝。」安達久美說。「被你這麼一說，好像變成Honda Civic了似的。」

「我是在讚美呀。」

「我知道啊，燃料費也省。」她說。然後牽起天吾的手。「我可以握你的手，這樣走在一起嗎？覺得好像很快樂、很心平氣和。」

「當然。」天吾說。被安達久美握著手時，他想起在小學的教室和青豆的事。感覺不同。不過其中總覺得有什麼共通的地方。

「覺得好像醉了。」安達久美說。

「眞的嗎？」

「眞的。」

天吾再看一次護士的側臉。「看不出醉的樣子。」

「表面上看不出。我是這種體質。不過我覺得喝得相當醉了。」

「嗯，因爲喝了相當多。」

「嗯，確實喝了很多。好久沒這樣喝了。」

「偶爾也需要這樣。」天吾把田村護士的話重複照說。

「當然，」說著，安達久美深深點頭，「人偶爾也需要這樣。大吃一頓美味的食物，大喝一下美酒，大聲唱唱歌，聊聊有的沒的。不過啊，天吾也會這樣嗎？讓頭腦痛快地放鬆。天吾看來好像經常都那麼冷靜沉著地過日子似的。」

天吾被這麼一說考慮了一下。最近，有沒有做什麼放鬆的事情？想不起來。從想不起看來，大概沒有。可能自己就缺乏讓頭腦痛快放鬆這樣的觀念。

「可能不太有。」天吾承認。

「人有各式各樣啊。」

「有各種想法和感覺法。」

「就像有各種醉法。」護士說著吃吃地笑。「不過這有必要喔。天吾也一樣。」

「也許。」天吾說。

兩人暫時什麼也沒說地手牽手走在夜路上。她用語的改變讓天吾有點掛心。穿著護士制服時的用語是客氣的。然而換上私人便服，加上酒精下肚也有關係吧，忽然變得口沒遮攔起來。這種隨性的口氣讓天吾想起一個人。有一個人也用同樣的語氣說話。算是最近見過的誰。

「嘿，天吾，你吸過hashish嗎？」

「hashish？」

「大麻膏。」

天吾將夜裡的空氣吸進肺裡，再吐出。「不，沒有。」

「那麼，要不要試一下看看？」安達久美說。「來一起吸吧。我房間裡有。」

「妳有hashish呀？」

「嗯，看不出來吧？」

「確實。」天吾以不著邊際的聲音說。住在房總半島海邊的小村、臉頰紅潤看來很健康的年輕護士，公寓房間裡居然藏著hashish。還引誘天吾要不要一起吸。

「妳是從哪裡得到那種東西的？」天吾問。

「高中時代的朋友上個月，送我當生日禮物的。到印度旅行，說是那邊的土產。」安達久美說，握著天吾手的那隻手像盪鞦韆般用力甩著。

「走私大麻如果被逮到可是會被課以重罪喲。日本警察這方面很囉唆。專門搜查大麻的毒品偵察犬在機場到處起勁地聞著。」

「那傢伙沒考慮到細節。」安達久美說。「不過總算平安地通關了。嘿，一起抽看看嘛。純度高效果也好。我查了一下，從醫學觀點來看也幾乎沒有危險性。雖然無法說不會上癮，不過比起香菸和酒和古柯鹼來，弱多了喔。雖然司法當局主張會上癮所以危險，不過幾乎算是詭辯的。這樣說來柏青哥更危險。不會有類似宿醉感，我想天吾的腦袋也可以充分放鬆嘛。」

「妳試過嗎？」

「當然。相當愉快喲。」

「愉快。」天吾說。

「你試試看就知道啊。」安達久美說著吃吃笑。「嘿，你知道嗎？英國的維多利亞女王，生理痛嚴重的時候經常都吸大麻代替鎮痛劑呢。是專屬御醫開的正式處方呢。」

「眞的？」

「不騙你。是書上這樣寫的。」

想問是什麼樣的書，但中途覺得麻煩就作罷了。不想再多管維多利亞女王爲生理痛而受苦的情景了。

「上個月生日，那妳幾歲了？」天吾改變話題問道。

「二十三。已經是大人了喔。」

「當然。」天吾說。他已經三十歲了，但並沒有特別意識到自己是大人。只覺得在這個世界活超過三十年了而已。

「我姊姊今天到男朋友那裡去住，不在家。所以不用客氣。來我家吧。我明天也不用值班，可以悠閒地休息。」

天吾無法適當回答。天吾對這位年輕護士懷有自然的好感。看來她對他也有好感。而且她正邀天吾到她家去。天吾抬頭看天。但天空被厚厚的灰色雲朵全面覆蓋著，看不見月亮。

「我上次跟我女的朋友一起抽hashish的時候，」安達久美說：「那是對我來說的第一次經驗，覺得身體好像浮在空中似的喔。不是很高，大約五公分或六公分左右吧。還有啊，在那樣的高度飄浮，感覺滿好的。一種恰到好處的感覺。」

「那個高度的話掉下來也不會痛。」

「嗯，恰到好處，可以安心。感覺自己被保護著。簡直就像被空氣蛹包起來似的感覺喲。我是Daughter，被空氣蛹整個包著，可以隱約看見外面有Mother的身影。」

「Daughter？」天吾說。那聲音僵硬微小得驚人。「Mother？」

年輕護士口中一面哼著什麼歌，一面猛搖握著他手的那隻手，走在沒有人跡的步道上。兩個人的身高相差很大，安達久美對這似乎毫不在意。車子偶爾從旁邊通過。

「Mother和Daughter。這是出現在《空氣蛹》這本書上的。你不知道嗎？」

「我知道。」

「你讀過書？」

天吾默默點頭。

「太好了。那就容易說了。我啊，非常喜歡那本書。夏天買的，已經讀過三遍了。我會重讀三遍的書是很稀奇的喔。而且呀，有生以來第一次抽hashish同時想到的，居然是好像在空氣蛹裡面喏。自己被什麼包著正在等待誕生。而Mother則在旁邊守護著我。」

「妳看得見Mother？」天吾問。

「嗯，我看得見Mother。從空氣蛹裡面某種程度可以看到外面。雖然從外側看不見裡面。好像是這樣的結構。不過看不清楚Mother的容貌。只看得見模糊的輪廓。然而可以知道那是我的Mother。可以很清楚地感覺到。這個人是我的Mother。」

「換句話說空氣蛹就像是子宮般的東西嗎？」

「或許可以這麼說。當然我也不記得在子宮裡的事，不太能正確比較。」安達久美說著又吃吃地笑。

這是地方都市近郊常見的兩層樓廉價公寓。好像是最近才蓋好的，卻已經到處開始逐年惡化了。設在外面的樓梯咿呀作響。門也裝得很差。重卡車從前面的道路駛過時，玻璃窗就喀啦喀啦震動。牆壁看來就很薄，如果在哪個房間練習貝斯、吉他的話，整棟房子可能都會變成音箱。

天吾對hashish並沒有多大興趣。他頭腦清楚，活在有兩個月亮的世界。還有什麼必要讓世界更扭曲呢？而且對安達久美也沒有感覺到性慾。對這位二十三歲的護士雖然確實懷有好感，但好感和性慾是不同的問題。至少對天吾是這樣。所以如果Mother和Daughter這個字眼沒有從她口中說出來，他可能會找個適當理由推辭她的邀約，不到她家去。應該會在中途搭巴士，如果已經沒巴士，就請她代叫計程車，就那樣回旅館去了。不管怎麼說這裡都是「貓之村」。盡可能別靠近危險場所比較好。不過從一聽到Mother和Daughter這兩個字眼時開始，天吾就無法拒絕她的邀請了。爲什麼少女姿態的青豆，會進入空氣蛹中出現在那個病房裡，或許安達久美可以給他某種形式的啓示也不一定。

很像是兩個二十幾歲的姊妹住的公寓房間。有兩間小臥室，餐廳和廚房在一起、和小客廳相連。家具好像是四處收集來的，沒有所謂統一的品味和個性。餐廳裡貼了裝飾板的桌面上，擺飾著放錯地方般不搭調的仿第凡尼華麗檯燈。小碎花窗簾往左右拉開時，從窗戶可以看見種了什麼的田園，和對面黑黑的像雜木林的地方。視野良好，眼前一無遮蔽。但從這裡看得見的，並不是能令人感覺特別溫暖的風景。

安達久美讓天吾坐在客廳的雙人椅上。形狀華麗的紅色情人椅，正面放著電視。然後她從冰箱拿出札幌罐裝啤酒，和玻璃杯一起放在他前面。

「我去換輕鬆點的衣服，你等一下。我馬上來。」

但她好久都沒回來。從隔著狹小走廊的門裡不時傳來東西的聲音。聽得見不滑順的櫃子抽屜開開關關的聲音。還有像什麼倒下的沉重聲音。每次天吾都不由得回頭往那邊看。或許她眞的比看起來醉了。透過薄薄的牆壁傳來鄰居電視節目的聲音。雖然聽不清楚詳細對話，但似乎是搞笑節目，每隔十秒十五秒就傳來一陣聽眾笑聲。天吾後悔沒有斷然拒絕她的邀請。但同時心中一角也感覺到，自己是難以避免地被帶到這裡來的。

請他坐的椅子看來是便宜貨，布面接觸皮膚時感覺扎扎的。形狀好像也有問題，不管身體怎麼移動都找不到能安定的位置，那使他所感到的不自在更增幅加大。天吾喝一口啤酒，拿起桌上的電視遙控器。像在看稀奇東西般盯著看一會兒，終於按了按鈕打開電視。並換了幾次頻道，最後決定看介紹澳洲鐵路的N

HK旅遊節目。他選這個節目，只因比其他節目聲音安靜。在以雙簧管爲背景音樂的樂聲中，女播音員以安穩的聲音介紹橫貫澳洲大陸鐵道的優雅臥鋪車。

天吾在坐起來很難受的椅子上，眼睛一面不起勁地追著那畫面，一面想《空氣蛹》的事。安達久美並不知道，寫那文章的人其實就是自己。不過那無所謂。問題是雖然一方面具體而詳細地描寫著空氣蛹，一方面天吾自己對那實體卻幾乎一無所知。所謂空氣蛹是什麼？Mother和Daughter意味著什麼？在寫《空氣蛹》的當時不知道，現在也不知道。雖然如此，安達久美居然說喜歡那本書，還重讀了三次。爲什麼會發生這種事呢？

節目上在介紹餐車的早餐菜單時，安達久美回來了。並在情侶椅上坐在天吾身旁。椅子很窄，因此兩個人就變成肩膀緊靠在一起的姿勢了。她換上寬大的長袖襯衫，和淺色調棉長褲。襯衫上印著大大的微笑標誌。天吾最後一次看到這種微笑標誌是在一九七〇年代初期。正當Grand Funk Railroad重金屬吵鬧的曲子撼動著自動點唱機的那段時期。不過看來襯衫並沒那麼舊。人們還在什麼地方繼續製造著有這微笑標誌的襯衫嗎？

安達久美從冰箱拿出新的罐裝啤酒，發出很大聲響拉開拉環，倒入自己的杯子，一口氣喝了三分之一左右。並像滿足的貓那樣瞇細了眼睛。然後指著電視畫面。列車正在赤紅的大岩山間無限延伸的筆直鐵路上前進。

「這是哪裡？」

「澳洲。」天吾回答。

「澳洲。」安達久美以像在探尋記憶底層般的聲音說。「在南半球的澳洲？」

「對。有袋鼠的澳洲。」

「我有朋友去過澳洲。」安達久美用手指抓著眼睛旁邊說。「去的時候剛好是袋鼠的交尾期，走到一條街上時，總之到處都是袋鼠正在拚命地做著。在公園，在路上，不管在任何地方。」

天吾想必須對這表示點什麼感想，但感想卻出不來。於是用遙控器把電視關掉。電視一關掉，房間裡忽然靜下來。不知什麼時候隔壁的電視聲音也聽不見了。偶爾有車子像想起來似地通過前面的道路，除此之外便是安靜的夜晚。不過側耳傾聽時，模糊的微小聲音從遠方傳來。不知是什麼聲音，但規律地打著節奏。偶爾停下，過一會兒又開始。

「那是貓頭鷹。住在附近的樹林裡，到了晚上就會叫。」護士說。

「貓頭鷹。」天吾以模糊的聲音反覆說。

安達久美把脖子斜靠在天吾肩上，什麼也沒說地握住他的手。她的頭髮扎到天吾的脖子。情侶椅坐起來依然不舒服。貓頭鷹在樹林裡若有含意地繼續叫著。那聲音在天吾耳裡聽來像鼓勵，也像警告。也像帶有鼓勵的警告。非常多義性。

「嘿，我是不是太積極了？」安達久美問。

天吾沒回答。「妳沒有男朋友嗎？」

「這是個很難的問題。」安達久美臉色為難地說。「聰明的男孩子大多高中畢業後就到東京去了。因為這邊既沒有好學校，也很少有理想的工作。沒辦法啊。」

「不過妳留在這裡。」

「嗯，薪水不怎麼樣，相對的工作卻辛苦，但是我還滿喜歡這裡的生活。只有男朋友很難找是個問題，有機會就會交往，但很少遇到覺得不錯的。」

牆上的鐘指著快要十一點。超過十一點門禁時間就回不了旅館了。但天吾卻未能從那坐起來很不舒服的椅子上好好站起來。身體沒有想像的有力。可能是椅子形狀的關係。或者比想像中還醉。他漫無目的地聽著貓頭鷹的聲音，邊感覺脖子上安達久美的頭髮扎扎的，邊眺望仿製的第凡尼檯燈的光。

安達久美一邊唱著某首開朗的歌，一邊準備hashish。她用安全剃刀把黑色塊狀的大麻膏像柴魚乾般削得薄薄的，把那塞進平平的專用小型煙斗裡，以認真的眼神擦著火柴。含有獨特甘味的煙安靜地飄在房間裡。首先由安達久美抽那煙斗。把煙大口吸進去，讓那長久留在肺裡，再慢慢吐出來。然後做手勢指示天吾照做。天吾接過煙斗做了同樣的動作。讓煙盡量在肺裡久留。然後才慢慢吐出來。

花時間交換著煙斗。在那之間兩個人都沒開口。隔壁的人又打開電視，搞笑節目的聲音透過牆壁傳過來。聲音比剛才稍大一點。攝影棚觀眾快樂的笑聲陣陣湧起，只有廣告時間笑聲才停止。

持續交換抽了五分鐘左右，沒發生任何事情。周圍的世界沒有顯示任何變化。顏色、形狀和氣味都和原來一樣。貓頭鷹繼續在雜木林裡呵呵叫著，安達久美的頭髮依然弄痛他的脖子。雙人椅的不舒服也沒有改變。時鐘的秒針以同樣速度繼續前進，電視中的人因為誰的笑話而繼續大聲笑著。不管怎麼笑都沒辦法變幸福的那種笑。

「什麼也沒發生。」天吾說。「對我可能無效。」

安達久美在天吾的膝蓋上拍了兩下。「沒問題，不過要花一點時間。」

正如安達久美說的那樣。終於發生作用了。像祕密按鈕撥成ON那樣，耳邊聽見喀擦一聲，然後天吾腦子裡有什麼開始糊糊地搖晃起來。簡直就像裝了粥的碗傾斜時那種感覺。腦漿在搖晃著。天吾想。這對天吾來說是第一次的經驗——把腦漿當成一個物質來感覺。身體感覺著那黏度。貓頭鷹深沉的聲音從耳朵進來，混進那粥裡，沒空隙地逐漸融進去。

「我裡面有貓頭鷹。」天吾說。貓頭鷹現在化爲天吾意識的一部分了。難以分開的重要部分。

「因爲貓頭鷹是森林的守護神，知識淵博，所以能賜給我們夜晚的智慧。」安達久美說。

然而要到哪裡去，又要如何尋找智慧呢？到處都有貓頭鷹，也到處都沒有。「我想不到問題。」天吾說。

安達久美握住天吾的手。「不需要發問。只要自己進入森林裡就行了。那樣簡單多了。」

隔牆再傳來電視節目的笑聲。也湧起鼓掌聲。或許電視台的助理在攝影鏡頭照不到的地方，拿著寫有「笑」或「拍手」的指示牌對著觀眾席提示也不一定。天吾閉上眼睛想著森林。自己走進森林。黑暗森林的深處是Little People的領域。但那裡也有貓頭鷹。貓頭鷹知識淵博，能賜給我們夜晚的智慧。

這時突然一切聲音都斷絕了。就像有人繞到背後，往天吾的兩耳悄悄塞上塞子那樣。有人在某個地方把一個蓋子蓋上，另一個人在另一個地方打開另一個蓋子。出口和入口交換了。

一留神時，天吾人在小學的教室裡。

窗戶大大地敞開，從校園飛進來孩子們的聲音。風好像想起來似地吹起，白色窗簾隨風飄動。身旁有青豆在，緊緊握著他的手。和每次一樣的風景——但有什麼和每次不同。映在眼裡的東西全都像看錯了似的鮮明，浮出活生生的顆粒。一切東西的姿態和形狀，連細微地方都看得清清楚楚。只要一伸手，就能實際觸摸到。而且初冬午後的氣味大膽地刺激鼻孔。就像原來一直蓋著的遮布被猛然掀開了般，眞正的氣味。定下心來的一個季節的氣味。在這裡黑板擦的氣味、用來打掃的清潔劑的氣味、校園角落焚化爐燃燒落葉的氣味，難以分開地混在一起。把那氣味深深吸進肺裡，心有被寬廣而深遠地推開著的感覺。身體的組成在無言之間被重組著。鼓動漸漸變成不是單純的鼓動。

一瞬間，時間的門被向內推開。古老的光和新的光混為一體。古老的空氣和新的空氣混在一起。這光和這空氣，天吾想。於是一切都可以明白了。幾乎一切事情。為什麼以前想不起這氣味呢？明明是這麼簡單的事情。這麼現成的世界。

「我好想見妳。」天吾對青豆說。那聲音好遠好不順。但沒錯就是天吾的聲音。

「我也好想見你。」少女說。那也像安達久美的聲音。現實和想像的界線已經難以分辨。想看清楚界線時，碗就傾斜，腦漿開始黏糊糊地搖晃。

天吾說：「我應該更早開始找妳的。可是卻沒做到。」

「現在也還不遲。你可以找到我。」那個少女說。

「要怎麼做才能找到呢？」

沒有回答。答案沒有化為語言。

「不過我可以找到妳。」天吾說。

少女說：「不過因為是我找到你的。」

「妳找到我了？」

「來找我。」少女說。「趁著還有時間。」

白色窗簾像沒逃成的亡靈那樣，無聲地大飄大搖著。那是天吾最後見到的東西。

一留神時，天吾在狹小的床上。燈關掉了，從窗簾縫隙透進來的街燈，昏暗地照出房間。他身上穿的是T恤衫和四角短褲。安達久美身上只穿著微笑標誌的襯衫。那件長襯衫下沒穿內衣。柔軟的乳房貼在他的手腕上。天吾腦子裡的貓頭鷹還在繼續叫著。現在連雜木林都在他裡面。他把黑夜的雜木林整個擁進自己懷裡了。

即使和這年輕護士兩個人在床上，天吾仍然沒感覺到性慾。安達久美那邊看來也沒有特別感到性慾。她的手在天吾身上繞著，只吃吃地笑。天吾不知道有什麼那麼好笑。也許有人在什麼地方舉起「笑」的牌子吧。

現在到底幾點了？抬起頭想看時鐘，但到處都沒有鐘。安達久美忽然停止笑，雙腕繞到天吾的脖子上。

「我再生了喔。」安達久美溫暖的氣息吹到耳朵上。

「妳再生了。」天吾說。

「因為死了一次啊。」

「妳死了一次。」天吾重複說。

「在下著冷雨的夜晚。」她說。

「妳為什麼死的？」

「為了要這樣再生。」

「妳要再生。」天吾說。

「多多少少。」她非常安靜地低語。「以各種形式。」

天吾思考那些話。她說多多少少以各種形式再生到底是怎麼一回事?他的腦漿糊糊的沉重,像原始的海那樣滿溢著生命的萌芽。但那卻未能把他引導到任何地點。

「空氣蛹是從哪裡來的?」

「問題錯誤。」安達久美說。「呵呵。」

她在天吾身上扭動身體。天吾的大腿上可以感覺到她的陰毛。濃密的陰毛。她的陰毛,就像是她思考的一部分。

「要再生需要有什麼?」天吾問。

「關於再生的第一個問題,」嬌小的護士像揭開祕密般說:「人無法為自己而再生。要為別人才行。」

「那就是多多少少以各種形式再生的意思了。」

「天亮之後天吾要從這裡出去。趁著出口還沒被關閉。」

「天亮之後,我要從這裡出去。」天吾複誦著護士的話。

她再一次讓那濃密的陰毛摩擦著天吾的大腿。簡直像要在那裡留下什麼記號般。「空氣蛹不是從哪裡來的東西。你怎麼等都不會來。」

「妳知道這個。」

「因為我死過一次了。」她說。「死很苦。比天吾所想像的更苦喔。而且非常孤獨。孤獨得會讓你佩服人居然能變成這麼孤獨的地步。你最好記得這一點。不過天吾,終究,不死掉一次就無法再生。」

「沒有死的地方就沒有再生。」天吾確認道。

「不過人有一面活著一面被死逼迫的情況。」

「一面活著一面被死逼迫。」天吾無法理解那意思而重複著。

白色窗簾繼續被風飄搖著。教室的空氣混合著黑板擦和清潔劑的氣味。還有燒落葉的煙味。有人在練習豎笛。少女用力握著他的手。下半身感到甜甜的疼痛。但沒有勃起。那要在更久以後才會。更久以後這個詞，向他承諾永遠。永遠是無限延伸的一根長棒子。碗又傾斜了，腦漿糊糊地搖晃。

醒來時，自己現在在哪裡？天吾一時想不起來。腦子追溯昨夜事情的經過花了點時間。朝陽從碎花窗簾的縫隙炫眼地射進來，早晨的鳥熱鬧地啼叫。他在小床上，以非常拘束的姿勢睡著。以這樣的姿勢居然能睡一整夜。身旁有女人。她的側臉貼在枕頭上，沉沉地睡著。頭髮像被朝露濡溼的蓬勃夏草般披在臉頰上。安達久美，天吾想到。剛剛過完二十三歲生日的年輕護士。她的手錶掉在床邊的地板上。針指著七點二十分。早晨的七點二十分。

天吾盡量不吵醒護士地安靜下床，從窗簾的縫隙眺望窗外。看得見外面是高麗菜園。黑色泥土上排列著高麗菜，一顆顆緊密地蹲踞著。再過去是雜木林。天吾想起貓頭鷹的聲音。昨夜貓頭鷹在那裡鳴叫。黑夜的智慧。天吾和護士邊聽著那聲音邊吸著hashish。大腿上還留下她的陰毛粗粗硬硬的觸感。

天吾到廚房去用手掬起水龍頭的水來喝。喉嚨渴得喝多少都覺得不夠。但除此之外並沒有什麼改變。頭不痛，身體不累，意識是清楚的。只是體內好像有種通風過好的感覺。就好像專家的手俐落清掃過的配管裝置似的。穿著T恤衫和四角褲就走到洗手間去，解了長長的小便。陌生的鏡子映出的臉看來不像自己。頭髮好些地方豎起來。鬍子也必須刮。

回到臥室把衣服收集起來。他脫掉的衣服，和安達久美脫掉的衣服混在一起，零亂地散落一地。完全想不起是什麼時候、怎麼脫的。找到左右腳的襪子，穿上牛仔褲，穿上襯衫。中途踩到大顆的便宜戒指。撿起來放在床頭櫃上。套上圓領毛衣，拿起風衣。確認過皮夾和鑰匙在口袋裡。護士把棉被一直蓋到耳下熟睡著。連鼻息都聽不見。該不該叫醒她？不管怎麼樣，雖然心想可能什麼也沒做，不過畢竟是在一張床上同睡了一夜。不打一聲招呼就走掉覺得太沒禮貌了。但是她實在睡得太熟了，她說過今天不用上班。何況把她叫醒，兩個人接下來該做什麼呢？

他在電話前找到便條紙和原子筆。寫下「昨夜謝謝妳。過得很愉快。我回住處了。天吾。」也把時間補上。把那便條紙放在枕邊的床頭櫃上，用剛才撿起來的戒指代替紙鎮壓在上面。然後穿上舊運動鞋，走出外面。

在路上走一會兒後看到巴士招呼站，等了五分鐘左右往車站的巴士就來了。他跟吵鬧的男女高中生一起上了那班巴士搭到終點。天吾早晨八點過後回來，臉頰因爲沒刮鬍子而黑黑的，旅館的人也沒說什麼。對他們來說，這似乎也不是什麼稀奇的事。什麼也沒說，就俐落地爲他準備了早餐。

天吾邊吃著熱熱的早餐，喝著茶，邊想起昨夜發生的事。被三個護士邀請到燒肉店去。走進附近的小酒吧唱卡拉ＯＫ。到安達久美的公寓去，聽貓頭鷹的叫聲抽印度產的hashish。感覺腦漿像暖暖糊糊的粥。一留神時人在冬天的小學教室裡，聞到那空氣的氣味，和青豆交談。然後和安達久美在床上談到死和再生。有問錯的問題，有多義性的答案。雜木林裡貓頭鷹繼續鳴叫，鄰人看著電視節目高聲大笑。

記憶隨處跳斷。缺了幾個銜接部分。但沒缺的部分則能記得驚人地鮮明。可以回想起說出口的話的一字一句。天吾也記得安達久美最後說的話，那既是忠告，也是警告。

「天亮之後天吾要從這裡出去。趁著出口還沒被關閉。」

或許確實是該退出的時候了。爲了再一次遇到進入空氣蛹中的十歲的青豆，工作請了假，來到這個村子。而且將近兩星期每天到療養院去，朗讀書給父親聽。然而空氣蛹並沒有出現。代替的是就在幾乎要放棄的時候，安達久美卻爲他準備了不同形式的幻影。天吾在這裡再一次遇到少女時的青豆，和她交談了。青豆說，來找我，趁著還有時間。不，實際上說話的可能是安達久美。他分不清楚。不過不管是誰都沒關係。安達久美死了一次又再生了。不是爲了自己。是爲了別的誰。天吾決定暫且就那樣相信在那裡聽到的事。那想必是，重要的事。

這裡是貓之村。有只有在這裡才能得到的東西。他因此而轉搭電車來到這地方。不過在這裡得到的一切都帶有危險。如果相信安達久美的暗示，那是屬於致命的東西。有什麼不祥的事情將要發生，從拇指的刺痛可以知道。

差不多不得不回東京了。趁著出口還沒被關閉，趁著列車還停在車站的時候。不過在那之前必須先到療養院去。有必要去見父親，向他告別。也還有必須確認的事情。

第10章 牛河
收集具體證據

牛河腳步來到市川。感覺好像要去很遠的地方，其實市川市只不過是跨過一條河進入千葉縣立刻就到的地方，從東京都心出發花不了多少時間。在車站前搭計程車，告訴司機小學的名字。到小學時是一點過後。午休已經結束，下午的課已經開始。從音樂教室傳來合唱的歌聲，校園裡體育課正在舉行足球比賽。孩子們大聲喊叫著邊追著球。

牛河對學校沒有好的回憶。他不擅長體育，對球技尤其頭痛。個子矮小腳步慢，眼睛又有散光。而且本來就不具備運動神經。體育課時間簡直就是噩夢。他學科成績優秀。天生頭腦就不錯，加上也很用功（因此二十五歲就考上司法考試）。但周圍的人都不喜歡他，也不尊敬他。不擅長運動可能是原因之一。當然長相也成問題。從小臉就很大，眼睛不好，頭形狀歪斜。厚嘴唇兩端往下撇，看來好像口水馬上就要從那裡流出來（只是看來這樣實際上並沒有流下過）。頭髮亂翹得沒辦法整理。外觀無法讓人產生好感。

小學時代，平常他很少開口。需要的時候卻很擅長辯論，自己也知道這點。只是既沒有可以親近談話的對象，也沒人給他機會在眾人面前展現辯論口才。所以他經常閉著嘴。而且養成對別人的談話——不管談什麼——注意傾聽的習慣。用心從中得到什麼。這個習慣終於成爲對自己有益的工具。他用這工具發現了很多貴重的事實。世間的人大半沒辦法用自己的腦袋思考事情——這是他發現的「貴重事實」之一。而且不會思考的人特別不聽別人說話。

無論如何對牛河來說，小學時光並不是他樂意去回憶的一段日子。想到現在自己要去拜訪小學就心情鬱悶。埼玉縣和千葉縣雖然有差別，但全國各地的小學都類似。同樣的建築樣式，以同樣的原理運作。雖然如此，牛河仍特地親自到這所市川市的小學走一趟。這是很重要的事，無法委託別人。他打電話到小學的辦公室，預先約好一點半要來和負責人面談。

副校長是一位小個子女人，看來大約四十五歲上下。體型苗條容貌良好，穿著也頗雅緻。副校長？牛河歪著頭想。他從來沒聽過這種頭銜。不過他小學畢業是很久以前的事了。在這之間一定很多事都變了。她到目前為止似乎應對過各種不同的人，看到牛河不算尋常的容貌身材，也沒露出特別驚訝的表情。或許只是單純地合乎禮貌而已。她把牛河引導到一塵不染的會客室，請他坐下。自己也在對面的椅子上落坐，露出微笑。好像在問，現在開始兩個人要展開什麼樣的快樂話題似的。

她讓牛河想起小學同班的一個女同學。長得漂亮，成績好，人親切，又有責任感。教養很好，鋼琴也彈得好。老師很喜歡她。上課的時候牛河常常看著那個女生。主要是她的背影。不過從來沒跟她說過一次話。

「您是說想調查有關本校畢業生的什麼事情嗎？」副校長問。

「抱歉我還沒向您報告。」牛河說著遞出名片。和給天吾的是同樣的名片。印著「財團法人　新日本學術藝術振興會　專任理事」的頭銜。牛河對這位女士，說了和對天吾說過幾乎相同的一套編造說詞。這家小學的畢業生川奈天吾是本財團選出準備頒發補助金的作家中最有希望的候選者。我們正在進行與他相關的基本調查。

「這眞是一件很好的事。」副校長微笑地說。「對本校來說也與有榮焉。如果有我們能效勞的地方，非常樂意協助。」

「我想最好是能跟川奈天吾先生的導師直接請教。」牛河說。

「我來查一下看看。因爲是二十年前的事了，所以可能已經退休了也不一定。」

「謝謝。」牛河說。「還有如果方便，還想請您幫忙查一件事。」

「什麼樣的事呢？」

「跟川奈先生同年級，當時應該有一位叫做青豆雅美的女生在學。不知道川奈先生和青豆小姐有沒有同班過。這點可以請您幫忙查一下嗎？」

副校長表情有點訝異。「那位青豆小姐，跟這次的川奈先生的補助金有什麼關係嗎？」

「不，沒什麼。只是川奈先生所寫的作品中，可能有以青豆小姐爲原型所描寫的，關於這一點，我們覺得有幾個問題有必要弄清楚而已。並不是很麻煩的事。只不過是形式上的問題。」

「原來如此。」副校長端正的嘴唇兩端稍微揚起。「只是，我想您也知道，關於個人的隱私資料，有時候是無法給的。例如學業成績、家庭環境等。」

「這個我很清楚。以我們來說，只是想知道她實際上有沒有跟川奈先生同班過而已。而且如果方便，能告訴我當時班導師的姓名和聯絡方式的話，那就眞是感激不盡了。」

「明白了。如果是這樣的事應該沒問題。您是說青豆小姐嗎？」

「是的。寫成青色的豆子。很少見的姓。」

牛河用原子筆在手冊的便條上寫下「青豆雅美」的名字，並交給副校長。她接過那紙頭看了幾秒鐘，然後收進桌上文件夾的側袋裡。

「請您在這裡等一下好嗎？我去查一下事務紀錄。我會把可以公開的資訊，請負責人複印給您。」

「您這麼忙，眞不好意思麻煩您了。」牛河禮貌地說。

副校長擺動美麗的寬裙襬轉身走出辦公室。姿勢優美，走路模樣也漂亮。髮型品味好。雖然上了年紀，給人感覺仍然很好。牛河重新坐回椅子上，一面讀著帶來的文庫本書一面打發時間。

十五分鐘後副校長回來了。她胸前抱著一個茶色公文信封。

「川奈先生以前好像是個相當優秀的孩子。成績總是名列前茅，也是成果可觀的運動選手。數學方面最拿手，小學時代就能解出高中程度的問題。比賽也拿過優勝。甚至曾經冠上神童的名號被報紙報導出來。」

「眞了不起。」牛河說。

副校長說：「不過很奇怪。當時以數學神童聞名，長大後爲什麼會在文學世界嶄露頭角？」

「豐沛的才華，可能就像豐沛的水脈一樣，會在各種地方找到出口吧。他現在一邊當數學老師，一邊寫小說。」

「原來如此。」副校長眉毛揚成美麗的角度說。「跟他比起來，關於青豆雅美，則知道得不太多。她五年級的時候就轉學了。聽說是被東京都足立區的親戚家收養，轉到那邊的小學去。和川奈天吾是三年級和四年級時同班的。」

正如所料，牛河想。兩個人之間果然有過關連。

「姓太田的女老師是當時的導師。太田俊江老師。現在在習志野市的小學任教。」

「如果跟那所小學聯絡，或許可以見得到吧。」

「已經聯絡好了。」副校長輕輕微笑說。「她說如果是這種事，她非常樂意見牛河先生。」

「那眞不好意思。」牛河道了謝。不但美麗，工作也有效率。

副校長在自己名片背面，寫上老師的姓名，和她上課的津田沼小學的電話號碼，交給牛河。牛河把那名片愼重地收進皮夾裡。

「聽說青豆小姐具有宗教背景。」牛河說。「對我們來說，那也是有點掛心的地方。」

副校長眉宇間輕輕皺起，眼睛兩端起了微小的紋路。唯有謹愼地重複累積自我訓練的中年女人，才能擁有包含如此微妙意味的知性而魅力的皺紋。

「很抱歉，那是我們在這裡無法討論的問題之一。」她說。

「這是牽涉到個人隱私的問題嗎？」牛河問。

「沒錯。尤其是關於宗教的問題。」

「不過如果見到那位太田老師的話，或許可以請教她那方面的事吧。」

副校長纖細的下顎稍微往左傾斜，嘴角浮起別有含意的笑。「對於太田老師站在個人立場所說的話，我們沒有干涉的必要。」

牛河站起來，禮貌地向副校長道過謝。副校長把裝有文件的公文信封交給牛河。「能給您的資料都複印了裝在這裡。是關於川奈先生的資料。也有一點關於青豆小姐的。希望能幫得上忙。」
「太好了。非常感謝您這麼幫忙。」
「關於補助金的事如果有什麼結果請通知一下。因為這對本校來說也是與有榮焉的。」
「我確信會有好的結果。」牛河說。「我也見過他幾次，確實是個擁有才華而前途無量的有為青年。」

牛河走進市川車站前的餐廳用過簡單的午餐，用餐時瀏覽一遍公文信封裡的資料。有天吾和青豆的簡單在學紀錄。也附有天吾學業和運動受到表揚的紀錄。看來確實是個表現卓越的優秀學生。對他來說可能從來都沒有過學校是噩夢的感覺吧。也有在某處得過數學競賽冠軍時的新聞報導複印。也附有天吾少年時代的肖像照，雖然因為很舊了不太清晰。

用過餐後，打電話到津田沼的小學去。並和名叫太田俊江的老師通過話，約好四點在那所小學見面。她說，那個時間的話可以慢慢談。

不管怎麼說都是工作，不過居然在一天之內連著拜訪兩家小學啊，牛河嘆了一口氣。想到就心情沉重。只是到目前為止，特地走這一趟還是有收穫的。弄清楚天吾和青豆小學時代，居然同班兩年，就大有進展了。

天吾幫助深田繪里子把《空氣蛹》寫成文藝作品的形式，讓它成為暢銷書。青豆把深田繪里子的父親深田保，在大倉飯店的一個房間裡暗中加以殺害。兩人的行動似乎分別擁有攻擊「先驅」教團的共同目的。其中可能有合作。認為有也是理所當然的吧。

不過最好還不要告訴那「先驅」的二人組。牛河並不喜歡把情報一點一滴分批給。他喜歡貪婪地大量收集情報，先周密地穩固掌握各種周邊事實，把確實證據都準備齊全後，才開口說：「好了，事實是這樣。」從身為律師當時，這種喜歡演戲的習性還持續到現在。先放低姿態讓對方疏忽，等事情演變到接近大結局時才把鐵證如山的事實搬出來，讓局勢來個大逆轉。

搭電車到津田沼時，牛河試著在腦子裡架構幾種假設。

天吾和青豆可能有男女關係。不可能從十歲開始就是情侶，不過可以考慮小學畢業後有在什麼地方重逢、開始親密交往的可能性。而且兩個人因為某種情況——是什麼樣的情況並不清楚——開始決定攜手打擊「先驅」。這是一種假設。

但以牛河看來，天吾和青豆並沒有交往的跡象。他和大他十歲以上的有夫之婦擁有定期的肉體關係。從天吾的個性看來，如果他和青豆有深入聯繫的話，應該不會和其他女人保持習慣性的關係。他不是能這麼巧妙安排的人。牛河之前，曾經調查過天吾的行動模式兩星期左右。他每星期有三天在補習班教數學，此外的日子大多一個人窩在屋子裡。可能在寫小說。除了有時去買東西和散步之外幾乎沒有外出。過著單純而樸實的生活。很容易理解，看不出有不可解的地方。無論出於什麼樣的原因，牛河都難以想像天吾會和伴隨殺人行為的陰謀有關。

牛河算來可以說，對天吾懷有個人的好感。天吾是個不會裝模作樣，性格坦率的青年。自立心強，不依賴別人。就像體格高大的人常有的那樣，有點不太靈巧，但沒有偷偷摸摸的地方，沒有耍小聰明的性格。屬於一旦決定的事，就會筆直向前走的類型。當律師或證券經紀人可能無法成大器。立刻會被扯後腿，在關鍵的地方跌跤。不過以數學老師和小說家來說，應該可以做得還不錯。雖然不善交際也沒有口才，但會受某種女性的青睞。簡單來說，就是和牛河成對照的人物。

和天吾比起來，牛河對青豆這個人卻幾乎一無所知。只知道她出生在「證人會」忠實信徒的家庭，從有記憶開始就跟著母親到處布教。小學五年級時捨棄信仰，由住在東京都足立區的親戚收養。可能再也受不了了吧。幸運的是天生體能強，從初中到高中都當上壘球隊的有實力選手，進而受到眾人注意，並因此領到獎學金升上體育大學。牛河掌握住這樣的事實。至於她是什麼樣的性格，什麼樣的想法，擁有什麼樣的優缺點，過著什麼樣的私生活，這方面卻毫無所知。他所得到的只不過是一連串履歷表式的事實而已。

不過在把青豆和天吾的履歷在腦子裡重疊期間，開始知道其中有幾個共同點。首先第一點是，他們小時候應該都不太快樂。青豆是爲了傳教跟母親一起在街上繞。挨家挨戶地按門鈴。「證人會」的小孩都會被要求這樣做。而天吾的父親是NHK的收費員。這也是必須一戶走過一戶地到處走訪的工作。他是否也和「證人會」的母親一樣，帶著兒子走呢？有可能。如果自己是天吾的父親，一定會這樣做。帶著小孩既可以提高收款成績，也可以節省保母費用。一舉兩得。不過對天吾來說卻應該不是多快樂的經驗。或許這兩個小孩在市川市的路上曾經擦肩而過。

而且天吾和青豆，在開始懂事之後就分別努力取得體育方面的獎學金，試圖盡量遠離父母親。兩個人實際上都成爲優秀的運動選手。本來天生資質就好也有關係吧。不過他們有非優秀不可的理由。對他們來說被大家承認是運動選手，留下良好成績，幾乎是自立的唯一手段。是保持自我的貴重車票。跟一般十幾歲的少年少女想法不同，面對世界的態度也不同。

試想起來，對牛河來說狀況也很類似。他的情況是，因爲家境富裕所以沒必要拿獎學金，也不缺零用錢。但若要進入一流大學，並考上司法考試，則非拚死拚活地努力用功不可。和天吾及青豆的情況相同。牛河沒功夫像其他同學那樣經常吱吱喳喳地閒聊玩耍。捨棄現世的一切享樂——就算去追求也不容易得到——總之得專心用功。他的精神在自卑感和優越感的夾縫裡激烈搖擺。他常常想，我就像《罪與罰》裡面未遇到蘇妮雅的拉斯柯尼科夫那樣。

不，我無所謂。事到如今還想這個又能怎樣。回到天吾和青豆的問題吧。

如果天吾和青豆在二十歲的時間點，在什麼地方偶然重逢談起話來，發現他們竟然有很多共同點一定會很驚訝。這時可以談的事應該很多。於是兩個人當場，就強烈地互相吸引，發展成男女關係。牛河可以鮮明地想像這樣的情景。宿命性的邂逅。終極的羅曼史。

實際上是否發生這樣的邂逅？發展成羅曼史了？牛河當然不會知道。但認為曾經相遇的想法是說得通的。所以這兩個人才會攜手攻擊「先驅」。天吾用筆，青豆可能用特殊技術，分別從不同的方向。但這個假設牛河怎麼都無法說服自己。雖然情節合情合理，卻不太有說服力。

如果天吾和青豆已經結下那樣深的關係，不可能表面看不出來。宿命性的邂逅應該會產生宿命性的結果，沒有理由逃過牛河那對敏銳的眼睛。青豆或許可以藏得住，但天吾卻不可能。

牛河基本上是靠推理而活的男人。沒有實際證據就無法前進。但同時，也相信自己天生的第六感。那第六感讓他對天吾和青豆是同謀行動的這個劇本搖頭。微小、卻執拗地。說不定兩個人的眼裡還沒映出彼此的存在呢？兩個人同時和「先驅」有關，也許純屬偶然？

就算是難以想像的偶然，這個假設比同謀說更能說服牛河。兩個人分別因為不同的動機和不同的目的，各別從相異的方向偶然同時動搖了「先驅」的存在。在這裡有兩個情節相異的故事線平行發展。

不過「先驅」的那些傢伙能坦然接受這麼方便的美好假設嗎？不可能。牛河想。他們會二話不說地馬上跳到同謀說。畢竟這些傢伙根本上就喜歡隱含陰謀的事情。在遞出原始情報之前，必須齊全地準備好更確實的證據才行。要不然反而會誤導他們，而且可能連帶傷害到牛河自己。

牛河在從市川往津田沼的電車上，一直在想著這種事情。可能無意間皺起眉頭，嘆了氣，瞪著空中吧。坐在對面座位上的小學女生一臉疑惑地看著牛河的臉。他為了掩飾尷尬而放鬆表情，用掌心摸摸形狀歪斜的禿頭。但那動作似乎反而讓女孩子害怕。她在還不到西船橋的車站前急忙站起來，快步走到別的地方去了。

牛河跟名叫太田俊江的女老師在放學後的教室談話。女老師年紀大約五十五歲左右。她的外貌和市川小學俐落的副校長簡直成對比。身材矮胖，從後面看來走路像甲殼類般怪異。戴著金邊小眼鏡，眉間寬闊平坦，看得見長著細細的毫毛。毛料套裝看不出是什麼時候做的，不過總之可能在製作時就已經不流行了，輕微散發著驅蟲劑的氣味。顏色雖然是粉紅色，但好像在哪裡混雜到錯誤的色彩般，是奇怪的粉紅。可能為了追求品味高尚的沉著色調，然而設計意圖並未達成，那粉紅徒然沉重地落入畏縮、韜晦和死氣沉沉之中。因而使領口露出的嶄新白襯衫，看起來簡直像誤闖守夜靈堂的唐突之客般。參雜著白髮的乾燥頭髮，像隨便湊合地用塑膠髮夾固定著。手腳肌肉結實，短短的手指上沒戴任何戒指。脖子上三條細紋，像人生的刻度般清楚呈現。或許是三個願望達成的記號也不一定。不過牛河推測應該不是這樣。

她是天吾三年級到畢業時的班導師。本來每兩年會重新分班，但碰巧四年都帶到天吾。帶青豆只有三年級到四年級這兩年之間。

「川奈先生的事我還記得很清楚。」她說。

跟那穩重的樣子比起來，她的聲音卻驚人的清晰而年輕。連吵鬧的教室角落都能確實傳到的嘹亮聲音。職業可以造就一個人，牛河感到佩服。她一定是個能幹的老師。

「川奈先生在各方面都是優秀的學生。超過二十五年，我在幾所小學教過無數學生，但從來沒遇到過天資那樣好的學生。讓他做什麼都做得比別人優秀。人品好，有領導力。看來是無論往任何方向發展都會有成就的人才。小學時尤其算數、數學的能力特別出色，不過他會走上文學的路我也絕不驚訝。」

「他父親是做ＮＨＫ收費員工作的嗎？」

「是的。」老師說。

「我聽他本人說他父親相當嚴格。」牛河說。完全是隨口說說。

「沒錯。」她毫不猶豫地說。「他父親有非常嚴格的地方。對自己的工作很自豪，這當然是很好的事，不過有時候這好像反而對天吾造成負擔。」

牛河巧妙地提出話題，讓她詳細說出事情。這是牛河最擅長的一招。盡量讓對方談得很愉快。她談到天吾討厭週末跟父親一起去收款，五年級時曾經離家出走。「說是離家出走，不如說是被家裡趕出來。」老師說。牛河想道，天吾果然跟父親一起去到處收款。而且那對少年時代的天吾成爲不小的精神負擔。正如預料。

女老師讓走投無路的天吾在自己家住一夜。她爲這位少年準備了毛毯，做了早餐。第二天傍晚到他父親那裡去，苦口婆心地說服他。她把當時的事，說得像是自己人生中最光輝的一刻般。她也說，天吾高中的時候他們偶然在音樂會上遇到。說他當時演奏定音鼓敲得多棒。

「楊納傑克的《小交響曲》。不是簡單的曲子。天吾在幾星期前還沒摸過那種樂器。卻即時當上定音鼓的演奏者站上舞台，完美地達成任務。只能說是奇蹟了。」

這個女人打心坎裡喜歡天吾。牛河很感動。她幾乎是無條件地對他懷有好感。被人這樣深深喜歡，到底是什麼樣的感覺？

「青豆雅美小姐的事您還記得嗎？」

「青豆的事我也記得很清楚。」女老師說。但那聲音中，卻和提到天吾的時候不同，感覺不到喜悅。音調大約降了兩度。

「因爲姓也很少見。」牛河說。

「是的，相當少見的姓。不過我很記得她，不光因爲姓。」

一陣短暫的沉默。

「聽說她家人是『證人會』的忠實信徒噢。」牛河開始試探。

「這些話能不能不要對外傳出去？」女老師說。

「我明白。當然不會對外說。」

她點點頭。「市川市有『證人會』的大分部。所以我曾經當過幾個『證人會』小孩的班導師。從教師的立場來看，他們各有微妙的問題，每次都必須特別注意。不過沒有別的信徒像青豆小姐的雙親那樣熱心。」

「也就是不妥協的人嗎？」

女老師好像想起來似地輕輕咬著嘴唇。「是的。對原則是極嚴格的人，對小孩也同樣嚴格要求。因此青豆在班上不得不被孤立起來。」

「也就是青豆小姐在某種意義上是特殊的存在。」

「是特殊的存在。」老師承認。「當然小孩沒有責任。如果要追究責任的話，那就是想要支配別人的、心的不寬容。」

女老師談到青豆。其他孩子大多忽視青豆的存在。盡量把她當成不存在的人來對待。她既是特異分子，也是會炫耀奇怪規定給大家添麻煩的人。這是全班的一致見解。對這點，青豆以盡量降低自己的存在感來保護自己。

「以我來說也盡量努力了，但小孩的團結卻超出我預料的堅強，青豆也有青豆的做法，她把自己幾乎變成幽靈般的存在。現在的話可以交給專門的輔導老師。但當時還沒有那樣的制度。我還年輕，光要把全班帶好已經沒有餘力了。可能聽起來只像是藉口吧。」

她說的話牛河也可以理解。小學老師這工作是很吃重的勞動。孩子們之間的事，某種程度只能任隨孩子去。

「深切的信仰和不寬容，往往是表裡一體的關係。那是我們所無法改變的事情。」牛河說。

「您說得沒錯。」她說。「不過我當初應該可以在和這個不同層次的地方，做一點什麼。我好幾次想跟青豆談。不過她幾乎都不開口。意志很強，一旦決定的事不會輕易改變想法。頭腦也很好。有很傑出的理解力，也有學習意願。不過她會盡量不外露，嚴格管理和壓抑自己。盡量不顯眼可能是她護身的唯一手段。如果她身處平常的環境，一定也會成爲出色的學生。這是現在回想起來都覺得遺憾的事。」

「您跟她的父母談過嗎？」

女老師點點頭。「談過好幾次。她雙親曾到學校抗議過好幾次，說是有信仰的迫害。那時候我請他們幫忙讓青豆融入班上的同學，拜託他們說原則是否可以稍微通融。不過沒有用。對她的雙親來說，信仰的規定必須嚴格遵守比什麼都重要。對他們來說的幸福是到樂園去，在現世的生活只不過是暫時的。不過那是大人世界的道理。對於正在成長的孩子的心來說，被全班忽視或被排斥是多麼難過的事，那會留下多麼致命的傷痕，很遺憾他們並不能理解。」

牛河告訴她，青豆在大學和出社會後曾經以壘球部的核心選手活躍過，現在是高級健身俱樂部的能幹教練。正確說應該是稍早以前活躍過，不過他沒有分得這麼仔細。

「那太好了。」老師說。她的臉頰淡淡地紅起來。「能夠順利成長，自立而健康地活著。我聽到也安心了。」

「不過想請教另外一件事。」牛河露出無邪的微笑問。「小學時代，川奈天吾先生和青豆小姐有沒有可能私底下有過比較親密的關係？」

女老師雙手手指交叉，想了一會兒。「或許有這種事也不一定。不過我並沒有親眼看過，也沒有聽過那樣的情況。只有一件事可以說，那就是不管是誰，在那個班上，很難想像有哪個孩子跟青豆有個人的親密關係。天吾或許曾經對青豆伸出過援手。因為他是心地善良又有責任感的孩子。不過即使有過那樣的事情，青豆應該也不會坦然地敞開心吧。就像緊貼在石頭上的牡蠣是不會簡單張開硬殼那樣。」

女老師一度閉上嘴，然後補充道：「很遺憾只能這樣說。不過當時的我沒有採取任何行動。就像剛才說過的那樣，缺乏經驗，力量也不夠。」

「如果川奈先生和青豆小姐有過親密關係的話，在班上應該會引起很大的反應，不可能不傳到老師耳裡，不是嗎？」

女老師點頭。「雙方面都有不寬容。」

牛河道過謝。「能聽到老師的話，幫助非常大。」

「青豆小姐的事，希望不會妨礙這次補助金的事。」她擔心地說。「班上會發生這種問題，都是班導師我的責任。既不能怪天吾，也不能怪青豆。」

牛河搖搖頭。「請不用擔心。我只是在做作品背後關係的事實調查而已。正如您所知道的那樣，反正牽涉到宗教問題都很複雜。川奈先生擁有優越的傑出才能，不久的將來應該會成名的。」

聽到這個，女老師滿足地微笑了。小眼睛裡彷彿有什麼受到陽光照射，遠方的山壁像看得見的冰河般閃爍一下。她想起少年時代的天吾了。牛河想。二十年前的事了，對她來說一定感覺像昨天才發生的事一般。

在校門附近等著往津田沼車站的巴士時，牛河回想自己小學的老師們。他們還會記得牛河嗎？就算還記得，回想起他的老師們的眼裡一定不會浮起親切的光芒。

弄清楚的狀況，和牛河預測的假設很接近。天吾是班上最優秀的學生。也有人望。青豆則是孤立的，被全班所忽視的。天吾和青豆幾乎沒有親密起來的可能性。立場太懸殊了。而且青豆五年級時就轉出市川，移到別的小學去。兩人的聯繫在這裡中斷了。

如果要尋找小學時代的兩人之間有什麼共通項目的話，那就只有雖然不情願也不得不聽從父母親的命令這一點而已了。傳教和收款雖然目的不同，但他們都是被父母親強制帶著在街上繞著走的。在班上所處的立場完全不同。但兩個人可能同樣孤獨，應該同樣強烈地追求著什麼。能無條件地接受自己，擁抱自己的什麼。牛河可以想像他們的心情。因爲在某種意義上，那也是牛河自己所懷抱的心情。

那麼，牛河想。他坐在從津田沼往東京的快速電車座位上，交抱著雙臂。那麼，我從現在開始到底該怎麼辦才好？發現了天吾和青豆間有幾個聯繫。意味深長的聯繫。但遺憾的是，現在那並沒有具體證明什麼。

一面高高的石牆聳立在我前面。上面設有三扇門。必須從中選擇一扇。每扇門上都掛著牌子。一塊寫著「天吾」，一塊寫著「青豆」，另一塊寫著「麻布的老婦人」。青豆名副其實地像煙般消失了。沒有留下任何足跡。麻布的「柳宅」像銀行的金庫室般戒備森嚴。這邊也無從下手。那麼，只剩下一扇門了。

現在開始就暫且緊貼著天吾吧，牛河想。沒有其他選擇。這是消去法的最佳樣本。到了甚至想對路上行人分發漂亮說明書的地步。怎麼樣？各位，這就是所謂的消去法。

天生的好青年，天吾。數學家兼小說家。柔道冠軍，小學女老師最愛的得意門生。只能暫且以這個人物爲突破口，逐漸解開事態的結。非常麻煩的結。越想越搞不清楚爲什麼。開始感覺自己的腦漿就像賞味期限已過的豆腐做的似的。

天吾自己又怎麼樣呢？他的眼裡是否能看到事情的全像呢？不，應該看不見。從牛河眼中所見到的天吾似乎在不斷反覆摸索，到處繞著路走的樣子。他對很多事情也還感到困惑，可能腦子裡正在架構各種假設。話雖如此但天吾是天生的數學家。熟悉收集碎片組合拼圖的作業。而且他身爲當事人，應該比我擁有更多碎片。

暫且來監視川奈天吾的動靜。他一定可以引導我到某個地方去。順利的話也許到青豆藏身的地方。像有吸盤的鯽魚那樣，寸步不離地緊緊貼著什麼，這也是牛河最拿手的行爲之一。一旦下定決心，誰也甩不掉他。

這樣決定之後，牛河閉上眼睛把思考的開關關掉。來睡一下吧。今天跑了兩家無聊的千葉縣小學，跟兩個中年女老師見面聽她們談話。美麗的副校長，和走路像螃蟹的女老師。有必要讓神經休息一下。過一會兒他那歪斜的大頭，配合著電車的震動開始慢慢上下搖晃著。像會從口中吐出不吉神籤的等身大的人偶一般。

電車裡並不空，但牛河身旁的座位卻沒有一個乘客想去坐。

第11章 青豆
道理說不通，也不夠親切

星期二早晨，青豆寫便條給Tamaru。提到自稱NHK收費員的男人又來了。那個男人很執拗地敲門，不斷大聲謾罵、嘲笑她（或姓高井、住在這裡的人）。這裡頭顯然有太不自然的地方。也許有必要加強警戒。

青豆將那便條裝進信封裡封起來，放在廚房桌上。信封上寫了T的縮寫字母，讓送補給品的人帶回去給Tamaru。

下午快要一點時青豆進入臥房，鎖上門，躺在床上繼續讀著普魯斯特。一點整門鈴只響了一聲。稍隔一會兒門鎖被打開，補給人員進到裡面。他們照例俐落地補充冰箱，整理垃圾，檢查櫃子裡日用品的存量。十五分鐘左右完成預定作業後，就走出去把門關上，從外面上鎖。然後再按一次約定的門鈴。跟每次一樣的程序。

爲了愼重起見一直等到時鐘的針指到一點半後，青豆才從臥房出來走到廚房去。給Tamaru的信封已經不見了，桌上留著有藥房名稱的紙袋。還有Tamaru爲她準備厚厚一冊的《女性身體百科》。紙袋裡有三種市面販售的驗孕工具。她打開盒子，一一讀過各種說明書做個比較。內容都一樣。如果生理期超過一星期還沒來，就可以做測試。上面寫著準確度百分之九十五，但如果結果顯示陽性，也就表示懷孕了，應該盡早接受專科醫師的診斷。希望不要單憑本測試而輕易地跳到結論。這只是顯示「有懷孕的可能性」而已。

做法很簡單。用清潔的容器取得尿液，將紙片在其中浸濕。或直接將尿倒在試紙上。等幾分鐘。顏色變藍表示懷孕。不變則沒有懷孕。或圓形窗格裡出現兩條線表示懷孕。一條則沒有懷孕。細部程序雖然不同，但原理都一樣。尿中會含有人類絨毛膜性腺激素，可以判定是否懷孕。

人類絨毛膜性腺激素？青豆緊緊皺起眉頭。身為女性超過三十年，從來沒聽過那樣的名字。我是性腺邊受到這種莫名其妙東西刺激著邊活著的嗎？

青豆試著翻閱看看《女性身體百科》。

上面寫著「人類絨毛膜性腺激素是在妊娠初期分泌的東西，功能是幫助維持黃體」。「黃體分泌卵胞荷爾蒙和黃體荷爾蒙，保持子宮內膜，防止月經。這樣子宮內便能漸漸形成胎盤。七週至九週之間，一旦胎盤形成之後，黃體的任務就達成了，人類絨毛膜性腺激素的任務也就到此結束」。

換句話說這是從著床開始的七到九週之間分泌出來的。時期上很微妙，不過應該來得及吧。有一件事可以確認的是，如果出現陽性反應，肯定就是懷孕了。如果是陰性就沒那麼簡單下結論。也可能是因為分泌時期已經過了。

沒有感覺尿意。從冰箱拿出礦泉水瓶，用玻璃杯喝了兩杯。尿意還是不來。沒關係不急。她忘了驗孕試劑的事，在沙發上專心讀著普魯斯特。

感覺有尿意是過了三小時之後。找個適當的容器取了尿液，把試紙浸入其中。紙片眼看著漸漸變色，最後變成鮮明的藍色。好像可以用在車體上那樣高尙的色調。寶藍色小敞篷車，適合搭配丹紅色篷布。初夏開著這樣的車迎風奔馳在濱海公路上，一定很舒服。但在都心大廈的洗手間裡，逐漸加深的深秋午後，那藍告訴青豆的，卻是她已經懷孕的事實——或顯示準確度百分之九十五有這樣的可能。青豆站在洗臉台的鏡子前，凝神注視著那變藍的細長紙片。但不管怎麼看，顏色都不可能改變。

爲了愼重起見，她試著用別家廠商的試紙。說明書寫著「在棒子前端直接澆上尿液」。但因爲暫時尿不出來，所以浸入裝在容器裡的尿中。才剛取得的新鮮尿液。澆上和浸入，應該沒有多大差別。結果也一樣。塑膠的圓窗裡清楚出現兩條縱線。這也告訴青豆「有懷孕的可能性」。

青豆把容器裡的尿倒進馬桶，按了把手沖掉。將變色的檢驗用紙片用衛生紙捲起來丟進垃圾桶，把容器在浴室洗乾淨。然後到廚房去，再度喝了兩杯水。明天，換一天再試試看第三家的試紙吧。三是個不錯的好數目。一好球、二好球。屏住氣等待最後的一球。

青豆燒開水泡了熱紅茶，在沙發坐下，繼續讀普魯斯特。拿了五片起司餅乾放在碟子裡，邊喝茶邊嚼餅乾。靜靜的下午。最適合讀書。然而即使眼睛追逐著字，上面寫的內容卻進不到腦子裡去。同一個地方不得不反覆讀好幾次。放棄了閉上眼，她駕著頂篷打開的藍色敞篷車，沿著海邊奔馳。帶著潮水氣味的微風吹動她的頭髮。路邊的路標畫著兩根縱線。告訴她：「注意!有懷孕的可能」。

青豆嘆一口氣，把書丟在沙發上。

青豆很清楚，沒必要做第三種測試。就算做一百遍也只會得到一樣的結果。浪費時間。我的人類絨毛膜性腺激素，應該會繼續對子宮採取同樣的態度。會支持黃體，阻止月經來臨，讓胎盤繼續形成。我懷孕了。人類絨毛膜性腺激素知道這個。我也知道這個。我可以在下腹部的一個定點感知那存在。現在還小。只不過像某種記號那樣。然而終究會得到胎盤，繼續長大下去。那會從我吸取養分，在黑暗的沉重水中徐徐、而不休止地確實成長下去。

懷孕這是第一次。她個性謹愼，只相信自己眼睛看得見的東西。做愛時一定會確認對方有戴保險套。就算喝醉了，只有這件事的確認不會遺漏。就像對麻布的老婦人說過的那樣，自從十歲迎接初潮以來，月經一次也沒有斷過。每個月開始的日子相差也不會超過兩天。生理痛算是輕的。只有幾天之間繼續出血而已。也從來沒感覺會妨礙運動。

月經開始，是在小學的教室裡握過天吾的手的幾個月後。這兩件事情之間感覺好像有確切的關連似的。可能是天吾手的觸感，搖醒了青豆的身體。青豆告知母親初潮來臨時，她露出厭惡的臉色。好像多了一件麻煩負擔似的。母親說，有點來得過早呢。不過被這麼說青豆並不介意。這是她自己的問題，既不是母親的問題也不是其他人的問題。她一個人踏進了新的世界。

而現在，青豆懷孕了。

她想到卵子的事。爲我準備的四百個卵子之一（編號恰好在正中央一帶的那個），確實受精了。應該就是在那九月，激烈雷雨的那一夜。當時我在黑暗的房間裡殺害一個男人。從脖子朝腦下部位刺入尖銳的針。但那個男人，跟她以前所刺殺的幾個男人完全不同。他知道自己將要被殺，也正要求這樣。結果，我是給了他所要的東西。與其說是處罰，毋寧該說是慈悲。以此交換，他給了青豆她所要的東西。那是在深深的黑暗中進行的對談。那一夜悄悄地受胎了。我知道。

我以這隻手奪走一個男人的性命，幾乎同時也懷胎了另一個生命。這難道也是交易的一部分嗎？

青豆閉上眼停止思考。腦子一變空白，就有什麼無聲地流進來。而且不知不覺間開始唱起祈禱文。

天上的主啊。願人都尊祢的名為聖，願祢的王國降臨。請饒恕我們的許多罪過。請賜福我們微小的每一步。阿門。

爲什麼在這樣的時候祈禱文的句子會從口中出來呢？明明一點也不相信王國、樂園、天上的主，這一類事情的。然而這句子已經刻進腦子裡了。從三歲到四歲，還不懂語言的意思時，就能從頭到尾背誦這句子了。只要背錯一個字，她的手背就會被尺用力打。平常看不見，但在有些情況下那痕跡就會浮上表面來。就像祕密的刺青一般。

如果告訴母親說我沒有發生性行爲卻懷孕了，母親到底會怎麼說？她可能會認爲是對信仰的重大褻瀆。因爲是一種處女懷胎——當然青豆已經不是處女了，就算這樣。或許會完全不理她。可能聽都不聽也不一定。因爲我是很久以前，就已經從她的世界脫落的沒生好的孩子。

青豆想從別的方面來想想看。別再從無法說明的事情去勉強說明了，謎就讓它是謎，試著從別的方面來看看這個現象吧。

我要把這懷孕當成好事，當成應該歡迎的事來理解？還是當成不好的事、不適當的事來理解呢？

怎麼想都沒有結論。我現在還在吃驚的階段。正在迷惑、混亂中。有一部分甚至是分裂中。而且當然，還無法坦然接受自己正面對的新事實。不過同時，她也不得不留意到自己正懷著積極的興趣守護著這小熱源。不管那是什麼，青豆都想看清這正在繼續生長的東西將如何發展。當然也有不安和害怕。那個可能是超出她想像的東西。可能是會從內側啃食她的敵對異物也不一定。腦子裡浮現幾種否定的可能性。雖然如此她基本上還是被健康的好奇心所掌握。從這裡青豆腦子裡突然浮現一個想法。像黑暗中突然射進一道光似的。

肚子裡的或許是天吾的孩子。

青豆輕輕皺起眉頭，就這個可能性尋思了一陣子。我為什麼非要懷天吾的孩子不可呢？

這樣想怎麼樣？在那一切都接二連三持續發生的混亂夜晚，這個世界由於某種作用在發揮效力，讓天吾能夠將他的精子送進我的子宮。好像縫起雷聲和豪雨、黑暗和殺人的縫隙那樣，雖然不知道是什麼道理，但總之從中產生了特別的通路。可能是一時的。而且我們有效地利用了那個通路。我的身體抓住了那個機會，貪婪地接受了天吾，並且受胎了。我的編號１２０１或１２０２的卵子，確保了他數百萬隻精蟲中的一隻。像他的主人般同樣健康、聰明而誠實的精蟲中的一隻。

這突兀飛躍的可怕想法。道理完全說不通。無論用盡多少唇舌說明，想必世界上也沒有一個人會相信。但是我懷孕本身，就是不合道理的事。而且再怎麼說這裡都是１Ｑ８４年。會發生什麼事都不奇怪的世界。

如果這真的是天吾的孩子的話。青豆這樣想。

那天早晨在首都高速公路三號線的退避空間，我沒扣手槍的扳機。我本來真的打算要死才去到那裡，把手槍伸進口中的。一點也不害怕死亡。因為是為了救天吾而死的。但有某種力量對我產生作用，讓我停止尋死。很遠的地方有一個聲音在呼喚我的名字。那或許是因為我已經懷孕了嗎？是不是有什麼要告訴我那生命的誕生呢？

而且青豆想起在夢中，有一個高尚的中年女人為赤裸的自己穿上她的大衣。她從銀色的賓士雙門轎車下來，給了我輕柔的雞蛋色大衣。她知道。我懷孕了。而且溫柔地保護我免於受到別人不客氣的眼光、冷風，和其他各種惡劣東西的傷害。

那是個善的記號。

青豆臉上的肌肉放鬆了，表情恢復原來的狀態。有人在守望著、保護著我。青豆這樣想。在這1Q84年的世界，我也並不是完全孤獨的。可能。

青豆帶著涼掉的紅茶走到窗邊。走出陽台，身體不讓外面看見地沉進庭園椅裡，從遮蔽目光的條板縫隙眺望兒童公園。並打算來想想天吾。但不知為什麼，今天偏偏不太想得起天吾的事。她腦子裡浮現的是中野Ayumi的臉。Ayumi正明朗地微笑著。非常自然，沒有隱憂的微笑。兩個人在餐廳隔桌對坐，正在喝著葡萄酒。兩個人醉得恰到好處。上等勃根第葡萄酒混合了她們的血液溫柔地循環全身，把周圍的世界染成葡萄色。

「我說啊，青豆姊。」Ayumi邊用手指摸著玻璃杯邊說。「這個世界呀，道理完全說不通，也相當不夠親切。」

「或許是。不過不必在意。因為這樣的世界轉眼就會結束。」青豆說。「然後王國就要來臨了。」

「我等不及了。」Ayumi說。

我那時候，爲什麼會提到王國的事呢？青豆覺得不可思議。爲什麼會突然提起自己都不信的王國的事呢？然後不久Ayumi就死了。

口中提到的時候，我腦子裡所描繪的應該是和「證人會」的人所相信的形象不同的「王國」。大概是更個人的王國。所以那話語才會自然地脫口而出。那麼我相信的是什麼樣的王國呢？在我的想像中世界毀滅之後，什麼樣的「王國」會來臨呢？

她悄悄把手放在肚子上。並側耳傾聽。當然無論如何認眞傾聽，都聽不見什麼。

無論如何，中野Ayumi已經被從這個世界抖落了。在澀谷的飯店雙手僵硬冰冷地被銬上手銬，脖子被用繩子絞殺（就青豆所知，還沒找到凶手）。被司法解剖後，再縫合起來，送到火葬場燒掉。這個世界已經沒有中野Ayumi這個人存在了。她的血和肉都消失了。只留在文件和記憶的世界裡。

不，或許不是這樣。或許她還健康地活在1984年的世界裡。一邊嘀咕地抱怨著上面不讓她帶槍，一邊繼續在違規停車的車子雨刷上夾罰單也不一定。還在都內的高中教女學生避孕方法也不一定。說著，各位同學，沒有保險套的地方就沒有插入。

青豆好想見Ayumi。如果能從首都高速公路的太平梯逆向爬上去，就能回到原來的1984年的世界，或許可以再度見到她。在那裡Ayumi還活得好好的，我沒有被「先驅」的人追蹤。我們還可以到乃木坂的那家小餐廳去，再喝勃根第葡萄酒也不一定。或許——

從首都高速公路的太平梯逆向爬上去？

青豆像把錄音帶倒帶般，逆向思考。爲什麼以前沒想到這點？我想再從高速公路的太平梯下來一次，卻沒找到入口。Esso的廣告看板對面應該有的階梯消失了。不過說不定逆向的話還可以順利走得通。不是下樓梯，而是上樓梯。再潛入那高速公路下面堆放材料的地方，從那裡逆向爬上三號線。逆向回到那個通路。這或許是我該做的事。

這麼一想，青豆現在就想立刻從這裡跑到三軒茶屋去，試試那可能性。也許行得通，也許行不通。不過值得試一試。穿著同樣的套裝，同樣的高跟鞋，爬上滿是蜘蛛網的階梯。

然而她制止了這樣的衝動。

不，不行，這種事我辦不到。我就是到這1Q84年才能遇到天吾的不是嗎？而且我可能正懷著他的孩子。不管發生什麼事我都必須在這新的世界再見天吾一次。必須跟他面對面才行。至少在那之前我不可能離開這個世界。不管發生什麼事。

第二天下午，Tamaru打電話來。

「首先是關於NHK收費員的事。」Tamaru說。「我打電話到NHK的營業所確認過。負責高圓寺那地區的收費員，說不記得有敲過三〇三號的大門。他以前就確認過門口貼有告示，說明收訊費已經從帳戶自動扣款了。他說何況本來就有門鈴，也沒有必要特地敲門。那樣做只有手痛而已。而且說收費員出現的那天他正在繞別的地區。聽他說的話，不覺得他在說謊。是已經工作了十五年的老手，據說個性有耐心，爲人溫和穩重。」

「那麼……」青豆說。

「那麼到妳那兒去的不是眞的收費員的可能性就很強了。似乎有人假冒NHK收費員，去敲門。電話那頭的收費員也這樣擔心。如果出現僞裝的收費員，對NHK也是麻煩事。負責人說如果可能想親自拜訪妳，直接請教更詳細的情況。我當然拒絕了。說沒有實際上的損失，也不想把事情擴大。」

「那個男人可能是精神異常者，或在追蹤我的人嗎？」

「追蹤妳的人，應該不會做這種事。不但沒有任何用處，反而只會讓妳提高警戒。」

「不過如果是精神異常者的話，為什麼特地選這個房子的門呢？其他還有很多門哪。我盡量注意不讓燈光外洩，不發出聲音。經常拉上窗簾，也沒在外面曬衣服。可是這個男人，卻特地選房子來敲門。這個男人知道我躲藏在裡面。或自認為知道。而且試著想辦法要我把門打開。」

「妳想這個男人還會來嗎？」

「不知道。不過如果真的要我開門的話，可能會繼續來到我開門為止吧？」

「而且這件事讓妳動搖。」

「我沒有動搖。」青豆說。「只是不喜歡而已。」

「當然我也不喜歡。完全不喜歡。不過如果那個假冒的收費員再來，也不能叫ＮＨＫ或警察。即使我接到通報馬上趕過去，等我到的時候那個男人可能也已經消失了。」

「我想我一個人可以想辦法對付。」青豆說。「因為不管他怎麼挑撥，我只要不開門就行了。」

「對方可能會用盡辦法來挑撥。」

「可能。」青豆說。

Tamaru短短地乾咳，改變了話題。「檢驗的藥收到了吧？」

「反應是陽性。」青豆簡潔地說。

「也就是說中獎了。」

「沒錯。我試了兩種，結果都一樣。」

一陣沉默。像尚未刻上文字的石版般沉默。

「沒有懷疑的餘地？」Tamaru說。

「這是從開始就知道的。測試只是加以印證而已。」

Tamaru用指腹撫摸著那沉默的石版一會兒。

「在這裡不得不坦白問妳。」他說。「妳打算就這樣生下來？還是要處理？」

「不處理。」

「那就是要生產的意思。」

「如果順利的話，預產期大約在明年六月到七月。」

Tamaru在腦子裡做著純粹的數字計算。「那麼，我們不得不做幾個預定計畫的變更。」

「很抱歉。」

「不需要道歉。」Tamaru說。「無論在任何環境，所有的女性都有生孩子的權利，這權利都必須受到嚴密保護才行。」

「像人權宣言似的。」青豆說。

「爲了慎重起見我再問妳一次，孩子的父親是誰，妳還想不到嗎？」

「從六月以後，跟誰都沒有性關係。」

「那麼是類似處女懷胎嗎？」

「這樣說的話，宗教界人士一定會生氣。」

「不管任何事，只要是非常態都一定有誰會生氣。」Tamaru說。「不過既然懷孕了，有必要在盡早的階段接受專科醫師診察。總不能一直躲在那屋子裡度過懷孕期。」

青豆嘆一口氣。「讓我待在這裡到今年年底爲止。不會給你們添麻煩。」

Tamaru沉默一下。然後開口：「妳可以待到年底沒關係。就像之前約定的那樣。但是一過完年，立刻必須移到危險比較小、容易接受醫療的場所。這點妳了解吧？」

「我知道。」青豆說。但她沒有確實的把握。如果不能見到天吾的話，我也離開得了這裡嗎？

「我曾經有一次讓女人懷孕過。」Tamaru說。

青豆一時說不出話來。「你嗎？可是你不是——」

「沒錯。是同性戀。沒有妥協餘地的同性戀。從以前就是，現在還是。以後應該還會一直是。」

「可是也能讓女人懷孕。」

「誰都會有錯。」Tamaru說。不過話中並沒有幽默的意味。「細節就讓我省略了，那是年輕時候的事。總之只有一次，碰，就那麼中獎了。」

「她後來怎麼樣了？」

「不知道。」Tamaru說。

「不知道？」

「懷孕六個月爲止還知道。後來就不知道了。」

「到六個月就不可能墮胎了吧。」

「我也知道是這樣。」

「孩子生下來的可能性很高。」青豆說。

「應該是。」

「如果孩子生下來的話，你想見那孩子嗎？」

「沒什麼興趣。」Tamaru毫不猶豫地說。「我不曾有過那種生活。妳呢？妳想見自己的孩子嗎？」

青豆考慮了一下。「我小時候也是被雙親遺棄的人，所以無法預測自己有孩子是怎麼一回事。因爲沒有正確的榜樣。」

「雖然如此，妳還是準備現在開始要把這孩子送到這個世界。這個充滿矛盾的暴力世界。」

「因爲我在追求著愛。」青豆說。「不過那不是和自己的孩子之間的愛。我還沒有達到那個階段。」

「不過孩子會和那愛產生關係。」

「應該會。以某種形式。」

「不過如果那和預期的不同的話，如果孩子和妳所追求的愛，在任何形式下都沒有關連的話，孩子是否會受傷呢？就像我們一樣。」

「有那可能性。不過我感覺不會這樣。憑直覺。」

「我對直覺表示敬意。」Tamaru說。「不過自我一旦被生在這個世界，就只能以承擔倫理的人活下去別無選擇。妳最好能好好記住。」

「這是誰說的？」

「維根斯坦。」

「我會記得。」青豆說。「如果你的小孩被生下來的話，現在幾歲了？」

Tamaru在腦子裡計算著。「十七歲。」

「十七歲。」青豆想像著身為承擔倫理的人的十七歲少年或少女。

「這件事我會跟上面說說看。」Tamaru說。「她想直接跟妳談。不過就像我說過幾次的那樣，基於安全上的理由我不太鼓勵這樣做。雖然盡量在技術上採取對策了，但電話這東西還是相當危險的通訊方法。」

「我知道。」

「不過她對事情的發展非常關心，很擔心妳的事。」

「這個我也知道。很感謝她。」

「相信她，聽從她的忠告是聰明之舉。她是個很有智慧的人。」

「當然。」青豆回答。

不過和那不同的方面，我也必須澄清自己的意識，保護自己的身體才行。麻布的老婦人確實是擁有很深智慧的人。擁有很大的現實力量。但她也有無法知道的事。她可能不知道1Q84年是在什麼樣的原理下運作的。她應該也沒注意到天空有兩個月亮這件事。

掛上電話後，青豆在沙發上躺下，迷糊地睡了三十分鐘左右。短暫卻深沉的小睡。做了夢，卻是個什麼都沒有的空間似的夢。她在那空間裡想事情。她在那雪白的筆記本上，用眼睛看不見的墨水寫著文章。她醒來時，雖然有點模糊，卻不可思議地獲得了明確的印象。我應該會生下這孩子。這小東西會平安地被生到這個世界。根據Tamaru的定義，會成爲難免必須承擔倫理的人。

她將手掌貼在下腹部，側耳傾聽。還聽不見什麼。現在這個時候。

第12章 天吾
世界的規則開始鬆動

用過早餐後，天吾到浴室去淋浴。洗了頭，在洗手間刮了鬍子。把衣服洗了換上預先烘乾的衣服。然後走到外面在車站的小店買了早報，走進附近的喫茶店去喝了熱的黑咖啡。

報紙上看不到引起他興趣的事件。至少從瀏覽一遍當天的報紙看來，世界是個既無聊又乏味的地方。明明是今天的報紙，卻有像重讀一星期前報紙般的感覺。天吾折起報紙，看看手錶。時刻是九點半，療養院的會客時間從十點開始。

回家的準備很簡單。本來行李就不多。換洗衣服、盥洗用具、幾本書、一疊稿紙，這樣而已。全部裝進一個帆布背包。他把那背在肩上，結完旅館的帳，就從站前搭巴士到療養院去。現在已經是初冬了。幾乎沒有一早就往海邊去的人。在療養院前的招呼站下車的也只有他而已。

在療養院的玄關，依照平常那樣在會客簿上塡寫了時刻和姓名。服務台坐著偶爾看到的年輕護士。手腳非常細長，嘴角掛著微笑，看來就像為人導覽森林小路的善良蜘蛛。平常多半是戴眼鏡的中年田村護士坐在那裡，今天卻沒看到她。這讓天吾稍微鬆一口氣。昨夜，送安達久美回公寓的事，正害怕她會說出什麼語帶含意的話。也沒看到頭髮上插原子筆的大村護士。她們完全失去蹤影，可能被地面吸進去消失了。

就像出現在《馬克白》的三個女巫那樣。

不過當然不可能有那種事。安達久美說自己今天不值班，但另外兩個人照常工作。只是現在，碰巧在別的地方工作而已吧。

天吾走上樓梯，到二樓父親的房間。輕輕敲了兩聲後打開門。父親躺在床上，以和平常一樣的姿勢躺著。手腕上是點滴的管子，尿道則接著尿管。和昨天沒有兩樣。窗戶關著，窗簾拉上。房間內的空氣沉悶而凝重。藥品、花瓶的花、病人呼出的氣息、排泄物，和其他生命活動所發出的各種氣味，難以分辨地混在一起。就算已經是衰弱無力的生命，而且已經長久失去意識了，但代謝的原理並沒有產生變化。父親還在大分水嶺的這一邊，所謂活著這件事，換句話說，就是會發出各種氣味。

天吾走進病房所做的第一件事，就是筆直走進裡面去打開窗簾，把窗戶開得大大的。這是非常舒服的早晨，不能不把空氣換新。外頭空氣雖然有幾分涼意，但還不到冷的地步。陽光射進房間，海風搖動著窗簾。一隻海鷗乘著風，兩腳端正地折疊著，往松樹防風林的上空滑翔而去。整群麻雀不規則地停在電線上，像在改寫音符般不斷變換位置。一隻大喙的烏鴉，停在水銀燈上，一面小心地環視周圍，一面思考接下來要做什麼。幾條雲浮在非常高的地方。實在太高、太遠了，看來似乎在做著和人類活動無關的極抽象的考察。

天吾背對著病人，暫時眺望著那樣的風景。有生命的東西，沒生命的東西。動的東西，不動的東西。窗外看得見的，是和平常沒有兩樣的光景。沒有任何新東西。世界因為不得不往前進，因此還繼續往前進。像便宜的鬧鐘那樣，只是不出差錯地做著被賦予的任務而已。而天吾則只為了盡量拖延從正面面對父親的時間，而漫無目的地眺望著那樣的風景。但當然這種事不可能永遠持續。

天吾終於定下心，在床邊的椅子上坐下來。父親仰臥著，臉朝天花板，閉著眼睛。蓋到脖子上的棉被完全沒有亂掉。眼睛深深凹陷。看來好像少了什麼零件，眼窩支撐不了眼球，而整個陷落下去似的。就算睜開眼睛，那裡看得見的一定也只是像從洞穴底下仰望世界似的光景。

「爸爸。」天吾開口說。

父親沒有回答。吹進房間的風忽然停止，窗簾垂下。好像執行任務的人忽然想起什麼重要事情似的。過一會兒，風才像回過神般再度開始慢慢吹起來。

「我現在要回東京了。」天吾說。「總不能一直留在這裡。工作也不能再請假了。雖然不算多了不起的生活，不過我也有我的生活。」

父親的臉頰上長了薄薄的鬍子。有兩三天份的鬍子。護士會用電鬍刀替父親刮鬍子，但並不是每天。白鬍子和黑鬍子各半地混雜著。他雖然才六十四歲，看來卻老多了。就像有誰一時疏忽，把這個男人的人生影片往很前面轉了似的。

「我在這裡的期間，您始終沒有醒來。不過根據醫師的說法，您的體力還沒那麼衰弱。不可思議地還保持著接近健康的狀態。」

天吾停了一下，等說的話滲透進對方體內。

「我不知道這聲音，能不能傳到您的耳裡。就算聲音震動鼓膜了，說不定從那裡往前的連線卻斷了。或者我口中的話語有到達您的意識，但您卻無法做反應。這方面我不清楚。不過我一向都假定自己的聲音有傳到地對您說話，也讀了書。因爲如果不暫且這樣決定，對您說話就沒有意義了，如果什麼都不能對您說，我在這裡也沒有意義了。還有雖然無法清楚說明，但還是有一點類似反應的東西。我所說的話，就算不是全部，至少重點有可能傳達到吧。」

沒有反應。

「我現在要說的話可能有點荒謬。不過我就要回東京了，不知道下次什麼時候才能來。所以我就把腦子裡的話全盤說出來。如果您覺得無聊就別客氣地笑沒關係。當然我是說如果您笑得出來的話。」

天吾舒一口氣觀察父親的臉。還是沒有反應。

「您的肉體在這裡昏睡著。意識和感覺都失去了，只靠維生裝置機械性地讓您活著。醫生說像個活屍體。當然是用比較委婉的說法。醫學上可能是這樣吧。不過我想這或許只是裝給人看的。說不定您的意識其實並沒有喪失。您是否讓肉體持續在這裡昏睡，只有意識不知道移動到什麼別的地方去了。我一直有這種感覺。雖然只是總覺得有一點而已。」

沉默。

「我很清楚這種想像很突兀。如果把這種事對誰說起，被對方認為是妄想就完了。不過我還是忍不住要那樣想像。您可能對這個世界失去興趣了。失望了、灰心了，對一切都不再關心了。所以放棄現實的肉體，轉移到和這裡不同的地方去，過著不同的生活了不是嗎？可能是到自己內心的世界去了。」

更沉默。

「我請了假來到這個地方，住在旅館，每天到這裡來會面跟您說話。差不多兩星期了。不過我這樣做，目的並不只是來探您的病或照顧您。本來也想知道自己是從什麼地方出生的，自己的血緣是和什麼地方有關連的。不過現在那種事都無所謂了。無論和哪裡有關連，沒關連，我還是我。而您就是我的父親。我想這樣就好了。我不知道這能不能稱爲和解。或許是我跟自己的和解。也許是這麼回事。」

天吾深呼吸一下。降低聲調。

「夏天我來的時候您還有意識。雖然已經相當模糊了，但意識還在作用著。那時候我在這個房間裡和一個女孩子重逢。在您被送去檢查室之後，她來到這裡。那可能是她的分身似的東西。我這次來到這個村子長久住下來，也是想可能會再度遇見她。那是我來這裡的眞正原因。」

天吾嘆一口氣，手在膝蓋上合掌。

「不過她並沒有出現。把她送到這裡的，是叫做空氣蛹的東西，那個成爲裝著她的膠囊。要說明事情的緣由說來話長，因爲空氣蛹本來是想像的產物，虛構的東西。不過現在那已經不是虛構的東西了。到什麼地方是現實的世界從什麼地方開始是想像的產物？界線變得不明確了。天空浮著兩個月亮。那也是從虛構的小說世界帶進來的東西。」

天吾看看父親的臉。他能跟得上話的脈絡嗎？

「如果以這樣的脈絡說下去的話，您的意識從肉體離開轉移到別的世界去，在那裡自由活動，也一點都不奇怪。說起來我們周圍世界的規則已經開始鬆動了。而且就像剛才說過的那樣，我有一點奇怪的感應。您也許實際正那樣進行著的感覺。例如到我高圓寺的公寓去敲門。您知道吧？說自己是ＮＨＫ的收費員去固執地敲門，在走廊大聲嚷著威脅人的話。跟我們以前，在市川的收款路線常常做的一樣。」

房間的氣壓感覺稍微有點變化。窗戶大開著，但並沒有什麼聲音傳進來。只有麻雀們偶爾像想起來似地呢喃一下而已。

「我東京的房子裡，現在住著一個女孩子。並不是女朋友。只是有一點事情暫時在我那裡避難而已。她在電話上告訴我，幾天前有ＮＨＫ的收費員來的事。那個男人一面敲門一面在走廊說了什麼話、做了什麼事。那跟爸爸以前的說法做法不可思議地一模一樣。她所聽到的是，和我記憶中完全一樣的台詞。如果可能，那些是我想完全忘記的措詞。而且我想那個收費員其實就是您吧？我弄錯了嗎？」

天吾沉默了三十秒左右。但父親連一根睫毛都沒動。

「我只有一個請求，不要再敲門了。我家沒有電視。而且我們一起到處去收收訊費的日子很久以前就已經結束了。這點我們彼此應該早就都明白了才對。在老師在場之下喔。雖然想不起她的名字。不過是我的班導師，戴著眼鏡的矮小女老師。您還記得這件事吧？所以希望您不要再來敲我的門了。不只是我家。其他任何人家的門都別再去敲了。您已經不是NHK的收費員，沒有權利做那樣的事去恐嚇別人了。」

天吾從椅子上站起來，走到窗邊眺望外面的風景。穿著厚毛衣拿著手杖的老人，走在防風林前。可能在散步吧。白頭髮個子高高的，姿勢很挺。但腳步不穩。簡直像忘了走路方法，好不容易才邊想起來邊一步一步往前走似的。天吾眺望了這個情景一段時間。老人慢慢穿過庭園，在建築物的轉角轉彎消失了。到最後都沒有好好想起走路方法似的。天吾回頭看父親。

「我沒有責備您。您有權利讓意識到喜歡的地方去。那是您的人生，您的意識。您可能有自己認爲正確的事情，並將那付諸實行。我可能沒有權利一一開口干涉。不過您已經不是NHK的收費員了。所以不可以裝成是NHK收費員的樣子。那樣做也不能得救。」

天吾坐在窗框上，在狹小病房的空中尋找話語。

「您的人生是什麼樣的，有過什麼樣的歡喜什麼樣的悲哀，我不太清楚。不過就算有什麼空虛之處，您也不應該在別人家門口尋找。就算那是對您來說最習慣的地方，是您最得意的行爲。」

天吾默默注視著父親的臉。

「希望您不要再敲任何人的門了。我要求爸爸的只有這個。我不能不走了。我每天來這裡，對著昏睡的您說話，讀書給您聽。而且我們至少有部分和解了。這是在這個現實的世界實際發生的事。或許您不中意，不過最好再回到這裡來。因爲這裡是您應該歸屬的地方。」

天吾拿起背包來，背在肩上。「我要走了喔。」

父親什麼也沒說，身體動也不動一下，一直閉著眼睛。跟平常一樣。但似乎有像是在考慮什麼的跡象。天吾閉著氣，很小心地觀察著那跡象。覺得父親會不會忽然睜開眼，坐起來呢？但並沒有發生這種事。

像蜘蛛般手長腳長的護士還坐在服務台。胸前別著「玉木」的塑膠名牌。

「我現在要回東京了。」天吾對玉木護士說。

「眞遺憾您在這裡的時候，令尊的意識一直沒有恢復。」她像在安慰我似地說。「不過您在這裡很久，他一定很高興。」

天吾想不起該如何適當回答。「請代我向其他護士說一聲。麻煩大家許多。」

結果，他既沒見到戴眼鏡的田村護士。也沒見到原子筆插在頭髮上大乳房的大村護士。有點寂寞。她們是優秀的護士，對天吾也很親切。不過或許不見面反而好。因爲再怎麼說他正準備一個人逃出貓之村。

列車開出千倉站時，他想起在安達久美的房間所度過的一夜。試想起來那還是昨夜的事。豪華的第凡尼燈、不好坐的情侶椅、隔壁傳來電視節目的搞笑聲。雜木林的貓頭鷹叫聲、hashish的煙、微笑標誌的襯衫、壓在腿上的濃密陰毛。那些事情發生到現在還沒經過一整天，感覺卻好像已經很遙遠了。無法適度掌握意識的遠近感。事情的核心像不安定的秤子那樣，到最後都無法落到一個定點。

天吾忽然不安起來，環視周圍。這是眞正的現實嗎？我是不是又再搭錯車進入錯誤的現實了呢？他問了附近的乘客，確認這是往館山的列車。沒問題，沒錯。在館山可以轉搭往東京的特快車。他正逐漸遠離海邊的貓之村。

轉過車，坐定下來後，睏意迫不及待地來襲。腳一踏出去，就像掉落到無底洞裡般的深沉睡眠。眼瞼自然地合上，下一瞬間意識已經消失。醒來時，列車已經正在通過幕張了。車內並不特別熱，但腋下和背上卻冒著汗。口中發出討厭的氣味。像在父親病房吸入的混濁空氣的氣味。他從口袋拿出口香糖來放進嘴裡。

再也不會去那座村子了，天吾想。至少在父親還活著這段期間。當然在這世界上沒有一件事是可以百分之百斷言確信的。不過在那海邊的村子自己應該沒有可做的事了。

回到公寓房子時，深繪里不在。他敲了三次門，隔一下再敲兩次。然後用鑰匙開了門。屋裡靜悄悄的，乾淨到讓他吃驚的程度。餐具全部收進餐具櫥裡，餐桌和書桌整理得很漂亮，垃圾桶是空的。也有用吸塵器吸過的痕跡。床上整理過，看不見抽出來隨便放的書和唱片。洗好烘乾的衣服整齊地疊在床上。

深繪里帶來的大背包也不見了。看來她不像是心血來潮，或突然發生什麼事，而急著離開這房間的。也不是暫時出去一下。而是決心離開這裡，花時間把房間打掃乾淨，然後才出去的。天吾想像深繪里一個人推著吸塵器，用抹布到處擦拭的姿勢。那完全和她的形象不相稱。

打開玄關的信箱，裡面放著備份鑰匙。從累積的郵件量看來，她應該是昨天或前天出去的。最後通電話是前天早上，那時候她還在房間裡。昨夜他和護士們去吃飯、被安達久美邀到她家去。事情一多錯過了沒打電話。

這種情況她每次大概都會用她獨特的楔形文般的字體留下某種訊息。不過到處不見那樣的便條。她只是默默離去。但天吾並沒有因此而特別驚訝或失望。深繪里會想什麼會採取什麼行動，誰都無法預料。她想來的時候就不知從哪裡來，想回去時就回哪裡去。像貓一般隨性而自立。能在一個地方待這麼久反而不可思議。

冰箱裡的食品比預料中多。可能幾天前，深繪里曾經自己出去買過一次菜。也水煮了很多花椰菜。看來煮好沒經過多久時間。難道她知道天吾在一兩天內就會回東京了嗎？天吾覺得肚子餓了。因此煎了荷包蛋，和花椰菜一起吃。烤了土司，泡了咖啡喝了兩馬克杯。

然後打電話給不在時為他代課的朋友，說下週開始可以回去工作了。朋友告訴他進度教到課本的什麼地方。

「幸虧你幫忙。下次要好好謝你。」天吾道過謝。

「教書我不討厭。有時甚至覺得很有趣。不過很久沒教人了，漸漸覺得自己像個局外人了。」

天吾自己平常也會有點這種感覺。

「我不在的時候，有什麼特別的事嗎？」

「沒有什麼。啊，只有一封人家託的信。我放在抽屜裡。」

「信？」天吾說。「誰託的？」

「一個身材苗條的女孩子，直溜溜的長髮披肩。到我這裡來，請我把信交給你。說話有一點怪。可能是外國人。」

「有沒有背著大包包？」

「有。綠色的大包包。膨脹得相當大。」

深繪里可能擔心把信留在房間。怕被誰讀到。或帶走。所以到補習班去，直接託給朋友。

天吾再道謝一次掛了電話。已經傍晚了，不想現在搭電車到代代木去拿信。明天再說吧。

然後才想到忘記問朋友關於月亮的事。想重新再打一次電話，又作罷。對方一定不記得這回事了。結果，那是他必須一個人解決的問題。

天吾走到外面在黃昏的街頭漫無目的地散步。深繪里不在了，房子怪安靜的讓他無法靜下來。跟她一起生活時，天吾並沒有特別感到什麼。天吾還是天吾，過著一如往常的生活，深繪里也一樣過著自己的生活。但她一旦不在了，卻發現那裡產生了一個人形的空白似的。

並不是心被深繪里吸引了。雖然她是個美麗而有魅力的少女，天吾從第一次見到她以來，對她都沒有感到類似性慾的感覺。這麼久以來，兩個人天天在同一個房間一起過日子，心也從來沒有騷動過。爲什麼呢？有什麼理由說我不能對深繪里懷有性的慾望嗎？只有在那雷雨交加的夜裡，深繪里和天吾性交過一次。不過那並不是他要的。而是她要求的。

那眞的是和「性交」的說法相應的行爲。她騎在身體麻痺失去自由的天吾身上，把那變硬的陰莖插入自己裡面。深繪里當時似乎處於無我狀態。看來就像被春夢支配的妖精一般。

而且事後像什麼也沒發生過似的，兩個人生活在那狹小的公寓房間裡。雷雨停了，天亮了，深繪里看來好像完全忘了發生過那種事似的。天吾也沒再特別提起。因爲他覺得如果她忘了那件事，似乎就讓她忘了比較好。天吾自己可能也忘了比較好。不過當然天吾心中還存有疑問。那就是深繪里爲什麼會突然做那件事？是不是有什麼目的？或只是一時被什麼附身了。

天吾只知道一件事，就是那不是愛的行爲。深繪里對天吾懷有自然的好感——這應該不會錯。但實在難以想像她會對天吾懷有愛情、性慾，或類似的感情。她對任何人都沒有什麼性慾。天吾對自己觀察人的能力並沒有太大的自信。雖然如此，還是無法想像深繪里會一面呼著熱氣，一面和哪個男人熱情地進行性行爲。不，連進行馬馬虎虎的性行爲的樣子都想不起來。她本來就沒有這種跡象。

天吾一面想著這些事，一面走在高圓寺的街上。天黑了開始吹起冷風，但他並不特別在意。他常常邊走路邊思考。然後面對書桌把那化爲有形。這已成爲習慣。所以他經常走路。無論刮風下雨，都沒關係。走著走著來到「麥頭」前。因爲想不起別的事可做，天吾便走進那家店去點了Carlsberg生啤酒。因爲店剛開門不久，一個客人也沒有。他暫時停止思考，讓腦袋空白，花時間喝著啤酒。

然而天吾並沒能得到長時間讓腦袋空白的奢侈餘裕，就像自然界不存在眞空一樣。他不得不想到深繪里。深繪里像被切成片段的短夢般，進入他的意識。

她可能就在這附近也不一定。從這裡走路可以到的地方。

這是深繪里說的。所以我是爲了找她而走到街上的。並走進這家店。深繪里又說了其他什麼呢？

不用擔心。就算你找不到她，她也會找到你。

就像天吾正在找青豆那樣，青豆也正在找天吾。對這點天吾不太明白。他自己正非常熱中地在尋找青豆。那麼青豆方面可能也同樣地在尋找自己，眞是沒想到。

我是知覺者你是接受者。

這也是深繪里那時口中說出的話。她有知覺，而天吾接受。只是深繪里只有在自己願意的時候，才會把自己所知覺的事表現出來。她是根據一定的原則和原理做的嗎？或只是隨性說的呢？天吾無法判斷。

天吾再一次，回想跟深繪里性交時的事。十七歲的美少女騎在他身上，讓他的陰莖進入深處。大乳房像一對成熟的果實那樣，在空中柔軟地晃動。她陶醉地閉上眼睛，鼻孔興奮地膨脹起來。嘴唇做出不成語言的嘴形。看得見的白牙齒之間，不時露出粉紅色舌尖。天吾鮮明地記得那一幕。身體雖然麻痺，意識卻清楚地感覺到。而且勃起是完美的。

但當時的情景無論多麼清晰地在腦子裡重現，天吾都沒有從中感覺到性的興奮。也沒有想要再度跟深繪里性交。從那次之後他有將近三個月沒有做愛。不只這樣連一次都沒有射精。這對天吾來說是極稀奇的事。以一個健康的三十歲單身男性來說，他是極正常而且擁有健康性慾的，屬於不能不加以適當處理的慾望類型。

但在安達久美的公寓，和她一起躺在床上、陰毛壓在腿上時，天吾完全沒感覺到性慾。他的陰莖一直保持柔軟的狀態。可能是hashish的關係。但他覺得應該不是。深繪里在那雷雨夜藉著和天吾性交，從他的心中帶走了重要的什麼。就像從房間搬走家具那樣。他這樣覺得。

例如什麼？

天吾搖搖頭。

啤酒喝完後，他點了Four Roses威士忌加冰塊，和綜合乾果。和上次一樣。

那個雷雨夜的勃起可能太過於完美了？那是比平常硬得多、大得多的勃起。覺得不像是平常見到的自己的性器。光滑閃亮，看來與其說是現實的陰莖不如說甚至像某種觀念的象徵。而且隨後而來的射精既強有力、又雄壯，精液自始至終是濃密的。那一定能到達子宮深處。或者更深處。那實在是無懈可擊的射精。

不過事情太完美的話，事後一定會有反作用發生。這是世間的常情。從那次以後我到底體驗過什麼樣的勃起？想不起來。可能一次也沒有勃起過。從想不起看來，就算有，一定也只是次級品的。以電影來說，就像爲了湊數的墊檔片。那樣的勃起不值得一提。大概。

說不定我就要抱著這樣的次級品勃起，甚至連次級品勃起都沒有地，渾渾噩噩度過我的殘生嗎？天吾這樣自問。那一定是像漫長的黃昏般寂寞的人生。不過換個想法那或許也是無可奈何的事。至少已經有過一次完美的勃起，完美的射精了。就像寫了《飄》（Gone with the Wind）的作家那樣。光是完成一次偉大的什麼，就該算是一件很好的事了。

喝完威士忌付過帳，再度到街上漫無目的地走。風很強，空氣更冷。世界的規則完全鬆掉了，在許多理性都喪失之前，總之我非要找到青豆不可。現在對天吾來說，遇到青豆，幾乎是唯一的希望。如果不能找到她，我的人生到底有什麼價值？在這高圓寺的什麼地方她曾經停留過。那是九月的事。如果順利，現在可能還在同一個地方。當然沒有確實證據。不過天吾現在只能追求那可能性。青豆應該在這一帶的什麼地方。而且她也同樣正在找他。就像分裂成兩半的銅板分別在尋找另一半那樣。

抬頭看天。但看不見月亮。天吾心想一定要到看得見月亮的地方去才行。

第13章 牛河

這就是回到起點的意思嗎？

牛河的外貌相當引人注目，不適合監視或跟蹤。即使想混在人群中隱藏起來，也會像優酪乳中的大蜈蚣般醒目。

他的家人卻不是這樣。牛河有雙親和兩個兄弟一個妹妹。父親經營醫院，母親擔任那家醫院的會計。哥哥和弟弟都以優秀成績進入醫大，成爲醫師。哥哥在東京的醫院上班，弟弟成爲大學的醫學研究學者。父親退休時，哥哥便回去繼續主持位於浦和市內父親的醫院。兩個人都結婚了，各有一個孩子。妹妹到美國的大學留學，現在回到日本從事即席口譯工作。三十多歲了還單身。全都瘦瘦高高，鵝蛋臉容貌端正。

在這一家裡，幾乎所有各方面，尤其從外表看來，牛河是唯一的例外。個子矮小，頭又大又歪，頭髮捲曲。腳短，像小黃瓜般彎曲。眼珠像被什麼嚇一跳般飛凸出來，脖子周圍附著一圈異常腫大的贅肉。兩道眉毛又粗又濃，差一點就連成一直線。看來像兩隻互相求愛的大毛毛蟲。學校成績大致優秀，但還是有不太出色的科目，運動就不行。

在這樣富裕而樣樣圓滿的菁英家庭裡，他經常是個「異物」。是打亂調和、製造不諧和音的錯誤音符。看全家福照片時，顯然只有他一個人是不搭調的存在。看來就像走錯地方混進去，碰巧被照片拍到的粗心大意的外人似的。

家人也難以接受，為什麼會有一個外表和自家人完全不像的人出現在家裡。不過沒錯，他確實就是母親懷胎十月親自腹痛產下的孩子。（母親還記得陣痛特別嚴重。）並不是有誰把籃子放在門口留下的。後來才有人想起，父親這邊確實有過一個歪頭大臉五短身材的親戚。也就是牛河祖父的堂弟。戰爭時，那個人曾經在江東區一家金屬公司的工廠工作，一九四五年春天東京大空襲時去世。父親沒見過那個人，不過舊相本上還留有照片。看到那張照片全家人才明白「原來如此」。因為父親這個叔叔的長相，和牛河簡直像得驚人。讓人懷疑是否轉世投胎般如出一轍。可能生出那個叔叔的同樣基因，又因為某種原因而忽然露出臉來。

如果沒有他的話，從相貌上看從學經歷看，埼玉縣浦和市的牛河家都是無懈可擊的一家。讓誰都羨慕的，優秀而適合拍全家福照片的美好一家。然而一加上牛河，人們難免就要皺起眉，歪起頭來了。人們不禁想到這一家裡，美的女神腳下或許混有一個扯後腿的搗蛋鬼。雙親想人家一定會這樣想。所以他們盡量注意不讓牛河在人前露臉。就算不得不讓他出來，也盡量讓他不顯眼（當然這是徒勞的嘗試）。

不過牛河對於自己處於這樣的位置，並沒有感到不滿，也不覺得悲哀或寂寞。他並不想在人前露臉，讓他不顯眼反而求之不得。兄弟和妹妹幾乎不把他放在眼裡，他也毫不在意。因為他也很難去特別喜歡他的兄弟和妹妹。他們雖然看起來俊美，成績優秀，而且運動萬能，朋友無數。但在牛河眼裡看來，他們的人性卻無可救藥地淺薄。想法平板，視野狹窄，缺乏想像力，只會一味在意別人的眼光。最重要的是，他們沒有孕育豐富智慧所必要的健全的存疑思考能力。

父親以他地方開業內科醫師的身分算是優秀的族類，卻是個無聊到令人心痛的人。就像傳說中到手的東西全都會變成黃金的國王那樣，從他口中說出的話全都會變成乏味的沙粒。幸而由於他很少開口，雖然應該不是刻意的，但他那無聊和愚昧卻也巧妙地避開世人的眼光。母親則正好相反，話很多，俗不可耐。對金錢囉嗦，任性，自尊心強，喜歡華麗的東西，有事沒事便高聲數落別人。哥哥繼承了父親的性向，弟弟則繼承了母親。妹妹雖然獨立心強，卻沒有責任感和同情心，腦子裡只有自己的得失。雙親對最小的她徹底縱容，把她寵壞了。

因此牛河少年時代幾乎是一個人過的。從學校回家就關在自己的房間，不停地讀書。除了養的狗之外並沒有朋友，因此也沒有機會跟誰交談，討論自己所獲得的知識，雖然如此但他知道自己有邏輯清晰的思考能力，有雄辯的口才。並獨自耐心磨練那能力。例如設定一個命題，繞著那主題進行一人二角的討論。一方的他支持該命題展開熱烈辯論，另一方的他則批評那命題，同樣進行熱烈辯論。他站在這截然不同的立場都可以同樣強地——某種意義上是誠實地——讓自己同化、和投入。就這樣他在不知不覺間，培養起自己懷疑的能力。而且認清了一般被認爲眞理的東西，很多情況只不過是相對的事物而已。而且他學到，主觀和客觀，並不像很多人所想的那樣可以明白區別，如果那界線本來就不清楚，要刻意去移動它也不是太困難的事。

爲了讓邏輯和修辭更清晰明白更有效果，他再用腦吸收各方面能得到的各種知識。有用的東西，或可能沒什麼用的東西。同意的東西，或當時不太同意的東西。他所求的不是一般意義上的教養，而是可以直接拿起來確認形狀和重量的具體資訊。

那形狀歪斜的大頭成爲比什麼都貴重的資訊容器。看起來雖然不體面，用起來卻很好用。因此他比同年代的人都博學。只要他願意就可以輕易說服別人。不只兄弟和同學，連老師和父母也一樣。不過牛河盡量不在人前露出這種本事。無論以任何形式引人注目，都不是他所樂意的。知識和能力畢竟只是道具而已，並不是要拿來炫耀的東西。

牛河認爲自己就像，潛藏在森林的暗處等待獵物通過的夜行動物般。耐心等待好機會，等到那一瞬間來臨時，就斷然撲上去。在那之前不可讓對方知道自己的存在。必須屏住氣息，重要的是讓對方疏忽。從小學開始，他就有這種想法。不依賴誰，也不輕易流露感情。

如果自己的外表能長得稍微正常一點就好了，他曾經這樣想過。不必特別英俊也沒關係。沒有必要擁有讓人佩服的外貌。只要極普通就行了。只要外貌不是難看得讓人擦肩而過時會忍不住回頭看的程度就好。如果能長成那樣，他到底會走過什麼樣的人生？不過那是超過牛河想像之外的如果。牛河實在太牛河了，沒有餘地讓其他假設進來。正因爲有歪斜的大頭、凸出的眼珠、短而彎的雙腳，這裡才有所謂牛河這個人。常存懷疑充滿求知欲，沉默寡言卻又雄辯的一個少年。

醜陋的少年隨著歲月的經過而長成醜陋的青年，曾幾何時再變成醜陋的中年。無論在人生的任何階段，在路上擦肩而過的路人都會回頭看他。小孩會不客氣地從正面盯著他的臉看。如果變成醜陋的老人會不會比較不那麼引人注目？牛河有時會這樣想。因爲所謂的老人多半都是醜的，所以原來個別的醜就不會像年輕時那麼醒目了吧？不過那不實際變老還不知道。或許會變成無與倫比的難看老人也不一定。

總之他沒有靈巧得能讓自己融入背景。何況天吾知道牛河的長相。要是被他發現他在他公寓周圍徘徊的話，一切就泡湯了。

這種情況多半委託專門的徵信社。從當律師的時代開始，牛河必要時就和這種組織有往來。他們多半原來是警察，熟悉查問、跟蹤和監視技術。但只有這次盡可能不想把外人拉進來。問題太微妙，牽涉到殺人這樣重大的犯罪。何況說起來連牛河自己都無法正確掌握監視天吾的目的何在？

當然牛河正在尋求的是，讓天吾和青豆之間的「聯繫」明確化，但連青豆長成什麼模樣他都還不清楚。雖然用盡方法，都無法取得她的照片。連那個蝙蝠都無法到手。雖然可以看高中畢業紀念冊，但班級照片上拍出她的臉太小，有點不自然，看起來只像面具一樣。公司壘球隊的照片，寬大的帽沿影子把臉遮住了。因此如果青豆從牛河前面經過，他現在都無法確認那就是青豆。知道她是身高將近一七〇公分，體態美好的女性。眼睛和頰骨有特徵，髮長及肩。身體肌肉結實。不過這種女性世間到處可見。

無論如何牛河似乎只能自己接下這監視的任務別無選擇了。只能在那裡耐心地凝神注意，等等看會發生什麼，一旦發生了什麼，再配合瞬間判斷該採取什麼行動。這樣微妙的任務不可能委託別人。

天吾住在鋼筋水泥蓋的三層樓舊公寓的三樓。公寓入口設有全樓各戶的信箱，其中一個附有「川奈」的名牌。信箱周圍生鏽，油漆剝落。信箱雖然設有鎖，不過大部分居民都沒上鎖。大門也沒鎖，因此誰都可以自由進出那棟建築。

陰暗的走廊，散發著歷經漫長歲月的舊公寓特有的氣味。修不好的漏水，用便宜清潔劑洗的舊床單，混濁的炸蝦油，枯萎的聖誕紅，和從雜草茂盛的前庭飄來的貓小便氣味，還有其他各種來路不明的氣味混雜形成的固有氣味。如果長久住在那裡，人可能也會習慣那氣味。不過不管多習慣，都不是會溫暖人心的氣味則是不變的事實。

天吾住的房間面臨道路。雖稱不上熱鬧，不過也是有不少人通過的路。附近有小學，有些時段來來往往的孩子也多。公寓對面排列著幾戶住宅。都是沒有庭園的兩層樓建築。路前方有酒店，有以小學生爲對象的文具店。過兩個路口有小派出所。周圍並沒有可藏身的地方，如果站在路邊一直抬頭注視天吾的房間，就算運氣好沒被天吾發現，應該也會引起附近鄰居懷疑的眼光。何況是像牛河外貌這樣「不尋常」的人物，住戶的警戒心一定會提高兩度左右。被當成想傷害放學孩子的變態，去報警也不一定。

要監視人，首先必須找到適當的場所。要在不引人注意下觀察對方的行動，就要找到一個確保能補充水和食物的地點。最理想的是，能找到可以將天吾的房子收入視野的房間。從那裡架起三腳架、裝上附有望遠鏡頭的相機，監視房間的動靜和人的出入。因爲單獨做，所以不可能二十四小時監視，一天有個十小時程度也夠了。不過不用說，不容易找到這種像訂做般的場所。

雖然如此牛河還是在附近繞著，尋找這樣的地方。牛河是不輕易放棄的人。腳能走多遠就走多遠，持續追求僅有的可能性直到最後的最後。固執就是他的特色。不過花了半天走遍附近的每個角落後，牛河放棄了。高圓寺是密集的住宅區，地面平坦沒有高樓。能把天吾的房子收進視野的地方非常有限。而且那一區塊沒有一個牛河可以藏身的場所。

頭腦想不出好辦法時，牛河經常會花時間泡個不熱的溫水澡。所以回到家，先放洗澡水。然後泡在塑膠浴缸裡，用收音機聽西貝流士的小提琴協奏曲。不是特別想聽西貝流士。而且也不覺得西貝流士的協奏曲，是適合在一天的結束時邊泡澡邊聽的音樂。或許芬蘭人喜歡在漫漫長夜一邊泡三溫暖一邊聽西貝流士。不過在文京區小日向的兩房公寓大廈的規格化狹小浴室裡，西貝流士的音樂有點過於激情，那聲響帶有過度的緊迫感。不過牛河沒太在意。只要背景有音樂響著，對他而言就夠了。如果播的是拉摩的演奏曲可能也會毫無怨言地聽，是舒曼的《謝肉祭》也會毫無怨言地聽。只是那時候碰巧FM電台播的是西貝流士的小提琴協奏曲。如此而已。

牛河像平常那樣讓意識一半放空休息，用剩下的一半思考事情。而那David Oistrakh歐伊斯特拉夫所演奏的西貝流士的音樂，主要是從那空白領域通過，像微風般從敞開的入口進來，再從敞開的出口出去。以音樂的聽法來說或許不太值得誇獎。西貝流士如果知道自己的音樂是這樣被聽的，可能會皺起粗大的眉頭，粗脖子也會皺起幾根皺紋吧。不過西貝流士已經老早就死了，歐伊斯特拉夫也已經魂歸九泉，所以牛河可以對誰都不用客氣地一面讓音樂從右邊流到左邊地聽著，一面用意識不是空白的那一半漫無目的地尋思著。

這樣的時候，他喜歡不限定對象地思考。像把一群狗放到廣闊的原野去那樣，讓意識自由奔馳。對他們說隨你們到任何喜歡的地方去，做任何喜歡做的事。然後不管他們。他自己則把脖子以下泡進水裡，瞇細眼睛，似聽非聽地聽著音樂邊恍惚地發呆。那些狗漫無目的地跑著跳著，在斜坡上打滾，毫不厭倦地互相追逐，發現松鼠便毫無意義地追逐，弄得渾身是泥滿身是草，玩累了跑回來，牛河就摸摸他們的頭，再套上項圈。那時音樂也結束了。西貝流士的協奏曲大約三十分鐘結束。長度正好。下一首曲子是楊納傑克的《小交響曲》，播音員說。楊納傑克的《小交響曲》這曲名記得在哪裡聽過。不過想不起在哪裡。快想起來時不知怎麼視野開始模糊起來。眼球上罩上一層蛋殼色霧靄般。一定是泡澡太久的關係。牛河放棄了把收音機關掉，走出浴室時，只在腰上圍一條浴巾就去冰箱拿出啤酒。

牛河一個人住在那裡。以前有妻子、有兩個小女兒。在神奈川縣大和市中央林間買過一棟獨棟住宅，住在那裡。雖然小但總是有鋪了草坪的庭園，養了一隻狗。妻子容貌長得非常平常，小孩長得也都可以稱得上美麗。兩個女兒都完全沒有遺傳到牛河的外貌。牛河當然因而大大鬆一口氣。

然而卻發生了可以說突然轉暗的事情，現在只剩他一個人。自己過去曾經擁有家人，住在郊外的獨棟別墅這件事本身就覺得很不可思議。甚至想過那會不會搞錯？自己大概是憑自己的意思無意識地捏造了過去的記憶吧？不過當然眞的有過這回事。有同床共枕的妻子，有延續血緣的兩個孩子。書桌抽屜裡還放著四個人的全家福照片。照片上每個人都笑得很幸福。看來連狗都在微笑似的。

家人不可能再相聚了。妻子和女兒們住在名古屋。女兒們有了新父親。在小學的父親參觀日去露面，也不會讓女兒感到羞恥的相貌正常的父親。兩個女兒已經將近四年沒見到牛河，但看來並沒有因此而感到遺憾的樣子。連信都沒寫來。牛河自己對無法見到女兒，看來也不覺得遺憾。不過那當然不表示他不重視女兒。只是牛河最重要的首先是不得不確保自己這條命，因此眼前暫時有必要把不必要的分心迴路關閉。

而且他也知道。不管離多遠，她們身上還是流著自己的血。就算女兒們忘了牛河的存在，她們的血也不會迷失自己的來路。那應該擁有很長的記憶。而且大頭的記號將來有一天，不知在什麼地方大概還會再現形。在意想不到的時候在意想不到的地方。那時候人們應該會伴隨著嘆息，想起牛河的存在。

牛河或許可以活著看到那樣爆炸性的場面。或許不行。怎麼樣都無所謂。光想到可能發生這種事情，牛河就心滿意足了。那不是復仇心。而是自己難以避免地被包含在這個世界的組成之中，這種認知所帶來的一種充實感。

牛河坐在沙發，把短腿伸直架到桌上，邊喝著罐裝啤酒邊忽然想到一件事。也許沒那麼順利。不過值得一試。這麼簡單的事怎麼沒想到？牛河覺得不可思議。大概越簡單的事越想不到。有人說燈塔下最黑暗，不是嗎？

牛河第二天早晨再到高圓寺去一趟，走進眼前看到的房屋仲介公司，問天吾所住的那棟公寓有沒有空屋。據說他們沒經手那個物件。是站前一家仲介業者統一管理那家公寓的。

「只是，我想那邊不會有房子空出來。因爲租金可以接受，地點方便，所以住戶不會搬出去。」

「不過爲了愼重起見我還是去問問看。」牛河說。

他去拜訪站前的那家房屋仲介公司。來接待他的人是個二十出頭的年輕男人。頭髮又粗又黑，用髮膠定型成特殊鳥巢般。雪白的襯衫，嶄新的領帶。可能做這工作還不久。臉頰上還留有青春痘的痕跡。看到走進來的牛河的外貌，有點畏縮但立刻又打起精神露出職業性微笑。

「先生，您很幸運喏。」那個年輕人說。「住在一樓的夫婦，因爲家裡有事急著搬家，一星期前才把房子空出來。昨天剛打掃好，還沒貼出廣告。因爲是一樓，您可能會在意外面的聲音，而且採光也不太好。不過總之地點非常方便。但是房東在考慮可能五、六年內會改建，那時會在半年前通知，到時希望您能配合搬出去，這是契約的條件。另外沒有停車場。」

沒問題，牛河說。既沒打算久住，也沒開車。

「很好。只要同意那個條件，明天就可以住進去。當然在那之前您應該會想先看一下房子吧？」

當然想看，牛河說。青年從桌子抽屜拿出鑰匙，交給牛河。

「我剛好有一點事，很抱歉，您一個人去看好嗎？房子是空的，回頭把鑰匙還回來就行了。」

「可以呀。」牛河說。「不過如果我是壞人，鑰匙就拿走不還，或去複製一把，事後趁沒人在時去偷東西，你怎麼辦？」

青年一聽，好像嚇一跳地看了牛河一眼。「啊，說得也是。有道理。那麼爲了愼重起見可以請您留下名片或什麼嗎？」

牛河從皮夾拿出那張「新日本學術藝術振興會」的名片交給他。

「牛河先生。」青年困難地讀出上面的名字。然後表情放鬆下來。「因爲您看起來不像是會做壞事的人。」

「那眞謝謝。」牛河說。然後嘴角浮起和那名片頭銜同樣沒有內容的微笑。

第一次被人這樣說。他解釋成外貌過分顯眼不適合做壞事吧。特徵太容易描寫了。要畫犯人的臉一下就能畫出來。如果被通緝，一定三天內就被逮到。

房子比預期中好。三樓的天吾家就在正上方，所以當然不可能直接監視內部。但可以從窗戶把玄關納入視野。可以監視天吾的出入，也可以鎖定來拜訪天吾的人。只要把相機掩飾起來，應該可以用望遠鏡頭拍下臉部照片。

爲了租下那房間，需要兩個月的押金、一個月的預付房租、兩個月的禮金，雖說房租不太貴，而且押金在解約時可以退回，但也是一筆不小的金額。因爲剛付過蝙蝠那筆，存款餘額減少了。然而想到自己的處境，就算勉強也要租下那房子。沒有選擇餘地。牛河回到房屋仲介公司，把預先準備好的現金從信封拿出來簽下租約。當成是和「新日本學術藝術振興會」訂的契約。他說公司的登記謄本事後再郵寄過來。負責的青年對這點並沒有特別在意。訂好約後，青年重新把鑰匙交給牛河。

「牛河先生，這樣從今天開始您就可以住進那間房子了。水電都有，但因爲瓦斯接通的時候需要本人在場，因此請您這邊跟東京瓦斯聯絡。電話要怎麼處理？」

「電話我這邊來安排。」牛河說。要和電話公司簽約也費事，施工人員必須進到屋子裡。所以不如使用附近的公共電話更方便。

牛河再一次回到那房子，在那裡把需要的東西列了清單。幸而之前的住戶把窗簾留了下來。雖然花紋顯舊了，不過不管是什麼樣的窗簾只要有就太好了，那是監視時不可或缺的東西。清單不太長。只要有食品和飲水暫且就夠用了。附望遠鏡頭的相機和三腳架。另外就是衛生紙和登山用睡袋、攜帶式燃料、露營用炊事用具、水果刀、開罐器、垃圾袋、簡單的盥洗用具和電動刮鬍刀、幾條毛巾、手電筒、小收音機。最低限度的換洗衣服、一條香菸。差不多這樣。冰箱餐桌和棉被都不需要。能找到可以遮風擋雨的地方就已經夠幸運了。牛河回到自己家，把單眼相機和望遠鏡頭放進相機袋，準備了大量底片。然後把清單上寫的東西塞進旅行箱。不夠的東西，就到高圓寺站前商店街買。

在六疊大的房間窗邊架起三腳架，裝上Minolta最新型自動相機，接上望遠鏡頭，以手動模式將焦點調到對準玄關出入者的臉部位置。設定成可以用遙控按快門。也設定成自動捲片。鏡頭前端用厚紙板圍起來，讓鏡頭不會因受光而反光。窗簾的一角稍微拉高，從外面只能看到稍微露出像紙筒般的東西而已。不過誰也不會在意那種東西。誰都沒想到這樣不起眼的出租公寓入口會有人在偷拍。

牛河試著用那相機拍了幾個進出玄關的人。由於自動捲片的關係可以針對一個人連按三次快門。他用毛巾捲著相機，降低快門的聲音。拍完一捲底片就到車站附近的沖印店去。只要把底片交給店員，機器就會自動沖印出來。因爲大量照片高速處理，所以誰也不會注意裡面拍了什麼。

照片效果沒得挑剔。雖然難以要求藝術性，但總之夠派上用場了。鮮明畫質的程度足以分辨出進出玄關者的臉。牛河從沖印店回程時買了礦泉水和罐頭。到香菸鋪買了一條Seven Stars。胸前抱著購物袋，用那遮住臉回到公寓，再坐在相機前。並一面監視玄關一面喝水、吃罐頭桃子，抽了幾根香菸。電是通了，但不知怎麼水沒來。後面傳來咕嚕咕嚕的聲音而已，水龍頭卻什麼也沒出來。可能因為某種原因需要花一點時間吧。本來想跟仲介公司聯絡，又不想太頻繁進出公寓，決定看情形再說。因為沒有水可以沖馬桶，只好用清潔業者留下、忘了帶走的小舊水桶小便。

初冬的此時，性急的黃昏來臨，屋裡完全暗下來，還是沒把燈打開。黑暗來臨牛河反而歡迎。玄關的燈亮起來，牛河繼續監視著從那昏黃燈下通過的人。

到了傍晚，進出玄關的人稍微頻繁起來，但人數絕不算多。本來就是個小公寓。而其中並沒有天吾的身影。也沒看到像是青豆的女人。那天是天吾該上補習班的日子。傍晚他應該會回這裡來。天吾下課後不太會去別的地方。比起在外面用餐，他更喜歡自己做料理，一個人邊看書邊吃。牛河知道這點。然而天吾那天卻一直沒回來。也許工作完了之後去跟誰見面了。

那間公寓住了各種人。住戶階層從年輕的單身上班族、大學生、有小孩的夫婦、到獨居老人等形形色色都有。人們毫無防備地從望遠鏡頭的視野中穿過。就算年代和境遇多少有別，但看來他們都各自疲於生活，對人生感到厭倦了。希望褪色了、野心遺忘了、感性磨損了，只剩下放棄和無感覺盤據了剩餘的空白。他們簡直像兩小時前才剛做過拔牙手術的人似的，臉色蒼白腳步沉重。

當然那也許是牛河的誤解。或許有人對人生其實還滿懷喜悅。打開門一看，或許裡面營造成儼然令人倒抽一口氣似的個人樂園。或許有人是為了逃避稅務署的調查而刻意假裝過著樸素生活也不一定。當然這都不是沒有可能。不過透過相機的望遠鏡頭看來，他們只是緊緊攀住即將拆除的廉價公寓，無法翻身的都市生活者而已。

結果天吾還是沒有現身，也沒看到可能和天吾有關的人。手錶指著十點半過後，牛河放棄了。今天是第一天，態勢還沒充分擺好。往後日子還長呢。到這裡為止吧。身體往各個角度慢慢伸展，讓僵硬的部分放鬆。吃了一個紅豆麵包，把裝在熱水瓶裡帶來的咖啡倒在蓋子裡喝。轉開洗臉台的水龍頭，不知什麼時候水來了。他用肥皂洗了臉，刷了牙，解了長長的小便。靠著牆壁抽菸。想喝一口威士忌，但已經決定在這裡的期間滴酒不沾了。

然後脫到只剩內衣褲鑽進睡袋。身體因為冷而顫抖一陣子。到了夜晚空蕩蕩的房間出乎意料的冷。可能需要一台小電暖爐。

獨自一個人邊發抖邊躺在睡袋裡，想起在家人圍繞下生活的日子。並不是特別懷念而想起來。而是和自己現在所處的狀況極為對比，只是像例子一樣浮上腦海而已。和家人生活在一起時，牛河當然也是孤獨的。他沒有把心給過誰，而且認為那種和大家一樣的生活反正是短暫的。內心想著總有一天這些都會煙消雲散無影無蹤。律師的忙碌生活、高收入、中央林間的獨棟別墅、外貌不錯的妻子、上私立小學的兩個可愛女兒，以及有血統證明書的狗。因此一連發生許多事情生活轉眼崩潰，只剩下一個人時，說起來他反而覺得輕鬆。哎呀，這下子總算再也不必擔心什麼了。又回到起點了。

這是起點嗎？

牛河在睡袋裡像蟬的幼蟲般縮著身體，仰望黑暗的天花板。由於長時間採取同樣的姿勢，身體關節到處疼痛。冷得發抖，拿啃涼的紅豆麵包當晚餐，監視即將拆除的廉價公寓的玄關，偷拍臉色暗淡的人們的姿態，在清潔用水桶裡小便。這就是「回到起點」的意思嗎？這讓他想起已經好不容易遺忘的事情。他從睡袋中扭動身體摸索著爬出來，把水桶裡的小便倒進馬桶，按了鬆動的把手沖水。雖然不甘心從好不容易暖和的睡袋爬出來，很想就那樣放著不管，不過萬一不小心在黑暗中絆倒了可不得了。然後回到睡袋，又再冷得顫抖一陣子。

……這就是回到起點的意思嗎？

可能就是這麼回事。再也沒有東西可以失去了。除了自己的生命。非常容易了解。黑暗中牛河浮起薄刃般的笑。

第14章 青豆

我的這個小東西

青豆幾乎活在混亂的迷惑和摸索中。在這稱爲1Q84年的，既有理論和知識幾乎不適用的世界，無法預測今後自己身上將會發生什麼。雖然如此自己至少還要活幾個月，把孩子生下來，她想。雖然只不過是預感。不過卻是近乎確信的預感。因爲她覺得一切事情似乎都在生孩子的前提下進行著。她能感覺到這樣的跡象。

而且青豆還記得「先驅」的領導口中最後說出的話。他說：「妳必須穿過沉重的試煉。當妳穿過那個的時候，應該就看得見事情該有的姿態了。」

他知道什麼。非常重要的事情。而且他正試著以曖昧的語言多義性地把那傳達給我。所謂試煉或許就是我把自己實際推向死亡的邊緣。我打算斷絕自己的生命，拿著手槍走到Esso的廣告看板前面去。卻沒有死而回到這裡來。然後知道自己懷孕了。這或許也是事先被預定好的事。

進入十二月後一連幾個夜晚吹著強風。櫸樹落葉打在陽台上用來遮蔽目光的塑膠條板上，發出辛辣乾燥的聲音。冷風邊發出警告邊吹過光裸的枝椏。烏鴉們彼此呼應的叫聲，也被嚴厲研磨得越發清澈。冬天來臨了。

自己的子宮裡正孕育著的可能是天吾的孩子，這想法隨著時日的流逝而更加強烈，終於開始變成事實發生作用。其中還沒有足以說服第三者的理論。但對自己則能明白說明。這是再明白不過的事了。

如果我不是經由性行為而懷孕的話，那對象除了天吾還可能有誰呢？

十一月之後體重增加了。雖然沒有出去外面，但她每天都繼續做著足量的運動，飲食也嚴格控制。過了二十歲後體重從來沒有超過五十二公斤。但有一天體重計的針卻指著五十四公斤，以後就沒有再低過那個數字。覺得臉變得有一點圓。一定是這個小東西在要求母體要開始變胖的。

她和那小東西一起繼續監視夜晚的兒童公園。繼續尋找一個獨自登上溜滑梯台的年輕男人龐大的身影。青豆一面凝視著天空並排的兩個初冬的月亮，一面從毛毯上輕輕撫摸著下腹部。有時沒來由地掉眼淚。一留神時眼淚已沿著臉頰，落在蓋到腰間的毛毯上。也許因爲孤獨，也許因爲不安，也許因爲懷孕變得多愁善感。或者只因冷風刺激淚腺，讓眼淚流出來也不一定。無論如何青豆都沒擦眼淚，讓眼淚繼續流下去。

哭泣到一個程度之後眼淚流盡了。然後她就那樣繼續那孤獨的監視，不，已經不再那麼孤獨了，她想。我有這個小東西。我們是兩個人。我們是兩個人在仰望著兩個月亮，等待著天吾在這裡現身。她有時拿起望遠鏡，把焦點對準無人的溜滑梯台。有時拿起自動手槍，確認那重量和觸感。保護自己，尋找天吾，送養分給這個小東西。這是現在的我被賦予的任務。

有一次在冷風中監視著公園時，青豆發現自己是相信神的。唐突地發現這個事實。就像看出腳底柔軟的泥土下堅固的地盤那樣。那是一種不可解的感覺，一種沒預料到的認識。她從小時候有記憶以來，一直在恨神。以更正確的說法是，一直拒絕介入神和自己之間的那些人和體制。漫長的歲月，那些人和體制對她來說幾乎和神同義。恨**他們**就等於恨神。

從呱呱落地的時候開始，**他們**就在青豆的周圍。以神為名，支配她，命令她，逼迫她。以神為名，剝奪她所有的時間和自由，把她的心扣上如此沉重的枷鎖。他們雖然述說著神的溫柔，卻更加倍述說著神的憤怒和不寬容。青豆在十一歲時痛下決心，好不容易才從那個世界逃了出來。然而卻因此不得不犧牲掉很多東西。

如果這個世界沒有所謂神存在的話，我的人生一定會更充滿光明，更自然豐足。青豆常常這樣想。不會心裡老是不斷被憤怒和害怕所折磨，應該可以留下很多身為普通小孩的美好回憶。而且現在我的人生，應該比現在更積極、更安心，而且更充實。

雖然如此青豆把手掌貼在下腹部，邊從塑膠遮板縫隙間眺望著時，卻不得不想到自己在內心的最底層其實是相信神的。口中機械式地唸著祈禱文時，雙手合掌時，她在意識的框框之外其實是相信神的。那是染進骨髓裡的感覺，是理論和感情所驅逐不了的東西。是憎恨和憤怒也消除不了的東西。

不過那不是**他們**的神。是**我的**神。那是我犧牲了自己的人生，被切肉剝皮，被吸血剝指甲，被剝奪時間、希望和回憶，最後才學到的東西。不是擁有身體形象的神，沒穿白衣服，也沒留長鬍子。那神既沒擁有教義，沒擁有教典，也沒擁有規範。既沒有報償，也沒有處罰。不給你什麼也不奪走什麼。既沒有該升上的天國，也沒有該降下的地獄。無論冷或不冷，神都在**這裡**。

青豆每遇到什麼事時就會想起來，「先驅」的領導在死前所說的話。她忘不了那粗粗的次低音的聲音。就像忘不了刺進他脖子後面針的觸感一樣。

> 有光的地方就必須要有影子，有影子的地方就必須要有光。沒有沒有光的影子，也沒有沒有影子的光。Little People是善還是惡，並不知道。那在某種意義上是超過我們的理解和定義範圍的東西。我們從很早的古時候就和他們一起活過來。從還沒有善惡存在的時候開始。從人們的意識還未明的時候開始。

神和Little People是對立的存在嗎？或者是一個東西的另一面呢？

青豆不知道。她只知道，必須想辦法保護自己體內的小東西才行，因此有必要相信在什麼地方有神這回事。或有必要承認自己是相信神的這個事實。

青豆尋思著神這件事。神沒有形象，同時也可以採取任何形象。她所感受到的形象是流線型賓士雙門轎車。是賣車的業務員剛剛送來的新車。從車上走下來的中年高尚婦人。在首都高速公路上，她把自己穿著的美麗春裝大衣給了赤裸的青豆。保護她免於受到寒風吹襲和眾人不客氣的視線。並一言不發地回到那銀色雙門轎車去。她知道。青豆懷著胎兒。必須受到保護。

她開始做新的夢。夢中她被監禁在一間白色房間裡。立方體形狀的小房間。沒有窗，只有一扇門。一張沒裝飾的簡陋的床，她仰臥在那裡。床上吊著燈，照著她那膨脹如山的肚子。看來不像自己的身體。不過那確實是青豆肉體的一部分。已經接近生產期。

房間被和尚頭和馬尾巴守衛著。這二人組決心不再失敗第二次。他們失敗過一次。不得不挽回那失地。他們被賦予的任務是不讓青豆離開那房間，不讓任何人進入那房間。他們在等待那個小東西誕生。似乎打算等他一生下來就要把他從青豆身邊抱走。

青豆想叫出聲。拚命想求救。但那是用特殊材料建的房間。牆壁、床和天花板全都會瞬間把一切聲音吸掉。那叫聲連她自己的耳朵都傳不到。青豆求那開賓士車的婦人來救自己。自己和那個小東西。但她的聲音被空虛地吸進白色房間的牆壁。

那個小東西從肚臍的臍帶吸著營養，一刻刻繼續長大。想從溫暖的黑暗中脫離，踢著她子宮的壁。渴望著光和自由。

門邊坐著高個子的馬尾巴。雙手放在膝上，注視著空間的一點。那裡可能浮著小而緊密的雲。床邊站著和尚頭。兩個人和上次一樣穿著深色西裝。和尚頭不時抬起手腕看看手錶。像在車站等候重要列車到站的人那樣。

青豆手腳不能動。雖然並不像被用繩子綁住，但手腳還是不能動。指尖沒有感覺。有陣痛的預感。那像宿命的列車般在預定時刻準時接近車站。她聽見鐵軌的輕微震動。

到這裡醒來。

她淋浴把討厭的汗洗掉，換上新衣服。把汗溼的衣服丟進洗衣機。她當然不想做那樣的夢。但夢不管她要不要還是來造訪她。進行的細節有一點差異。但場所和結局經常相同。立方體般的白色房間。迫近的陣痛。穿著無個性深色西裝的二人組。

他們知道青豆懷著小東西。或者終究會知道。青豆覺悟了。如果有必要，她會對馬尾巴和和尚頭毫不遲疑地射出她所有的九毫米子彈。保護她的神，有時是血淋淋的神。

門上傳來敲門聲。青豆坐在廚房的高凳上，右手握著安全裝置解開的自動手槍。戶外從早上就開始下起冷雨。冬雨的氣味籠罩著世界。

「高井小姐，妳好。」門外的男人停止敲門說。「我是每次妳熟悉的NHK的人。打攪了，不過我又這樣來收款了。高井小姐，妳在裡面吧。」

青豆不出聲地對著門說。我們打電話到NHK問過了喔。你只是裝成NHK的收費員在騙人的某人而已。你到底是誰？而且到這裡到底想要什麼？

「人得到東西是要付出代價的。這是社會的規則。妳收到電波了。所以要支付費用。能獲得就盡量獲得卻什麼也不付出是不公平的。跟小偷一樣。」

他的聲音在走廊大聲響著。雖沙啞卻很響亮的聲音。

「我並不是個人在感情用事。在恨妳，或想懲罰妳，完全沒有這種事。只是生來無法容忍不公平的事而已。人得到東西就一定要付出代價。高井小姐，妳不開門的話，多少次我都會來敲門。妳應該也不希望這樣吧。我也不是毫不講理的老頭子。只要商量一定可以找到妥協點。高井小姐，請妳高高興興地打開這門好嗎？」

敲門聲再繼續一陣子。

青豆雙手握緊手槍。這個男人可能知道我懷孕了。她的腋下和鼻頭微微冒著汗。無論如何都不能開門。如果對方用備份鑰匙，或其他工具或手段硬要開這道門的話，不管他是不是NHK的收費員，我都會讓彈匣裡的子彈全部射進他的肚子。

不，這種事不會發生吧。她知道。他們無法打開這扇門。只要她不從裡面開，門是設計成打不開的。所以對方才會變得這樣焦躁、饒舌。用盡言語讓我的神經受不了。

十分鐘之後男人走掉了。在走廊大聲吼著威脅嘲笑她，極盡狡猾、懷柔、加上激烈怒罵，並預告還會再來造訪之後。

「妳逃不了的，高井小姐。只要妳有接收電波，我就一定會回來這裡。我不是會輕易放棄的人。那不是我的個性。那麼不久之後再見了。」

聽不見男人的腳步聲。但他已經不在門前了。青豆從門上的窺視孔確認過。重新設定手槍的安全裝置，到洗手間去洗臉。襯衫腋下部位都汗濕了。在換新的襯衫時，赤裸地站在鏡子前看看。肚子還沒隆起到會引人注目的地步。不過那裡面卻隱藏著重要的祕密。

跟老婦人在電話上談話。那天，Tamaru 跟青豆談過幾件事之後，就默默把聽筒交給老婦人。對話盡量不直接提到，只用迂迴而淡然的用語進行。至少剛開始是這樣。

「已經幫妳準備好新的地方。」老婦人說。「妳可以在那裡進行預定的作業。是個安全的地方，也可以定期接受專家的檢查。只要妳願意，隨時都可以移到那邊去。」

有些人正盯緊她的小東西的事，是否該告訴老婦人？「先驅」的傢伙在夢中想得到她的孩子的事。僞裝的ＮＨＫ收費員想盡辦法要讓她打開這房子的門，可能也爲了相同目的。不過青豆作罷了。青豆信賴老婦人。也敬愛她。但問題不在這裡。住在哪一邊的世界？變成眼前的要點。

「最近身體怎麼樣？」老婦人問。

現在一切都進行得沒問題，青豆回答。

「那太好了。」老婦人說。「只是，妳的聲音好像跟平常不一樣。也許是心理作用，聽起來好像有點提高戒備。如果妳在擔心什麼，不管是多細微的事都別客氣請說出來。或許有我們幫得上忙的事情。」

青豆留意著聲音的音調回答：「在同一個地方待久的關係，可能不知不覺間神經繃緊了。身體的情況我正謹慎管理著。再怎麼說，這都是我的專門領域。」

「當然。」老婦人說。然後稍停一會兒。「前一陣子，我家周圍一連幾天有可疑人物走動。主要好像是在觀察庇護所的樣子。我讓住在那裡的三個女人看了監視錄影帶的畫面，都說沒見過那個男人。也許是在追蹤妳的人。」

青豆輕微皺起眉頭。「已經有人知道我們的關係了嗎？」

「還不清楚是不是。大概認為不是沒有這種可能性。這個男人外貌相當奇怪。頭非常大，形狀歪斜。頭頂扁平幾乎禿頭，個子矮小手短腳短，矮矮胖胖的。妳記得見過這樣的人物嗎？」

歪斜的禿頭？「我常常從這個房間的陽台，觀察前面路上來往的人。不過沒看過妳說的這種人。很引人注目的外貌嘛。」

「相當引人注目。簡直像出現在馬戲團的滑稽小丑一樣。如果那個人物是被他們選出來，送來探查我們的，那眞不得不說是不可思議的人選。」

青豆同意。「先驅」應該不會特地選擇外貌這樣醒目的人來做偵察。人才應該不會缺到這個地步。反過來說那個男人或許跟教團無關，青豆和老婦人的關係還沒被他們知道。那麼那個男人到底是什麼來路的？爲了什麼目的去打探庇護所的模樣？會不會和冒充NHK收費員執拗地造訪門口的男人是同一個？當然沒有把兩者連在一起的根據。只是把那僞收費員的古怪言行，和老婦人所描述的異樣男人的外貌聯想在一起而已。

「如果看到那樣的男人請聯絡我們。可能需要採取什麼手段。」

當然會立刻聯絡，青豆回答。

老婦人再度沉默。這算是有點稀奇的事。在電話上說話時的她經常是務實性的、嚴格地不浪費時間的。

「您身體還好嗎？」青豆若無其事地問。

「和平常一樣，沒什麼不好的地方。」老婦人說。不過聽得出那聲音稍微有點猶豫的意味。這也很稀奇。

青豆等對方繼續說。

老婦人好像終於放棄了似地說：「只是最近，常常覺得自己老了。尤其是妳不在以後。」

青豆發出明朗的聲音：「我沒有不在。我在這裡。」

「當然是這樣沒錯。妳在那裡，也可以這樣偶爾談談話。可是以前跟妳定期見面，兩個人一起運動身體，也許讓我從妳那裡得到活力吧。」

「妳本來就擁有自然的活力。我只是把那力量依序引出來，當個助手而已。我不在身邊，妳應該可以憑自己的力量做得很好的。」

「老實說，不久以前我也這樣想。」老婦人輕輕笑著這樣說。說起來算是缺乏潤澤的笑。「以前我也以自己是特別的人自負。但歲月會一點一滴地奪走所有人的生命。人不是時間一到就死去的。而是從內部漸漸死去，最後迎接最終的結算日期。誰也逃不了。人得到東西是要付出代價的。我現在只是在學習這個眞理而已。」

人得到東西是要付出代價的。青豆皺起眉頭。和那個ＮＨＫ的收費員口中說的台詞一樣。

「在那個九月的大雨夜，雷聲持續大響的那一夜，我忽然想到這件事。」老婦人說。「我一個人在這房子的客廳，一面擔心著妳，一面眺望著閃電的閃光。就在那時電光歷歷照出的眞實，就顯現在我眼前。那一夜我失去了妳這個人，同時也失去我內在的許多東西。也許是幾種東西的累積。那是過去我存在的核心，堅強地支持我這個人的某種東西。」

青豆乾脆問道：「那裡面是不是包括憤怒？」

一陣像曬乾的湖底般的沉默。然後老婦人開口說：「那時候我所失去的幾個東西裡，是不是也包括我的憤怒。妳問的是這個意思嗎？」

「是的。」

老婦人慢慢嘆息。「對問題的答案是Yes。沒錯。我心中的激烈憤怒，不知怎麼，似乎在那震天巨響的雷聲中消失了。至少退到遙遠的地方去了。我現在心中剩下的，已經不是過去燃燒的盛怒。那已經變成色調淡淡的類似悲哀的東西了。我過去以爲那樣強烈的憤怒是永遠不會失去熱力的……。不過妳爲什麼知道這個呢？」

青豆說：「因爲正好同樣的事情也發生在我身上。在雷聲大作的那一夜。」

「妳是說妳自己的憤怒嗎？」

「是的。我心中有的純粹的強烈憤怒現在已經不見了。雖然不能說完全消失了，不過就像妳說的那樣，好像退到很遠的地方去了。那憤怒是長久的歲月始終占據我心中很大空間、強烈驅動著我的東西。」

「就像從不歇息的無慈悲的駕馭者那樣。」老婦人說。「不過現在，那個已經失去力量，而妳又懷孕了。應該說是代替吧。」

青豆調整呼吸。「是的。代替的是我裡面有了小東西。那是和憤怒無關的東西。」而且那正在我體內一天一天變大。

「不用說，妳一定要好好保護那個。」老婦人說。「因此有必要盡量早一點移到不會有不安的場所去。」

「您說得沒錯。不過在那之前我還有非解決不可的事。」

掛了電話之後青豆走出陽台，從塑膠遮板之間眺望午後的道路，眺望兒童公園。黃昏正在逼近。在1Q84年結束之前，在他們找到我之前，我無論如何都必須找到天吾。

第15章　天吾

不被允許說那個

天吾走出「麥頭」時，邊尋思著邊漫無目的地走在街上。然後下定決心，腳步朝向小兒童公園走。第一次發現兩個月亮並排浮在天上的地方。和那時候一樣走上溜滑梯台，再抬頭看一次天空吧。從那裡可能還可以看到月亮。她們可能會告訴他什麼。

上次到那個公園去，是什麼時候的事？天吾邊走邊想。想不起來。時間的流動變得不均匀，距離感不安定。不過可能是初秋。還記得穿的是長袖T恤。而現在是十二月。

冷風把一片片雲吹向東京灣。雲像用泥漿塑成的似的，分別乾了硬了變成不定的造型。看得見兩個月亮，雖然不時隱藏到那些雲的背後。看慣的黃色月亮，和新加的綠色小月亮。都是過了滿月變成三分之二左右的大小。小月亮，看起來像是想藏到母親裙襬下的小孩那樣。月亮和上次看到的時候幾乎在同樣的位置。簡直就像一直在那裡等著天吾回來似的。

夜晚的兒童公園沒有人影。水銀燈的光比之前泛白，顯得更冰冷。葉子落盡的櫸樹枝枒令人想起被風吹雨打的陳年白骨。像貓頭鷹會叫的夜晚。但當然都會的公園裡沒有貓頭鷹。天吾頭上罩著運動衣的連身帽，雙手伸進皮夾克的口袋。然後走上溜滑梯台，倚靠在扶手上，抬頭仰望雲間若隱若現的兩個月亮。星星在那背後無聲地眨著眼。都會上空沉積的曖昧汙濁被風吹散，空氣清澈毫不混濁。

這時候，到底有多少人，和自己一樣眼睛正盯著這兩個月亮？天吾想著。深繪里當然知道這回事。這本來是由她開始的。可能。不過除了她之外，天吾周圍的人，沒有一個人提過月亮數目增加這回事。大家還沒注意到這件事嗎？或者大家故意不去提，其實是眾所周知的事實？無論如何天吾除了爲他代補習班課的朋友之外，並沒有對誰問起有關月亮的情況。反而刻意不在人前提起這個問題。就像這是道義上不適當的話題似的。

爲什麼呢？

或許月亮不希望這樣，天吾想。這兩個月亮可能只對天吾個人顯示這訊息，他也許不被允許把這情報跟別人共享。

不過這是很奇怪的想法。爲什麼月亮的數目能變成個人性訊息呢？那要傳達什麼？天吾覺得那與其說是訊息不如說更像是複雜的謎語。那麼是誰出的謎題？到底是誰不允許的？

風穿過櫸樹的枝枒間，發出尖銳的聲音。就像從已知絕望的人齒縫間吹出的冷酷刻薄的氣息那樣。天吾仰望月亮，一面不經意地聽著風聲，一面坐定在那裡直到身體完全冷透了爲止。以時間來說大概十五分鐘，差不多是這樣。不，可能稍長一點。無意間已經失去時間的感覺。剛才喝了威士忌而變得適度暖和的身體，現在凍得像海底孤獨的圓石般堅硬。

流雲漸次被吹到南方的天空。不管流過多少，雲還是接二連三地繼續湧現。遙遠的北方大地一定有無盡藏地供應這些流雲的來源。許多頑固地下決心的人，身上穿著灰色厚制服，在那裡從早到晚默默繼續製造雲。就像蜜蜂製造蜂蜜、蜘蛛製造蜘蛛網，戰爭製造寡婦那樣。

天吾看看手錶。快八點了。公園裡依然沒有人影。有時有人從前方路上快步走過。下班回家的人腳步都一樣。隔著道路對面新建的六層樓公寓大廈，有半數住戶窗戶的燈亮著。在風強的冬夜裡，從有燈的窗戶可以獲得特別柔和的溫暖。天吾的目光一一依序追逐著有燈的窗戶。好像從小漁船仰望浮在夜晚的海上的豪華客輪般。每扇窗戶都像約好了似地把窗簾拉上。從夜晚的公園冷透的溜滑梯台仰望時，那裡看起來像另一個世界。以其他原理所成立的，以其他規則運作的世界。在那窗簾裡人們過著非常自然的平常生活，可能心情舒坦而幸福地過著日子。

非常平常的生活？

天吾所想到的「平常生活」的印象，只有缺乏深度和色調的那種類型化的東西。夫婦、可能有兩個小孩。母親穿著圍裙。冒著蒸氣的鍋子，餐桌上的談話——天吾的想像力在這裡碰到銅牆鐵壁。平常的家人在晚餐桌上會談什麼？以他自己來說，從來沒有在餐桌上和父親談話的記憶。兩個人只是在各自方便的時間，默默地把食物塞進嘴裡。以食物的內容來說那也很難稱得上是一餐。

觀察過一遍大廈的明亮窗戶之後，眼睛轉向大小的月亮再看一次。但不管等多久，兩個月亮都沒有對他說任何一句話。她們把沒有表情的臉朝向這邊，以需要整理的不安定對句般的模樣，兩個並排浮在空中。今天沒有訊息。那是她們送給天吾的唯一訊息。

流雲不厭倦地往南邊的天空橫切而過。各種形狀和大小的雲來了，然後去了。其中也有形狀相當有趣的雲。看來他們好像也有自己的想法。小而緊密、輪廓清楚的想法。不過天吾想知道的並不是雲，而是月亮在想什麼。

天吾終於放棄地站起來，大大地伸展手腳，然後走下溜滑梯台。沒辦法。光是知道月亮的數目沒變就算好了。雙手伸進皮夾克口袋走出公園，大步而緩慢地走回公寓。邊走，邊想起小松。差不多該和小松談談了。跟他之間所發生的事必須盡量整理一下。而且小松那邊也說過有事情，不久一定要找時間跟天吾談。他留下千倉療養院的電話號碼。但他沒打電話來。明天主動打給小松看看。不過在那之前要到補習班去，深繪里託朋友的信非先讀不可。

深繪里的信密封著放在書桌的抽屜裡。封得很嚴密，信卻很短。寫在半張報告用紙上，用藍色原子筆，熟悉的楔形文般的筆跡寫。與其寫在報告用紙上不如寫在黏土板上更適合的字體。寫這種字一定很花時間，天吾知道。

天吾重讀了幾次那封信。上面寫著，她不得不離開天吾的房子的事。現在立刻，她寫著。理由是，因爲我們被人看著。這三個地方用粗黑的鉛筆用力畫了底線。徹底令人無從反駁的底線。

是誰在看著「我們」，她並沒有說明是如何知道這件事的。在深繪里所住的世界，事實似乎不能直接照說。事實就像指示海盜埋藏財寶的地圖那樣，必須藉由暗示和謎語，或缺陷和變形來述說。和《空氣蛹》的原創初稿一樣。

不過對深繪里來說，她可能並沒有打算用暗示或謎語。對她來說那大概是最自然的語法。她只能用那樣的語彙和文法，才能把自己的印象和想法傳達給別人。要跟深繪里交換意見，有必要熟悉那樣的語法。收到她訊息的人，必須動員各自的能力和資質，將順序做適度更換，補充不足的地方才行。

不過相對的天吾有時候卻把深繪里以直截了當的形式所給的聲明，不管怎麼樣暫且就那樣接收。她說「我們被人看著」時，可能我們就是實際上被人看著。她感覺到「不得不離開」時，那就是她應該離去的時候了。首先把那當做一個總括的事實來接受。至於那背景和細節和根據，則只能由這邊事後自己去發現，或推測。或只能從一開始就放棄那些。

我們被人看著。

那是表示「先驅」的人已經發現深繪里了嗎？他們知道天吾和深繪里的關係。掌握到他受小松委託改寫《空氣蛹》的事。所以牛河才會試圖接近天吾。他們即使做那樣細密的事情（到現在都還不知道為什麼），都想把天吾放進自己的影響力之下。這樣一想他們是有可能監視天吾的公寓的。

不過如果是這樣，他們未免花太長時間了。深繪里已經待在天吾的房子裡將近三個月了。他們是有組織的團體。擁有實際的能力。如果想得到深繪里的話，應該隨時都可以。沒有必要花開工夫去監視天吾的公寓。此外如果他們真的監視過深繪里的話，她恐怕也不可能隨心所欲地離開。然而深繪里卻能整理好行李從天吾的公寓出去後，還到代代木的補習班去把信託給他的朋友，就那樣移動到別的地方去。

越推理，天吾的頭腦越混亂。他只能想成他們並沒有想得到深繪里。或許他們從某個時間點開始，行動目標已經從深繪里，轉變成別的對象了。跟深繪里有關，但不是深繪里的某人。由於某種原因，深繪里本人對「先驅」可能已經不構成威脅。但如果那樣的話，他們為什麼到現在還非要特地來監視天吾的公寓不可？

天吾用補習班的公共電話打到小松的出版社。是星期天，但天吾知道小松喜歡假日也上班工作。沒有別人的話公司也是個好地方啊，這是他的口頭禪。但電話沒人接。天吾看看手錶。才上午十一點。小松不可能這麼早去公司。他日常開始行動的時間，不管星期幾，都要在太陽通過天頂之後。天吾坐在自助餐廳的椅子上，一邊喝著淡咖啡，一邊重新讀讀看深繪里的信。照例是漢字極端少，缺少逗點和換行的文章。

天吾兄　天吾兄從貓之村回來後讀到這封信　那是好事　不過我們被人看著所以我不得不離開這個房子而且是現在立刻　你可以不用擔心我　可是我已經不能留在這裡　像我以前説過的那樣天吾要找的人就在從這裡走路可以到的地方　不過你要非常小心有人在看著

天吾重讀了三次那電報文般的信之後，把信摺起來放進口袋。每次都這樣，重複讀越多次，深繪里的文章可信度越強。他正被誰監視著。天吾現在把那當成確定的事實來接受。他抬起頭，環視著補習班的自助餐廳裡。因爲是有課的時間，因此餐廳裡幾乎沒有人。只有幾個學生正在讀著課本，在筆記上寫著什麼而已。沒看見像在暗中悄悄監視天吾的人。

有一個基本問題。如果他們沒有在監視深繪里的話，他們在這裡監視的到底是什麼？是天吾自己嗎？

或是天吾的公寓？天吾試想。當然一切都不脫推測的領域。不過他覺得他們所關心的應該不是自己。天吾只不過是個接受委託改寫《空氣蛹》文章的修理工人而已。書已經出版，在世間造成話題，最後話題消失，天吾的任務早已結束。他們沒有理由現在還關心他。

深繪里應該幾乎沒有從公寓房子出去外面。她能感覺到視線，意味著這個房子正在被人監視。但到底能從哪裡監視呢？雖然這裡處於都會的混雜地區，天吾所住的三樓房子，卻不可思議地位於可以免於接觸外界視線的位置。這也是天吾喜歡並長久住在這個房子的原因之一。他年長的女朋友對這點也給予很高評價。「外觀不怎麼樣。」她常常說：「這房子不可思議地令人心安。就像住著的人一樣。」

快天黑時，大烏鴉會到窗邊來。深繪里也在電話上提過那隻烏鴉。烏鴉停在窗外的狹小花台，漆黑的大翅膀在玻璃窗上沙沙地摩擦著。歸巢前先在天吾的房間外停留一段時間，成爲這隻烏鴉的日課。而且這隻烏鴉似乎對天吾房間的內部相當關心。長在側臉的黑色大眼睛快速移動著，從窗簾縫隙收集情報。烏鴉是頭腦很好的動物。好奇心特別強。深繪里說她可以跟那隻烏鴉交談。不過再怎麼說，都不認爲烏鴉會去當誰的爪牙來偵察天吾房間的模樣。

那麼，他們到底是從哪裡偵察房間的動靜的？

天吾從車站回公寓的途中，到超級市場買東西。買了青菜、雞蛋、牛奶和魚。然後抱著紙袋在公寓的玄關前站住，爲了愼重起見轉頭看看周圍。沒有可疑的地方。和平常一樣沒有差別的風景。像黑暗的內臟般垂在空中的電線，狹小的前庭冬季枯萎的草皮，露出鏽痕的信箱。也試著側耳傾聽。但除了都會特有的微弱羽音般永不休止的噪音之外，什麼也聽不見。

回到房間整理好食品之後，走到窗邊去拉開窗簾，檢視外面的風景。隔著道路對面有三間老房子。都是建在狹小建地上的二樓住宅。屋主都是上了年紀典型的老住戶。一臉固執的人，厭惡任何改變。無論如何都不會輕易讓自家二樓給素昧平生的新來者進去。而且從那裡無論怎麼努力探出身體，應該也只能看到天吾房間天花板的一部分。

天吾拉上窗簾，燒開水泡了咖啡。坐在餐桌，一邊喝著，一邊尋思各種想得到的可能性。有人在這附近監視著我。而且青豆就在（或曾經在）從這裡走路可以到的地方。這兩件事有關嗎？或者純屬巧合？但不管怎麼想都沒獲得任何結論。他的思考，就像迷宮的所有出口都被堵住只被給予起司氣味的可憐老鼠那樣，只能在同樣的路線上團團轉著而已。

他放棄再想，把從車站的販賣店買來的報紙過目一遍。那年秋天被選出連任的美國雷根總統（Ronald Reagan）稱呼中曾根康弘（Nakasone Yasuhiro）首相爲「Yasu」（康），中曾根康弘則稱雷根總統爲「Ron」（隆）。當然照片上的印象也有關係吧，他們看來就像在商量要把建材換成便宜而粗糙東西的兩個建築商人。印度國內因女總理英迪拉．甘地（Indira Priyadarshini Gandhi）被暗殺所引起的騷動仍在繼續，許多錫克教徒在各地慘遭殺害。日本蘋果獲得歷年來前所未有的大豐收。然而沒有一件報導吸引天吾個人的興趣。

等到時鐘的針指到兩點，再打一次電話到小松的公司。

要小松接電話必須等鈴響十二次。每次都這樣。不知道爲什麼，不過他不會輕易拿起聽筒。

「天吾，好久不見了。」小松說。他的口氣完全恢復以前的樣子。滑溜，帶點演技，無從捉摸。

「這兩星期向補習班請假到千葉去。昨天傍晚才剛回來。」

「聽說你父親身體不好。各方面都很辛苦吧？」

「也沒什麼嚴重的。父親一直深深昏睡，我只是在那裡，像看著他的睡臉打發時間似的。此外就在旅館寫小說。」

「不過這關係到一個人的生或死。所以還是很辛苦。」

天吾改變話題。「什麼時候你好像說過，有一件事要找時間告訴我的對嗎？上次提到的。不過已經很久了。」

「那件事啊。」小松說。「我想找你花時間慢慢談，你有空嗎？」

「如果是重要的事，早一點比較好吧？」

「嗯，也許早一點好。」

「今天晚上的話可以。」

「今天晚上好。我也有空。七點怎麼樣？」

「七點可以。」天吾說。

小松指定公司附近的酒吧。天吾也去過幾次。「這裡星期天也開，星期天幾乎沒有客人。可以安靜說話。」

「說來話長嗎？」

小松考慮一下。「怎麼說呢？不實際說說看，我也無法預測會長或短。」

「沒關係。隨便你喜歡怎麼說。我都奉陪。反正我們是同乘一艘船的。不是嗎？或者小松兄已經換乘另一艘船了?」

「沒這回事。」小松以平常所沒有的奇特口氣說。「我們現在還在同一艘船上啊。總之七點見。詳細情形到時候再談。」

天吾掛斷電話，打開文字處理機的開關。然後把在千倉的旅館裡用鋼筆寫在稿紙上的小說，打進文字處理機的畫面。重讀那文章時，想起千倉村落的光景。療養院的風景，三個護士的臉。吹動松樹防風林的海風，在風中飛翔的那群雪白海鷗。天吾站起來拉開窗簾，打開玻璃窗，把外面的冷空氣吸進胸腔。

天吾兄從貓之村回來後讀到這封信　那是好事

深繪里在信上這樣寫著。但回來的這個房間卻被人監視著。不知道誰從什麼地方看著。或者房間裡被裝了隱藏式攝影機也不一定。天吾擔心起來，把各個角落一一檢查過一遍。但當然沒有找到隱藏式攝影機或竊聽器。因爲是又舊又小的公寓的一個房間。如果有那種東西一定會很顯眼。

到周遭昏暗下來以前，天吾面對書桌繼續鍵入小說的作業。不是把寫的文章從右邊抄到左邊，而是同時在各處改寫的作業，因此比預料的花時間。天吾停下工作的手打開桌上的燈時，想起今天烏鴉沒來。可以憑聲音知道烏鴉來了。因爲大翅膀會磨擦玻璃窗。因此玻璃窗上到處留下淡淡的油脂痕跡。就像有待解讀的暗號般。

五點半做了簡單的東西吃。沒有感覺到食慾，不過中午也幾乎沒吃。肚子還是要裝一點東西進去才好。做了番茄和海帶芽的沙拉，吃了一片吐司。到了六點十五分，在黑色高領毛衣上套一件橄欖綠燈芯絨外套走出門。出到玄關時，站定下來再環視一次四周。還是沒看見吸引他注意的東西。既沒有躲在電線桿後面的男人，也沒有停著的可疑車子。連烏鴉都沒來。不過相反地天吾不安起來。因爲周圍的一切不像有問題的那些東西，其實看起來都像在悄悄監視他。提著購物籃走過的主婦，牽著狗散步的沉默老人，肩上背著網球拍、騎著自行車沒看這邊就通過的高中生，說不定就是巧妙僞裝的「先驅」監視者。

眞是疑神疑鬼，天吾想。雖然不得不小心，但過分神經質也不好。天吾快步走向車站。偶爾忽然回頭張望，確認沒有人跟蹤。如果有尾隨者，天吾應該不會看漏。他天生擁有比別人寬的視野。視力也好。回頭三次之後，確信自己沒有被跟蹤。

到達和小松約好的餐廳時是六點五十五分。小松還沒到，天吾好像是開店的第一個客人。櫃台的大花瓶裡滿滿插著盛開的新鮮花朵，周遭散發著花莖新切口的氣味。天吾坐在靠裡的包廂，點了一杯生啤酒。然後從外套口袋拿出文庫本來讀。

七點十五分小松來了。斜紋外套喀什米爾的薄毛衣，同樣喀什米爾的毛圍巾、羊毛西褲、麂皮皮鞋。穿著跟平常一樣。都是上等質地品味良好，適度的陳舊。他穿上身之後這些衣服看來好像本來就是身體的一部分那樣。天吾沒看過小松穿看起來像新的衣服。或許新買的衣服會先穿著睡覺，或在床上打滾。或先洗過幾次晾乾再穿也不一定。那樣讓衣服適度陳舊褪色之後，才穿上在人前現身。一副有生以來從來不在意穿著的表情。無論如何他這一身裝扮，讓他看來儼然像個經驗老到的資深編輯。他坐在天吾面前，也點了生啤酒。

「看起來沒變嘛。」小松說。「新的小說進行順利嗎？」

「一點一點慢慢前進。」

「那太好了。作家只有確實地持續寫才能成長。就像毛毛蟲不停地吃葉子那樣。就像我說的那樣，接下改寫《空氣蛹》的工作，對你自己的工作也有好的影響吧。不是嗎？」

天吾點頭。「是啊。我覺得因爲做了那件工作，學到寫小說的幾件重要事情。也開始看得見以前看不見的事了。」

「不是我自豪，這方面的事我很清楚。天吾需要這樣的契機。」

「不過也因此遇到很多麻煩事，您也知道。」

小松嘴巴像冬天的新月般笑彎了。很難讀出深度的笑。

「要得到重要的東西，人必須付出相當的代價。這是世界的規則。」

「也許是這樣，但什麼是重要的東西什麼是代價，無法適當區別。這個那個的，混在一起太複雜了。」

「事情確實是交錯複雜。就像透過混線的電話線路講電話那樣。正如你說的。」小松說。然後皺起眉。「對了深繪里現在在哪裡？天吾知道嗎？」

「現在不知道。」天吾選著用語說。

「現在？」小松若有含意地說。

天吾沉默著。

「不過不久以前，她住在你的公寓裡。」小松說。「我聽說是這樣。」

天吾點頭。「沒錯。大概在我那裡住了三個月左右。」

「三個月是很長的時間。」小松說。「不過你沒有對任何人提過這件事。」

「她本人要我別告訴任何人，所以對誰都沒說。包括小松兄。」

「不過現在已經不在你那邊了。」

「沒錯。我在千倉的期間，她留下一封信然後離開那屋子。後來的事就不知道了。」

小松掏出香菸，叼起一根摩擦火柴。瞇細眼睛看天吾的臉。

「後來深繪里回到戎野老師家了喔。在二俣尾山上。」他說。「戎野老師聯絡了警察，撤銷對她的搜索申請。說她只是忽然到什麼地方去了而已，並沒有被綁架。警察應該會調查她，聽她說明事情的經過。爲什麼失蹤？在哪裡做什麼？因爲畢竟還是未成年人。近日內報紙可能會登出報導。說失蹤許久的新人女作家，平安無事地現身了。不過，就算報導，版面也不會很大。因爲似乎和犯罪無關。」

「藏身在我那裡會被報出來嗎？」

小松搖頭。「不，深繪里應該不會提到你的名字。你也知道她是那種個性的人，不管對方是警察也好、陸軍憲兵隊也好、革命評議會也好、泰瑞莎修女也好，一旦決定不說之後，是絕對不會開口的。因此這點你不用擔心。」

「我不是擔心。只是事情會怎麼發展下去，我想先知道一下。」

「不管怎麼樣，你的名字都不會公開出來。沒問題。」小松說。然後臉上露出認眞的表情。「那個歸那個，我有一件事不得不問你。有點難說出口。」

「不好說的事？」

「應該說是私事吧。」

天吾喝一口啤酒。然後把玻璃杯放回桌上。「沒關係。能回答的我就回答。」

「你跟深繪里之間有性關係嗎？我是說，她藏身在你那裡的時候。你只要回答Yes或No就可以。」

天吾頓了一下之後慢慢搖頭。「答案是No。我跟她之間沒有那種關係。」

那個雷雨夜自己和深繪里之間所發生的事，無論如何都不可以說出來，天吾直覺地這樣判斷。那是不能公開的祕密。不容許說出來。而且那也不能稱為性行為。其中並不含有一般意義上所謂的性慾這東西。雙方都一樣。

「你是說沒有性的關係？」

「沒有。」天吾以缺乏潤澤的聲音說。

小松稍微皺起鼻子旁邊。「不過天吾，不是我懷疑你，你在說No之前停頓了一拍或兩拍時間。我看其中似乎有點猶豫。或許有過接近那個的事情是嗎？我並沒有要責備你，不是這樣。以我的立場，只是想把事實當事實來掌握而已。」

天吾筆直看著小松的眼睛。「不是猶豫。只是覺得有點不可思議而已。為什麼那麼在意，我跟深繪里之間有沒有性關係。小松兄的個性本來是不會過問別人私生活。反倒會遠離這種事情的。」

「這倒是。」小松說。

「那麼，為什麼現在這種事情會成為問題呢？」

「當然天吾要跟誰睡覺，深繪里要跟誰做什麼，基本上我都管不著。」小松用手指抓抓鼻子旁邊。「正如你所指出的那樣。不過深繪里就像你也知道的她跟普通一般的女孩子不一樣。該怎麼說呢？也就是說她所採取的行動一一都會產生含意。」

「產生含意。」天吾說。

「當然以理論上來說，所有的人的所有行動結果都會產生含意。」小松說。「不過深繪里的情況，是會產生更深的含意。她具備了這種不平常的要素。因此這邊有必要稍微確實地掌握有關她的事情。」

「你說的這邊具體上是指誰？」天吾問。

小松很稀奇地露出爲難的表情。「老實說，想知道你和她之間有沒有性關係的，不是我，是戎野老師。」

「戎野老師，也知道深繪里住在我那邊嗎？」

「當然。她跑去你那裡的那天開始，老師就知道了。深繪里都一一向老師報告自己在哪裡。」

「這個我倒不知道。」天吾驚訝地說。深繪里確實說過沒有告訴任何人她在哪裡的。不過事到如今都無所謂了。「不過我很不解。戎野老師是她實際上的監護人也是保護者，所以通常可能某種程度會注意這種事。不過畢竟處於這種莫名其妙的狀況。保護深繪里的安全，關心她是否處在安全的環境，應該是最重要的問題。怎麼反而把她性的純潔性放到老師擔心事項表的上方來，我很難想像。」

小松的嘴唇牽向一側。「這個嘛，我就不清楚了。我只是受老師之託而已。他要我當面向你確認，你跟深繪里之間有沒有過肉體關係。所以我才會這樣問你，然後得到的答案是No。」

「是的。我跟深繪里之間沒有肉體關係。」天吾看著對方的眼睛這樣斷然說。天吾心中並不覺得自己在說謊。

「那就好。」小松叼起Marlboro香菸，瞇起眼睛點燃火柴。「知道了就好。」

「深繪里確實是個很吸引人的漂亮女孩。不過小松兄也知道，我的問題已經夠麻煩了。雖然很無奈。但我已經不想再添麻煩了。何況我有過交往的女性。」

「我知道。」小松說。「天吾那方面是個聰明的男人。想法也很實在。我會照這樣轉達給老師。問了奇怪的事情很抱歉。你別介意。」

「我並沒有介意。只是覺得奇怪而已。爲什麼到現在才出現這種話題呢？」天吾說著停了一下。「那麼，小松兄說有話要跟我說，是什麼樣的事情？」

小松把啤酒喝光後，再向酒保點了高球杯的蘇格蘭威士忌。

「天吾要喝什麼？」他問天吾。

「一樣就可以了。」天吾說。

送來兩份高球杯的高玻璃杯放在桌上。

「首先第一步，」小松在長長的沉默之後說：「有必要把狀況糾結的部分，在這裡盡量解開。因爲我們畢竟是同乘一艘船的。所謂我們，也就是天吾和我和深繪里和戎野老師四個人。」

「意味相當深的組合啊。」天吾說。然而看來小松並沒有感覺出話中所含的諷刺意味。小松似乎正集中精神在自己該說的話上。

小松說：「這四個人分別以不同的居心，參與這個計畫，未必以同樣的層次朝著同樣的方向。換句話說，每個人並不是以相同的節奏相同的角度划著槳的。」

「而且本來就是不適合共同作業的組合。」

「也許可以這麼說。」

「而且船正隨波逐流被沖往激流瀑布的方向。」

「船正隨波逐流被沖往激流瀑布的方向。」小松承認。「不過，我不是在找藉口，剛開始的確是個很單純樸素的計畫。把深繪里寫的《空氣蛹》讓你修改通順了去拿文藝雜誌的新人獎。印成書，賣得還可以。我們騙過世間很多人。多少也賺了些錢。半開玩笑，半爲實利。目標是這樣。然而自從深繪里的保護者戎野老師這個角色加入之後，劇情一下就變複雜了。水面下有幾種劇情在錯綜進行著，流速也逐漸加快。天吾的改寫，也比我預期的優秀得多。因此書大受好評，出乎意料之外地暢銷。結果我們所乘的小船被沖到意想不到的地方去。而且是有點危險的地方。」

天吾輕輕搖頭。「不是有點危險的地方。而是極端危險的地方。」

「或許可以這麼說。」

「別說得像是別人的事那樣。不是小松兄開始提案的嗎？」

「正如你說的那樣。是我想到並按下前進鈕的。剛開始進行得很順利。然而很遺憾，中途開始漸漸失控。當然我自覺有責任。尤其是把天吾捲進來。等於是我勉強說服你的。不過總之，我們必須在這裡暫且停下來重新調整姿勢。把多餘的行李處理掉，把劇情盡量改簡單一點。有必要看清楚，我們現在在哪裡，今後要怎麼動才好。」

說到這裡，小松舒一口氣喝一口高球杯。然後拿起玻璃菸灰缸，像盲人在詳細確認物體的形狀時那樣，以長手指小心謹慎地撫摸著表面。

「老實說，我在一個地方被監禁了十七、八天。」小松突然說出來。「從八月底到九月中的事。有一天，我正要去公司，中午過後走在我家附近的路上。往豪德寺車站的路上。接著一輛停在路邊的黑色大型車的車窗咻咻地搖下來，有人叫我的名字。『小松先生嗎？』我想是誰？走上前去時，車上下來兩個男人，就把我拉進車子裡去。兩個人都孔武有力。從後面把我的手臂往後拽，另一個人讓我嗅三氯甲烷。嘿，簡直像電影吧？不過那玩意兒有效喔，眞的。我醒來時，已經被監禁在一個沒有窗的狹小房間裡了。

白色牆壁，形狀像立方體般。有一張小床，一張木製小桌，沒有椅子。我被放在那張床上躺著。」

「被綁架了？」天吾說。

小松把檢視完畢的菸灰缸放回桌上，抬起頭看天吾。「對，眞的被綁架了。以前有一部電影叫《蝴蝶春夢》（The Collector），跟那個情況一樣。我想世間大多的人都不會想到有一天自己會被綁架。這種念頭從來就沒閃過腦子裡。不是嗎？但會被綁架的時候就是會被綁架。這該怎麼說才好呢？是伴隨著超現實感覺的。自己居然眞的被誰綁架了。眞是難以相信吧？」

小松好像在等答案般看著天吾的臉。但那終究只是修辭上的疑問。天吾默默等他繼續說。還沒碰的高球杯的玻璃上正冒著汗，把底下的杯墊滲濕了。

第16章 牛河

能幹、耐力強，又沒感覺的機器

第二天早晨，牛河像前一天一樣在窗邊的地上擺好姿勢，從窗簾的縫隙間繼續監視。和昨天傍晚回來時大致相同的面孔，或看來一模一樣的面孔從公寓出去。他們依然一臉暗淡，彎腰駝背。對新的一天，在幾乎還沒開始之前，看來已經厭倦得筋疲力盡了。在那些人之中並沒有天吾的影子。但牛河還是按下相機快門，把經過的每個人的臉都一一記錄下來。底片多的是，爲了拍得順手有必要實際多練習。

早晨出門上班的時段結束，看到該出去的人都出去之後，牛河走出房間到附近的公共電話亭。撥了代代木的升學補習班的號碼，請她們轉天吾。接電話的女人說：「川奈老師十天前就請假了。」

「他生病了或怎麼樣了嗎？」

「不是。聽說是家人不舒服，他到千葉縣去了。」

「知道他什麼時候會回來嗎？」

「這方面我們並沒有聽說。」女人說。

牛河道過謝掛斷電話。

天吾的家人說起來就只有他父親了。當過NHK收費員的父親。關於他母親天吾還完全不知情。而且據牛河所知，他跟父親向來感情不好。天吾為什麼會為了照顧生病的父親，居然請了十天以上的假。這一點不太能理解。到底為什麼，天吾對父親的反感會這麼急速軟化？父親是生什麼樣的病？住在千葉縣什麼地方的醫院？要調查不是不可能，不過這必須耗掉半天時間。在那之間監視會中斷。

牛河猶豫了。如果天吾離開東京的話，監視那棟公寓的玄關也失去意義了。也許暫時取消監視，往別的方向摸索比較聰明。可以查一下天吾父親住院的地方。或再對青豆做更進一步的調查。也可以去見她大學時代的同學和出社會後上班時的同事，打聽她個人的事情。或許能發現什麼新線索。

然而一連思考過後，牛河還是決心就這樣繼續監視這棟公寓。首先如果監視中斷的話，好不容易上了軌道的生活節奏又會亂掉。一切都得從頭做起。第二，現在去查天吾父親的去向和青豆的交友關係，可能事倍功半。親自用腳走的調查，到某個程度可以提高效率，超過程度之後卻會不可思議地原地踏步。牛河憑經驗知道這點。第三，牛河的直覺強烈地告訴他，守在那裡不要動。定下來別動，只要一直觀察通過那裡的人，不要遺漏任何一個人。藏在牛河歪斜的腦袋裡，向來不裝飾的直覺這樣告訴他。

不管天吾在不在，總之繼續監視這棟公寓吧。留在這裡，在天吾回來以前，把日常進出玄關的住戶臉孔一個都不遺漏地全部記憶下來。只要知道誰是住戶，當然就能一眼看出誰不是住戶了。我是肉食獸，牛河想。肉食獸必須非常有耐心才行。必須跟周遭的環境化為一體，確保獵物有關的所有情報才行。

快十二點，出入的人最少的時候，牛河外出。為了盡量把臉遮住而戴了編織的帽子，把圍巾捲到鼻子下面，雖然如此他的外貌還是引人注目。米黃色編織帽戴在他的大頭上，就像香菇的傘那樣寬大。綠色圍巾看來像捲成一圈的大蛇。沒有變裝的效果。何況帽子和圍巾也都絲毫不相配。

牛河到站前的沖印店去，把兩捲底片拿去沖印。然後走進蕎麥麵店去點了天婦羅麵。好久沒吃到熱食了。牛河珍惜地品嚐著天婦羅炸蝦麵，把最後一滴湯汁都喝光。吃完之後身體暖和得要冒汗的地步。他再戴起編織帽，把圍巾圈在脖子上，走回公寓去。然後邊抽著香菸，邊把沖印的相片排在地板上整理。把回家的人和早晨出門的人互相對照，有重複的臉就放在一起。爲了好記而給每一個人都取了適當的名字。用油性筆在相片上寫名字。

早上上班時間過去之後，幾乎沒有人再出入玄關。背著書包的大學生模樣的男生，在上午十點左右快步走出去。七十歲左右的老人和三十五歲左右的女人出去了，又分別抱著超級市場的購物袋回來。牛河也拍下他們的照片。快中午時郵差來了，把郵件分別投入信箱。抱著牛皮紙箱的快遞的人走進公寓，五分鐘後空手出去。

每隔一小時牛河會離開相機前，伸展筋骨約五分鐘。在那樣的時候會中斷監視，不過本來就不可能一個人完全包看所有出入的人。不如別讓身體麻痺了更重要。長時間持續同樣的姿勢肌肉會退化，有緊急狀況時無法迅速反應。牛河像《變形記》中，變成蟲的薩姆沙那樣，那圓形歪斜的身體在地上巧妙地動著，盡量放鬆肌肉。

爲了打發無聊而用耳機聽收音機的ＡＭ廣播節目。白天的收音機節目是設定以主婦和高齡者爲目標聽眾所製作的。演出者口中說些掃興的笑話，無意義地傻笑，陳述一些平凡而愚蠢的意見，放一些令人想把耳朵遮起來的音樂。然後大聲播著誰也不想要的商品廣告。至少牛河這樣感覺。雖然如此牛河還是想隨便聽聽人說話的聲音。所以耐心地聽著那種節目。人爲什麼要製作這麼愚蠢的節目，還特地非透過電波廣泛地傳播到各地不可呢？

不過這樣說的牛河，也沒從事什麼高尚的生產作業。只是躲在廉價公寓的一室，藏在窗簾的陰影下，偷拍著別人而已。並不是能站在高處神氣地批判別人的立場。

並不限於現在。就算在當律師的時候也很類似。並不記得做了什麼對社會有意義的事。最大的客戶是和黑道幫派掛勾的中小金融業者。牛河爲他們設想賺的錢該如何有效分散，幫他們安排順序。換句話說是如何名正言順地洗錢。也幫過房地產業者強逼地主改建大樓。把以前長久住在那裡的一群居民趕走，改成大塊的更新建地，轉賣給建大樓的業者。鉅額金錢滾滾而來。這也跟黑道掛勾。並擅長爲有逃稅嫌疑被起訴的人辯護。很多客戶是一般律師會猶豫的可疑類型。牛河只要有人委託（而且某種程度有錢可賺）不管對方是誰都不猶豫，手腕高明。也得到不錯的成果。所以不愁沒有工作。跟教團「先驅」的關係也是在那時候建立的。領導不知怎麼對他很滿意。

如果做世間一般律師平常所做的事，牛河可能無法維持生計。大學畢業不久就考上司法考試，取得律師資格，但既沒有人脈關係，也沒有後盾。因爲外貌的關係不被有力的律師事務所雇用。自己開業，正常做的話應該也沒有人會委託。世上很少人會想花大錢雇像牛河這種相貌不尋常的律師。可能是受電視上有關法庭的連續劇影響吧，世間一般人都以爲優秀的律師都該擁有端正的知性臉孔。

因此自然而然，他就和社會背面的人扯上關係。黑社會的人絲毫不介意牛河的相貌。牛河的這種特異性，反倒成爲被他們信任和接受的主要因素之一。因爲在不被正常世界接受的這一點上，他們和牛河的處境是類似的。他們認同牛河頭腦的敏捷、優秀的實務能力，和口風很緊。把鉅額金錢流動（但無法公開）的工作交付給他，事後並慷慨支付成功的報酬。牛河也迅速學到要領，懂得如何跟法官錯身交手、遊走法律邊緣的訣竅。他感覺敏銳，小心謹慎。但有一次，應該說是著了魔吧，得寸進尺利慾薰心，越過了雷池一步。雖然總算免於刑事處罰，結果卻被東京律師會除名了。

牛河關掉收音機，抽了一根Seven Stars。把煙深深吸入肺的深處，慢慢吐出來。拿空的桃子罐頭當菸灰缸用。這樣的生活再繼續下去，恐怕也不得好死。或許不久的將來一腳踩個空，就會一個人掉進黑暗的地方。我現在就算不在這個世界了，應該也沒有人會注意到。就算在黑暗中大叫，聲音也不會傳到誰的耳裡。不過雖然如此，在死以前只能暫且先活下去，要活下去只能以我的方式活下去。就算不是多麼值得讚美的方式，但因爲除此之外我也沒有其他活下去的方法。而且以那不是多麼值得讚美的方式來說的話，牛河幾乎比世上的誰都能幹。

兩點半戴著棒球帽的少女出現在公寓的玄關。她沒有帶東西，快步穿過牛河的視野出去。他急忙按下手中的遙控器，按了三次快門。這是第一次看到她的身影。修長的手腳瘦瘦的，臉孔美麗的少女。姿勢優美，看來也像芭雷女伶。年齡大約十六、七歲，穿著褪色的牛仔褲、白布鞋，男孩的皮夾克。頭髮塞進夾克的領子裡。她走出玄關幾步後站定下來，瞇起眼抬頭望了正面的電線桿一會兒。然後視線轉回地上，再走出去。轉往路的左邊從牛河的視線中消失。

這個少女跟某人很像。是牛河所知道的某人。最近看過的某人。從外表看可能是電視明星。但牛河除了新聞節目之外是不看電視的，也不記得對美少女明星有過興趣。

牛河把記憶的油門踩到底，讓頭腦全速轉動。瞇細眼睛，像絞緊抹布般把腦細胞擠出來。神經繃得痛起來。然後，突然知道那女孩就是深田繪里子。他沒看過深田繪里子本人。只看過報紙文藝版刊登的照片。雖然如此那少女身上所散發的超然透明感，和那小張黑白肖像照所給人的印象卻一模一樣。她和天吾因爲改寫《空氣蛹》的關係當然應該碰過面。她和天吾成爲私交親密的朋友，藏身在他的住處也不是不可能的事。

牛河想到這裡，幾乎反射性地戴上編織帽，穿上深藍色毛大衣，把圍巾一圈圈圍在脖子上。走出公寓玄關，往少女走的方向跑去。

那個女孩走得相當快。可能無法趕上。不過少女完全空手。表示她並沒有打算遠行。與其跟蹤她引起對方注意帶來危險，不如就這樣乖乖回去等候比較妥當。雖然這樣想牛河卻無法停下來。這個少女有動搖牛河跳脫理性的什麼。就像黃昏的某個瞬間，帶有神祕色調的光，會喚起人們心中特殊的回憶那樣。

前進了一會兒，牛河再度看到少女的身影。深繪里在路邊站定下來，熱心地探視小文具店的店頭。可能那裡放著有吸引她興趣的東西。牛河若無其事地背向少女，站在自動販賣機前。從口袋掏出零錢，買了罐裝熱咖啡。

少女終於再開始走。牛河把喝了一半的咖啡罐放在腳邊，隔開相當距離尾隨她。看來少女的精神一直專注在走路這個動作上。好像正橫越絲毫不起微波的廣闊湖面般的走法。以這樣的步法走，鞋子既不會下沉也不會沾溼就能穿過水面。就像懂得這種祕法似的。

這個少女確實擁有什麼。擁有一般人所沒有的特殊的什麼。牛河這樣感覺。對深田繪里子他知道不多。到目前為止所得到的了解，說來只有她是領導的獨生女，十歲的時候從「先驅」隻身逃走，去投靠著名學者戎野，在他家長大，終於寫了小說《空氣蛹》，這本書據說借川奈天吾的手登上暢銷排行榜。現在行蹤不明，向警察提出搜索申請，因此稍早「先驅」總部遭到警察搜索。

《空氣蛹》的內容似乎對教團「先驅」有些不利的地方。牛河也買了那本書仔細讀過一遍，但弄不清楚小說中的哪個部分如何對他們不利。小說本身很有趣，寫得相當好。文章端正容易閱讀，有些部分也相當吸引人。但終究只是無害的純粹幻想小說吧，他這樣想。而且這應該也是世間一般人的感想。從死掉的山羊口中跑出Little People來織成空氣蛹，主角分離成Mother和Daughter，有兩個月亮。這樣的幻想性故事，有什麼地方隱藏著不可告人的情報呢？但教團的人卻似乎決心一定要對那本書採取什麼對策。至少有一段時期那樣想。

話雖這麼說正當深田繪里子受到世間的注目時，無論以任何形式對她出手都太危險了。因此才代替地（牛河猜測），找到他以教團外部的代理身分去接觸天吾。命令他去和那個大個子補習班講師建立某種關係。

以牛河看來，天吾在整個大情勢正熱烈展開時只不過是個小配角而已。受到編輯的委託把投稿的小說《空氣蛹》改寫成容易閱讀而情節合理的文章。雖然工作表現相當優異，但只不過是輔助的配角。爲什麼他們非要那麼關心天吾不可？牛河有點不解。不過牛河只是底下的小兵而已。接到命令說一聲「好，知道了」便去執行而已。

然而牛河絞盡腦汁提出比較大方的建議，卻被天吾很乾脆地冷淡回絕，跟天吾建立關係的計畫頓時受挫。那麼，接下來該怎麼辦？正在考慮時，深田繪里子的父親，領導卻死去了。因此事情就不了了之。

現在的「先驅」正朝什麼方向，追求什麼，不是牛河所能知道的。失去領導的現在，也不知道誰掌握了教團的主導權。但總之他們想找出青豆，問清殺害領導的意圖，釐清背後的關係。可能爲了嚴加懲罰和復仇？而且他們決心不讓司法介入。

關於深田繪里子又如何呢？教團對於小說《空氣蛹》，現在到底怎麼想？那本書對他們還繼續構成威脅嗎？

深田繪里子的腳步沒慢下來，也沒回頭，就像歸巢的鴿子般朝某個方向一直線走。不久後才知道那附近有一家叫「丸正」（Marusho）的中規模超級市場。深繪里在那裡拿起購物籃走到一排排貨架前，選購罐頭食品和生鮮食品。買一顆萵苣，也要拿起來從各個角度仔細端詳。牛河想這會花掉很長時間。所以先走出店外，到馬路對面的巴士招呼站去，決定一面假裝等巴士一面監視入口。

然而無論等多久少女都沒出來。牛河漸漸開始擔心。說不定從別的出入口出去了。但據牛河看來，那家超級市場的出入口只有朝向路邊的這一個而已。也許只是買東西花時間而已。牛河想到拿起萵苣落入沉思的少女，那奇特而缺乏深度的認眞眼光。因此決定耐心等候。巴士開來又開走了三班。每次都只剩下牛河。牛河後悔沒帶報紙來。如果攤開報紙還可以遮住臉。要跟蹤人時報紙和雜誌是必需品。不過沒辦法。因爲來不及拿東西就急忙衝出房間了。

深繪里終於從店裡出來時，手錶指著三點三十五分。少女沒望一眼牛河所在的巴士站，就快步回到走來的路。牛河隔一段距離追了上去。兩個購物袋看來相當重，但少女卻兩腕輕鬆地抱著，像在水池上滑行的水黽般滑溜溜地走在路上。

眞奇妙的女孩，牛河邊看著她的背影邊重新驚奇地想道。簡直像在看著珍奇的異國蝴蝶般。只能看著而已。卻不能伸手。只要伸手一碰，自然的生命就會瞬間消失，本來的鮮艷色彩也會消失無蹤。使得異國之夢也做不成。

發現深繪里躲藏的地方該不該告訴「先驅」的人，牛河在腦子裡迅速盤算一下。很難判斷。現在如果把深繪里交出去，當然可以得到幾分。至少應該不會成爲扣分的原因。他可以向教團顯示自己正持續順利地活動，獲得相當不錯的成果。但在處理深繪里的事情時，卻可能疏忽本來的目的、錯失尋找青豆的機會。那可就得不償失了。怎麼辦？他把雙手插進大衣口袋，臉縮進圍巾只剩鼻尖，比來的時候距離拉得更長地走在深繪里後面。

我跟在這個少女後面，可能只是爲了眺望她的姿勢。牛河忽然這樣想。光是看著抱著購物袋走在路上的她，他的心就沉沉地緊緊地縮起來。就像被兩面牆壁夾著動彈不得的人那樣，無法前進也無法後退。肺的動作變不規則不順暢，像被丟進突然捲起的溫風中那樣呼吸極爲困難。這是從來沒有體驗過的奇怪感覺。

至少現在，牛河決定暫時不管這個少女。只把焦點放在依原先計畫的青豆身上。青豆是殺人者。不管有什麼理由，她都做了該受懲罰的事。把她交給「先驅」牛河不會感到心痛。但這個少女則是活在森林深處，柔弱而無言的生物。擁有靈魂的影子般淡淡色調的羽毛。從遠處眺望就行了。

從深繪里抱著購物袋的身影消失到公寓的玄關裡之後，過一會兒牛河也進去。回到房間脫下圍巾和帽子，再度坐在照相機前。被風吹過的臉頰變得冰冷。抽了一根菸，喝了礦泉水。喉嚨好像吃了很多辛辣食物之後般極端乾渴。

黃昏來臨。街燈亮起來，接近人們回家的時刻了。牛河還穿著大衣握著遙控快門按鈕，視線盯著公寓的玄關。隨著午後陽光的記憶逐漸變淡，空房間裡也急速冷下來。看來今夜會比昨夜更冷。牛河想該到車站前的電器量販店去買個電暖爐或電毯。

深田繪里子再度出現在公寓玄關時，手錶的針指著四點四十五分。穿著黑色高領毛衣藍牛仔褲，和剛才一樣。只是沒穿皮夾克。貼身的毛衣，鮮明地浮現出她胸部的形狀。身材苗條乳房卻很大。透過鏡頭的視窗看著那美麗的隆起時，牛河像再度被勒緊了似地感到呼吸困難。

從沒穿外套看來，還是沒有出遠門的打算。少女和上次一樣在玄關前站定下來，瞇細眼睛抬頭看電線桿上。周遭正暗下來，但睜眼細看的話還能分辨出東西的輪廓。她站在那裡一段時間像在找什麼。但似乎沒找到所要的東西。然後她不再抬頭看電線桿，像鳥一般只轉動脖子環視周圍。牛河按下遙控快門，拍下少女的相片。

簡直像聽見那聲音般，深繪里忽然轉向相機的方向。然後透過視窗牛河和深繪里成為對看的姿態。從牛河這邊不用說可以清楚看見深繪里的臉。他正窺視著望遠鏡頭。但同時深繪里也從鏡頭的反方向盯著凝視牛河的臉。她的眼睛正捕捉到鏡頭深處牛河的身影。光滑漆黑的瞳孔上清晰地映著牛河的臉。有那樣奇妙的直接接觸感。他吞一口唾液。不，不可能。從她的位置應該什麼也看不見。望遠鏡頭經過迷彩掩飾，用毛巾捲起來消音的快門聲也傳不到那裡。然而少女就站在玄關前，看著牛河躲藏的方向。那缺乏感情的視線只是不動搖地注視著牛河。就像星光照著無名的岩塊那樣。

長久之間——牛河不確定有多久——兩人互相對望著。然後她忽然一扭身轉向後面，快速走進玄關。好像在說該看的東西已經全看夠了似的。少女的身影不見了之後，牛河讓肺一度清空，隔一段時間再充滿新的空氣。冷冷的空氣化為無數的刺，從內側刺著他的胸腔。

人們回家了，和昨夜一樣一一通過玄關的燈下，但牛河已經不再窺視相機的視窗。他的手沒握著快門遙控器。那個少女毫不保留的率直視線，似乎已經把他身上所有的力氣都剝除、帶走了。那是什麼樣的視線呢？就像充分研磨過的長長鋼針般，一直線刺穿他的胸膛。深得足以穿透到背後。

那個少女知道。自己正被牛河密切注視著。也知道正被隱藏的相機偷拍。不知道爲什麼但深繪里就是知道這個。可能透過一對特殊的觸覺，她可以感知那樣的跡象。

非常想喝酒。最好注入滿滿一杯的威士忌，就那樣一口喝乾。甚至想出去買。附近就有酒店。但終究還是作罷。就算喝了酒，也不能改變什麼。她從視窗的另一頭看到我了。那美麗的少女看到躲在這裡偷拍著每個人的我，歪斜的頭和骯髒的靈魂。這個事實到哪裡都不會改變。

牛河離開相機前面，靠著牆壁，仰望斑點浮現的昏暗天花板。漸漸開始覺得一切都是空虛的。從來沒這麼痛切地感覺自己這麼孤獨過。也沒感覺黑暗是這麼暗過。他想起中央林間的獨棟別墅，鋪草坪的庭園和狗，妻子和兩個女兒。想起照在那裡的陽光。然後想到應該已經送給兩個女兒的自己的遺傳因子。擁有歪斜醜陋的頭和扭曲靈魂的遺傳因子。

他感到做什麼都是徒勞的。他已經用完發給他的牌了。本來牌就不好。但加上自己的努力，他已經把不夠好的牌利用到最大限度了。充分動腦筋，巧妙地運用賭金。有一段期間好像很順利。但手頭已經一張牌也不剩了。桌上的燈熄了，聚集的人也全散了。

結果那天傍晚一張相片也沒拍。倚靠著牆閉上眼睛，抽了幾根Seven Stars，又開了桃子罐頭來吃。時鐘指著九點，他到洗手間去刷了牙，脫下衣服鑽進睡袋，身體邊抖著準備睡覺。越來越冷的夜晚。但他發抖並不只是夜晚的寒冷所造成的。他感覺冷氣似乎從他體內湧起。我到底要往哪裡去？牛河在黑暗中問自己。首先我又是從哪裡來的？

被少女的視線刺穿的疼痛，還留在胸口。說不定永遠也不會消失。或許那是很久以前就在那裡的東西，只是我到目前爲止都沒注意到那存在而已。

第二天早晨，牛河吃過乳酪、餅乾和即溶咖啡的早餐之後，就重新振作起來再度坐在相機前面。和前一天一樣地觀察從那棟公寓出去的人，拍下幾張相片。但其中並沒有天吾的身影，也沒有深繪里的身影。只能看見駝著背的人們，在新的一天中惰性地踏出腳步的光景而已。晴朗而風強的早晨。人們口中吐出的白氣，消散在風中。

牛河想別多想了。讓皮厚一點，心的殼硬一點，讓日子一天又一天規則地重疊下去吧。我只不過是機器而已。能幹、耐力強，又沒感覺的機器。從一邊的入口吸進新的時間，把那換成舊的時間，再從另一邊的出口吐出去。存在，這件事本身，就是那機器的存在理由。不得不再度回到那無混淆的純粹循環——不知何時終將迎接終了的永久運動。他堅定意志、緊閉心扉，想把深繪里的身影從腦子裡趕出去。少女銳利的視線所留下的胸中疼痛已經淡化幾分，現在變成偶爾的鈍痛。那樣就好，牛河想。那樣就好。再好不過了。我是擁有複雜細節的單純系統。

快中午時牛河到站前的量販店去買了小電暖爐。然後走進跟以前同一家蕎麥麵店去，攤開報紙，吃熱熱的天婦羅蕎麥麵。回到房間之前，站在公寓入口，看看深繪里昨天熱心地仰望的電線桿上一帶。但看不到任何會引起他注意的東西。只有黑黑的粗電線在空中像蛇般糾纏著，並裝有變壓器而已。那個少女到底在看那裡的什麼？或在那裡找什麼？

回到房間試著插上電暖爐。一打開開關立刻亮起橘紅色的光，皮膚可以感覺到親密的溫暖。雖然實在算不上充分的暖氣設備，不過有和沒有還是相差很大。牛河靠在牆上輕輕交抱雙臂，在小片陽光中短暫地睡一下。沒做什麼夢，只是令人想起純粹空白的睡眠。

結束那算幸福的深沉睡眠的是一陣敲門聲。有人在敲著房間的門。醒過來看看周圍時，一瞬間不知道自己身在何處。然後看到身邊三腳架上的Minolta單眼相機，才想起這是高圓寺公寓的一個房間。有人正用拳頭敲著這房間的門。爲什麼要敲門呢？牛河一面快速凝聚意識一面覺得不可思議。門口有門鈴。只要用手指按一下就行了。很簡單。但這個人卻特地敲門。而且相當用力地敲。他皺起眉頭，看看手錶。一點四十五分。當然是下午的一點四十五分。外面很亮。

牛河當然沒有回應那敲門。誰也不知道他在這裡。也沒有預定誰會來這裡。可能是推銷員或推銷報紙，這方面的人。對方可能需要牛河，但牛河並不需要他們。他還靠在牆上瞪著門，保持沉默。不久應該會放棄走掉吧。

但那個人卻沒有放棄。隔一段時間又再重複敲好幾次。有連著敲，有休息十秒或十五秒，再繼續敲。沒有猶豫沒有迷惑的斷然敲法。聲音均勻得不自然的地步。而且那始終都要求牛河的應答。牛河逐漸不安起來。說不定在門外的是深田繪里子。爲了責備和詰問正在卑鄙偷拍的牛河，而來到這裡。想到這裡心臟的鼓動就加快起來。他用粗舌頭快速舔著嘴唇。但他耳朵聽到的，怎麼想都是成年男人大而硬的拳頭敲著鐵門的聲音。不是少女的手。

或許是深田繪里子向誰通報了牛河的行爲，那個誰出面來了也不一定。例如房屋仲介公司的負責人，或警察。如果是這樣，那就麻煩了。不過如果是房屋仲介公司的人應該有備份鑰匙，如果是警察首先就會表明自己是警察。而且他們也沒有必要特地敲門。只要按門鈴就行了。

「神津先生。」男人的聲音說。「神津先生。」

神津是這房子以前住戶的姓，牛河想起來了。信箱上的名牌還保留著。因爲那樣對牛河比較方便。這個男人以爲姓神津的人還住在這個房間裡。

「神津先生。」那聲音說。「我知道你在裡面。這樣躲在房間裡呼吸困難，對身體不好喔。」

中年男人的聲音。不是很大聲，也有幾分沙啞。但那中心卻像有堅硬的芯似的東西。有充分燒過仔細乾燥過的瓦片所有的堅硬。可能是這樣的關係，那聲音清亮得足以響徹整棟公寓。

「神津先生，我是NHK的人。來收每個月的收訊費了。所以請開門好嗎？」

牛河當然不打算付NHK的收訊費。實際上讓他看房間再說明還比較快。你看，根本就沒有電視吧！但像牛河長相這樣怪異的中年男人，從大白天就一個人窩在沒有任何家具的房間裡，不被懷疑才怪。

「神津先生，有電視的人必須付收訊費，這是法律規定的。常常有人說：『我根本不看NHK。所以不付收訊費。』不過那道理是說不通的。不管看不看NHK，只要有電視就要繳收訊費。」

只是NHK的收費員，牛河想。隨便他愛說什麼就說吧。只要不理他不久就會走掉吧。不過他怎麼能這麼確定，這個房間裡有人呢？一小時前回到房間後，牛河就沒再出去。也幾乎沒發出聲音，窗簾也一直緊閉著。

「神津先生，我確實知道您在房間裡。」男人好像讀出牛河的心事般說。「我爲什麼知道，您覺得很奇怪嗎？不過我知道。您就在那裡，不願意繳NHK的收訊費而一直忍著不出聲。我對這點瞭若指掌，非常清楚。」

敲門聲又均勻地持續了一陣子。有像管樂器的喘氣般短暫的休止時間，然後門再度以同樣節奏被敲著。

「我知道了，神津先生。您似乎決定要一直裝傻。沒關係，今天就先告退。我也還有別的事要做。不過我還會再來拜訪。我沒說謊喔。說會來，就一定會來。我跟一般到處可見的收費員不一樣。該收的如果沒收到，是絕不放棄的。這是已經確實決定的事。就像月有圓缺，人有生死一樣。您是逃不過的。」

有一段很長的沉默。牛河以爲收費員已經不在了時，他又再繼續說：

「過幾天我會再來，神津先生。請期待。在您沒有預期的時候，門會被敲響。咚咚。那就是我了。」

沒有再敲門。牛河注意聽。好像聽到走過走廊的鞋子聲。立刻移到相機前，從窗簾縫隙注視公寓的玄關。收費員結束了公寓裡的收費作業，不久應該就會從那裡出來。有必要確認到底是什麼樣子的男人。如果是ＮＨＫ的收費員會穿制服，一看就知道。或許不是眞的收費員。是有人裝成收費員，想騙牛河開門也不一定。無論如何，對方應該是以前從沒見過的男人。他右手握著快門的遙控器，等著那樣的人物出現在玄關。

但接下來的三十分鐘之間，沒有一個人進出公寓的玄關。之後，終於有一個看過幾次的中年女人在玄關現身，騎上自行車出去了。牛河稱她爲「下巴女」。因爲她下顎的贅肉下垂。經過大約半小時後，下巴女車籃裡裝著購物袋回來了。女人把自行車推回自行車停車場，抱著袋子走進公寓。後來一個小學男生回家了。牛河給這孩子取名爲「狐狸」。因爲他的眼睛像狐狸般往上挑。但像收費員的人始終沒有露面。牛河不知道爲什麼。公寓的出入口只有這一個。而且牛河的眼光一秒鐘都沒離開那個門口。收費員沒出來，表示他還在裡面。

牛河在那之後仍然沒休息地監視著玄關。也沒上洗手間。太陽下山周圍暗下來，玄關的燈亮起來。但即使這樣收費員還是沒出來。時刻過了六點時牛河放棄了。然後到洗手間去解了一直忍著的小便。那個男人還在這棟公寓裡沒錯。不知道爲什麼。道理也說不通。不過那個奇怪的收費員就這麼留在這棟建築裡了。

寒意更深的冷風，從凝凍的電線之間發出尖銳的聲音吹過。牛河開著暖爐，抽一根香菸。然後對那謎樣的收費員加以推理。他爲什麼非要用那樣挑釁的語氣說話不可？他爲什麼這麼確信，房間裡有人這件事？還有爲什麼不離開這棟公寓？如果沒有從這裡出去，那麼現在在哪裡？

牛河離開相機前，靠在牆上，久久一直瞪著電暖爐的橘紅色熱線。

第17章 青豆
因爲只有一對眼睛

電話鈴響時是風很強的星期六。時刻是晚上將近八點。青豆穿著羽毛外套，膝上蓋著毛毯坐在陽台的椅子上，從遮掩外界眼光的條板間守望著水銀燈照射下的溜滑梯台。爲了讓雙手別凍僵，而把手伸進毛毯裡。無人的溜滑梯台看來像冰河期滅絕的大型動物的骨骼。

越來越冷的夜晚長久坐在戶外，或許對胎兒不好。不過青豆想這種程度的冷大概沒什麼問題。不管身體表面多麼冷，羊水和血液都保持幾乎相同的溫度。世界上有很多地方的嚴寒是這裡所無法相提並論的。在那裡女人也毫不懈怠地生著孩子。而且這寒冷，是我爲了和天吾相遇不得不穿越的寒冷。

大的黃色月亮和小的綠色月亮和平常那樣，並排浮在冬季的天空。各種形狀和大小的雲快速流過天空。雲潔白而緊密，輪廓清晰，看來就像雪融化的河裡流向大海的堅硬冰塊那樣。看著不知從哪裡出現，也不知要消失到哪裡去的夜雲時，有一種自己好像被運到接近世界盡頭的地方的感覺。這裡是理性的極北嗎？青豆這樣想。比這裡更北已經什麼都不存在了。再往前只有虛空的混沌無限延伸而已。

玻璃門被關起來只留一點僅有的空隙，因此電話鈴只能聽見很小聲。而青豆正陷入沉思。不過她的耳朵並沒有聽漏那聲音。鈴聲響三次後停止，二十秒後再度開始響起。是Tamaru打來的電話。推開膝上的毛毯，打開結了白色霧氣的玻璃門進到屋裡。屋裡暗暗的，暖氣溫度適中。她以還殘留寒氣的手指拿起聽筒。

「有沒有讀普魯斯特啊？」

「不太有進度。」青豆答。簡直像密語的對答。

「不合你的口味嗎？」

「不是。不過怎麼說才好呢，感覺那好像是在寫和這裡完全不同世界的事情。」

Tamaru 默默等她繼續說。他並不急。

「該說是不同世界吧——感覺好像在讀距離我所在的這個世界好幾光年的小行星的詳細報告書那樣。無法一一接受和理解上面所描寫的情節。而且寫得相當鮮明而詳細。但這裡的情景和那情景無法適度連接。因爲物理上未免距離太遙遠了。因此讀一段之後，又會回到前面再重讀同樣的地方。」

青豆尋思著接下去的用語。Tamaru 還在等著。

「不過不會無聊。寫得緻密而優美，我也能了解那孤獨的小行星的由來般的東西。只是不太能前進。像在河裡往上游划的小船那樣。用槳划一陣子，然後停下手正在想事情，一回神時小船又飄回原來的地方了。」青豆說。「不過現在的我，覺得這種讀法可能是對的。比追著情節一直往前進的讀法更適當。該怎麼說呢？其中有時間在不規則地搖晃的感覺。好像前面是後面，後面是前面，也沒關係。」

青豆在尋找更正確的形容法。

「覺得好像正在夢見別人的夢似的。感覺的同時共有。但又無法掌握這同時是怎麼回事。感覺非常近，實際的距離卻非常遠。」

「這種感覺是普魯斯特刻意製造的嗎？」

這種事情青豆當然不會知道。

「無論如何，」Tamaru說：「一方面在這現實世界，時間正著實地往前進著。既不會停滯，也不會倒流。」

「當然。在現實世界時間是往前進著的。」

青豆這樣說著，看看玻璃門。眞的是這樣嗎？時間是確實地往前進著嗎？

「季節在移轉，1984年也差不多接近尾聲了。」Tamaru說。

「我想今年之內大概不可能讀完《追憶逝水年華》了。」

「沒關係。」Tamaru說。「妳可以隨你的意盡量花時間。這是超過五十年前的過去所寫的小說。並沒有塞滿分秒必爭的情報。」

也許，青豆想。不過也可能不是這樣。她對時間這東西已經不太能信任了。

Tamaru問：「那麼，妳裡面的東西還好嗎？」

「現在沒問題。」

「那太好了。」Tamaru說。「對了，我跟妳提過在我們的宅院周圍徘徊、來歷不明的禿頭矮冬瓜男人的事吧？」

「我聽過了。那個男人又再出現了嗎？」

「不，在這附近已經看不到影子了。徘徊了兩天左右，後來就消失了。不過那個男人到附近的房屋仲介公司去，裝成要找出租房子，收集各種有關庇護所的情報。總之外貌很顯眼。而且又穿著相當花稍的衣服。談過話的人都對他印象深刻。要找到他的足跡很簡單。」

「他不適合做調查或偵察。」

「沒錯。他的相貌不適合那種工作。擁有像福助般的大頭。不過似乎是個很有手腕的男人。親身行動很有要領地收集情報。知道該去什麼地方問什麼，對這些辦事程序很有心得。腦筋動得也快。必要的事不遺漏，沒必要的事不做。」

「而且對庇護所已經收集好某種程度的情報了。」

「他已經掌握到那是由夫人免費提供，給為家庭暴力煩惱的女性的避難所。還有，可能也掌握到夫人是妳上班的健身俱樂部的會員，還有妳常常到這個宅邸來。因為如果我是那個男人的話，這些應該都查得到。」

「那個男人跟你一樣優秀？」

「現實上只要不怕麻煩，懂得收集情報的竅門，有條不紊地累積思考的訓練，這種事誰都能知道。」

「我倒不認為世界上有很多這種人。」

「很少。一般稱他們為專家。」

青豆在椅子上坐了下來，手指摸摸鼻頭。上面還留有室外的冰冷。

「然後那個男人已經不在宅邸附近露面了嗎？」她問。

「他知道自己太顯眼了。也知道這邊有監視鏡頭在拍攝。所以只收集短時間能做的情報，就移動獵場了。」

「換句話說那個男人，現在也發現我跟夫人間的聯繫，是超過健身俱樂部的指導員和富裕客戶的關係，而且跟庇護所有關。還有我們進行過某種計畫。」

「大概。」Tamaru說。「以我看來，他正一點一點地接近事情的核心。」

「不過聽起來，我感覺那個男人與其說是大組織的一個成員，不如說是採取單獨行動的。」

「嗯，我大體上也有同樣的想法。除非有什麼特別的意圖，大組織不可能採用外貌這麼招搖的男人，從事祕密調查工作。」

「那麼那個男人是爲什麼，爲誰在做那調查的呢？」

「誰知道。」Tamaru說。「我只知道，這傢伙能力很強，很危險。其他的事，目前只是推測而已。可能以某種形式和『先驅』有關，這是我保守的推測。」

青豆想想這保守的推測。「而且這個男人已經轉移獵場了。」

「是的。移到什麼地方了不清楚。不過從理論上推測，他之後可能轉向的地方，或目標指向的地方，應該是妳現在所藏身的地方。」

「可是你跟我說過，要發現這個地方是近乎不可能的。」

「沒錯。夫人和那公寓的關連性怎麼也查不出來。聯繫徹底消除了。不過那只限於短期內。閉門守城的時間延長的話，總會露出什麼破綻。在意想不到的地方，例如可能妳到外面晃來晃去，碰巧被人目擊。這也是有可能的。」

「我沒有出去。」青豆斷然說。這當然不是眞的。她離開過這房子兩次。一次是想見天吾而跑到對面的兒童公園時。另一次是想找出口而搭計程車到首都高速公路三號線三軒茶屋附近的退避空間去時。不過那不能對Tamaru坦白說出來。

「那麼，這個男人怎麼會找到這裡呢？」

「如果我是那個男人的話，我可能會重新清查一次妳的個人資料。妳是什麼樣的人，從什麼地方來的，到目前為止做了什麼，現在在想什麼，需要什麼，不需要什麼，盡量多收集情報，把這些全部排在桌上，徹底檢查、求證、解析。」

「也就是把人脫光光嗎？」

「是啊。在明亮而冷靜的光線下把妳脫光光。用鑷子和放大鏡仔細檢查每個角落，找出妳的想法和行動模式。」

「我搞不懂，這種個人模式的解析，結果會指出我現在所在的地方嗎？」

「不知道。」Tamaru說。「可能會指出也不一定，也可能不會。看個案而定。我只是說如果是我就會這樣做而已。因為想不到其他可做的事。任何人一定都有思考和行動的模式，有模式就會產生弱點。」

「好像學術調查似的。」

「沒有模式的話人是無法生存的。就像對音樂來說的主題一樣。不過那同時也對人的思考和行動加以約束，限制自由。將優先順位重組，有些情況下會將理論歪曲。以這次的情況來說，妳說不想從現在所在的地方移動。至少今年年底以前，拒絕移到更安全的地方去。為什麼呢？因為妳正在那裡尋找著什麼。在找到那什麼之前，無法離開，或不想離開。」

青豆沉默。

「那是為什麼？妳有多強烈地追求那個？詳細情形我不知道，也不打算過問。不過從我的眼裡看來，那個什麼現在正成為妳的弱點。」

「或許是。」青豆承認。

「福助頭可能會從那個部分跟過來。那個束縛妳的個人因素，毫不容情。那傢伙想到這就是攻擊妳這座城的突破口。如果他有我想像的那麼優秀，就可以根據情報的片段找到那個地方。」

「我想找不到的。」青豆說。「他不會找到我和那什麼的聯繫路徑。因爲那是藏在我心裡的東西。」

「妳這樣說有百分之百的把握嗎？」

青豆想。「沒有百分之百的把握。只有百分之九十八吧。」

「那麼，最好認眞擔心這百分之二。就像剛才說的那樣，我看那個男人是專家。優秀而有耐心。」

青豆沉默。

Tamaru說：「所謂專家就像獵犬一樣。普通人聞不到的氣味他們聞得到。普通人聽不見的聲音他們聽得見。和普通人做一樣的事情的話是當不成專家的。就算當上了也不會長久。所以妳最好要注意。妳是很小心的人。這點我也很清楚。不過要比以前更小心才行。最重要的事情無法以百分比來決定。」

「我想問一個問題。」青豆說。

「什麼樣的事？」

「如果福助頭再一次出現在那邊，你打算怎麼辦？」

Tamaru沉默一下。那似乎是他所沒料到的問題。「可能什麼也不做。隨他去。這一帶幾乎沒有他能做的事。」

「可是如果他開始做什麼惹人厭的事的話。」

「例如什麼樣的事？」

「不知道。總之讓你感覺厭煩的事。」

Tamaru喉嚨深處發出短促的聲音。「那時候我會送出某種訊息吧。」

「同樣是專家之間的訊息?」

「可以這麼說。」Tamaru說。「不過在採取具體行動之前，有必要先確認那個男人是跟誰聯合起來行動的。因為如果有後台的話，相反地這邊會處在危險立場。沒看清楚之前不能輕舉妄動。」

「跳下游泳池之前，先確認水深。」

「可以這麼說。」

「不過你認為他是單獨行動的。推測他可能沒有後援。」

「是啊，我這樣推測。不過以經驗來說，我的第六感有時也會出錯。而且很遺憾我的後腦不長眼睛。」Tamaru說。「不管怎麼樣，妳要小心謹慎地注意周圍。看看有沒有可疑的人，景象有沒有改變，有沒有發生跟平常不一樣的事。如果發現了不管多小的變化，請告訴我。」

「我知道。會注意。」青豆說。不用說。我在尋找天吾的身影，不管多麼微小的事情都會努力不看漏。雖說如此，當然因為我畢竟只有一對眼睛。就像Tamaru說的那樣。

「我要說的只有這個。」

「夫人還好嗎?」青豆問。

「還好。」Tamaru說。然後補充道:「不過可能變得稍微沉默一點。」

「本來話就不多的人。」

Tamaru的喉嚨深處小聲嘀咕。他的喉嚨深處好像有表達特別感情的器官似的。「更加，的意思啊。」

青豆想像著老婦人一個人坐在溫室的庭園椅上，不厭倦地安靜眺望著翩翩飛舞的蝴蝶身影。腳邊放著大花灑。老婦人呼吸多麼靜默，青豆很清楚。

「下次送貨時放一盒鬆糕給妳吧。」Tamaru最後說。「那對時間的經過或許有好的影響。」

「謝謝。」青豆說。

青豆站在廚房泡可可。再次去陽台監視之前，有必要先暖一暖身體。用手鍋燒開牛奶，溶入可可粉。倒進大杯子，上面加上事先做好的發泡鮮奶油。坐在餐桌前，一面回想和Tamaru交談過的每一句話一面慢慢喝著。在明亮而冷靜的光線下，歪斜的福助頭的手正要把自己剝光。他是手腕高明的專家，而且危險。

青豆穿著外套，圍著圍巾，手上拿著喝了一半的可可杯，回到陽台。在庭園椅上坐下，膝上蓋著毛毯。溜滑梯台上依然無人。只是這時看見一個剛好從公園出來的小孩身影。這種時間有小孩好奇怪。戴著針織帽，身材矮胖的小孩。但從陽台遮蔽外界眼光的條板縫隙以陡峭的角度俯視，小孩很快就越過青豆的視野，身影立刻就消失到建築物的陰影下去了。以小孩來說頭看起來好像太大了，或許是心理作用吧。

不過總之那不是天吾。所以青豆就沒再注意，重新看著溜滑梯台，看看天空一一飄過的雲朵。喝著可可，用那杯子溫暖手掌。

青豆那時候一瞬間眼睛所看見的，當然不是小孩，而是牛河本人。如果在稍亮一點的地方，或許能看到那身影時間稍長一點，她當然應該會發現那頭的大小不是少年的。而且應該會想到那福助頭的歪斜和

Tamaru所指出的男人是同一個人。但青豆看到他的身影僅僅幾秒鐘時間，看的角度也不適當。而且幸虧同樣的理由，牛河也沒看到走出陽台的青豆的身影。

在這裡我們腦子裡浮起幾個「如果」。如果Tamaru的話稍微縮短一點，如果青豆在那之後沒有一面想事情一面煮可可的話，她應該會看到從溜滑梯台上仰望天空的天吾的身影。並立刻跑出房間，完成闊別二十年後的重逢。

但同時，如果那樣的話，監視著天吾的牛河，也會立刻知道那就是青豆，並逮到青豆住在什麼地方，即刻向「先驅」的二人組通報。

因此那時候青豆沒看到天吾的身影，是不幸的發展，還是幸運的發展，誰也無法判斷。無論如何天吾又跟以前一樣地走上溜滑梯台，仰望了一陣子浮在天空的大小兩個月亮，和從那前面飄過的雲。牛河從稍遠的陰影下監視著那樣的天吾。在那之間青豆離開陽台，和Tamaru講電話，然後泡可可喝。就這樣經過了二十五分鐘的時間。在某種意義上是決定性的二十五分鐘。青豆穿著外套，手上捧著可可杯回到陽台時，天吾已經離開公園。牛河沒有立刻追蹤天吾。因爲必須一個人留在公園確認一件事情。做完之後牛河快步離開公園。那最後幾秒之間青豆正好從陽台目擊。

雲和之前一樣快速地掠過天空。朝南方流動，應該會飄出東京灣上空，到更廣闊的太平洋去。往後不知道雲會步上什麼樣的命運。和誰也不知道死後靈魂的去向一樣。

無論如何圈子縮小了。但青豆和天吾，都不知道自己周圍的圈子正急速縮小中。牛河多少感覺到那動向了。因爲是他自己活躍地動著讓這圈子縮小的。但他也還沒看出事情的全貌來。他不知道在最關鍵的地方。自己和青豆的距離，曾經縮短到只有幾十公尺而已。而且在離開公園之後，他的頭腦變得一團混亂無從掌握，沒辦法依照順序好好想事情，這對牛河是很稀奇的事。

到了十點鐘氣溫下降得更明顯。青豆放棄地站起來，走進暖氣充足的室內。脫下衣服，洗個溫暖的澡。讓身體泡在熱水裡邊把冷空氣消除，邊用手掌貼著下腹。感覺略微膨脹起來了。閉上眼睛，想感覺出裡面的小東西的動靜。時間剩下不多了。青豆無論如何都必須告訴天吾。自己懷著他的孩子的事。拚著死命保護孩子的事。

換了衣服躺在床上，在黑暗中側身睡。在進入深深睡眠前的片段時間，夢見老婦人。青豆在柳宅的溫室裡，和老婦人一起望著蝴蝶。溫室像子宮般昏暗溫暖。她所留下的橡膠樹也放在那裡。被照顧得很好，生氣蓬勃，恢復了新鮮的綠意，變得快認不出來。沒看過的南國蝴蝶正停在那多肉的厚葉片上。蝴蝶摺疊起色彩鮮豔的大翅膀，好像很安心地沉睡著。青豆為這覺得很開心。

夢中青豆肚子膨脹得相當大。似乎逼近生產了。她可以聽到小東西的鼓動。她自己的心臟鼓動和小東西的心臟鼓動混在一起，形成很舒服的複合節奏。

老婦人坐在青豆身邊，像平常那樣挺著背，緊閉著嘴唇，細密地呼吸著。兩人沒開口。為了別吵醒蝴蝶。看來老婦人是超然的，彷彿連青豆在身邊都沒注意到。當然青豆知道自己是受到老婦人嚴密保護的。雖然如此青豆心中依然難免不安。老婦人放在膝上的雙手看來未免太細太脆弱了。青豆的手下意識地探索手槍。但到處都找不到。

她一方面無法完全融入夢中，一方面又知道那是夢。青豆常常會做這樣的夢。一邊歷歷在目就像在鮮明的現實中，一邊知道那不是現實。那是被詳細描繪出來的別的行星的情景。

這時有人打開溫室的門。含著不祥冷氣的風吹進來。大蝴蝶醒過來張開翅膀，從橡膠樹翩然飛起。是誰呢？轉過頭想看那邊。但在她看到那個人影之前夢就結束了。

醒來時青豆流著汗。討厭的冷汗。脫掉汗溼的睡衣，用毛巾擦乾身體，換上新的T恤。在床上坐了一會兒。可能要發生什麼不好的事情。可能有人在覬覦這個小東西。那個人可能已經近在身邊了。必須刻不容緩地找到天吾才行。但現在她所能做的，除了每天晚上在這裡這樣監視兒童公園之外，沒有其他辦法。只能小心謹慎耐心等候，不懈怠地注視著世界。在這被隔開的狹小世界一角。專注在溜滑梯上的一點。不過即使這樣人還是會疏忽看漏什麼的。因爲只有一對眼睛。

青豆很想哭。但眼淚出不來。她再一次躺在床上，手掌貼著下腹，安靜等待睡意來臨。

第18章　天吾

一用針刺就會流出鮮血的地方

「接下來的三天，什麼也沒發生。」小松說。「我吃了端來的食物，夜晚來臨時便在狹小的床上睡覺，到了早晨醒過來，在房間後方附的小廁所方便。廁所有一扇遮掩的門，但不能上鎖。還是有點殘暑的難過天氣，但送風口似乎連著空調，並不覺得熱。」

天吾什麼也沒說。聽著小松的話。

「每天送三次飯來。不知道是幾點。手錶被拿走，房間沒有窗戶，因此分不清是白天或夜晚。仔細聽也聽不見任何聲音。這裡的聲音想必也傳不到外面去。不知道到底被帶到什麼地方。只有模糊的感覺，可能在人煙稀少的地方。總之我在那裡待了三天，在那之間什麼也沒發生。說是三天其實並不確定。只是送來九次飯，把那照順序吃掉了。房間的燈熄滅三次，睡了三次覺。我本來睡眠就淺而不規則，那時候不知怎麼卻毫無困難地能熟睡。試想一想眞奇怪，不過到這裡爲止你明白嗎？」

天吾默默點頭。

「在那三天之間，我沒開口說過一句話。送餐來的是年輕男子。瘦瘦的，戴著棒球帽，戴著白色口罩。穿著體操用的整套針織服，骯髒的布鞋。這男子端著托盤裝的食物來，大約吃完的時候再來收走。餐具是用完就丟的紙餐具，軟趴趴的塑膠刀叉和湯匙。端出來的是非常普遍的速食包食品，稱不上好吃，也不至於難吃到嚥不下的地步。量不多。因爲肚子餓了，所以全部都吃光喔。這也很不可思議。我平常不太有食慾，搞不好有時還忘記吃東西呢。飲料是牛奶或礦泉水。沒有咖啡或紅茶。沒有單一麥芽威士忌，也沒有生啤酒。香菸也不行。沒辦法。不是來住休閒飯店靜養的啊。」

小松這時像想起來似的拿出Marlboro紅色菸盒，叼一根在嘴上，用紙火柴點火。把煙慢慢吸進肺的深處，吐出來，然後皺起眉頭。

「送飯來的那個男人始終沒開口。可能上面禁止他開口吧。那個男人只不過是打雜的底下人不會錯。不過可能學過某種武術。身手之間透露出這種不懈怠的氣息。」

「小松兄這邊也沒特別問他嗎？」

「嗯，知道問了反正也不會回答。就讓他保持沉默吧。吃了送來的食物，喝了牛奶，熄燈時就在床上睡覺，屋裡的燈亮了就醒來。到了早晨那年輕男人會來，把電鬍刀和牙刷放下後走掉。用那個刮鬍子刷牙。用完後就拿走。房間裡除了廁所的衛生紙之外沒有任何稱得上用品的東西。不讓人淋浴，也不能換衣服，不過既沒想沖澡，也沒想換衣服。房間裡沒有鏡子，這也沒什麼不方便。最難過的是無聊。總之從醒來到入睡爲止，在像骰子般正四方形的雪白房間裡，一個人單獨一言不發地度過，當然無聊得不得了。我想就算有客房服務的菜單也好、什麼都好，總之身邊如果沒有印刷的文字，我就無法鎮定，算是一種讀字上癮的人。然而既沒有書、沒有報紙、也沒有雜誌。沒有電視、沒有收音機、也沒有遊戲機。沒有說話對象。只能坐在床上，一直盯著地板或牆壁或天花板沒有別的事可做。那種感覺很奇怪喲。一定會吧？走在路上，被莫名其妙的傢伙抓住被迫嗅了三氯甲烷之類的東西，就那樣不省人事被帶到什麼地方，被監禁在沒有窗戶的房間裡。怎麼想都是異樣的狀況吧。然而頭腦卻無聊得快瘋掉。」
小松暫時感慨很深地注視著手指間冒著煙的香菸，然後把灰抖落在菸灰缸。
「他們可能是爲了讓我的精神錯亂掉，而把我丟在那狹小的房間裡，先讓我三天之間什麼都不做吧。這方面他們很有經驗。很懂得怎麼樣可以讓人的神經變衰弱，情緒變焦躁的專門知識。第四天——換句話說第四次的早餐之後——二人組的男人來了。這兩個傢伙大概就是綁架我的二人組？我想。被襲擊的時候事情發生得太突然，我還莫名其妙，沒看清楚對方的臉。不過看到這兩個人時，稍微想起當時的情況。被拉到車子裡去，手腕被非常用力地往後扭轉到覺得快斷掉似的，再用藥品浸過的布蒙住鼻子嘴巴。在那之間兩個人始終無言。是在轉眼間發生的。」
小松想起當時的事，輕微皺起眉頭。
「一個個子不太高，體格強壯剃和尚光頭。曬得黝黑，顴骨突出。另一個高個子，長手腳，臉頰瘦削，頭髮綁在腦後。並排看起來像說對口相聲的漫才搭檔似的。瘦瘦高高細細長長的跟矮矮胖胖下顎留了鬍鬚的。不過一看，就可以想像得到是相當危險的傢伙。如果必要可以毫不猶豫地做任何事的類型。不過沒有耀武揚威的地方。態度本身還算穩重。所以更加危險。眼睛給人非常冷淡的印象。兩個人都穿著黑色棉長褲白色短袖襯衫。兩人看來都二十好幾，看來和尚頭年齡稍微大一點。兩個人都沒戴手錶。」
天吾默默等他繼續說。
「開口的是和尚頭。瘦高的馬尾巴一句話也沒說，身體動也沒動一下，背挺得筆直站在門口。似乎一心一意聽著和尚頭和我之間所交談的對話，但或許什麼也沒在聽。和尚頭坐在自己帶來的塑鋼摺疊椅上，和我面對面說話。因爲沒有別的椅子，因此我坐在床上。總之是個沒有表情的男人。當然嘴巴有動著說話，但臉上其他部分真的都不動。簡直像用腹語術說話的人偶一般。」

和尚頭跟小松說的第一句話是：「為什麼把您帶到這裡來？我們是誰？這裡是哪裡？有沒有大概猜到？」小松回答猜不到。和尚頭以那缺乏深度的眼光暫時看看小松的臉。然後問：「不過如果一定要您猜的話，您會怎麼猜？」用語雖然客氣，其中卻含有不容分說的聲響。那聲音好像長久放在冰箱裡的鐵尺般又冷又硬。

小松猶豫了一下之後，老實說如果非要猜不可的話，他想那應該跟《空氣蛹》的事有關。因為除此之外想不到別的。那麼，你們可能是跟「先驅」有關的人，而這裡可能就是教團的基地了。不過這都沒脫離假設的領域。

和尚頭對小松所說的話，既沒肯定，也沒否定。什麼也沒說地注視著小松。小松也就沉默不語。

「那麼就根據這假設來談吧。」和尚頭如此平靜地開口。「我們接著要說的話，只是您那假設的延長線上的東西。如果是那樣——的條件下。可以嗎？」

「可以。」小松說。他們似乎想把談話繞遠一點來進行。這是不壞的情況。如果不打算讓他活著回去，就沒必要採取這麼麻煩的程序了。

「您以在出版社上班的編輯身分，負責深田繪里子小說《空氣蛹》的出版事宜。沒錯嗎？」

小松承認沒錯。這是眾所周知的事實。

「根據我們的理解，《空氣蛹》在獲得文藝雜誌新人獎時有某種不正當行為介入。那份投稿在交到評審會之前，經由您的指示，曾經假借第三者之手，大幅修改過。悄悄地改寫過的作品獲得了新人獎，成為世間的話題，出版單行本成爲暢銷書。沒錯吧？」

「這要看想法而定。」小松說。「投來的稿子接受編輯的忠告，加以修改並不是沒有的事——」

和尚頭舉起手，制止小松發言。「筆者順從編輯的忠告，自己加以修改不能說是不正當。沒錯。不過爲了得獎由第三者介入改寫文章，怎麼想都是違背信義的行爲。何況還利用紙上公司進行版稅分配。不知道法律上怎麼解釋，但至少社會上、道義上，您這邊都該受到嚴格的彈劾。沒有辯解的餘地。報紙和雜誌應該會大爲騷動，您公司的信用應該會大幅降低。小松先生，這方面您應該很清楚。我們已經掌握到事實的細節部分，具體證據齊全後也可以向世間公開出來。所以最好不要說些無聊話逃避責任。這對我們是行不通的。只有彼此浪費時間而已。」

小松默默點頭。

「如果那樣的話，您也不得不向公司辭職，不只這樣，還會被這個業界放逐。您會不再有容身的餘地。至少表面上是這樣。」

「可能。」小松承認。

「不過現在，知道這件事的人數還很有限。」和尚頭說。「只有您和深田繪里子和戎野先生，以及擔任改稿的川奈天吾先生。此外只有幾個人而已。」

小松選著話說：「順著假設來說的話，您說的『幾個人』是教團『先驅』的人嗎？」

和尚頭稍微點頭。「順著假設來說的話是這樣吧。不管事實怎麼樣。」

和尚頭停頓一會兒，等這前提滲透到小松的腦子裡。然後再繼續說：

「而且如果這假設對的話，他們在這裡要怎麼處置您應該都可以。可以把您當貴賓隨心所欲想留置在這個房間多久都行。並不太費事。或者想更節省時間，也可以考慮幾種別的選擇。其中也包括對彼此都很難說是太愉快的選擇。無論如何他們擁有這樣的力量和手段。到這裡您大概可以理解了吧？」

「我想可以理解了。」小松回答。

「很好。」和尚頭說。

和尚頭默默舉起一根手指，馬尾巴走出房間。一會兒之後帶著電話機回來。將那電線插頭接在地板的插座上，把聽筒交給小松。和尚頭對小松說，打電話去公司。

「說你好像重感冒了，不斷發高燒這幾天都躺著。暫時還沒辦法上班。這樣說完就請掛斷電話。」

小松叫同事來聽，把該說的話簡單傳達，沒有回答對方的問題就把電話掛斷。和尚頭點頭後，馬尾巴就把電線從地板拔除，帶著電話機走出房間去。和尚頭像在檢查似的望了自己雙手的手背一陣子。然後對小松說。他的聲音現在，雖然只有稍微但甚至可以聽出像親切般的東西。

「今天就到這裡爲止。」和尚頭說。「接下來改天再說。到那時候爲止，請好好考慮今天談過的事。」

於是兩個人出去了。接下來十天之間，小松在那狹小的房間裡無言地度過。一天三次，每次出現的戴口罩的年輕男子，照例送那不算好吃的飯來。從第四天開始，給了他像睡衣般的棉質衣服替換，但到最後都沒有讓他沖澡。只能在廁所附的小洗臉台洗臉。而日子的感覺也變得更不確定。

小松想像大概是被帶到山梨縣的教團總部了。他曾經在電視的新聞報導上看過那個。在深山裡。被高高的圍牆圍著類似擁有治外法權的地方。既無法逃出，也不可能求救。就算被殺死（那可能就是所謂「對彼此都不能算太愉快的選擇」的意思），屍體應該不會被發現就結束了。對小松來說，死帶著如此的現實性逼近，是有生以來的第一次。

讓他打電話到公司之後的第十天（應該是十天，不過不確定），先前的二人組終於再出現。和尚頭似乎比上次見面時稍微瘦一點，因此頰骨更加醒目。始終冷冷的眼睛，現在看得見血絲。他跟上次一樣坐在帶來的塑鋼摺疊椅上，隔桌和小松面對面。長久之間和尚頭沒開口。只以那紅眼睛筆直盯著小松。馬尾巴的外觀沒有改變。他和上次一樣挺直著背站在門口，以那缺乏表情的眼睛一直注視著空中虛構的一點。兩人還是穿著黑長褲白襯衫。那可能就是類似制服吧。

「我們來繼續上次的談話。」和尚頭終於開口。「我們說到，在這裡要把您怎麼處理，應該都可以是吧？」

小松點頭。「其中，包含對彼此都不算太愉快的選擇。」

「記憶力果然很好。」和尚頭說。「沒錯。不算太愉快的結束也包含在範圍中。」

小松沉默著。和尚頭繼續。

「不過那畢竟是理論上來說。現實上對他們來說，也盡量不想選擇太極端的做法。如果小松先生現在在這裡忽然消失蹤影了，難保不會又發生什麼麻煩事。就像深田繪里子失蹤時那樣。您不見了會感到寂寞的人可能不太多，不過您以做爲一個編輯來說手腕深受好評，在業界也算是個響噹噹的人物。而且分手的夫人，每個月固定的進帳被停掉恐怕也會有怨言。這是對他們來說不算太喜歡的發展。」

小松乾咳一下，吞下唾液。

「而且他們並沒有責怪您個人的意思，也不打算處罰您。他們知道出版小說《空氣蛹》，並沒有攻擊特定宗教團體的意圖。剛開始甚至不知道《空氣蛹》和該教團的關係。您本來也是出於遊戲心和功名心而做了這詐欺計畫的。中途開始也牽涉到金額不少的錢。對一介上班族來說，要繼續支付離婚的贍養費和孩子的教養費是很辛苦的。於是您有計畫地把名叫川奈天吾的人拉進來，這個還不知道事情究竟、立志當小說家的人，也是補習班講師。計畫本身可以說設計巧妙而愉快，但所選的作品和對象卻錯了。而且事情鬧得比當初預定的大得多。您陷入最前線，就像踏進了地雷區的老百姓一樣。進退不得。不是嗎？小松先生。」

「是這樣嗎？」小松曖昧地答。

「很多事情您好像還不太清楚。」和尚頭微妙地瞇眼細看小松的眼睛。「如果知道的話，應該不會用這種事不關己般的說法。把狀況弄清楚吧。您實際上正置身於地雷區的正中央。」

小松默默點頭。

和尚頭一度閉上眼睛，隔了十秒鐘後睜開眼。「被逼到這樣的狀況，您恐怕也很爲難吧，對他們那邊來說也造成困擾。」

小松乾脆開口。「可以問一個問題嗎？」

「只要我能回答的。」

「因爲《空氣蛹》的出版，結果我們給那宗教團體帶來了一些困擾。事情是這樣嗎？」

「不是一些困擾。」和尚頭說。他的臉稍微歪一點。「聲音已經停止再對他們述說了。這是什麼意思，您明白嗎？」

「不明白。」小松以乾乾的聲音說。

「沒關係。以我來說沒辦法說明得更具體，而您也不要知道比較好。聲音已經停止再對他們述說了。我現在在這裡能說的只有這個。」和尚頭稍微停頓一下。「而且那不幸的事態，是因爲小說《空氣蛹》以印刷鉛字的形式發表出來所產生的結果。」

小松問：「深田繪里子和戎野老師，有沒有預期到把《空氣蛹》推出世間會產生那樣的『不幸事態』？」

和尙頭搖搖頭。「不，戎野先生應該不知道。至於深田繪里子有什麼意圖則不清楚。不過我想那可能不是有什麼意圖的行爲，這是我的推測。就算假設有意圖，應該也不是她的意圖。」

「世間的一般人把《空氣蛹》視爲單純的幻想小說。」小松說。「高中女生所寫的無罪的幻想性故事。實際上，有不少評論認爲，故事只不過是超現實的。誰也沒想到，其中可能暴露了什麼重要的祕密，或具體的情報。」

「可能正如您所說的那樣。」和尙頭說。「世間大部分的人完全沒有注意到這種事。不過並不是這件事成問題。那祕密是不管以任何形式都不可以公開的。」

馬尾巴依然站在門口瞪著正面的牆壁，眺望著那裡面，其他任何人都看不見的風景。

「他們所要求的，是找回聲音。」和尙頭選著用語說。「不是水脈枯竭了。只是深深潛伏到眼睛看不見的地方去了。要讓那個再度復活是極困難的，不過並不是不可能。」

和尙頭深深地探視小松的眼睛。看來像在測量那裡的某種東西的深度似的。

「就像之前也說過的那樣，您已經誤闖進地雷區的正中央了。無法前進也無法後退。這時候他們能做的，是教你如何從那個地方全身而退的路徑。這樣您就可以撿回一條命，而他們則可以用安穩的方式排除麻煩的闖入者。」

和尙頭蹺起腿來。

「希望您能安靜地退出去。他們不管您是否會粉身碎骨，或變怎麼樣。不過現在如果在這裡大聲嚷嚷，事情就麻煩了。因此小松先生，我們將教您退路。引導您到後方的安全場所去。對您要求的代價是，停止出版《空氣蛹》。從此不再增刷也不印成平裝的文庫本。當然也不做新的宣傳廣告。今後和深田繪里子彼此完全不相往來。怎麼樣，這種程度您的力量辦得到吧？」

「不簡單，不過我想大概不是不可能。」小松說。

「小松先生，我們不是爲了讓您說出大概這種程度的話，而勞駕您到這裡來的。」和尚頭的眼睛變得更紅更銳利了。「可沒說要您把鋪出去的書全部收回。這樣做的話媒體可能會騷動起來。而且也知道您沒有這樣的力量。不必這樣。希望您能盡量悄悄地把事情收場。已經發生的也沒辦法了。一旦造成的損失是無法復原的。只求暫時盡量不要再吸引世間的注意，這是他們的希望。明白嗎？」

小松點頭表示明白。

「小松先生，就像前面也說過的那樣，你們那邊也有不方便對外公開的幾個事實。如果被知道的話，全部當事人可能會受到社會制裁。因此爲了彼此的利益，希望能締結休戰協定。他們不再追究你們這邊的責任。保障安全。而你們也不能跟《空氣蛹》小說再有任何關係。這應該是不錯的交易。」

小松考慮一下。「好吧。《空氣蛹》的出版，由我負責實質上朝停止的方向走。可能需要一點時間，不過應該可以找到適當的方法。而以我個人來說，可以完全忘記這次這件事。川奈天吾君也一樣吧。他一開始就對這件事不熱中。等於是我勉強把他拉進來的。何況他的工作已經結束。深田繪里子這邊應該也沒問題。她說並不打算再寫小說。只是戎野老師會怎麼樣我也無法預測。他最後希望的是，確認朋友深田保先生是否還安全地活著，現在在什麼地方做什麼。不管我說什麼，在他知道深田先生的消息之前，可能不會放棄追尋。」

「深田保先生去世了。」和尚頭說。沒有抑揚頓挫、而是安靜的聲音，但其中含有非常沉重的東西。

「去世了？」小松說。

「是最近的事。」和尚頭說。並深深吸進空氣，再慢慢吐出來。「死因是心臟病發作，是一瞬間的事應該沒有痛苦。因故沒有送出死亡申報，只在教團內部執行祕密葬禮。基於宗教的理由遺體在教團內焚化，骨頭燒完磨碎後撒在山上。以法律上來說等於損壞屍體，但要正式成立可能也很困難。不過這是事實。我們對人的生死是不會說謊的。麻煩您這樣轉達戎野先生。」

「是自然死。」

和尚頭深深點頭。「深田先生對我們來說眞是非常貴重的人物。不，用貴重這樣平常的字眼，實在無法表現他巨大的存在。他的死還只告知有限的少數人而已，但受到深深的哀悼。夫人，也就是深田繪里子的母親，幾年前因爲胃癌過世了。她拒絕化學療法，在教團內的一個治療院去世。在她先生深田保先生親自看顧之下。」

「不過也沒有送出死亡證明？」小松問。

沒有否定。

「而深田保先生最近去世了。」

「沒錯。」和尚頭說。

「這是在《空氣蛹》小說出版之後的事嗎？」

和尚頭的視線一度落在桌上，然後再度抬頭看小松。「是的。在《空氣蛹》小說出版之後，深田先生去世了。」

「這兩件事之間有因果關係嗎？」小松直接這樣問。

和尙頭沉默一會兒。先整理一下想法再想該如何回答。然後就像下定決心般開口。「好吧。爲了讓戎野先生能接受，還是把事情明確說出來可能比較好。老實說，深田保先生正是教團的領導『聽聲音者』。女兒深田繪里子發表了《空氣蛹》，聲音就停止對他發出訊息，那時候深田先生便自己終結了自己的存在。那是自然死。更正確地說，是他讓自己的存在自然地終息了。」

「深田繪里子是領導的女兒。」小松喃喃地說。

和尙頭短短地簡潔點頭。

「而深田繪里子以結果來說是把父親逼死了。」小松繼續。

和尙頭再點一次頭。「沒錯。」

「但教團現在還繼續存在。」

「教團繼續存在。」和尙頭回答，以被封閉在冰河深處的古代小石頭般的眼光一直凝視著小松。「小松先生，《空氣蛹》的出版對教團帶來不少災害。但他們並不想爲這件事懲罰你們。因爲現在懲罰也不能得到什麼。他們有該達成的使命，因此安靜的孤立是必要的。」

「因此各自退後，把這次的事件忘掉的意思。」

「簡單說。」

「爲了傳達這個，你們就非得特地綁架我不可嗎？」

和尙頭臉上第一次露出接近表情的變化。看得出介於奇怪和同情之間，極淡的感情。「用這樣的方式把您請來，是想傳達他們是很認眞的。雖然不想做極端的事，但如果必要也會毫不猶豫。希望您能切身感覺到這點。如果您違背約定，可能會帶來不算愉快的結果。這點您理解了嗎？」

「理解了。」小松說。

「小松先生，老實說，您的運氣很好。可能因爲霧很濃的關係，看不清楚吧。其實，您已經走到懸崖邊緣，只差幾公分的地方了。這一點請您務必好好記住。目前他們沒有空閒管到你們的事。他們還有更重要的問題。在這層意義上你們也算很幸運。因此趁這幸運還存在時——」

他說著把雙手整個背轉一圈，手心朝上。像在確認有沒有下雨的人那樣。小松等他的話繼續。但沒有下文。談話結束後，和尚頭臉上突然露出疲憊的神色。他慢慢從椅子上站起來，把椅子折疊起來夾在腋下，沒回頭就走出那立方體房間。沉重的門被關上，響起上鎖的乾脆聲音。留下小松一個人。

「然後又四天，我被關在那正四方形的房間裡。重要的話都說完了。事情傳達過，達成協議。然而爲什麼還非要繼續監禁不可呢？不明白理由何在。那二人組沒有再出現，打雜的年輕男子還是一言不發。我還是持續吃著沒有變化的三餐，用電動刮鬍刀刮鬍子，望著天花板和牆壁度過時間。燈熄了就睡覺，燈亮了就醒來。然後在腦子裡反芻和尚頭口中說出的話。那時候很眞實地感覺到，我們眞幸運。正如和尚頭說的那樣。他們如果想做，眞的無所不能。只要下定決心，也可以變得極冷酷。被關在那裡，可以眞眞切切地感覺到。可能目的就在這裡，才會在說完話之後還把我留置四天。設想眞周到。」

小松拿起高球杯來喝。

「他們再讓我嗅三氯甲烷之類的，醒來時是黎明。我人被放在神宮外苑的長椅上躺著。九月底的黎明很冷。因此眞的感冒了噢。可能不是故意這樣做的，不過接下來眞的發燒三天臥病不起。但是這種程度事情就過去了，也許該認爲很幸運吧。」

小松的話到這裡似乎結束了。天吾問：「把這件事情告訴戎野老師了嗎？」

「是啊，被放出來，燒退了幾天後，我到戎野老師山上的家裡去。而且說了和現在說的大致一樣的話。」

「老師說了什麼？」

小松把高球杯的最後一口喝乾後，續了杯。也邀天吾續第二杯。

天吾搖搖頭。

「戎野老師讓我重複說了幾次那些話，問了很多細節。能回答的我當然都答了。也應他的要求重說了好幾次同樣的話。畢竟在跟和尙頭談過後的四天之間，我一個人被關在那房間裡。沒有說話對象，只有很多時間。所以能在頭腦裡反芻和尙頭口中說過的話，連細部都正確記住了。那簡直就像眞人錄音機一樣。」

「不過深繪里的雙親去世了，只不過是對方的說法而已。對嗎？」天吾問。

「沒錯。這是他們的主張，無法確定多少是事實。沒有送出死亡證明。不過以和尙頭的說法看來，我覺得並不是亂說的。就像他自己也說的那樣，對他們來說人的生死是神聖的事。我說完以後，戎野老師一個人默默陷入沉思。他做了很長很深的思考。然後什麼也沒說地站起來離開，過了很長時間才又回到房間裡。看來老師似乎某種程度以不得不的事實來接受兩個人的死亡。他內心可能祕密預測並感覺到，他們已經不在這個世間的事。話雖這麼說，眞的被告知親密的人死去時，還是會很傷心，這是不會改變的。」

天吾回想起那空蕩蕩沒有裝飾感的客廳，深深冷冷的沉默，和不時從窗外傳來尖銳的鳥啼聲。「結果，我們就退後從地雷區撤退了嗎？」他說。

新的高球杯送來了。小松以那潤一下喉。

「並沒有當場下結論。戎野老師說需要時間思考。但只能依照他們所說的去做，此外還有什麼選擇餘地？我當然立刻開始動起來喲。我在公司極力中止《空氣蛹》再增刷，事實上等於促成絕版。也不印成文庫本。過去已經賣了相當多冊，公司已經賺夠了。應該沒有損失。當然因為是公司的事，所以會有開會啦、社長裁決等，事情沒那麼簡單，不過當我稍微暗示其中牽涉到影子代筆者可能造成醜聞時，上面的人完全嚇呆了，最後變成都聽我的話。以後我在公司要暫時吃冷飯了，但這種事我已經很習慣。」

「對於他們說深繪里的雙親已經死去的說詞，戎野老師已經接受了嗎？」

「應該是。」小松說。「只是把那個當事實接受了，但要滲透到身體裡去，可能還需要一點時間吧。而且至少在我看來，那些人是認真的。就算某種程度讓步了，看起來也似乎真心希望不要再被捲進麻煩中。因此才會做出像綁架的粗暴動作。相當想傳達確實的訊息給這邊。而且就以他們在教團內部把深田夫婦的屍體祕密燒掉這件事來說，如果他們想的話，應該可以不說出來的。就算現在已經很難找到證據了，損壞屍體再怎麼說也是重大犯罪。不過他們還是說出口了。換句話說自己把手心亮出來。在這層意義上，和尚頭所說的話應該相當程度是真實的。細節姑且不提，至少大主幹上。」

天吾把小松說的事情整理一番。「深繪里的父親本來是『聽聲音者』。換句話說是擔任預言者的角色。但女兒深繪里寫了《空氣蛹》，成為暢銷書後，聲音不再對他述說了，結果父親就決定自然死去。」

「或自然地斷絕了自己的生命。」小松說。

「而且對教團來說，獲得新的預言者成爲比什麼都重要的使命。如果述說停止的話，就喪失那共同體的存在基礎了。因此沒有空閒再管我們的事了。簡單說是這樣嗎？」

「大概。」

「《空氣蛹》這個故事，透露了對他們來說具有重要意義的情報。這書印成鉛字流傳到世間使得聲音沉默下來，水脈深深潛入地下。那所謂的重要情報具體上是指什麼呢？」

「我在被監禁的最後四天，也對這點試著一個人仔細思考過。」小松說。「《空氣蛹》不是很長的小說。裡面所描寫的，是Little People出沒的世界。主角是十歲的少女孤立地活在公社裡。Little People夜晚會悄悄前來製造空氣蛹。空氣蛹中有少女的分身在裡面，從那裡產生了Mother和Daughter的關係。那個世界的天空浮著兩個月亮。大月亮和小月亮，可能是Mother和Daughter的象徵。小說中的主角——原型可能是深繪里自己——拒絕當Mother而逃出公社，留下Daughter。Daughter後來怎麼樣了，小說並沒有寫。」

天吾暫時望著玻璃杯中逐漸融解的冰塊。

「『聽聲音者』是不是必須透過Daughter的媒介？」天吾說。「透過Daughter他才能聽到聲音。或者才能翻譯成地上的語言。必須這兩者都齊全了，才能賦予聲音所發出的訊息以正確的形式。借用深繪里的語言，就是Perceiver＝知覺者，和Receiver＝接受者。因此首先就必須要有製造空氣蛹的作業。因爲透過空氣蛹這個裝置，才能產生Daughter。而且要製造出Daughter，必須要有正確的Mother。」

「這是天吾的見解。」

天吾搖頭。「這也稱不上見解。只是聽到小松先生把小說的情節簡單整理時，想到可能是這樣吧而已。」

天吾在改寫那小說時和寫完之後，都繼續在思考著Mother和Daughter的意義，但總是無法完全掌握那整體形象。但在和小松談話之間，細微的片段逐漸連接上。雖然如此還有疑問。爲什麼在醫院裡父親的病床上會出現空氣蛹？而身爲少女的青豆怎麼會藏在裡面呢？

「眞是有趣的系統。」小松說。「不過Mother和Daughter各自分開也沒問題嗎？」

「如果沒有Daughter的話，可能Mother就不算是一個完整的存在了吧。就像我們所看到的深繪里那樣，雖然無法具體指出，卻缺少了某種要素。那或許就像失去影子的人一樣。沒有Mother的Daughter會怎麼樣，我不知道。她們應該也不能算是完全的存在。因爲她們怎麼說都只是分身而已。不過深繪里的情況，即使Mother不在身邊，或許Daughter還是可以扮演女巫的角色。」

小松暫時嘴唇閉成一直線，輕輕往一邊傾斜。然後開口。「嘿，天吾，你想說不定你在《空氣蛹》中所寫的事情全部都是實際上發生過的事情嗎？」

「不是。只是暫且這樣想而已。假定所有的事都是事實，然後才從這裡開始談。」

「好吧。」小松說。「換句話說深繪里的分身，從母體遠遠分開還是可以發揮女巫的機能。」

「所以教團即使知道逃亡的深繪里所住的地方，也沒有刻意去盡力找她回來。因爲以她的情況，Mother不在身邊Daughter也能完成她的職務。即使是遠離的，她們的聯繫可能還很強。」

「原來如此。」

天吾繼續說：「在我的想像中，他們可能擁有很多個Daughter。Little People可能一有機會就多製造一個空氣蛹。因爲只有一個Perceiver＝知覺者會覺得不安。或者能正確產生機能的Daughter數量是有限的。其中有比較強有力的Daughter，有力量不太強的補助性Daughter，以集團發揮機能。」

「深繪里所留下的Daughter，是那能正確產生機能的中心Daughter嗎？」

「這樣的可能性很高。以這次的事件來說，深繪里經常都是事件的中心。像颱風眼一般。」

小松瞇起眼睛，把雙手的手指在桌上交叉。如果想的話，他可以在短時間內有效地思索。

「嘿，天吾。我忽然想到，我們所看見的深繪里說不定其實是Daughter，留在教團裡的才是Mother，這樣的假設不能成立嗎？」

小松所說的話讓天吾感到畏縮。因為到目前為止從來沒有這樣想過。對天吾來說深繪里一直都是一個實體。不過被這麼一說，確實也可以考慮有這種可能性。我沒有月經。所以不用擔心會懷孕。深繪里那一夜，做過單方面的奇怪性交之後這樣宣告。如果她只是分身的話，這或許很自然。分身無法自己再生產。只有Mother才能。但自己可能不是跟深繪里而是跟她的分身性交這回事，天吾無論如何都無法採用那個假設。

天吾說：「深繪里擁有清楚的個性。也擁有獨自的行動規範。分身應該沒有這些。」

「確實是。」小松也同意。「你說得沒錯。不管沒有什麼，深繪里是擁有個性和行動規範的。我也不得不同意這點。」

不過雖然如此深繪里還是隱藏了什麼祕密。在那位美麗的少女身上，刻著他不得不去解明的重要暗號。天吾這樣感覺。無論誰是實體，誰是分身。難道實體和分身的區別本身就錯了嗎？或者深繪里有時可以依不同情況，分別使用實體和分身嗎？

「其他還有幾件不明白的事情。」小松這樣說完，雙手攤開放在桌上，望著那手。以中年男人來說，算是修長而纖細的手指。「不再出聲了，井的水脈乾枯了，預言者死了。後來Daughter會怎麼樣呢？難道像從前印度的寡婦那樣要殉死嗎？」

「如果Receiver＝接受者不在了，那麼Perceiver＝知覺者的任務就結束了。」

「這只是從天吾的假設所推演出來的。」小松說。「深繪里明知道會造成這樣的結果還是寫了《空氣蛹》嗎？那個男人告訴我那應該不是有意圖的。至少那應該不是她的意圖。但怎麼會知道這種事情呢？」

「眞相當然無法得知。」天吾說。「不過不管有任何理由，我都不認為深繪里會意圖逼死父親。應該是父親和她無關地，由於某種原因而自己走向死亡吧。她所做的，不如說相反，可能是為了對抗那個的一種對策。或許她希望父親能從那聲音解放出來，不過這只是毫無根據的推測。」

小松鼻子旁聚滿皺紋地陷入長考。然後嘆一口氣。環視周圍一圈。「眞是奇妙的世界。到什麼地方為止是假設，從什麼地方開始是現實，那界線隨著時間經過越發看不清楚了。嘿，天吾，以一個小說家的身分，你是怎麼定義現實這東西的？」

「一用針刺就會流出鮮血的地方就是現實世界。」天吾回答。

「那麼，這裡毫無疑問是現實世界。」小松說。並用手掌來回摩擦著手腕的內側。上面露出靜脈的青筋。看來不是很健康的血管。被酒和香菸和不規則的生活和文藝沙龍的陰謀，長年痛苦折磨過來的血管。小松一口氣喝乾高球杯裡的殘酒，並在空中喀啦喀啦地搖著留下的冰塊。

「順便說下去。你的假設可以說到更前面嗎？越來越有趣了。」

天吾說：「他們正在尋找『聽聲音者』的後繼者。不過不只這樣，同時應該也必須尋找新的能正確產生機能的Daughter。新的Receiver，應該需要新的Perceiver。」

「換句話說，也必須尋找新的正確的Mother才行。那麼，也必須重新製造空氣蛹才行了。看來是相當浩大的工程啊。」

「所以他們也變得很拚命。」

「確實。」

「不過應該不會完全沒有譜吧？」天吾說。「他們應該也鎖定目標了。」

小松點頭。「我也得到這樣的感覺。所以他們才會早一刻想把我們從身邊趕走。好像在說總之別妨礙他們的工作了似的。我們似乎相當礙眼。」

「我們哪裡會礙眼呢？」

小松搖搖頭。表示他也不清楚。

天吾說：「過去不知道聲音送給他們什麼樣的訊息？還有聲音和Little People有什麼關係？」

小松再度無力地搖頭。那也是超越兩人想像的事情。

「你看過電影《二〇〇一年太空漫遊》（2001: A Space Odyssey）吧？」

「看過。」天吾說。

「我們簡直像從那裡出來的猴子似的。」小松說。「那些長著又黑又長的毛，一面喊著無意義的話，一面繞著石柱團團轉的傢伙。」

一組兩位的新客人走進店裡，像常客般在吧台的椅子坐下來，點了雞尾酒。

「總之有一件事弄清楚了。」小松像在做總結似地說。「你的假設很有說服力，相當合理。跟天吾促膝長談經常都很快樂。不過那個歸那個，我們要從這危險的地雷區撤退離開。我們往後恐怕不會再和深繪里或戎野老師見面了。《空氣蛹》這無罪的幻想小說中，並不帶有任何具體的情報。那聲音不管是什麼怪東西，所傳達的不管是什麼樣的訊息，都跟我們無關了。就這樣辦好不好？」

「從小船上下來，回到陸地上生活。」

小松點頭。「沒錯。我每天去公司上班，漫無目標地幫文藝雜誌到處找些不痛不癢的稿子來。你也一面在補習班爲前途有爲的年輕人教數學，一面有空寫寫長篇小說。彼此都恢復這種和平的日常生活。既沒有急流也沒有瀑布。日復一日，我們漸漸安穩地上年紀。有什麼異議嗎？」

「除此之外還有別的選擇嗎？」

小松手指撫平鼻子旁的皺紋。「沒錯。除此之外沒有選擇餘地。我再也不想被二度綁架了。被關在那種正方形的房間裡一次就夠了。而且下一次，可能就無法重見天日了。就算不提那個，光想到要再見到那二人組的臉，我的心臟瓣膜就開始發抖了。他們是光是眼神就能讓人自然死的傢伙呢。」

小松朝吧台舉起玻璃杯，點了第三杯高球杯酒。叼起新的香菸。

「嘿小松兄，先不提那個，您爲什麼一直沒告訴我這件事？綁架事件已經過很多時日了。兩個月以上了。可以早一點告訴我吧？」

「爲什麼噢？」小松輕輕偏著頭說。「確實正如你說的，我一直想一定要告訴你，卻不知道爲什麼一直拖延下去，爲什麼？可能因爲罪惡感吧。」

「罪惡感？」天吾驚訝地說。從來沒想過會從小松口中聽到這話。

「我也會有罪惡感哪。」小松說。

「對什麼的罪惡感？」

小松沒回答這個。瞇細眼睛，轉一會兒嘴唇間沒點火的香菸。

「那麼，深繪里知道父母親去世的事情嗎？」天吾問。

「我想大概知道。雖然不清楚什麼時候，不過戎野老師應該會在某個時間點告訴她。」

天吾點頭。深繪里可能相當久以前就知道了。有這種感覺。沒有被告知的只有自己而已。

「於是我們從船上下來，回到地上的生活。」天吾說。

「沒錯，從地雷區撤退下來。」

「不過小松兄，你認爲這樣想，就能這麼順利地恢復原來的生活嗎？」

「只能努力呀。」小松說。並擦火柴點香菸。「天吾實際上是不是還在擔心什麼？」

「很多事物已經開始在同步變化了。這是我所感覺到的。有幾種已經變形了。可能沒那麼簡單變回原來的樣子。」

「如果那牽涉到我們無可替代的生命也一樣嗎？」

天吾曖昧地搖搖頭。他感覺到自己不知什麼時候已經開始被捲進一股強大而一貫的洪流中了。那流水正要把他沖向一個陌生的地方。但卻無法對小松具體說明。

天吾現在正在寫的長篇小說，是把《空氣蛹》中所寫的世界就那樣繼續寫下去，他沒辦法對小松坦白說出。小松一定不樂意。首先「先驅」的那些人就一定不會樂意。搞不好他會踏進另一個地雷區。或許會把周圍的人也捲進來。但故事擁有自己的生命和目的。對天吾來說，那裡已經變成不是虛構的世界了。已經變成，如果用刀子割皮膚，會流出眞正紅色鮮血的現實世界了。那空中，並排浮著大小兩個月亮。

第19章 牛河

他能辦到一般人不能的事

無風而安靜的星期四早晨。牛河跟平常一樣快六點時醒來，用冷水洗過臉。邊聽著NHK收音機的新聞邊刷牙，用電動刮鬍刀刮鬍子。用鍋子燒開水泡杯麵，吃過後，喝了即溶咖啡。把睡袋捲起來塞進壁櫥，在窗邊的相機前坐定下來。東方的天空開始發白了。看來會是溫暖的一天。

早晨出門上班的人的臉，現在已經全部刻進腦海裡。不必一一拍照了。從七點到八點半之間他們以匆忙的腳步跨出公寓，朝車站走。都是熟面孔。公寓前的路上，成群結隊上學的小學生熱鬧的聲音傳進牛河耳裡。孩子們的聲音，讓他想起兩個女兒還幼小時的事。牛河的女兒心滿意足地快樂度過小學生活的那段日子。她們學鋼琴和芭蕾，也交了很多朋友。牛河到最後都不太能接受，自己擁有這樣正常孩子的事實。為什麼這樣的自己能當上那樣孩子們的父親呢？

出門上班的時間結束後。幾乎沒有人再出入公寓。孩子們熱鬧的聲音也消失了。牛河把快門遙控器從手中放下，靠著牆壁抽一根Seven Stars，從窗簾縫隙間眺望玄關。郵差像平常那樣在十點多的時候騎著輕型紅色機車來，在玄關手法俐落地往信箱分發郵件。以牛河看來，那半數都是垃圾郵件。很多可能都不用開封就會被丟棄。隨著太陽接近天空中央，溫度也急速上升，多數行人都脫下了大衣。

深繪里出現在公寓的玄關是在十一點過後。她跟前幾天一樣上面穿著黑色高領毛衣，灰色短外套，牛仔褲和布鞋，戴著深色太陽眼鏡。然後把綠色大型側背包斜背在肩上。包包裡似乎放了很多雜七雜八的東西，形狀歪斜地膨脹著。牛河離開靠著的牆壁，移動到三腳架上的相機前，從視窗探視。

這個少女打算從這裡出去，牛河知道。她把東西塞進包包，正要移動到別的地方去。不打算再回這裡了。有這樣的氣氛。她會決定出去，可能因爲發現我躲在這裡的關係。想到這裡心臟的鼓動便加快了。

少女在走出玄關的地方站定下來，和上次一樣地仰望天空。在糾纏的電線和變壓器之間尋找著什麼的影子。太陽眼鏡的鏡片承受陽光閃爍著光輝。她發現了什麼嗎？或者沒能找到？因爲太陽眼鏡的關係無法讀出表情。大約三十秒之間少女不動地仰望著天空。然後像想起來似地轉過頭，視線朝向牛河躲藏的窗戶。她把太陽眼鏡摘下塞進大衣口袋。然後皺起眉頭，把眼睛焦點對準窗戶角落僞裝的望遠鏡頭。她知道，牛河再次這樣想。我躲在這裡，她自己正被祕密地觀察著，那個少女都知道。而且反過來，從鏡頭追溯到視窗正在觀察著牛河。就像水從彎曲的水管逆流回去那樣，他感覺兩腕的皮膚起雞皮疙瘩。

深繪里不時眨眼。那兩片眼瞼，像獨立的安靜生物般，慢慢地思慮深沉地上下動著。然而其他部分則不動。她站在那裡，像修長而孤高的鳥般彎曲脖子，只筆直注視著牛河。牛河僵住無法避開那少女的眼光。好像整個世界瞬間暫時停止動作了般。沒有風，聲音也停止震動空氣。

深繪里終於不再注視牛河。再度抬起臉，目光轉向天邊和剛才同一方位。這次的觀察只幾秒就結束。表情依然不變。從大衣口袋拿出深色太陽眼鏡再度戴在臉上，就那樣走到路上。她步調順暢毫不猶豫。

該不該立刻出去，跟蹤她？天吾還沒回來，有多餘的時間可以去確認這個少女的去向。事先知道她移到什麼地方去，應該沒有損失。但牛河不知怎麼沒辦法從地板上站起來。身體好像麻痺了似的。透過視窗送過來她那銳利的視線，似乎完全剝奪了牛河身上採取行動時所需的力氣。

算了，牛河仍坐在地板上對自己說。我要找的畢竟是青豆。深田繪里子雖然有趣，卻是偏離主題的存在。只是偶然出現的配角。如果她要離開這裡，不管去哪裡，就讓她去吧。

深繪里走到路上，快步朝車站的方向走。一次也沒回頭。牛河從日曬褪色的窗簾縫隙目送著她的背影。直到看不見她背上左右搖晃的綠色背包後，才在地板上爬著似地離開相機前面，靠在牆壁上。並等身上的力氣恢復正常。口中叼起Seven Stars，用打火機點火。深深吸進煙。然而香菸沒味道。

力氣很難恢復。手腳始終麻痺著。而且一回神時，他心中產生了奇怪的空間。那是純粹的空洞。那空間所意味的只是失落，或虛無。牛河爲了自己內部產生的沒見過的空洞而繼續坐著，沒辦法從那裡站起來。感覺胸口悶悶地痛，但若正確描述的話，那並不是痛。而是失落和非失落的接點所產生的壓力差般的東西。

他在那空洞的底部長久持續坐著。靠在牆上，抽著沒味道的菸。那空間是剛才出去的少女所留下的。不，可能不是，牛河想。這可能是本來就在我體內的東西，她只是點醒我那個的存在而已。

牛河發現自己全身被深田繪里子這個少女，名副其實地動搖了。她那一動不動的深深銳利視線，不僅讓牛河的身體，連他的存在本身都從根本動搖了。簡直像陷入熱戀的人那樣。牛河有生以來第一次擁有這樣的感覺。

不，不可能，他想。我爲什麼非要愛上那個少女不可呢？這個世界上沒有比我和深田繪里子更不搭配的組合了。不必特地到洗手間去照鏡子。不，不只是外貌，各方面所有的一切，都沒有比我離她更遠的人。性的方面也沒有道理被那少女吸引。以性的慾望來說，牛河一個月只要一次或兩次，以熟識的妓女爲對象就夠了。打電話約到飯店的房間，交合。和去理髮店一樣。

這可能是靈魂的問題。牛河思考過後得到這樣的結論。深繪里和他之間所產生的，說起來就是靈魂的交流。幾乎很難相信，但那美麗的少女和牛河，藉著迷彩掩飾的望遠鏡頭的兩端各自凝視著對方，而在深深的黑暗處互相理解了彼此的存在。雖然只有極短暫的時間，他和那少女之間卻進行了可以稱爲靈魂的相互開示的交會。然後少女不知去向，牛河一個人被留在那空蕩蕩的洞窟裡。

那個少女知道我從窗簾的縫隙，透過望遠鏡頭密切地觀察著她。應該也知道他跟蹤到站前的超級市場的事。那時候她雖然一次也沒回過頭，卻看得見我的存在不會錯。雖然如此她的眼光中並沒有責備牛河的行爲的神色。她在遠遠的深處理解了我。牛河這樣感覺。

少女出現，又離去。我們從不同的方向來到這裡，偶然在路上交會，視線瞬間相遇，然後各自又往相異的方向離去。我可能再也不會遇到深田繪里子。這是只能發生一次的事情。假如能跟她重逢，可以對她要求比現在更多的什麼嗎？我們現在再度站在距離遙遠的世界的兩端。中間不可能有任何語言聯繫得上。

牛河依然倚在牆上，從窗簾縫隙監視著出出入入的人。說不定深繪里會改變心意轉回來。可能想起忘在房間的重要東西。不過少女當然沒有回來。她已經下定決心轉移到別的地方。無論如何都不會再回到這裡來了。

牛河那天下午，在深深的無力感包圍之下度過。那無力感既沒有形狀也沒有重量。血液的流動變遲鈍。視野蒙上淡淡的霞光，手腳關節倦怠地鳴響。一閉上眼，肋骨內側便感覺到深繪里視線所留下的疼痛。疼痛像一波接一波湧向海岸的安穩波浪般，來了又去。再來了又去。有時那疼痛深刻到不得不皺起眉頭的地步。但同時，那也帶給他從未經驗過的溫暖。牛河發現這件事。

妻子和兩個女兒，有草坪的中央林間的獨棟別墅，都沒有帶給牛河這樣的溫暖過。在他心中經常留有雪沒有完全融解所剩的凍土塊般的東西。他一直伴隨著那堅硬冰冷的芯過著人生。連那冷都沒感覺到。因爲那對他來說是「常溫」。然而深繪里的視線，似乎把那冰的芯，就算一時也好融解了似的。在那同時牛河的心胸深處開始感覺到隱隱的疼痛。那芯的冷，過去可能把在那裡的疼痛感覺麻痺掉了。也就是所謂心理的防衛作用似的東西。但他現在正承受著那痛。某種意義上也歡迎。他所感到的溫暖，和疼痛同時來訪。不接受疼痛的話，溫暖也不會來。就像交換交易一般。

在午後陽光的小光點中，牛河同時嚐到那疼痛和溫暖。心很平靜，身體一動不動。無風的安穩冬日。走在路上的行人從優雅的陽光中穿過。然而陽光徐徐往西傾斜，隱藏到建築物的陰影後方，光點消失了。失去午後的溫暖，寒冷的夜即將來臨。

牛河深深嘆一口氣，總算把自己的身體從一直靠著的牆壁拉開。雖然還有幾分麻痺，但在房間裡移動並沒有障礙。他緩緩站起來伸展手腳，把又粗又短的脖子往各個方向轉動。雙手握緊再張開幾次。然後在榻榻米上做了平常做的伸展運動。全身關節都發出鈍鈍的聲音，肌肉逐漸恢復原來的柔軟。

到了人們從工作崗位和學校回家的時刻。必須繼續進行監視的工作，牛河這樣告訴自己。這不是喜歡或討厭的問題。也不是對錯的問題。而是一旦開始做就必須做到最後。那也關係著我自己的命運。總不能一直在這空洞的底部，陷入胡思亂想中無法自拔。

牛河再一次在相機前擺好姿勢。周遭已經完全暗下來，玄關的照明燈亮了。可能設有時間一到就會自動亮燈的定時器。人們像回到落魄的巢的無名鳥群那樣，踏進公寓的玄關。其中沒有川奈天吾的臉孔。但他不久應該會回來這裡。總不能長時間看顧父親的病。等到週末結束他應該會回東京，回職場工作。這幾天之內。不，說不定今天或明天。牛河的第六感這樣告訴他。

我就像在石頭陰溼背面蠢動的蟲子般，或許是陰陰溼溼的東西。沒關係，我主動承認。不過同時我也是非常能幹非常忍耐的執拗蟲子。不會輕易放棄。只要有一點頭緒，就會徹底追究。垂直的高牆也能扭動著爬上去。必須把胸中的冷芯再度找回來。我現在需要那個。

牛河在相機前雙手合掌地摩擦著。並再度確認雙手的十根手指都能自由行動。

確實有很多是世間的一般人能做到，而我不能的事。例如打網球、滑雪就是其中之一。到公司上班，經營幸福家庭也是其中之一。不過另一方面，也有不少是我能，而世間一般人不能的事。而且我對這少數的事情非常得心應手。並不期待觀眾的鼓掌或施捨。但總之似乎該露一手給世人瞧瞧。

到了九點半牛河結束那天的監視工作。打開罐頭雞湯倒入小鍋用攜帶式燃料火熱過，用湯匙舀來珍惜地喝。並就著湯一起吃了兩個冷冷的捲麵包。連皮啃了一個蘋果。小便、刷牙、把睡袋攤開在地板上，脫剩一套內衣褲鑽進裡面。把拉鍊拉到脖子上，像蟲子般縮成一團。

牛河的一天就這樣結束了。並沒有稱得上收穫的東西。要勉強說的話，只有確認過深繪里帶著行李從這裡出去了而已。不知道她去了哪裡。某個地方。牛河在睡袋裡搖頭。跟我無關的某個地方。不久睡袋中冷凍的身體溫暖起來，同時意識漸漸淡化，深深的睡眠來訪。終於小小而冰凍的核，再度在他的靈魂中堅定地占有一席之地。

第二天，沒發生任何值得特別記載的事。第三天是星期六。那天也是個溫暖而安穩的一天。很多人睡到快中午。牛河坐在窗邊，小聲開著收音機聽新聞、聽路況、聽天氣預報。

快十點時飛來一隻大烏鴉，在無人的玄關台階前站了一會兒。烏鴉小心地環視周圍一圈，好像點了幾次頭般亮出姿態。粗大的喙尖在空中上下擺動，光澤的黑色羽毛閃亮地反射著陽光。然後平常的那個郵差騎著紅色輕型機車來了，烏鴉不太樂意地，展開大羽翼飛走了。飛起來時短短地叫了一聲。郵差把信件分別投入各家的信箱後走掉，接著是一群麻雀來了。他們慌慌張張地在玄關前到處尋找，看清附近沒有任何顯眼的東西後，立刻轉移到別的地方去。然後來了一隻橫紋的貓。可能是附近人家養的，脖子上戴著除跳蚤的項圈。沒見過的貓。貓走進花草枯萎的花壇裡小便，小便完畢後嗅嗅那氣味。好像對什麼不滿似的，一副很無趣地抖動鬍子。然後使勁立起尾巴就那麼消失到建築物的後方。

快中午時有幾個住戶從玄關出去。從穿著來看可能要去哪裡遊玩，或只是到附近買東西，二者之一的樣子。牛河現在大概已經可以一一全部記得他們的臉了。但牛河對這些人的人格和生活絲毫不感興趣。甚至從來沒去想像過會是什麼樣子的。

你們的人生，對你們本人來說一定擁有重大意義。而且是不可替代的。這可以理解。但對我來說，則是可有可無都無所謂的東西。對我來說你們只是在布景上畫的風景前通過的薄薄一片的布景人而已。我對你們只要求一件事：「請你們不要妨礙我的工作。繼續做個布景人吧。」

「是啊，大梨太太。」牛河對掠過眼前，屁股膨脹得像西洋梨的中年女人，用擅自取的名字稱呼著。「妳只是個裁切下來的布景人。沒什麼實體。妳知道嗎？不過，以裁切的薄片布景來說算是肉有點厚的吧。」

不過在這樣想著之間，被包含在那風景裡的一切事物都開始感覺像是「無意義的」、「可有可無」

了。或者在那裡的風景本身，本來就不是實在的東西。被沒有實體的裁切布景人所騙的，其實是自己這邊。想到這裡牛河情緒漸漸變得無法鎮定了。由於閉居在沒有家具的空蕩蕩的房間裡，日復一日繼續祕密監視的關係，精神都變怪了。他刻意盡量出聲音來想事情。「早安，長耳先生。」他對視窗裡看見的頤長的瘦瘦老人說話。老人的兩耳尖端像角般從白髮間突出來。「現在要去散步嗎？走路對健康有益。天氣也很好，請盡情享受吧。我也很想去伸展手腳悠閒地散步但沒辦法，很遺憾只能坐在這裡，每天監視這無聊的公寓入口。」

老人穿著毛衣外套羊毛長褲，背挺得筆直。如果牽著一條規矩的白狗會很搭配，但公寓不能養狗。老人走掉後，牛河被莫名的深深無力感所襲。這監視最後可能會以徒勞無功收場。我的直覺到頭來也一文不值，我可能哪裡也到不了，就在這空虛的房間裡耗損神經而已。就像被一個個路過的孩子們撫摸的、石雕地藏菩薩的頭逐漸磨損，變凹下去那樣。

中午過後牛河吃了一個蘋果，把乳酪搭在餅乾上吃。也吃了一個加梅乾的握壽司。然後靠在牆上小睡一會兒。無夢的短暫睡眠，但醒來時，一時想不起自己身在何處。他的記憶是擁有正四方形的純粹空箱子。箱子裡裝的只有空白而已。牛河環視那空白一圈。但仔細看那不是空白。是昏暗的一室，空蕩蕩冷冰冰，沒一件家具。沒看慣的場所。旁邊的報紙上有一個蘋果的芯。牛河的頭很混亂。我爲什麼會在這樣奇怪的地方？

後來才終於想起，自己正在監視天吾所住的公寓玄關。對了。這裡有裝了望遠鏡頭的Minolta單眼相機。也想起獨自出去散步的白髮長耳老人的事。就像鳥兒們日暮時分飛回林間般，記憶又徐徐回到空箱子裡來。兩個堅固的事實在這裡浮了上來。

(1) 深田繪里子從這裡出去。
(2) 川奈天吾還沒回到這裡。

三樓川奈天吾的房間裡現在沒有人在。窗戶窗簾拉上，寂靜覆蓋著那無人的空間。除了偶爾運行的冰箱恆溫裝置之外沒有打破寂靜的東西。牛河毫無憑據地想像那樣的光景。想像無人的房間，有點類似想像死後的世界。然後忽然，腦子裡浮現那偏執地敲門的ＮＨＫ收費員。一直監視，卻沒看到那個謎樣的收費員從公寓出去的形跡。收費員說不定碰巧是這棟公寓的住戶？或住在這棟公寓的誰，假冒ＮＨＫ的收費員騷擾其他住戶？如果是這樣，到底爲什麼非要這樣做不可？那是病態得可怕的假設。不過其他還能如何解釋這奇怪的事態呢？牛河想不通。

川奈天吾出現在公寓玄關，是在那天下午快四點時。星期六傍晚以前。他立起穿舊的風衣領子，戴著深藍色棒球帽，肩上揹著旅行袋。他沒在玄關前站住，也沒環視周圍，便筆直走進建築物裡。牛河的意識還有點恍惚，但並沒有看漏通過視野的那大塊頭身軀。

「啊，你回來了，川奈先生。」牛河喃喃地說著，用遙控器連按了三次相機快門。「令尊的身體怎麼樣？你一定很累了吧？好好休息吧。回到自己家眞好。就算是這麼微不足道的公寓也好。對了對了。深田繪里子小姐，在你不在的時候，帶著行李不知道去哪裡了喔。」

不過當然他的聲音沒傳給天吾。只不過是自言自語而已。牛河看看手錶，在手邊的筆記本上記下。川奈天吾旅行歸來，下午三時五十六分。

川奈天吾在公寓入口現身的同時，某個地方的門扉被大大地敞開，現實感回到牛河的意識。像大氣把眞空充滿般，一瞬間牛河敏銳地綳緊神經，新鮮的活力流遍全身。他在那具象的世界，以一個能幹的零件被組合進去。喀擦一聲舒爽的聲音傳到耳邊。血液循環速度加快，適量的腎上腺素分配到全身。這樣好，就是要這樣，牛河想。這是我本來的模樣，世界本來的模樣。

天吾再度出現在玄關是七點過後。天黑後開始吹起風，周圍急速冷卻下來。他在連帽罩衫上穿上皮夾克，褪色的藍牛仔褲。走出玄關，站定下來環視周圍。但他什麼也沒看到。也望了一眼牛河躲藏的一帶，但沒捕捉到監視者的身影。他和深繪里不同，牛河想。她是特別的人。看得見別人看不見的東西。但天吾，你只不過是個普通人。你看不見我的身影。

天吾確定周遭的風景和平常沒有兩樣之後，把皮夾克拉鍊拉到脖子上，雙手插進口袋走到路上。牛河立刻戴上針織帽，脖子圍上圍巾，穿上鞋子追到天吾後面。

本來就打算天吾如果外出，就要立刻跟蹤的，因此準備沒花時間。尾隨當然是危險的選擇。牛河有特徵的體型和相貌，如果被天吾看見立刻就會知道。不過周遭已經完全暗下來，如果隔一段距離，應該沒那麼容易被發現。

天吾慢慢走在路上，幾次轉向背後，但因爲牛河充分注意著，身影並沒有被看見。天吾那龐大的背部看來好像在思考什麼。可能在尋思深繪里怎麼不見的事。以方向來看似乎是走向車站。現在要去搭電車到什麼地方去嗎？那麼跟蹤會比較困難。車站很亮，又是星期六晚上所以乘客不多。牛河的身影在那裡想必會致命地顯眼。如果那樣還是放棄跟蹤比較明智。

但天吾並不是去車站。走一會兒之後，就往遠離車站的方向轉彎，在沒有行人的路上走一小段後，站在名叫「麥頭」的店前。好像是一家以年輕人爲對象的小酒吧。天吾看看手錶確定時刻，考慮了幾秒之後走進那家店裡。牛河思索「麥頭！」然後搖搖頭。眞是的，怎麼給店取個這樣莫名其妙的名字呢？

牛河站在電線桿後面看看周圍。天吾大概打算在這裡喝一點酒，吃個飯吧。那麼至少應該會花掉三十分鐘。搞不好坐個一小時也不一定。他以眼睛尋找可以邊看著出入「麥頭」的人邊打發時間的適當地點。但周圍只有牛奶販賣店、天理教的小聚會所，和米店而已。都把鐵門拉下了。完了完了，牛河想。強勁的西北風，正把空中的雲快速吹動著。白天安穩的溫暖竟像假的似的。在這樣的寒風中，什麼也不做地站在馬路上三十分鐘或一小時，當然不是牛河所樂意的事。

牛河想乾脆就這樣回去吧。天吾反正只是在這裡吃飯而已。沒必要這樣辛苦地尾隨。牛河自己可以走進隨便一家店去吃個熱食，就那樣回家去算了。天吾不久就會回家吧。這對牛河是很有魅力的選擇。想像著自己走進暖氣十足的店裡，吃一碗親子蓋飯的情景。這幾天，沒好好吃過什麼像樣東西。好久沒喝一杯了，點個熱過的日本酒也好。這麼冷的天。走出外面一步醉意都醒了。

不過也想到另一套劇本。說不定天吾在「麥頭」跟誰有約。不能忽視這樣的可能。天吾走出公寓，毫不猶豫地筆直走到那家店。進去以前確認了手錶的時刻。或許有誰正在那裡等他。或許那個誰正要來「麥頭」。如果這樣的話，牛河不可能漏看那個誰。就算兩耳凍僵了，也只能站在路邊監視出入「麥頭」的人。牛河放棄了，把親子蓋飯和熱酒的事趕出腦海。

等候的對象說不定是深繪里。說不定是青豆。牛河想到這裡，心開始縮緊。無論如何耐力強是我的價值。只要有一點指望，就把這裡當成關鍵緊抓不放。不管風吹雨打太陽曬、或拳打腳踢都不放手。一旦放手，誰也不知道下次什麼時候才能再掌握到機會。他能承受得了眼前的嚴苛痛苦，是因爲曾親身經歷過，知道這世上還有更嚴苛的痛苦。

牛河靠著牆，躲在電線桿和日本共產黨的直立看板後面，看守著「麥頭」的入口。綠色圍巾拉高到鼻子下，雙手插進厚毛軍服外套的口袋裡。除了不時從口袋拿出面紙擤鼻子外，身體動也不動一下。偶爾聽得見隨風飄來高圓寺車站的廣播聲。走過的行人中有人看見躲在影子下的牛河身影，會緊張地加快腳步。不過因爲站在陰暗中，看不清容貌。只有矮胖的軀體像不祥的物體般暗暗地浮在那裡，讓人們害怕而已。

天吾到底在裡面喝著什麼，吃著什麼。越想這種事，肚子越餓，身體越冷。但不可能不想像。隨便什麼都好，不必溫熱的日本酒也行，不是親子蓋飯也行。好想進去某個溫暖的地方，吃跟別人一樣的食物。與站在寒風刺骨的黑暗中，被過路的市民投以懷疑的眼光相比，大多的事情都可以忍受了。

但牛河沒有選擇餘地。除了在寒風中凍著身體等候天吾用過餐出來之外，他無路可走。牛河想起中央林間的獨棟別墅，和那裡的餐桌。每天晚上餐桌上應該都有熱熱的食物端上來。但那是什麼樣的食物，卻想不太起來。我那時候到底吃了什麼？簡直像上輩子的事了。從前從前，從小田急線中央林間車站徒步十五分鐘的地方，有一棟新建的獨棟別墅和一張溫暖的餐桌。兩個小女孩在彈著鋼琴，有小草坪的庭園裡，一隻附有血統證明書的小狗正跑來跑去。

天吾三十五分鐘後一個人從店裡出來。不錯。起碼本來可能更糟糕。牛河這樣對自己說。雖然是長得悽慘的三十五分鐘，但總比長得悽慘的一小時半要好得多。身體雖然凍僵了，但耳朵還沒有結凍的地步。

天吾在店裡這段時間，沒有吸引牛河注意的人進出「麥頭」。只有一對年輕情侶進去。沒有出來的客人。天吾大概只是一個人喝酒，吃了輕食而已。牛河和來的時候一樣保持足夠距離跟在天吾後面。天吾沿著原來的路走。可能打算直接回到公寓裡自己的房間。

但天吾中途卻轉出原路，踏入牛河所沒見過的路。看來不是要直接回家的樣子。從他後面看得見的寬闊的背，依然像正在專心沉思著什麼。可能比先前耽溺得更深。已經不再回頭看。牛河努力觀察著周圍的風景，讀取門牌號碼，記憶路的順序。以便以後自己一個人也能找到同樣的路。牛河對這一帶沒有印象，但從川流不息的車輛不斷發出的噪音逐漸加大，可以推測正接近環狀七號線。不久天吾的腳步稍微加快一點。可能接近目的地了。

不壞，牛河想。這個男人正朝向某個地方。這樣才好。這麼一來，表示特地跟蹤果然值得。

天吾快步穿過住宅區的街道。吹著冷風的星期六夜晚。大家正躲在溫暖的屋子裡，坐在電視機前手上捧著熱飲料。幾乎沒有人走在路上。牛河隔開足夠的距離跟在他後面。天吾算是容易跟蹤的對象。個子高大，混在人群裡也不會看不見。走路時不會做走路以外的事。略微低著頭，經常在腦子裡尋思著什麼。基本上是率直而誠實的男人。不是會隱瞞事情的類型。例如跟我就完全不同。

牛河結婚的對象，也是喜歡隱瞞事情的女人。不，不該說是喜歡。而是身不由己愛隱瞞的類型。問她現在幾點了，可能也不會先告訴你正確時間。這跟牛河也不一樣。牛河只在必要的時候才會隱瞞事情。因爲是工作，逼不得已才這樣做。如果有人問到時間，而且沒有不誠實的理由，當然會告知正確時間。而且是親切地告訴對方。然而妻子卻是無論任何方面，對所有事情都徹頭徹尾說謊。連沒必要隱瞞的事也熱心隱瞞。連年齡都謊報四歲。牛河送結婚登記書時看了文件才知道，但假裝沒發現仍保持沉默。爲什麼要這樣，牛河無法理解，爲什麼非要去扯明知遲早總會被拆穿的謊呢？而且牛河也不是會在意年齡差距的人。他有其他太多事情不得不在意了。就算妻子其實比自己大七歲，那又有什麼問題呢？

隨著離車站越遠，人影變越稀少。天吾終於走進一個小公園。住宅區一角不起眼的兒童公園。公園裡沒有人。當然，牛河想。會想在十二月夜晚的兒童公園，吹寒風度過一段時間的人，世間並不多見。天吾穿過冷冷的水銀燈下，筆直往溜滑梯走。踏上階梯，走了上去。

牛河藏身在公共電話亭的陰影下，盯緊天吾的行動。溜滑梯？牛河皺起眉頭。爲什麼在這樣寒冷的夜裡，一個大男人非要爬上兒童公園的溜滑梯上不可呢？這裡並不是天吾所住公寓的近鄰。他想必懷有某種目的特地來到這裡的。並不算特別有魅力的公園。狹小而落魄。除了溜滑梯，還有兩個鞦韆，一個小叢林吊竿，和沙坑。一根好像照過幾次世界盡頭似的水銀燈，一棵葉子被剝光不優雅的櫸樹。上鎖的公共廁所變成塗鴉的畫布。這裡既沒有能撫慰人心的東西，也沒有能刺激想像力的東西。或許在舒服的五月天還有幾樣那樣的東西。但在寒風刺骨的十二月夜晚則絕對沒有。

天吾跟誰約在這個公園見面嗎？他在等誰來到這裡嗎？牛河判斷應該不是。從天吾的舉動看不出有這種跡象。進了公園後他也沒注意其他遊戲器具，筆直走向溜滑梯台。念頭裡似乎只有溜滑梯台。天吾是爲了登上溜滑梯台而來到這裡的。在牛河眼裡只反映出這一點。

登上溜滑梯台想事情，這個男人可能從以前就喜歡這樣。以思考小說的情節，思考數學公式的場所來說，夜晚公園的溜滑梯台上可能最適當也不一定。周遭越暗越好，風吹得越冷越好，公園越是次級品越好，可以讓頭腦越靈活運動。世間的小說家（或數學家）如何思考事情，是牛河所無從想像的。他那實用性頭腦所告訴他的，只有無論如何只能將就在這裡耐心窺視天吾的舉動了。手錶針正指著八點。

天吾在溜滑梯台上，把身體折疊起來似地坐下。然後仰望天空。頭暫時轉動著東張西望，終於視線固定在一個方向，就那樣一直眺望那邊。頭已經完全不動了。

牛河想起很久以前流行過的坂本九感傷的歌。「抬頭看看夜晚的星星，小星星。」這是開頭的一節。後面的歌詞不清楚。也沒特別想知道。感傷和正義感是牛河最不擅長的領域。天吾是否也從溜滑梯台上，懷著某種感傷仰望夜晚的星星呢？

牛河也試著同樣仰望天空。但看不見星星。說得保留一點，東京都杉並區高圓寺稱不上是觀察星空的適當地點。霓虹燈和道路的照明燈，將整個天空染成奇怪的色調。或許有人凝神注目可以看到幾顆星星。但那應該也需要超凡的視力和專注力才行。何況今夜雲流動得特別激烈。雖然如此天吾依然在溜滑梯台上動也不動一下，一直仰望著天空特定的一角。

眞是找麻煩的男人，牛河想。何必在這寒風刺骨的冬夜，爬到溜滑梯台上仰望天空想事情呢？話雖這麼說，他並沒有責備天吾的道理。牛河畢竟是自己隨便任意監視、跟蹤天吾的。不管結果遇到多麼苛刻的情況，都不是天吾的責任。天吾以一個自由市民的身分，擁有在春夏秋冬從任何喜歡的場所盡情眺望天空的權利。

不過天還眞冷，牛河想。從稍早前就想小便了。但是此時此地只能忍著。公共廁所上了堅固的鎖，而且儘管完全沒人經過公共電話亭，也總不能在它旁邊站著小便。怎麼樣都沒關係，快點離開這裡吧！牛河用力踏著腳這麼想。不管你是在想事情也好，是落入感傷也好，是在觀察天體也好，天吾君，你一定也很冷吧。快點回到屋裡去暖和暖和吧。雖然回到家，我們彼此都沒有人在等著，但總比在這種地方要好多了吧。

但天吾並沒有要站起來的跡象。他雖然終於不再仰望夜空了，但接下來卻轉眼望著隔街的大廈。六層樓新建的樓房，有一半窗戶的燈亮著。天吾熱心地眺望著那棟大廈。牛河也同樣地眺望那棟大廈，但沒看到特別吸引他注意的東西。是一棟很普通的住宅大廈。算不上特別高級，不過等級算是高的。設計高雅、外牆貼的磁磚是花了錢的。玄關也明朗氣派。和天吾住的即將解體的廉價公寓顯然不同。

天吾一面仰望那棟大廈，是不是一面想如果可能自己也想住那樣的地方？不，不可能。據牛河所知，天吾並不是在意居住場所的那種人。就跟不在意服裝穿著一樣。對於現在所住的廉價公寓應該沒有特別感到不滿。只要有屋頂，能避寒就行了。他是這樣的男人。

天吾把大廈窗戶全看過一遍之後，再度把視線轉回天空。牛河也同樣地仰望天空。牛河躲藏的地點被櫸樹樹枝、電線，和建築物妨礙，只能看見半邊天。弄不清天吾正在看天空的哪一個角落。數不清的雲像千軍萬馬般不斷湧來。

天吾終於站起來，就像結束了嚴格的夜間單獨飛行的飛行員那樣，沉默寡言地走下溜滑梯。然後穿過水銀燈的光線，走出公園。牛河猶豫一下，決定不再跟蹤。天吾應該就這樣回去自己的房間。而且牛河無論如何都想小便。他確認已經看不見天吾的身影後，走進公園，到公共廁所背後人眼看不見的暗處，朝向植栽站著小便。他膀胱的容量已經快越過極限了。

花了一輛長長的載貨列車完全通過鐵橋那樣長的時間終於解完小便時，牛河拉上長褲拉鍊，閉上眼睛深深呼出一口舒坦的氣。看看手錶針指著八點十七分。天吾在溜滑梯台上大約十五分鐘。牛河再度確認看不見天吾的身影後，朝溜滑梯走去。短而彎曲的腳也踏上那階梯。在那冰冷的溜滑梯台上坐下來，眼睛朝天吾注視的大約相同方向看。牛河想知道。他到底那樣熱心地在眺望什麼？

牛河視力不算壞。雖然有散光，因此視力有點左右不平衡，不過日常生活不戴眼鏡也不妨礙。但怎麼凝神注視，都沒看見一顆星星。倒是接近中空的地方，浮著大小約三分之二的月亮引起牛河注意。月亮從黑斑似的昏暗模樣紛紛飄過的雲間清晰地浮現出來。像平常那樣的冬月。冷冷的青白色，從太古延續下來，充滿了謎和暗示。像死者的眼睛般不眨一下，默默地浮在天空。

終於牛河倒吸了一口氣。就那樣一時連呼吸都忘了。因爲在雲飄走時，發現稍微離那平常的月亮一點距離的地方，浮著另一個月亮。那比自古以來的月亮小多了。像長了青苔般的綠色，形狀是歪斜的。不過是月亮沒錯。沒有那麼大的星星。也不是人造衛星。那在同一個地方靜止不動。

牛河閉上眼睛一下，隔幾秒鐘再睜開。一定是某種錯覺。那種東西不可能在那裡。但不管閉上眼睛再睜開幾次，那新的小形月亮還浮在那裡。雲飄來時就躲進雲裡，雲飄走後，又在同樣的地方出現。

這就是天吾在眺望的東西，牛河想。川奈天吾就是爲了看這光景，或爲了確認這個還依然存在，才來到這座兒童公園的。他從以前就知道天空浮著兩個月亮。毫無懷疑的餘地。眼睛看見了也沒有顯示驚奇的樣子。牛河在溜滑梯台上深深的舒一口氣。這到底是什麼樣的世界，牛河問自己。我到底進入什麼樣結構的世界了？答案沒有從任何地方出現。無數的雲被風吹著飄走了，只剩下大小兩個謎題般的月亮浮在天空。

只有一句話可以說，確實不會錯。這不是原來我所在的世界。我所知道的地球只有一個衛星。是毫無懷疑餘地的事實。而現在卻增加到兩個。

但牛河終於發現，自己對這光景似乎擁有似曾相識般的感覺。我以前在哪裡看過和這同樣的光景。牛河集中精神，拚命尋找記憶，這似曾相識的感覺是從哪裡來的？歪著臉，露出牙齒，雙手伸進意識的黑暗水底搜尋。然後終於想到了。是《空氣蛹》啊。那本小說中也有兩個月亮出場。在故事接近結尾的地方。大月亮和小月亮。當Mother生出Daughter時，浮在空中的月亮會變成兩個。深繪里創作了這個故事，天吾加以詳細描寫。

牛河不由得環視周圍一圈。但映在他眼裡的是和平常一樣的世界。隔街六層樓大廈的窗戶白色蕾絲窗簾拉上，背後透出安穩的燈光。沒有任何奇怪的地方。只有月亮的數目不同而已。

他一面確認著腳下一面小心地走下溜滑梯台。並像在逃避月亮的眼睛般快步走出公園。是我的頭腦正在變怪嗎？不，沒這個道理。我的頭腦沒有變怪。我的思考像新的鐵釘般堅硬、冰冷、筆直。那朝向現實的芯以正確的角度確實地敲進去。我自己沒有任何問題。我是正常而清醒的。只是周圍的世界顯然狂亂了而已。

而且我必須找出那狂亂的原因才行。無論如何。

第20章 青豆

我的變貌的一環

星期天風停了，和前一夜截然不同，轉為溫暖安穩的一天。人們可以脫下沉重的大衣，充分享受陽光。青豆和外界的天候無緣地，在窗簾緊閉的室內過著和平常沒有兩樣的一天。

以小音量邊聽著楊納傑克的《小交響曲》邊做著伸展運動，用機械嚴格地運動肌肉。全部做完日益增加逐漸充實的項目需要將近兩小時。做菜、打掃房間，坐在沙發上讀《追憶逝水年華》。終於進入第三部《蓋爾芒特之家》。她盡量注意不要製造空閒時間。看電視只看NHK中午和下午七點的準點新聞。依舊沒有大新聞。不，有大新聞。全世界有多數的人喪失性命。其中有很多是痛苦而死的。有列車相撞、油輪沉沒、飛機墜落。有無法收拾殘局的持續內亂、有暗殺、有民族間的痛苦殘殺。有氣候變化帶來的乾旱、洪水、有饑饉。青豆衷心同情被這些悲劇和災害所捲入的人們。但那個歸那個，卻沒有發生一件會波及現在的青豆，造成直接影響的事情。

附近的幼兒正在隔街的兒童公園裡遊玩。孩子們口中一一在喊叫著什麼。也聽得見停在屋頂的烏鴉們像在互相聯絡般發出尖銳的聲音。空氣中有初冬都會的氣味。

然後她忽然發現，自從住在這棟大廈的一室以來，自己一次也沒感覺過性慾。既沒想過要和誰做愛，也沒自慰過一次。可能是懷孕的關係。因此荷爾蒙的分泌改變了也不一定。無論如何，那對青豆來說都是可喜的事。因爲在這樣的環境之下即使想跟誰做愛，也無處宣洩。每個月沒有月經，對她也是可喜的事情之一。本來就來得不多，雖然如此但仍覺得好像卸下一個長久以來所背負的包袱似的。至少該想的事情少了一件也値得慶幸。

三個月之間頭髮長得相當長了。九月間長度大約只有及肩左右，現在已經披到肩胛骨的位置了。小時候都是由母親的手剪成短短的妹妹頭，上了中學後一直過著以運動爲主的生活，因此頭髮一次也沒有留這麼長過。雖然覺得有一點過長，但要自己剪又太勉強，只能任其長長。只有前髮用剪刀修齊，白天把頭髮綁起來往上盤，天黑後放下來。然後一面聽著音樂，一面用梳子梳一百次。如果沒有時間的餘裕實在辦不到。

青豆本來就不太化妝，像這樣躲在屋裡就更沒有這必要了。不過爲了讓生活稍微規律一點，她也細心地做了皮膚保養。用面霜和洗面乳按摩皮膚，睡前一定敷臉。本來就是健康的身體，因此稍微保養皮膚立刻變得光澤美麗。不，這或許也因爲懷孕的關係。曾聽說過懷孕會使皮膚變美。無論如何坐在鏡子前，看著頭髮放下來的臉時，感覺自己似乎變得比以前美了，至少產生一股成熟穩重的氣質。大概。

青豆有生以來，從來沒有認爲自己美過。從小時候開始也沒有被誰誇過一次美麗。母親反而把她當成醜女孩看待。「如果妳長得漂亮一點就好了。」是母親的口頭禪。意思是說如果青豆是漂亮一點、可愛一點的孩子的話，她們應該可以勸誘更多信徒信教。因此青豆從小就盡量不照鏡子。必要時只會短暫站在鏡子前，快速事務性地檢查幾個細部。這成爲她的習慣。

大塚環說過喜歡青豆的相貌。還說眞的不錯喔，非常漂亮。沒問題，對自己可以更有自信。青豆聽了非常高興。朋友的溫暖語言讓青春期的青豆感覺鎭定、安心多了。也開始想自己或許沒有母親一直說的那麼醜。不過連大塚環，也不曾說過她美麗。

但有生以來，青豆第一次覺得自己的臉或許也有美的地方。坐在鏡子前的時間比以前久，開始細心地看自己的臉。不過其中並不含有自戀成分。她只不過像觀察一個別的獨立個體那樣，從各種角度實際審視映在鏡中自己的臉。是自己的容貌實際上變美了？或容貌本身並沒有變，只是自己觀看的感覺方式改變了？青豆自己也無法判斷。

青豆有時會站在鏡子前故意皺眉。皺眉的臉跟以前一樣。臉上的肌肉分別往各個方向拉扯，上面的五官驚人地各自分解開來。好像全世界的所有感情都在那裡奔放出來似的。沒有美也沒有醜。從某個角度看像夜叉，某個角度看像小丑，某個角度只能看見渾沌。停止皺眉時，就像水面的波紋收斂了般肌肉也徐徐放鬆下來，恢復原來的五官。青豆從其中看出和以前多少相異的新的自己。

其實妳如果能更自然地微笑就好了，大塚環常常這樣對青豆說。一微笑起來容貌就變得那麼溫柔啊，眞可惜。但青豆卻無法在人前若無其事地自然微笑。如果勉強微笑，會變成像咧嘴般的冷笑。反而讓對方緊張，開始不自在起來。大塚環卻可以非常自然地露出開朗的笑。任何人初次見到她都會覺得她很親切，對她產生好感。但結果，她卻不得不在失意和絕望中斷絕了自己的生命。反而無法巧妙微笑的青豆卻活了下來。

安靜的星期天。許多人在溫暖的陽光引誘下，來到對面的兒童公園。雙親讓孩子們在沙坑玩耍，或去盪鞦韆。也有小孩去溜滑梯。老人們坐在長椅上，不厭倦地望著孩子們遊戲的姿態。青豆走到陽台坐在庭園椅上，從遮掩目光的塑膠條板縫隙隨意看著那樣的光景。好和平的風景。世界不停地往前進。這裡既沒有要人命的人，也沒有追蹤殺人者的人。人們不會把裝滿九毫米子彈的自動手槍，用褲襪捲起來藏在櫃子的抽屜裡。

我是否有一天也能像那樣，成爲安靜而平順的世界的一部分？青豆這樣問自己。我有一天也能牽著這個小東西的手到公園去，讓他盪鞦韆、溜滑梯嗎？不必去想要殺誰，會被誰殺的事，而能過著日常的生活嗎？這種可能性是否存在於「1Q84年」？或者那只存在於某個別的世界？而且更重要的是——那時候天吾是不是在我身旁？

青豆不再眺望公園，回到房間。關上玻璃門，拉上窗簾。聽不見孩子們的聲音了。悲哀淡淡地暈染她的心。她徹底孤立，被關在從內側上鎖的地方。別在白天眺望公園了。青豆這樣想。天吾不可能白天到公園來。他所尋找的是鮮明的兩個月亮的模樣。

青豆用過簡單的晚餐，洗過餐具後，穿著溫暖的衣服走到陽台。膝蓋上蓋著毛毯，身體沉入椅子裡。無風的夜晚。水彩畫家會喜歡的雲淡淡刷過天空，正在試著纖細筆毛的觸感。沒有被那雲遮住，約三分之二大的月亮毅然把清晰明亮的光送到地上。那個時刻，從青豆的位置無法看到第二個小月亮的身影。那部分剛好被建築物遮住。但青豆知道，那個就在那裡。她可以感覺到那存在。只是碰巧因爲角度的關係還看不見而已。不久應該就會出現在她眼前。

青豆自從藏身在這棟公寓的一室以來，刻意從腦子裡排除意識。尤其像這樣走到陽台眺望公園的時候，她可以自在地讓腦子空白。眼睛不懈怠地監視著公園。尤其是溜滑梯台上。但什麼也不想。不，意識也許在想著什麼。但那大體上都收在水面下。在那水面下自己的意識在做什麼，她並不知道。但意識會定期浮上來。就像海龜和海豚，時候到了必須把臉露出海面呼吸一樣。那樣的時候，她就知道自己剛才是在想什麼。然後意識的肺充滿新鮮的氧氣之後，會再度沉入水面下。不見蹤影。接下來青豆就什麼都不想了。她化為被柔軟的繭包住的監視裝置，無心地把視線投向溜滑梯台上。

她看著公園。但同時什麼也沒在看。如果有什麼新東西進入視野，她的意識應該會立即反應。但現在什麼也沒發生。沒有風。探針般搜尋空中的櫸樹暗沉的枝椏連微動都不動一下。世界完全靜止。她看看手錶。剛過八點。今天可能也會什麼都沒發生地結束。徹底靜悄悄的星期天夜晚。

世界不再靜止，是八點二十三分的事。

一留神時，看到一個男人在溜滑梯台上。坐在那裡，仰望著天空的一角。青豆的心臟緊緊縮起來，變成像小孩握拳般的大小。心臟一直保持那樣的大小，久得以為再也動不了了。然後唐突地膨脹起來恢復原來的尺寸，再度開始活動起來。發出乾乾的聲音，以狂亂的速度把新的血液分配到全身。青豆的意識忽然浮上水面，抖一抖身子後進入行動姿態。

是天吾，青豆反射地想。

但晃動的視野固定之後，知道那不是天吾。那男人個子矮得像小孩，大大的頭有稜有角，戴著針織帽。針織帽順著頭形歪成奇形怪狀。綠色圍巾捲在脖子上，穿著深藍色大衣。圍巾太長，大衣腹部隆起釦子像要彈開般。青豆想到那就是昨天晚上閃過一眼，從公園走出去的「小孩」。但實際上並不是小孩。應該是接近中年的大人。只是個子矮小肥胖，手腳粗短。而且擁有異樣巨大而形狀歪斜的頭。

青豆忽然想起Tamaru在電話上提過「福助頭」的事。徘徊在麻布的柳宅周圍，探查庇護所模樣的那個人。在溜滑梯台上的男人，外貌正是Tamaru昨夜在電話上所描述的那樣。這可怕的男人後來還執拗地繼續搜索，已經悄悄來到近在眼前了。必須去拿手槍來才行。為什麼偏偏只有今夜卻把手槍放在臥室裡呢？不過她深呼吸一下暫且讓混亂的心跳鎮定下來，讓神經安定下來。不，不用慌張。還沒必要拿手槍。

首先這個男人並不是在觀察青豆的大廈。他坐在溜滑梯台的頂上，以和天吾完全一樣的姿勢仰望著天空的一角。而且看來他似乎正對自己所目睹的東西專注地思索著。長久之間身體文風不動。簡直像忘了身體該怎麼動似的。完全沒注意到青豆房子的方向。青豆為此感到困惑。這到底是怎麼回事？這個男人為了追蹤我而來到這裡。可能是教團的人。而且無疑是高明的追蹤者。居然能從麻布的宅邸追查我的足跡而來到這裡。然而現在卻又在我面前毫無防備地暴露自己的姿態，放心地仰望夜空。

青豆悄悄站起來打開玻璃門一小縫，走進屋裡坐在電話前。並用微微顫抖的手指開始按Tamaru的電話號碼。總之非向Tamaru報告不可。福助頭現在正在從她的房子看得見的地方。隔著馬路的兒童公園溜滑梯上。其他事情就交給他去判斷，他應該會迅速幫她處理。但按了前面四個數字後她的手指停止動作，還握著聽筒咬緊嘴唇。

還太早了，青豆想。關於這個男人，有太多莫名其妙的地方。如果Tamaru把這個男人視為危險分子乾脆地「處理」掉的話，那莫名其妙的事情一定會在莫名其妙中結束掉。試想，這個男人採取和前一天天吾所採取的完全相同的行動。走上同樣的溜滑梯台，同樣的姿勢，同樣的天空一角。好像在照樣模仿。他的視線想必也捕捉到有兩個月亮在那裡了。青豆知道。那麼，這個男人和天吾可能某方面有聯繫。而且這個男人可能還沒注意到我藏身在這棟樓房的一戶裡。才會這樣沒防備地背對著這邊。越想這個假設越有說服力。如果是這樣，我只要跟蹤這個男人，可能就可以去到天吾所在的地方了。這個男人反倒可以成為我的嚮導。這麼一想心臟的悸動變得越發堅定、快速。她放下聽筒。

稍後再通知Tamaru，她這樣決定。在那之前有一件事必須先做。當然那會伴隨著危險。畢竟是被追蹤的人要去追蹤追蹤者。而且對方可能是箇中高手。不過總不能放過這樣的重要線索。對我來說，這說不定是最後的機會。而且這個男人看來似乎正陷入暫時恍惚的放心狀態。

她快步走進臥室，打開櫃子的抽屜拿出海克勒&寇奇手槍。撥開安全裝置，發出乾脆的聲音往槍膛裡送進子彈，再度設好安全裝置。把那插進牛仔褲背後。回到陽台。福助頭還以相同的姿勢仰望著天空。那歪斜的頭文風不動。他的心似乎完全被那天空一角看得見的東西迷住了。青豆也很清楚他那樣的心情。那確實是會迷惑人心的光景。

青豆回到房間，穿上長夾克，戴上棒球帽。再戴上沒有度數、造型簡單的黑框眼鏡。這樣臉的模樣就相當不同了。脖子圍上灰色圍巾，皮夾和房間鑰匙塞進口袋。跑下樓梯，走出大廈的玄關。運動鞋的鞋底無聲地踩在柏油路面。好久沒嚐到的這堅定踏實的觸感鼓舞著她。

青豆邊走在路上，邊確認福助頭還在同一個地方。太陽下山後溫度確實下降了，不過依然無風。反而冷得很舒服。青豆邊吐著白氣邊躡著腳步聲，就那樣若無其事地走過公園前。福助頭完全沒注意到。他的視線從溜滑梯台上筆直朝向天空。從青豆的位置看不見，但那男人的視線所及應該看得見大小兩個月亮。那想必正在冷凍無雲的天空，並排依靠在一起。

通過公園，走到前面一個轉角，往右轉後再倒回來。並躲在陰暗的影子下，望著溜滑梯台的模樣。腰的背後有小型手槍的觸感。像死本身般又硬又冷的觸感。那讓神經的亢奮鎮定下來。

等了大約五分鐘。福助頭慢慢站起來，拂掉大衣上的灰塵，再抬頭望一眼天空後定下心似地走下溜滑梯的階梯。然後走出公園往車站的方向走。要跟蹤那個人並不太難。星期天晚上的住宅區人影稀疏，隔一段距離也不用擔心會跟丟。而且對方似乎絲毫沒懷疑到自己可能會被人監視。沒有回頭，以一定的速度邁著步子。人一面想事情一面走路的速度。青豆想到眞諷刺。追蹤者的死角是被追蹤。

終於搞清楚福助頭並不是要往高圓寺車站。青豆在屋裡透過東京二十三區道路地圖，把大廈周邊詳細的地理情況都記進腦子裡。因爲萬一發生緊急狀況，有必要先熟悉往什麼方向有什麼。所以知道福助頭最初往車站的方向走，中途轉向別的方向。而且也發現福助頭對這附近的地理位置並不熟。他兩次在路口站定下來，不太有信心地張望，確認著電線桿上的住址標示。他在這裡是個外來者。

福助頭的步調終於加快一點。青豆推測一定是回到記得的地區了。沒錯。他通過區立小學前，在寬闊的路上前進一會兒，便走進那裡的一棟三層樓舊公寓去。

青豆看見那個男人消失在玄關裡後，等了五分鐘。她可不希望和那個男人在入口照面。玄關上附有遮陽的水泥屋簷，圓形電燈把門口一帶照出一片黃色。她沒看到公寓有任何看板或門牌。可能是一棟無名的出租公寓。畢竟建好已經又經過相當歲月的樣子了。她記住電線桿上所標記的住址。

過了五分鐘，青豆走向公寓的玄關。快步通過黃色燈下，打開入口的門。小門廳裡沒有人。空蕩而缺乏溫暖的空間。快熄滅的日光燈發出吱吱的微弱聲響。不知從哪裡傳來電視的聲音。也聽得見小孩正高聲向母親要求什麼的聲音。

青豆從長夾克口袋拿出自己房間的鑰匙，如果有人看見，希望別人以爲她是這裡的住戶。她手上邊拿著鑰匙輕輕搖晃，邊讀著信箱的名牌。其中之一可能是那個福助頭的。並沒有太期待，但總之值得試試看。是一棟小公寓，住戶應該不算多，終於發現一個信箱上有「川奈」的姓，一瞬間青豆周圍所有的聲音都消失了。

青豆在那信箱前站定。周遭的空氣變得非常稀薄，無法順利呼吸。她的嘴唇輕輕張開，微微顫抖。時間就那樣經過。自已也知道那是非常愚蠢而危險的舉動。福助頭就在這一帶的什麼地方。說不定現在就會出現在玄關。但她無法從那信箱抽身離開。「川奈」這樣的一小片名牌麻痺了她的理性，凍僵了她的身體。

那姓川奈的住戶，當然不確定是川奈天吾。川奈雖然不是到處都有的普通的姓，但也沒有像「青豆」那樣特別稀奇。不過如果照她所推測的那樣，如果福助頭和天吾有某種聯繫，這個「川奈」就是川奈天吾的可能性應該就很高了。房間號碼是三〇三。和她所住的房間碰巧號碼相同。

該怎麼辦才好？青豆用力咬緊嘴唇。她的頭腦在同一個圈圈裡持續團團轉著。到處找不到出口。該怎麼辦才好？但總不能一直站在信箱前發呆。青豆下定決心，從那不表歡迎的水泥樓梯走上三樓。陰暗的地上，到處顯現歲月刻劃的細微裂痕。運動鞋的鞋底發出刺耳的聲音。

然後青豆站在三〇三號房前面。沒有特徵的鐵門，名牌上插著印有「川奈」的卡片。還是只有姓沒有名。這兩個字非常不親切，只能感覺到無機質。但同時上面也聚集了深深的謎。青豆站在那裡，側耳傾聽。敏銳地集中所有的感覺。但門後沒有傳出任何聲音。也不知道裡面有沒有亮燈。門邊有個門鈴。

青豆猶豫一下。咬著嘴唇尋思一番。我該不該按這個門鈴？

或許這是個設計巧妙的陷阱。門後面可能藏著福助頭，像黑森林裡的小小人那樣，一面露出陰險的笑臉一面等著我的出現。他特地在溜滑梯台上現身，把我引誘到這裡來，準備逮住我。他知道我在找天吾，所以就以他爲餌。卑鄙狡猾的男人。而且確實掌握住我的弱點了。要我從那個房間的內側打開門鎖，確實除此之外沒有別的辦法。

青豆確認周圍沒有任何人，從牛仔褲後面拿出手槍。撥開安全裝置，放進長夾克的口袋裡以便隨時可以拔槍。右手握緊握柄，食指扣緊扳機。然後用左手的拇指按門鈴。

聽得見房間裡響起門鈴的聲音。慢慢的叮咚聲。和她快速的心臟跳動節奏不搭配。她握緊手槍，等門打開。但門沒有開。也沒有誰透過門的窺視孔探看的跡象。她隔一會兒再度按鈴。鈴聲再度響起。聲音大得杉並區的人都會抬起頭，側耳傾聽的地步。青豆右手在槍把上冒著汗。但還是沒有反應。

還是先離開這裡爲妙。三〇三室姓川奈的住戶，無論是誰總之不在。而且現在這棟建築的某個地方正躲著那個不祥的福助頭。繼續再久留很危險。她急忙下了樓梯，再瞄一眼信箱後走出那棟房子。低著頭快速通過黃色燈下，走到路上。回過頭，確定後面沒有人跟蹤。

很多事情不想不行。需要判斷的事情也同樣多。她摸索著扣上手槍的安全裝置。在沒有人看得見的地方，把那重新插回牛仔褲背後。青豆對自己說不可以過分期待。不可以期待過多。那個姓川奈的住戶，可能是天吾本人。但也可能不是天吾。一旦開始期待，心就會自己跟著開始動起來。而且那期待落空時人就會失望，失望會喚來無力感。心會產生縫隙，警戒便會疏忽。對現在的我來說，那是最危險的事。

那個福助頭掌握了多少事實？並不清楚。不過以現實問題來說，那個男人接近我了。已經來到伸手可及的地方了。必須提心吊膽，提高警覺才行。對方是不會鬆懈的危險男人。些微疏忽就可能致命。首先第一，不能再輕易靠近那棟舊公寓的周圍。那個人想必躲在那棟公寓的某個地方，正在思索如何獵捕我的策略。就像在黑暗中張開網子的吸血毒蜘蛛那樣。

回到自己的房子之前青豆已經下定決心。她可以走的路只有一條。

青豆這次按Tamaru的電話按到號碼的最後。響十二聲後掛斷。脫掉帽子和夾克。把手槍放回櫃子的抽屜，喝了兩玻璃杯水。在水壺放進水，燒開水準備泡紅茶。從窗簾縫隙窺視一眼馬路對面的公園，確認那裡沒有人。站在洗手間鏡子前用梳子梳頭。雖然這樣，雙手的手指還是無法順暢地動。緊張仍然持續。

在往紅茶的茶壺注入開水時電話鈴響了。對方當然是Tamaru。

「剛才我看見福助頭了。」青豆說。

沉默。「妳說**剛才看見**，表示現在已經不在那裡了嗎？」

「對。」青豆說。「稍早以前在這棟公寓對面的公園裡。但現在不在了。」

「稍早以前是多久以前？」

「大約四十分鐘前。」

「爲什麼四十分鐘前沒有打電話？」

「我必須馬上跟蹤他，沒有時間。」

Tamaru好像擠出來似地慢慢吐氣。「跟蹤了？」

「因爲不想跟丟他。」

「我應該說過無論如何都不可以外出的。」

青豆小心地選著用語。「可是危險逼近自己了，總不能只是坐以待斃。就算跟你聯絡，你也不可能立刻趕來這裡。對嗎？」

Tamaru從喉嚨深處發出微小的聲音。「於是妳就去跟蹤福助頭。」

「那傢伙好像完全沒想到自己正被跟蹤。」

「專家會假裝這樣。」Tamaru說。

正如Tamaru說的那樣。或許是巧妙設計的圈套。不過不能在Tamaru前面承認這個。「當然你也許可以這樣辦到。不過以我看來，福助頭還沒有達到這個水準。手腕可能高明。但跟你不同。」

「可能後面有人支援。」

「不。那個男人是一個人不會錯。」

Tamaru短暫地頓一下。「算了沒關係。那麼妳看到那傢伙的去向了嗎？」

青豆把公寓的地址告訴Tamaru，說明了外觀。但不清楚是哪個房間。Tamaru把那寫下來。他問了幾個問題，青豆盡量正確回答。

「妳發現的時候，那個男人正在公寓對面的公園裡嗎？」Tamaru問。

「對。」

「在公園裡做什麼？」

青豆說明。那個男人坐在溜滑梯台上，久久仰望著夜空。不過當然沒有提到兩個月亮的事。

「看天空？」Tamaru說。聽筒傳來他的思考迴轉數正在提高。

「天空、或月亮、或星星，之類的東西。」

「而且讓自己的身影毫無防備地暴露在溜滑梯台上。」

「沒錯。」

「妳不覺得很奇怪嗎？」Tamaru說。乾而硬的聲音。令人想到一年只能靠下一天雨支撐剩下的季節活下去的沙漠植物。「那個男人正在追蹤妳。已經來到只差一步的地方了。真了不起。然而卻從溜滑梯台上輕鬆地仰望冬夜的天空。對妳所住的房子瞧都不瞧一眼。要我來說，沒有這麼不合理的事情。」

「也許是。很奇怪。也不合理。我也這樣想。不過那個歸那個，無論如何總不能眼看著那傢伙讓他走掉。」

Tamaru嘆一口氣。「雖然如此，我還是覺得那樣非常危險。」

青豆閉著嘴。

「妳跟蹤他，有沒有解開一點謎呀？」Tamaru問。

「沒有。」青豆說。「不過有一點事情讓我擔心。」

「例如什麼？」

「查了一下玄關的信箱，發現三樓住著姓川奈的人。」

「然後呢？」

「你知道今年夏天暢銷的小說《空氣蛹》吧？」

「我也會讀報紙的。作者深田繪里子應該是『先驅』的信徒的孩子。後來失蹤了，有人懷疑可能被教團綁架了。警察調查過。書我還沒讀。」

「深田繪里子不是普通信徒的孩子。她父親就是『先驅』的領導。換句話說她是經由我的手送到那邊去的男人的女兒。而川奈天吾則是編輯請來代筆的槍手，大幅改寫《空氣蛹》的人物。那本書事實上可以說是兩個人共同創作的。」

長久的沉默降臨。好像走到細長房間的另一端去，拿了辭典查了什麼，再走回來那樣的時間。然後Tamaru開口。

「那位公寓住戶川奈，有沒有確實證據就是川奈天吾？」

「現在還沒有。」青豆承認。「不過如果是同一個人的話，事情就多少可以說得通了。」

「片斷湊得起來了。」Tamaru說。「不過妳怎麼知道那位川奈天吾就是《空氣蛹》的影子作者？這種事情應該沒有公開發表出來。如果被世間的人知道了會鬧成大醜聞的。」

「我是從領導口中聽來的。他在臨死之前，告訴我的。」

Tamaru的聲音冷了一級。「妳在更早以前就該告訴我這件事了。妳不覺得嗎？」

「那時候，我還不覺得那是具有重大意義的事。」

又有一陣沉默。青豆不知道在那沉默中Tamaru想了什麼。不過她知道Tamaru不喜歡藉口。

「好吧。」Tamaru終於說。「那就算了。總之長話短說。妳想說的是，福助頭可能知道了這個，盯上了川奈天吾這個人物。從這個頭緒正在逼近妳所在的地方。」

「我想可能是這樣。」

「我眞不明白。」Tamaru說。「爲什麼那個川奈天吾，會變成追查妳的頭緒呢？妳跟川奈天吾之間並沒有什麼關係吧？除了妳處理了深田繪里子的父親，他是深田繪里子小說的代筆槍手以外。」

「有關係。」青豆以缺乏抑揚的聲音說。

「妳是說，妳跟川奈天吾之間有直接的關係嗎？」

「我跟川奈天吾，以前小學在同一班。而且我想我要生的孩子的父親可能就是他。不過除此之外我無法在這裡說明。怎麼說呢，這是非常個人的事情。」

聽筒傳來原子筆尖咚咚地敲在桌上的聲音。除此之外聽不到任何聲音。

「個人的事情。」Tamaru說。好像在平坦的庭石上發現稀奇的動物般的聲音。

「不好意思。」青豆說。

「我明白了。那是非常個人的事情。我也不再多問。」Tamaru說。「那麼，妳具體上希望我怎樣樣？」

「我想知道的，首先是那位姓川奈的住戶，眞的是川奈天吾嗎？如果可能我眞希望自己去確認。不過我接近那棟公寓太危險了。」

「那還用說。」Tamaru說。

「而且那個福助頭可能就躲在那棟公寓的什麼地方，在算計著什麼。如果那個男人快要找到我住的地方了，我想有必要採取行動。」

「那傢伙某種程度也掌握到，妳和夫人之間有關係。這個男人把這幾個線索細心地拉攏，正準備結合起來。當然不能放著不管。」

「還有一件事要拜託你。」青豆說。

「說說看。」

「如果在那裡的眞的是川奈天吾的話，希望你不要讓他受到任何傷害。如果無論如何都有人要危害他的話，就讓我來代替他。」

Tamaru又是一陣沉默。這次沒聽到原子筆尖敲桌子的聲音。聽不見任何聲音。他在無聲的世界尋思著。

「前面兩件事，我還可以辦到。」Tamaru說。「因爲那是我工作的一環。但關於第三件就很難說了。那跟個人的事情牽涉太深，也有太多我所無法理解的要素。而且以經驗來說，一次處理三個案件並不簡單。不管喜不喜歡，都會產生優先順序。」

「沒關係。你就依你的優先順序。只要你在腦子裡幫我放著這件事。在我還活著的時候，不管發生任何事，都非見天吾一面不可。因爲有事情非告訴他不可。」

「我會放在腦子裡。」Tamaru說。「我是說如果裡面還有空位的話。」

「謝謝。」青豆說。

「妳現在跟我說的事情，我必須如實向上報告。這是微妙的問題。靠我一個人的裁量還動不了。暫且就在這裡掛電話了。不要再出去了。把房門鎖上，待在裡面。妳如果出去外面事情就麻煩了。也許已經惹上麻煩了。」

「不過，相對的因此這邊也掌握到對方的幾個事實了。」

「好吧。」Tamaru放棄似地說。「聽妳說的至少做得還算沒有閃失。這點我認同妳。不過不可以大意喲。我們還沒正確掌握對方企圖做什麼。而且以狀況來考慮，背後可能還有組織以某種形式介入其中。我之前交給你的東西還在吧？」

「當然。」

「那東西暫時最好不要離開手邊。」

「我會。」

停了一會兒，掛斷電話。

青豆身體深深沉進熱水滿溢的浴缸裡，邊花時間慢慢暖著身子邊想天吾。可能住在那老舊三層樓公寓一室裡的天吾。她腦子裡浮現那不親切的鐵門，名牌框裡的名片卡。「川奈」的姓印刷在上面。那門的深處，到底有什麼樣的房間，在那裡過著什麼樣的生活？

她在熱水中用手掌捧著兩邊的乳房，慢慢地撫摸幾次看看。乳頭變得比平常大而硬。也變敏感了。如果這手掌是天吾的該多好，青豆想。她想像著天吾又寬又厚的手掌。那一定是強有力而溫柔的。她的一對乳房被包在他的雙手中，應該可以從中找到深深的愉悅和平穩。然後青豆發現自己的乳房比以前變大了幾分。這不是錯覺。確實膨脹起來，曲線變得更柔和了。可能是懷孕的關係。不，或許我的乳房和懷孕無關就是變大了。以我的變貌的一環。

她把手放在肚子上。那膨脹還沒達到十分。而且不知怎麼也沒有害喜。不過這深處潛藏著小東西。她知道。說不定，青豆想，他們拚命追蹤我爲的不是要我的命，而是爲了這個小東西？他們因爲我殺了領導，要我付出代價，想得到我和這東西嗎？這想法讓她顫抖。無論如何都必須見天吾。青豆重新堅定信心。一定要和他同心協力，珍惜地保護這個小東西。我過去的人生，已經有太多東西被剝奪了。但只有這個絕對不會交給任何人。

上了床，讀了一會兒書。但睡意沒有來臨。她闔上書，像要保護腹部般輕輕折彎身體。臉頰貼著枕頭，想著浮在公園上空的冬月。還有浮在旁邊的綠色小月亮。Mother 和 Daughter。兩個月亮的光互相融合在一起，清洗著葉子落盡的櫸樹枝椏。還有 Tamaru 現在應該在思考對策，看要如何解決事態。他的思考正高速旋轉著。青豆腦子裡浮現他皺著眉，正用原子筆頭咚咚敲著桌子的身影。然後她終於像被那單調而不停歇的節奏所引導般，被睡眠的柔軟布巾包了進去。

第21章 天吾

在腦子裡的某個地方

電話鈴響。鬧鐘的數字告知時刻是二時四分。星期一，天還沒亮，凌晨的二時四分。周遭當然一片漆黑，天吾正在深深沉睡中。完全沒做夢的安穩沉睡。

他腦子裡首先浮現的是深繪里。在這樣突兀的時間會打電話來的人，說起來首先只有她。然後稍過一會兒腦子裡浮現小松的臉。小松對時間也並不是很有概念。但那鈴聲響法不像小松。說來有點急切的事務性響法。而且跟小松才剛見過面談過許多話，幾小時前才剛分手。

不理那電話繼續睡，也是一種選擇。天吾其實比較想這樣。但電話鈴卻像要打倒所有選擇般，響個不停。可能會持續響到天亮。他從床上起來，腳不知道撞到什麼，拿起聽筒。

「喂！」天吾以不太靈活的舌頭說。腦子裡像留下冷凍生菜代替腦漿般。世間可能有人不知道生菜是不可以冷凍的。一旦冷凍過再解凍的生菜，會失去清脆的口感，讓你喪失食慾。那清脆才是對生菜來說最優良的資質啊（有人卻不知道）。

聽筒抵著耳朵時，傳來風吹過的聲音。邊輕輕吹拂起正彎身喝著清澈流水的美麗鹿群的毛，邊穿過狹小山谷的一陣隨性的風。但那不是風聲。而是透過機械被誇張了的某人的呼吸聲。

「喂！」天吾重複一次。可能是開玩笑的電話。可能是線路不佳。

「喂！」那個誰說。沒聽過的女人聲音。不是深繪里。也不是年長的女朋友。

「喂！」天吾說。「我是川奈。」

「天吾君。」對方說。話好像好不容易對上了。但還沒弄清楚對方是誰。

「哪一位？」

「安達久美。」對方說。

「啊，是妳呀。」天吾說。住在聽得見貓頭鷹叫聲的公寓，年輕的護士安達久美。「怎麼了？」

「你在睡覺？」

「嗯。」天吾說。「妳呢？」

無意義的問話。正在睡覺的人當然不能打電話。爲什麼會問這麼傻的問題。一定是腦子裡那凍僵的生菜的關係。

「我正在值班。」她說。然後乾咳一聲。「嗯，川奈先生剛剛過世了。」

「川奈先生過世了。」天吾沒搞清楚地重複一遍。是不是自己死了，有人來告訴他這件事。

「天吾君的父親斷氣了。」安達久美重新說過。

天吾沒有特別用意地把聽筒從右手換到左手。「斷氣了。」他又再重複一次。

「我在休息室迷迷糊糊地休息時，一點多，呼叫鈴響起。你父親病房的呼叫鈴。因爲你父親一直沒有意識，所以不可能自己按鈴，我覺得很奇怪，總之立刻過去看看。不過我去的時候呼吸已經停止。心跳也停了。我把值班醫師叫起來，做了緊急處置，但還是不行。」

「換句話說是父親按鈴的？」

「大概。此外沒有誰按過鈴。」

「死因呢？」天吾問。

「這種事不能由我來說。不過好像沒有痛苦的樣子。表情非常安詳。怎麼說呢？好像深秋時節沒有風卻有一片葉子飄落了，那種感覺。這種說法或許不恰當。」

「沒什麼不恰當。」天吾說。「我覺得說得很好。」

「天吾今天會來這裡嗎？」

「我想我會去。」星期一要重新開始上補習班的課，但如果父親過世了，怎麼樣應該都可以通融。

「我會搭最早班的特急。十點前就可以到吧。」

「如果能這樣就好了。因爲有很多實際的事要辦。」

「實際。」天吾說。「具體上需要準備什麼東西嗎？」

「這麼說川奈先生的親屬，只有天吾一個人嗎？」

「大概是這樣。」

「那麼，就請帶印鑑來。可能有需要。還有你有印鑑證明嗎？」

「我想應該有備用的。」

「愼重起見也帶來。我想其他沒有特別需要什麼東西。你父親好像全都自己準備好了。」

「全都準備好了？」

「嗯。他還有意識的時候，從喪葬費、入棺時要穿的壽衣，到納骨地點，全部都自己詳細指定好了。

想得非常周到的人。或者該說很實際吧。」

「他就是這種人。」天吾用手指摩擦著太陽穴說。

「我值班到早上七點，會回家睡覺。不過田村小姐和大村小姐從早上開始値班，所以我想她們到時候會詳細向天吾說明。」

田村小姐是戴眼鏡的中年護士，大村小姐是原子筆插在頭髮上的護士。

「很多事情好像都讓妳照顧了。」天吾說。

「哪兒的話。」安達久美說。然後才忽然想起來似的，口氣莊重地補充一句：「請您節哀順變。」

「謝謝。」天吾說。

因爲不可能再睡了，天吾索性燒了開水，泡了咖啡來喝。頭腦因而稍微恢復正常。感覺肚子有點餓，於是用冰箱裡的番茄和起司做了三明治吃。像在黑暗中吃東西時那樣，雖然有吃的感覺卻幾乎沒有味道。然後拿出時刻表來，查了到館山的特急發車時刻。兩天前，星期六中午才剛從「貓之村」回來，又不得不再回去那裡。不過這次應該只要過一兩夜就夠了。

時鐘指到四點時，天吾在洗臉台洗了臉，刮了鬍子。用梳子把筆直豎起的一撮頭髮想辦法梳服貼，然而照例不順利。算了。中午以前大概會漸漸服貼吧。

父親斷了氣這件事，並沒有特別動搖天吾的心。他和失去意識的父親共度了兩星期左右。看來父親似乎已經將當時的自己正邁向死亡這件事當成既定事實般接受了。這麼說或許很奇怪，但他好像是決定好之後，自己關掉開關進入昏睡狀態的。是什麼讓他那樣昏睡的，連醫師們都無法斷定原因。但天吾知道。是父親決定要死的。或放棄再活下去的意志。如果借用安達久美的辭彙，可以說是以「一片樹葉」，關掉意識的明燈，關閉一切感覺的門扉，等待季節的刻度來臨。

從千倉站搭計程車，到海邊的療養院時是十點半。和前一天的星期天一樣安穩的初冬的一天。溫暖的陽光，像在慰勞快枯萎的庭園芳草般照射著，一隻沒見過的三色貓在那裡邊曬太陽，邊花時間仔細舔著尾巴。田村護士和大村護士在玄關迎接他。兩人分別輕聲安慰天吾。天吾謝過她們。

父親的遺體，被安置在療養院不顯眼的一區，不顯眼的一個小房間。田村護士走在前頭帶天吾到那裡。父親仰臥在輪床上，蓋著白布。沒有窗戶的正四方形房間，天花板的日光燈把白牆照得更白。有高度齊腰的櫥櫃，上面擺著玻璃花瓶，插著三枝白菊。花可能是當天早晨插的。牆上掛著圓形掛鐘。雖是蒙上灰塵的舊鐘，但指的時刻卻是正確的。那或許具有某種證言的任務。此外沒有其他家具或裝飾。可能有很多衰老的死者都同樣經過這個簡陋樸素的房間。無言地進來，再無言地出去。這個房間雖是務實性的，但也自有一股嚴肅的空氣，彷彿散發著正在傳達重要事項的氣氛。

父親的臉和生前沒有什麼兩樣。即使靠近了、面對面，也幾乎沒有已經死去的真實感。臉色還不錯，可能有人適時幫他刮了鬍子，下顎和鼻子下面光溜溜的有點怪。失去意識陷入深深的昏睡狀態，和失去生命之間，現在看不出有多大的差別。只有不再需要補給營養和處理排泄了而已。只是如果就這樣放著不管的話幾天內就會開始腐敗。而且那將是分別生與死的巨大差別了。不過當然在那之前遺體就會先行火葬了。

以前談過幾次話的醫師來了，先說了致哀的話，再說明父親死的過程。很親切地花時間說明，但可以一句話總括，就是「死因不明」。無論如何檢查，都沒發現具體不好的地方。檢查結果反而顯示父親的身體是健康的。只是患了失智症而已。但不知怎麼有時會陷入昏睡狀態（原因依然不明），在意識沒有復原之下身體整體的機能也逐漸一點一點，持續下降。而且那下降曲線，在跨過某個定點之後，要維持生命已經有困難了，父親難以避免地進入死亡的領域。要說容易了解也很容易了解，不過以醫師的專業立場來說，則還有不少問題。因為死因無法特定在某一個原因。雖然最接近老衰的定義，不過父親才六十多歲，要以老衰當病名還太年輕。

「我以主治醫師的身分必須寫令尊的死亡診斷書。」那位醫師客氣地說。「我想死因用『長期昏睡所引起的心臟衰竭』的理由，您覺得可以嗎？」

「但實際上父親的死因並不是『長期昏睡所引起的心臟衰竭』。是這樣嗎？」天吾問。

醫師臉上表情有點為難。「是的，心臟到最後，都沒有發現障礙。」

「可是其他內臟器官也沒有發現什麼障礙對嗎？」

「是的。」醫師難以出口地說。

「但文件上需要明確的死因？」

「沒錯。」

「專業的事我不清楚，總之現在心臟是停止了對嗎？」

「當然，心臟是停止了。」

「那麼也算是一種衰竭狀態了？」

醫師對這點尋思了一會兒。「如果心臟在活動算是正常的話，那麼那確實算是衰竭狀態。正如您說的。」

「那麼，就請這樣寫吧。您是說『長期昏睡所引起的心臟衰竭』嗎？這樣寫沒關係。我沒有異議。」

醫師好像鬆了一口氣。他說只要三十分鐘就可以準備好死亡診斷書。天吾道過謝。醫師走掉，留下戴眼鏡的田村護士。

「要不要讓您跟令尊單獨在一起一會兒？」田村護士問天吾。規定是要這樣問的，所以就這樣問了，聽起來有點公事公辦。

「不，沒這個必要。謝謝。」天吾說。這時讓他跟死掉的父親兩個人獨處，也沒有特別的話可說。生前都已經沒什麼話說了。死掉了也不會忽然生出話題來。

「那麼我想換個地方，來商量一下接下來要進行的程序，可以嗎？」田村護士說。

沒關係，天吾說。

田村護士出去之前，向遺體輕輕雙手合十。天吾也同樣照做。人對死者表示自然的敬意。對方才剛剛成就了，死，這個個人偉業。然後兩個人走出那沒窗戶的小房間，移到餐廳去。餐廳裡沒有任何人。明亮的陽光從面臨庭園的大窗射進來。天吾踏進那光線裡，總算鬆了一口氣。這裡已經沒有死者的氣息了。這是為活著的人構築的世界。不管是多麼不確實而不完全的東西。

田村護士端出一杯熱的烘焙茶來。兩個人隔桌暫時無言地喝著那烘焙茶。

「今天要住哪裡？」護士問。

「打算住下來。但還沒訂旅館。」

「如果不嫌棄，要不要住你父親向來住的房間？現在沒人使用，而且可能也不用花住宿費。如果你不忌諱的話。」

「不會呀。」天吾有點驚訝地說。「只是可以這樣做嗎？」

「沒關係。只要你可以，我們這邊沒有人會介意。等一下讓他們幫你準備鋪床。」

「那麼，」天吾直接提出，「我現在開始該做什麼才好？」

「請跟主治醫師領死亡診斷書，到公所去領火葬許可證，然後辦理除籍手續。這是目前最重要的事。我想其他還有年金的手續。存款帳戶的戶名變更等，各種雜事，這些可以跟律師商量。」

「律師？」天吾驚訝地說。

「川奈先生，也就是您的父親，已經把自己死後的相關手續，跟律師說好了。所謂律師，並不是那麼嚴重的人。我們療養院很多老人，有判斷能力成問題的情況，所以爲了避免分遺產等法律糾紛，我們跟本地的律師事務所合作提供法律顧問的服務。也有以公證人身分作成遺囑之類的事。費用並不太高。」

「我父親有留遺言嗎？」

「這個請你問律師看看。這種事情我不能開口。」

「明白了。最近可以見到這個人嗎？」

「我們已經聯絡好了，請他今天下午三點鐘來。這樣可以嗎？好像太急了，不過我們想您也很忙，所以就擅自這樣安排了。」

「很感謝。」天吾對她的妥善安排表示謝意。他周圍的年長女性不知怎麼都很周到。

「在那之前請先到公所去，辦理除籍和領火葬許可證。沒有那個的話，事情就無法進行。」田村護士說。

「那麼，我現在非先去市川不可囉。因爲父親的本籍應該是市川市。但是那樣的話三點就趕不回來了。」

護士搖搖頭。「您父親住進這裡以後，就把戶口和戶籍地從市川市遷到千倉町來了。說是萬一怎麼樣的時候這樣比較省事。」

「設想得眞周到。」天吾佩服地說。簡直像一開始就知道會在這裡死去似的。

「眞的是。」護士說。「很少人做到這個地步。大家都以爲住在這裡只是暫時的。可是……」說到一半停了下來，好像要暗示接下來的話似的，雙手安靜地在身體前面合十。「總之您不必到市川去了。」

天吾被帶到父親的病房去。父親度過最後幾個月的個人房間。床單拆掉了，棉被和枕頭也拿走了。床上只剩條紋床墊。桌上放著簡陋的檯燈，狹小的衣櫃裡放著五個空衣架。書架上一本書也沒有，其他私人物品也都被移到什麼地方去了。話雖這麼說，天吾完全想不起這裡有過什麼私人物品。他把包包放在地上，環視整個房間一圈。

房間裡還留下些微藥品的氣味。甚至可以聞到病人留下的氣息。天吾打開窗戶，把房間裡的空氣換新。日曬過的窗簾隨風飄起，像正在遊戲的少女裙子般搖擺著。看著這個之間，天吾忽然想到，現在如果青豆在這裡，什麼也不說只是緊握著自己的手那該有多美好。

他搭巴士到千倉的公所去，向窗口提出死亡診斷書，領到火葬許可證。死亡超過二十四小時就可以付諸火葬。也送出除籍申報。領到除籍證明書。辦手續花了一點時間，不過事情的原理簡單得不得了。不需要做到查證的地步。就像提出車輛報廢申請一樣。從公所領回來的文件他請田村護士用辦公室的影印機各影印了三份。

「兩點半，律師來之前，有一間叫善光社的葬儀社的人會來這裡。」田村護士說。「你把火葬許可證影本交一份給那個人。其他事情善光社會包辦一切。您父親生前已經和負責人先談過決定好各種程序。需要的費用他也先存起來了。所以您什麼都不用做。當然是說如果天吾沒有異議的話。」

天吾說沒有異議。

父親身邊的東西幾乎都沒留下來。只有舊衣服、幾本書，這樣而已。「你有沒有想要把什麼東西留下來做紀念？話雖這麼說，也只有附鬧鐘的收音機、舊的自動發條式手錶、老花眼鏡，這類東西而已。」田村護士問。

什麼都不需要，請妳看著辦幫我處理掉，天吾說。

兩點半整，穿黑西裝的葬儀社負責人，以靜悄悄的腳步走過來。五十出頭的瘦男人。雙手手指修長，眼珠大大的，鼻子旁邊有個黑色乾疣。好像經常長時間待在陽光下的樣子，連耳朵尖端都曬透了。不知爲什麼，天吾從來沒看過胖的葬儀社人員。那個男人向天吾說明葬禮的大約程序。用語彬彬有禮，說話非常緩慢。好像在暗示，這次的事情沒有任何需要著急的地方似的。

「您的父親生前希望，葬禮盡量不要排場，只要放進能用的簡素棺材，就那樣火葬就行了。他說祭壇、儀式、唸經、戒名、鮮花、行禮，這些東西全都要省略。也不需要墳墓。遺骨希望放進這附近適當的共同納骨堂裡。所以，如果公子沒有異議的話……」

他的話在這裡停頓下來，以大眼睛像在徵詢意見般盯著天吾的臉。

「如果我父親這樣希望的話，我並沒有異議。」天吾筆直望著那眼睛說。

負責人點頭，眼睛輕輕俯視。「那麼，今天就是所謂的守夜，遺體就在本社安置一夜。因此，現在開始就讓我們把遺體運過去。然後明天下午一點，就在附近的火葬場進行火葬，這樣可以嗎？」

「沒問題。」

「公子要參加火葬嗎？」

「我會參加。」天吾說。

「也有人不想參加的，這可以自由決定。」

「我要參加。」天吾說。

「很好。」對方好像稍微鬆一口氣似地說。「那麼，是在這樣的地方，這東西和我給令尊生前看過的內容一樣。希望您也能同意。」

負責人這麼說之後，修長的手指就像昆蟲的腳般動著，從文件夾裡拿出估價單來，交給天吾。對葬儀近乎無知的天吾，都可以看出那是相當便宜的葬禮。天吾當然沒有異議。他借了原子筆在那文件上簽名。

律師在快三點時來了之後，葬禮負責人和律師當著天吾的面聊了一下。專家和專家間句子簡短的對話。天吾不太清楚他們談的是什麼。兩個人似乎以前就認識了。小地方。一定都彼此認識。

遺體安置室的緊鄰就有一扇不顯眼的後門，葬儀社的廂型車就停在那外面。除了駕駛座之外的車窗全都漆黑，黑漆漆的車體上沒有文字也沒有商標。瘦瘦的葬儀社人員跟白頭髮兼助理的司機兩個人，把父親移到輪床上，推到車子後面。廂型車是特殊設計的，天棚特別高，用軌道把床整個推上去。後面的雙扇門發出業務性的聲音關起來，負責人向天吾深深一鞠躬，然後廂型車便開走了。天吾和律師、田村護士、大村護士四個人，朝那漆黑的Toyota車後門雙手合十。

律師和天吾在餐廳一角面對面交談。律師大約四十五歲左右，身材和葬儀社的人成對比，圓圓胖胖的，幾乎看不見下顎。冬天額頭上還薄薄冒著汗。夏天一定更嚴重。灰色毛西裝發出防蟲劑撲鼻的氣味。額頭狹窄，上面頭髮漆黑，不必要地茂密。肥胖的身體和茂密頭髮的組合，實在不搭。眼瞼沉重地腫脹，眼睛很細，但仔細看時深處透著親切的光。

「令尊有託我遺書。雖說是遺書，不過並不是什麼嚴重的東西。和推理小說中出現的遺書不一樣。」律師說著乾咳一聲。「應該說，比較接近簡單的便條。好吧，首先讓我來簡單說明一下內容。遺言首先指示，自己的葬禮程序。關於那內容，我想剛才善光社的人在這裡已經說過了吧？」

「他說明過，要簡單樸素的葬禮。」

「很好。」律師說。「那是令尊所希望的。一切都盡可能簡單樸素。葬禮費用從他的儲蓄支付，關於醫療費等，令尊住進這裡來的時候已經整筆繳過保證金，用那筆錢支付。他希望金錢方面不要給天吾先生增添任何負擔。」

「意思是他不要欠任何人對嗎？」

「沒錯。一切都先預付過了。其次令尊在千倉郵局的帳戶還留下一點錢。那會由身為兒子的天吾先生繼承。需要辦變更戶名的手續。戶名變更需要令尊的除籍申請書、天吾先生的戶籍謄本和印鑑證明。帶著這些直接到千倉郵局去，要在必要的文件上親筆填寫。手續應該相當花時間。您知道日本的銀行和郵局對文件總是很囉唆的。」

律師從上衣口袋拿出白色大手帕來，擦著額頭的汗。

「關於財產的繼承必須傳達的只有這個。雖說是財產，但除了郵局的儲蓄之外，並沒有任何人壽保險、股票、不動產、寶石、書畫、古董之類的。應該說非常容易了解，是的，一點都不費事。」

天吾點點頭。很像父親的作風。不過要繼承父親的存款帳簿，讓天吾感覺很鬱悶。好像用沉重的溼毛毯捲了幾層交給他似的。如果可能他眞不想接受這種東西。但面對這位頭髮濃密、看來人很好的胖律師，總不能說出這種話來。

「此外令尊託給我一個信封。我現在帶著，所以我想就交給您。」

那鼓脹的茶色大信封用膠帶嚴密地封著。胖律師把那從黑色公事包裡拿出來，放在桌上。

「川奈先生一住進這裡之後，我們見面談起話時，他託給我的。那時候，川奈先生，嗯，意識還很清醒。雖然當然有時也會有混亂的情況，不過大體上似乎還可以沒障礙地生活。他說自己如果死了，希望那時候能把這個信封交給法定繼承人。」

「法定繼承人。」天吾有點吃驚地說。

「對，法定繼承人。令尊口中並沒有提到誰的具體名字。不過法定繼承人說起來，具體上就只有天吾先生。」

「就我所知也是這樣。」

「那麼，這個，」說著律師指著桌上的那個信封，「就該交給天吾先生了。您可以幫我在收據上簽名嗎？」

天吾在文件上簽名。放在桌上的茶色公文信封，看來超乎必要的無個性而事務性。表面和背面都沒寫字。

「我想請教一個問題。」天吾對律師說。「我父親那時候，口中有沒有提到過一次，也就是說川奈天吾這名字。或我兒子這個用語？」

律師在思考這件事時，又從口袋裡掏出手帕來擦額頭的汗。然後稍稍搖頭。「沒有。川奈先生經常都用法定繼承人這個說法。除此之外一次也沒提過別的稱呼。我覺得有點奇怪，所以記得這件事。」

天吾沉默不語。律師有點圓場似地說。

「不過所謂法定繼承人就只有天吾先生一個人這件事，嗯，川奈先生自己也很清楚。只是在談話中，沒有提到天吾先生的名字而已。您有什麼不放心的地方嗎？」

「並沒有不放心的地方。」天吾說。「父親本來就是有些地方跟別人不一樣的人。」

律師放心了似地輕輕點頭微笑。然後把新領到的戶籍謄本交給天吾。「因爲是這樣的病，所以在法律手續上希望不要弄錯，不好意思我還是去確認過戶籍。根據紀錄，天吾先生是川奈先生所生的唯一兒子。令堂生下天吾先生，一年半後就去世。後來您父親沒有再婚，一個人把天吾先生扶養長大。您父親的父母親、兄弟也都去世了。天吾先生確實是川奈先生唯一的法定繼承人。」

律師站起來，禮貌地說過哀悼語之後就告辭了，天吾一個人還坐在那裡，望著桌上的公文封。父親是有血緣關係的眞正父親，母親是眞的死了。律師這麼說。這應該就是事實了吧。至少是具有法定意義上的事實。但事實變得越明白，感覺眞實卻離得越遙遠了。爲什麼？

天吾回到父親的房間，坐在書桌前，努力拆開茶色信封的嚴密封口。這個信封裡或許藏有可以解開祕密的鑰匙。但那不是容易的工作。房間裡找不到任何剪刀或刀片，或可以代替的任何東西。只能用指甲剝開膠帶。費了一番功夫才把信封打開，裡面又有幾個信封，也都分別嚴密地封著。非常像父親的作風。

一個信封裡放有五十萬圓現金。嶄新的一萬圓鈔票整整五十張，用薄紙包了好幾層。裡面也放有寫著「緊急用現金」的紙片。沒錯正是父親的字跡。小小的，一筆一畫毫不含糊。如果有必要支付沒預料到的各項費用時就用這現金的意思吧。父親已經料到「法定繼承人」可能沒有足夠的現金。

最厚的信封裡，塞滿了舊報紙的剪報和獎狀之類的。全都是有關天吾的東西。小學時代他獲得算數比賽冠軍的獎狀、登在報紙地方版的新聞剪報。整排獎杯的攝影照片。像藝術品般的優異成績單。所有科目都是最高分。其他足以證明他是如何之為神童的各種美好紀錄。天吾中學時穿著柔道服的照片。面帶微笑拿著亞軍旗。看到這些天吾非常驚訝。父親從NHK退休後，搬出過去住的公司宿舍，搬到同樣位於市川市內的出租公寓，最後再搬進這千倉的療養院。因為隻身遷移過好幾次，因此擁有的東西幾乎都沒留下。而且他們父子的關係長年處於冷淡狀態。然而父親依然珍惜地把天吾「神童時代」的光輝遺物，謹慎珍惜地一直帶在身邊。

另一個信封，放著父親當NHK收費員時代的各種紀錄。他以年度成績優良者受表揚的紀錄。幾張簡單樸素的獎狀。好像是員工旅行時和同事一起拍的照片。舊身分證。年金和健康保險的繳費紀錄。不知為什麼保留著幾張薪資明細表。支付退休金的相關文件……。三十年以上持續為NHK獻身工作，相對的報酬卻少得驚人。比起小學時代天吾的顯著成就，可以說幾乎等於零。以社會眼光來看或許實際上就等於零的人生。但以天吾來說，那可不是「等於零」的東西。父親在天吾的精神上留下沉重而濃密的影子。和一本郵局的存款簿在一起。

在那信封裡沒有任何一件東西，能顯示父親進ＮＨＫ以前的人生紀錄。父親的人生，簡直就像從當上ＮＨＫ的收費員時才開始的。

最後打開的薄薄小信封裡，放著一張黑白照片。只有這個。沒有別的。陳舊的照片，雖然沒變色，但好像滲了水般整體蒙上一層淡淡的薄膜。上面映出全家福。父親和母親，還有小嬰兒。以大小來看，可能超過一歲吧。穿著和服的母親疼惜地抱著嬰兒。後面看得見神社的鳥居。從服裝看來季節是冬天。從到神社祭拜看來，也許是新年。母親似乎因爲陽光刺眼而瞇起眼睛，微笑著。父親穿著暗色調、有點過大的大衣，眉間皺起兩道深深的紋。一臉不會輕易相信隨便妥協的表情。被抱著的嬰兒，看來對世間之大和冷正感到困惑的樣子。

那年輕的父親怎麼看就是天吾的父親。容貌果然還年輕，不過那時候已經有老成的地方，瘦瘦的，眼睛深深凹陷。一張寒村貧農的臉。一臉剛強多疑的模樣。頭髮剪得短短的，有點駝背。這不可能不是父親。那麼，那個嬰兒應該就是天吾，而抱著嬰兒的母親應該就是天吾的母親了。母親比父親稍微高一點，姿態也好。看來父親大約年過三十五歲，母親大約二十五歲左右。

這張照片當然是第一次見到。天吾從來沒看過所謂的家族照片。也沒看過自己幼小時的照片。父親說因爲生活困苦沒有餘裕拍照，而且也沒有特地拍家族照片的機會。天吾也想大概就是這樣。不過那居然是謊言。照片是拍了也留下來了。而且他們的穿著雖然不算華麗，但出現在眾人眼前也不至於羞恥的地步。而且看來生活也還沒窮到買不起照相機。拍照時間是在天吾出生不久後，也就是一九五四年到五五年之間吧。把照片翻到背面看看，並沒有記載日期和地點。

天吾仔細觀察可能是母親的女性的臉。照片上拍出的臉小小的，而且有點模糊。如果有放大鏡或許可以看得仔細一些，但手邊當然沒有那種東西。雖然如此還是可以看出大概的容貌。雞蛋形臉，鼻子小小的，嘴唇很豐潤。雖然不算特別美，但有點可愛，相貌令人產生好感。至少比起父親粗野的容貌，要高尚而富有知性多了。天吾為這點感到高興。頭髮漂亮地往上挽，臉上露出像是陽光刺眼的表情。可能只是面對相機鏡頭感到緊張而已。因為穿和服的關係，看不出身體的體型。

至少從相片所拍出的外貌看來，兩個人似乎很難稱得上是相配的夫婦。年齡差距似乎過大。這兩個人在什麼地方相遇，以異性的吸引力互相吸引，結為夫婦生下一個男孩，天吾試著在腦子裡想像那樣的經過，但不太順利。從這張照片，完全感覺不到那種氣氛。那麼，或許把心的交流這部分除外，這兩個人可能因為某種原因而結為夫婦。不，其中或許也沒有稱得上原因的東西。人生可能只是一連串沒道理，有時甚至可能極粗糙雜亂，只是順其自然的發展結果而已。

然後天吾想看清楚，出現在自己的白日夢——或幼年記憶的激流中——的那個謎樣的女人，和照片中的母親是否是同一個人。但這時才想到自己完全不記得那個女人的容貌。那個女人脫掉襯衫，脫掉長襯裙的肩帶，讓陌生男人吸吮乳頭。並吐出類似呻吟的深深吐氣聲。他只記得這個。不知哪裡來的陌生男人正吸著自己母親的乳頭。自己應該獨占的那乳頭正被誰奪走。對嬰兒來說那應該是迫在眉睫的威脅。還沒有功夫去注意到容貌。

天吾先把照片放回信封，尋思著那意義。父親把這一張相片珍惜地保存到臨死之前。那麼表示他很珍惜母親吧。在天吾懂事之前母親就病死了。根據律師的調查，天吾是那位死去的母親，和NHK收費員父親之間所生的唯一孩子。這是戶籍上所留下的事實。不過政府機構的文件並不保證那個男人就是天吾生物學上的父親。

「我沒有兒子。」父親在陷入深沉昏睡之前這樣告訴天吾。

「那麼，我到底是什麼？」天吾問。

「你什麼都不是。」那是父親簡潔而不容分說的回答。

天吾聽了之後，從那聲音的響法，確信自己和這個男人之間沒有血緣關係。而且覺得終於從那沉重的枷鎖解脫了。但隨著時間的過去，現在又無法確定，父親口中的話是不是眞的了。

我什麼都不是，天吾試著重新說出口。

然後忽然想到，舊照片上所映出的年輕母親的容貌，有點像年長的女朋友。安田恭子，這是她的名字。天吾爲了讓意識鎭定下來，一直用指尖用力按著額頭正中央。然後再一次從信封拿出相片來看。小鼻子，和豐滿的嘴唇。下顎有點方。因爲髮型不同而沒留意到，容貌確實和安田恭子有幾分像。不過那到底意味著什麼？

而且父親爲什麼想在死後才把這張相片交給天吾呢？在生前，他不給天吾任何有關母親的情報。連有這張家族照片都一直隱瞞著。但到最後的最後連一句說明都沒有，就把這一張模糊的舊照片交到天吾手中。爲什麼呢？是爲了解救兒子嗎？或爲了讓他更混亂呢？

天吾只知道一件事，父親完全沒有要對天吾說明那裡頭的什麼。活著的時候沒有，死了以後的現在也沒有。你看，這裡有一張相片。我只交給你這個。其他就讓你自己隨便去推理吧，父親大概會這樣說。

天吾仰臥在沒鋪床單的床墊上，望著天花板。漆上白油漆的合板天花板。平平的沒有木紋也沒有結眼，只有幾道筆直的接縫而已。這應該和父親在人生的最後幾個月，從那凹陷的眼窩底下所看見的光景一樣。或許那眼睛什麼也沒看。但無論如何他的視線就投注在那裡。不管看得見，或看不見。

天吾閉上眼，想像自己正躺在那裡緩慢地步向死亡。然而對一個健康的三十歲男人來說，死還在想像所無法企及的遙遠境外。他輕輕呼吸著，邊觀察黃昏的光所形成的影子在牆上移動著。他打算什麼都別想了。什麼都不想對天吾來說並不是多難的事。窮追不捨地去想一件事，實在太累了。可能的話想睡一下，但或許太累了，沒辦法入睡。

快六點時大村護士來了，說餐廳的食物已經準備好。天吾完全沒感覺到食慾。不過就算天吾這麼說，那胸部大身材高的護士也不罷休。她說最好吃一點，總之要往肚子裡塡一些東西才好。接近命令的說法。不用說，關於對身體的維持和管理，在合理情況下對人發號施令她是專家。而天吾，在合理情況下接受命令——尤其對方是年長女性時——個性上是難以抗拒的。

下樓到餐廳時，安達久美已經在那裡。沒看到田村護士的身影。天吾和安達久美和大村護士同桌用餐。天吾吃了一點沙拉和燙青菜，喝了蛤蜊和蔥的味噌湯。然後喝了熱烘焙茶。

「什麼時候火葬？」安達久美問天吾。

「明天下午一點。」天吾說。「完畢後，我可能就那樣直接回東京。因爲有工作。」

「除了天吾還有別人參加火葬嗎？」

「沒有，我想沒有別人。應該只有我一個人。」

「嘿，我可以到場參加嗎？」安達久美問。

「我父親的火葬嗎？」天吾吃驚地說。

問。

「是啊。老實說，我還滿喜歡你父親的。」

天吾不禁放下筷子，看看安達久美的臉。她說的真的是自己的那個父親嗎？「例如什麼地方？」天吾問。

「規規矩矩，不多廢話。」她說。「這種地方跟我死去的父親很像。」

「哦。」天吾說。

「我父親是漁夫。五十歲不到就死掉了。」

「在海上死掉的嗎？」

「不是。是肺癌死的。抽太多菸。不知道爲什麼，不過漁夫菸都抽得很兇。全身都會冒出煙來似的。」

關於這點天吾想了想。「如果我父親也是漁夫的話，也許比較好。」

「爲什麼這樣想？」

「不知道爲什麼。」天吾說。「只是忽然這樣想。與其當NHK的收費員不如當漁夫比較好吧。」

「對天吾來說，父親當漁夫比較容易接受嗎？」

「我想至少那樣，很多事情都會比較單純吧。」

天吾想像小時候的自己，每到假日從一大早，就跟父親上漁船去的光景。太平洋強勁的海風，打在臉頰上的浪花。柴油引擎單調的聲音。衝鼻的漁網腥味。潛藏著危險的嚴苛勞動。稍有差錯就會喪命。但跟爲了收取NHK的收訊費而被帶著在市川市區到處走，日子應該會更自然而充實。

「不過，NHK的收費工作一定很辛苦吧。」大村護士邊吃著乾燒魚邊說。

「大概。」天吾說。至少不是天吾可以應付得了的工作。

「不過您的父親很優秀吧？」安達久美說。

「我想應該相當優秀。」天吾說。

「他還讓我看獎狀。」安達久美說。

「對了，糟糕。」大村護士突然放下筷子說。「我完全忘了。眞糟糕。爲什麼這麼重要的事還一直忘記到現在。嘿，請你們在這裡等一下好嗎？有一樣東西一定要在今天之內交給天吾才行。」

大村護士用手帕擦擦嘴角從椅子上站起來，東西吃到一半，就急忙走出餐廳去。

「重要的事到底是什麼呢？」安達久美歪著頭說。

天吾當然想不到。

天吾一面等著大村護士回來，一面把蔬菜沙拉義務性地送進口中。在餐廳吃晚餐的人還不太多。有一張桌子圍著三個老人，但誰也沒開口。別的餐桌上穿著白衣頭髮花白的男人，正一個人邊用餐，邊臉色凝重地讀著攤開的晚報。

大村護士終於急急忙忙地走回來。手上提著百貨公司的紙袋。她從裡面拿出折疊得很整齊的衣服來。

「大約一年前吧，川奈先生意識還清楚的時候，託我的。」那位大個子護士說。「他說在他進棺材的時候，請幫他穿上這個。所以送去洗衣店洗過，放了防蟲劑收藏起來。」

不會錯，確實是ＮＨＫ收費員的制服。成套的西裝褲也燙得筆挺。防蟲劑氣味撲鼻。天吾一時說不出話來。

「川奈先生告訴我希望穿上這套制服燒。」大村護士說。然後又把那套制服整齊地摺起來收進紙袋。

「所以就趁現在交給天吾囉。明天，把這個帶去葬儀社，請他們幫他換上。」

「不過，讓他穿這個有點不妥吧。制服是借出來的東西，退休的時候必須還給NHK的。」天吾以微弱的聲音說。

「不必在意。」安達久美說。「只要我們不說誰也不會知道。舊制服掉了一件，NHK應該也不會在乎吧。」

大村護士也同意。「川奈先生爲NHK從早到晚到處奔走了三十幾年喔。一定遇到過很多討厭的事，還有業績目標什麼的，我想一定很辛苦。一套制服何必在意。又不是要用它去做什麼壞事。」

「就是嘛。我也留了一件高中的水手服呢。」安達久美說。

「NHK收費員的制服，和高中制服的水手服不能相提並論。」天吾插嘴說，但誰也沒理他。

「嗯，我也把水手服收在壁櫥裡。」大村護士說。

「那麼，是不是有時候穿起來給妳先生看呢？還穿上白襪子。」安達久美打趣地說。

「那樣也許不錯噢。」大村護士在桌上托腮一臉認眞地說。「他可能會滿受刺激的。」

「不管怎麼樣。」安達久美在這裡把制服的話題打住，轉向天吾說。「川奈先生清楚地表示過希望穿這套NHK的制服火葬。我們，不能不達成他的心願。對吧？」

天吾帶著裝有縫了NHK標誌制服的紙袋回到房間。安達久美一起過來，幫他鋪了床。還留有上過漿氣味的新床單，和新毛毯，新被套，新枕頭。這樣全套換新後，父親以前睡過的床好像完全變了樣。天吾沒來由地想起安達久美濃密的陰毛。

「最後那時候，你父親不是一直在昏睡嗎？」安達久美邊用手撫平床單的皺紋邊說。「不過，我想可能不是完全沒有意識。」

「爲什麼這樣想？」天吾問。

「因爲，你父親有時候好像在向誰發出訊息似的。」

天吾本來站在窗邊眺望著外面，這時轉過頭來看安達久美。「訊息？」

「嗯，你父親常常會敲床的邊框。手垂在床邊，感覺像摩斯電碼那樣，咚咚、咚咚，這樣敲著。」

安達久美模仿著，用拳頭在床的木框上輕輕敲著。

「這，簡直就像在送出信號一樣，不是嗎？」

「我想那不是信號。」

「那麼是什麼？」

「是在敲門哪。」天吾以缺乏感情的聲音這樣說。「不知道在敲哪一家的大門。」

「嗯，沒錯，這麼一說可能就是這樣。聽起來確實也像在敲門。」然後安達久美嚴肅地瞇起眼睛。

「嘿，那麼你是說，意識不清以後川奈先生還到處去繞著收取收訊費嗎？」

「大概。」天吾說。「在腦子裡的某個地方。」

「就像以前的老兵死了手上還握著喇叭一樣。」安達久美很佩服似地說。

沒辦法回答，因此天吾保持沉默。

「你父親好像很喜歡那份工作喔。到處上門收取ＮＨＫ的收訊費。」

「我想不是喜歡或討厭，這類的問題。」天吾說。

「那麼到底是哪一類的問題呢？」

「那對父親來說，是他能做的最擅長的事。」

「哦，是這樣。」安達久美說。然後想了一下這件事。「不過，這種活法某種意義上也許很對喲。」

「也許吧。」天吾一面望著防風林一面說。確實可能是這樣。

「嘿，那麼比方說，」她說：「對天吾來說最擅長的事情，是什麼呢？」

「不知道。」天吾筆直看著安達久美的臉這樣說。「我眞的不知道。」

第22章 牛河

那眼睛看來毋寧該說像在憐憫

星期天傍晚，六點十五分，天吾現身在公寓的玄關。走到外面時一度止步，好像在找什麼般張望周圍。視線從右邊移到左邊，再從左邊移到右邊。抬頭看天，再看看腳邊。但在他眼裡似乎沒映出跟平常不同的東西。他就那樣快步走到路上。牛河從窗簾的縫隙注視著那模樣。

牛河那時候沒有跟蹤天吾。他沒帶行李。大大的雙手插入已經沒有摺痕的卡其褲口袋裡。穿著高領毛衣，外加穿舊的橄欖綠燈芯絨外套，一頭梳不順的頭髮。外套口袋裡放著厚厚的文庫本小說。可能要到附近的餐廳吃個飯吧。想去哪裡就讓他去吧。

星期一天吾有幾堂課要上。牛河事先打了電話到補習班，確認過。是的，川奈老師的課從星期一開始照課程表進行，女職員這樣告訴他。很好。天吾從明天開始終於恢復平常的課表了。從他的性格看來，今天晚上應該不會出遠門（那時候如果尾隨他的話，就會知道他是去四谷的酒吧見小松）。

快八點時牛河穿上水手外套，脖子圍上圍巾，緊緊戴著毛線帽，邊注意看著周圍邊快速走出公寓。那個時間點，天吾還沒回家。光以到附近吃飯來說，有點耗掉太多時間。牛河走出公寓時還擔心，搞不好跟回來的天吾碰個正著。不過就算要冒那樣的危險，牛河今夜這個時刻無論如何必須外出，有一件事非做不可。

他憑記憶轉了幾個彎，通過幾個目標物前面，有時稍微迷惑，總算終於來到兒童公園。前一天強勁的北風現在已經完全停止，以十二月來說算是溫暖的夜晚，雖然如此夜晚的公園裡依然不見人影。牛河再環視一次周圍，確認沒有被任何人看見後，爬上溜滑梯的階梯。在溜滑梯台上坐下來，背倚在扶手上，仰望天空。月亮浮在和昨天大約相同的位置。三分之二大的明亮月亮。周圍看不見一片雲。而且在那月亮旁邊，還有一個形狀歪斜的綠色小月亮陪伴著似地排列著。

牛河想，並不是我弄錯。他嘆一口氣，輕輕搖頭。不是在做夢，也不是眼睛的錯覺。大小兩個月亮，毫無疑問地浮在葉子落盡的櫸樹上方。那兩個月亮看來彷彿從昨天晚上開始就一直不動地停在那裡，等候著牛河回到溜滑梯台上來似的。他們知道。牛河會回來這裡。他們彷彿約好了似地在那周遭所散發的沉默，是滿含暗示的沉默。而且月亮們，要求牛河也共同擁有那沉默。這件事不可以告訴任何人，他們這樣告訴牛河。把蒙上淡淡灰塵的食指悄悄抵在嘴唇前面。

牛河一直坐在那裡，臉上的肌肉試著往各個角度動動看。為了慎重起見仔細一一確認那裡的感覺有沒有任何不自然，和平常不一樣的地方。沒發現不自然的地方。不管是好是壞，還是和平常一樣的自己的臉。

牛河把自己視為一個很務實的現實主義者，而且實際上他就是一個現實主義者。形而上的思辨並不是他所求的東西。如果實際上存在著什麼的話，不管合不合理，理論說不說得通，首先就只能以現實來接受。這是他的基本想法。不是有原則和理論才產生現實的，而是先有現實，然後才配合那個產生原則和理論。因此兩個月亮並排浮在天空這件事，首先就只能當成事實照樣接受，牛河心裡這樣認定。

以後的事以後再慢慢想。牛河一邊努力不去多想，一邊只是無心地眺望、觀察著那兩個月亮。黃色的大月亮，和綠色歪斜的小月亮。他讓自己適應那光景。就照樣接受吧。他對自己說。爲什麼會發生這種事情？無法說明。但現在那不是該深究的問題。要如何應付這個狀況，無論如何這才是問題。那麼首先就只能把這光景不問道理地整個完全接受。事情從這裡開始。

牛河在那裡待了大約十五分鐘吧。他靠在溜滑梯台的扶手，身體幾乎動也不動一下，讓自己適應那個光景。就像花時間讓身體順應水壓變化的潛水夫那樣，讓身體浴在那些月亮所發出的光中，讓肌膚熟悉那月光。牛河的本能告訴他這樣做很重要。

然後那個頭形歪斜的小個子男人站起來走下溜滑梯台，意識一邊被無以名狀的深思所奪走，一邊走回公寓。感覺周圍的各種風景好像跟來時看起來分別稍稍有些不同了。是月光的關係吧，他想。那月光使事物的樣貌一點一點地錯開了。因此有幾次他差一點錯過了該轉彎的地方。在走進玄關之前，抬起頭來看看三樓，確定天吾的房間窗裡還沒開燈。大個子補習班老師還沒回家。看來並不只是到附近的餐廳吃個飯而已。可能到什麼地方去跟誰見面了。說不定對方是青豆。也可能是深繪里。我說不定錯失了一個大好機會。不過現在這樣想也沒有用了。天吾每次出門都跟蹤的話太危險。只要被天吾看到自己一次，就會前功盡棄。

牛河回到房間，脫掉大衣、圍巾和帽子。到廚房打開牛肉罐頭，把肉夾在捲麵包裡，站著就吃了起來。喝了既不冷也不熱的罐裝咖啡。但兩樣都幾乎感覺不到味道。雖然有吃的感覺，卻沒有味覺。原因是出在食物那邊，還是自己的味覺這邊，牛河無法判斷。或許那也是烙印在眼睛深處的兩個月亮的關係。不知道什麼地方的門鈴響了，那叮咚聲微弱地傳來。門鈴隔一會兒又響了兩次。但他沒有特別注意。不是這裡。是別的遠方，可能是別層樓的門鈴。

吃完三明治，喝完咖啡，牛河爲了讓頭腦回到現實的位置，不慌不忙地抽了一根菸。在腦子裡再度確認，自己現在必須做的是什麼。然後終於回到窗邊在相機前坐下來。打開電暖爐開關，把雙手在那橘紅色光前攤開來烘著。星期天晚上快九點。幾乎沒有人出入公寓玄關。但對牛河來說，他想先確認天吾回家的時刻。

不久一個穿黑色長夾克的女人出現在玄關。從來沒見過的女人。她用灰色圍巾遮住嘴。戴著黑框眼鏡，也戴著棒球帽。一副想避開他人眼光，把臉藏起來的模樣。完全空手腳步快速。步幅也大。牛河反射地按下快門，以自動過片馬達連按三次快門。非要徹底查明這個女人的去向不可，他想。但正要站起來時，女人已經走到路上，消失到暗夜裡。牛河皺起眉頭，放棄了。以那樣的走法，即使現在穿上鞋子追出去也追不上了。

牛河在腦子裡追溯剛才所目擊的模樣。身高一七〇公分左右。細管牛仔褲，白色運動鞋。穿的衣服全都嶄新得奇怪。年齡大約二十五到三十歲。頭髮塞在衣領裡，看不出長度。由於穿著寬大長夾克的關係也看不出體型，從腳的樣子看來應該是瘦的。從姿勢良好和腳步動作的輕快，顯示她是年輕又健康的。可能日常有做什麼運動。這些特徵都和他所知道的青豆一致。當然無法斷定這個女人就是青豆。只是她似乎非常警戒唯恐被誰看到的樣子。全身散發著緊張的氣氛。就像怕被週刊雜誌跟蹤的女明星那樣。但會被媒體追蹤的大牌女明星，會出入高圓寺這棟陳舊公寓，以常識判斷並不可能。

首先假定她就是青豆。

她到這裡來見天吾。然而現在天吾出去了。房間的燈沒亮。青豆雖然來造訪他，卻沒有回應，於是就放棄回去了。那兩次遙遠的門鈴聲，可能就是她按的。但以牛河看來，這也說不太通。青豆是被跟蹤的人，爲了避免危險，生活應該盡量不要被人看見。如果想見天吾，通常應該先打電話確認他在不在才對。這樣就可以不必冒險了。

牛河依然坐在相機前尋思著，卻想不到一個合理的推論。那個女人的行動——變裝不像變裝，跑出躲藏的地方來到這公寓——並不符合牛河所知道青豆的性格。她應該會更謹愼更注意才對的。這讓牛河的頭腦混亂起來。牛河腦子裡完全沒有浮現，或許是自己把她引到這裡來的可能性。

不管怎麼樣，明天到車站前的沖印店去，把累積的底片都一起洗出來吧。裡頭應該也有拍出這個謎樣女人的身影。

他在相機前繼續守候到十點過後，但那個女人出去之後，公寓沒有一個人出入。公演就在觀眾稀少的情況下結束，就像被任何人都遺棄忘記的舞台那樣，玄關靜悄悄地了無人跡。天吾怎麼了？牛河不解。就他所知，那麼晚了天吾還在外頭是很稀奇的。明天開始補習班就要上課了。或許牛河出去的時候他已經回來，早早就睡覺了嗎？

時鐘指著十點過後，牛河發現自己也非常疲倦了。他感到強烈的睏意，眼睛幾乎睜不開的地步。這對於夜貓子的牛河來說倒很稀奇。平常的他如果有必要可以一直不睡的。但只有今夜，睡魔卻像古代的石棺蓋般，毫不留情地強壓到他頭上來。

我可能注視那兩個月亮太久了，牛河這樣想。那月光可能染進肌膚裡了。大小兩個月亮化爲恍惚的殘像留在他的視網膜上。那昏暗的輪廓痲痺了他頭腦的柔軟部分。就像有一種蜜蜂可以刺進芋蟲讓牠痲痺，並在芋蟲身體表面產卵一樣。孵化的蜜蜂幼蟲把那動彈不得的芋蟲當成手邊的營養源，活活吃掉。牛河皺起眉頭，把不祥的想像從腦子裡揮掉。

算了，牛河對自己說。不用規規矩矩一直等天吾回家了。不管他幾點回來，那個男人，反正回來就會立刻睡覺的。而且除了這棟公寓之外，他也沒有別的地方可以回去。大概。

牛河無力地脫下長褲和毛衣，只剩長袖襯衫和襯褲，鑽進睡袋。然後縮起身體立刻就睡著了。睡得非常深，幾乎接近昏睡。快睡著的時候，覺得好像聽見有人在敲房門的聲音。然而意識已經正把重心移到別的世界去。無法適當區別事物了。要勉強去區別時全身便吱吱作響。因此他沒睜開眼皮，也沒再去追究那聲音的意思，就再度沉入睡眠的深泥中去了。

天吾告別小松回到家，是在牛河進入深沉睡眠的約三十分鐘以後。天吾刷了牙，把燻有香菸氣味的外套掛在衣架上，換上睡衣就那樣睡了。凌晨兩點電話響起，被告知父親去世。

牛河醒來時是星期一早晨的八點過後，那時天吾已經坐上往館山的特快車，正陷入沉睡中以補充不足的睡眠。牛河以爲天吾會去補習班上課，坐在相機前等他走出公寓。但天吾當然沒出現。時鐘指著下午一點時，牛河放棄了。從附近的公共電話打到補習班，問問看川奈老師的課今天是不是照預定上。

「川奈老師今天停課。昨天夜裡，聽說他的家人忽然發生不幸。」接電話的小姐說。牛河道過謝掛上電話。

家人不幸？天吾的家人說來就只有當ＮＨＫ收費員的父親。那位父親住在某個遠方的療養院裡。天吾爲了探病而暫時離開東京，兩天前才剛回來。那位父親死了。那麼，天吾又再度離開東京了。可能在我睡覺的時候從這裡出去的。眞是的！我幹嘛睡得這麼久這麼沉呢？

不管怎麼樣，這下子，天吾已經變成舉目無親了，牛河想。本來就是孤獨的男人，現在變得更孤獨了。完全孑然一身了。母親在他不到兩歲的時候在長野縣的溫泉旅館被勒死。殺她的男人終究沒有被逮捕。她拋棄了丈夫，帶著還是嬰兒的天吾和那個男人「逐電」。所謂「逐電」眞是古老的說法。現在已經沒人用了。不過對某種潛逃行爲卻是很搭配的用語。爲什麼男人會殺了她原因不明。不，並不清楚那個男人是不是眞的殺了她。在一間旅館的房間，女人半夜被睡衣的腰帶勒死。同行的男人不見了。怎麼想那個男人都可疑。只有這樣而已。父親接到通知從市川趕來，把留下的幼兒帶回去。

這件事我或許該告訴川奈天吾。他當然有權利知道那事實。不過他說不想從我這樣的人口中聽到有關母親的事。因此沒告訴他。沒辦法。那不是我的問題。是他的問題。

無論如何，不管天吾在不在，都只能繼續監視這棟公寓。牛河這樣告訴自己。我昨天晚上看見彷彿是青豆的謎樣的女人。雖然沒有確實證據證明就是青豆本人，但可能性非常大。這歪斜的頭這樣告訴我。這個頭雖然外表不好看，但裡面卻俱備媲美最新雷達的敏銳第六感。而且如果那個女人眞的是青豆，她不久應該還會再來找天吾。天吾的父親去世這件事，她還不知道。牛河這樣推測。天吾大概是半夜接到通知，一大早就出門的。而且兩個人似乎有無法用電話聯絡的原因。那麼她一定還會再來這裡。就算冒著危險，這個女人有某種重要事情非親自到這裡來不可。而且下次，無論如何一定要確實追蹤出她的去向。有必要周密地爲此做好準備。

那麼做，或許某種程度也能弄清楚，爲什麼這個世界有兩個月亮存在的祕密了。牛河很想知道那充滿趣味的謎底。不，那畢竟不過是次要案件而已。我的工作首先最重要的，是查清楚青豆潛伏的地方。而且綁上漂亮的禮物絲帶，把她交給那面目可憎的二人組。在那之前不管月亮是兩個，或只有一個，我都必須徹底務實才行。因爲再怎麼說，那都是我之爲我的強項。

牛河到站前的沖印店去，把五卷三十六張底片交給店員。然後拿著洗好的相片走進附近的家庭餐廳，一面吃著咖哩雞飯一面依日期順序看著。幾乎都是平常看慣的住戶面孔。他稍微好奇地看著的，只有三個人的相片。深繪里、天吾、然後就是昨天晚上從公寓出來的謎樣女人，這三個人。

深繪里的眼睛讓牛河緊張。在照片中，那個少女也從正面一直凝視著牛河的臉。沒錯，牛河想。她知道，牛河在那裡，正監視著自己。可能也知道他正用隱藏的相機在偷拍。她那一對清澈的眼睛這樣告訴他。那瞳孔可以看穿一切，她絕對不認同牛河的行爲。那筆直的視線毫不留情地透背刺穿牛河的心。他在那裡的所做所爲完全沒有辯解的餘地。不過同時，她並沒有對牛河斷罪，尤其也沒有蔑視他。在某種意義上，那美麗的眼睛赦免了牛河。不，應該不是說赦免，牛河重新思考。那眼睛看來毋寧該說像在憐憫牛河。明知牛河的行爲是不乾淨的，卻還憐憫他。

那是在短短的時間內所發生的事。那天早晨深繪里先是一直注視著電線桿，然後快速轉過頭來眼睛瞥向牛河藏身的窗戶，筆直注視掩藏著的相機鏡頭，透過觀景窗凝視牛河的眼睛。然後走掉。時間凍結了，時間再度動起來。頂多三分鐘左右。在那短暫的時間中，她已經看遍牛河這個人靈魂的每個角落，正確看穿他的骯髒和卑鄙，給他無言的憐憫，然後就那樣消失蹤影。

看著她的眼睛時，肋骨之間好像被縫榻榻米的長針刺穿般感到一陣尖銳的疼痛。覺得自己這個人是極其歪斜醜陋的東西。不過那也沒辦法，牛河想。因爲我實際上就是極其歪斜醜陋的東西。然而比這更嚴重的是，深繪里瞳孔浮現的，自然而透明的憐憫之色，讓牛河的心沉得更深。被告發、被蔑視、被臭罵、被斷罪還可以忍受。就算被棒球棒猛然敲擊都還好。還能忍受。但這個卻不行。

跟她比起來天吾則容易對付多了。相片中的他站在玄關，視線也同樣轉向這邊。就像深繪里所做的那樣小心注意地觀察周圍。但他的眼裡沒有映出什麼。他那無邪而無知的眼睛，未能探照出窗簾背後所隱藏的相機，和那前面牛河的身影。

然後牛河的眼光轉向「謎樣的女人」。有三張相片。戴著棒球帽、黑框眼鏡、灰色圍巾圍到鼻子下。看不出容貌。每張相片燈光都很弱，加上棒球帽簷形成的暗影。不過那個女人，和牛河在腦子裡所描繪出的青豆這個女人的形象完全吻合。牛河拿起那三張照片，像在確認手上撲克牌的牌般反覆順序看著。越看越覺得那個女人除了是青豆之外絕對不會是別人。

他叫住女服務生，問她今天的甜點是什麼。女服務生回答是桃子派。牛河點了那個，和續杯咖啡。

如果她不是青豆的話，牛河一面等著桃子派送來一面對自己說，我可能永遠沒有機會遇到青豆這個女人了。

桃子派烤得比預期的好多了。脆脆的派皮中，夾著多汁的桃子。當然可能是罐頭桃子，不過以家庭餐廳的甜點來說，已經不錯了。牛河把派吃個精光，喝乾咖啡，相當心滿意足地走出餐廳。經過超級市場買了大約三天份的食物，一回到房間就再度坐定在相機前面。

一邊從窗簾縫隙監視著公寓的玄關，一邊靠在牆上在陽光下打了幾次盹。不過牛河並不介意這個。在睡著的時候應該沒有看漏什麼重要東西。天吾爲了父親的葬禮而離開東京，深繪里也可能不會再回來這裡了。她知道牛河還在監視。那個「謎樣的女人」在大白天造訪這裡的可能性也很低。她行動很小心。天黑以後才會開始活動。

但天黑後那個「謎樣的女人」也沒現身。只有每次看慣的面孔跟平常一樣下午出去買東西、傍晚出去散步，早上出去上班的人以比出門時更疲倦的臉色回來而已。牛河只是目送著他們的進出。已經不再按快門了。沒有必要再多拍他們的相片了。現在牛河只關心三個人。其他的人全都只是無名路過者而已。牛河閒得無聊便以自己隨便幫他們取的名字稱呼他們。

「毛先生（那個男人的髮型很像毛澤東），上班辛苦了。」

「長耳先生，今天很溫暖最適合散步喔。」

「沒下巴太太，又要去買東西了嗎？今天晚餐的菜色是什麼？」

牛河持續監視玄關到十一點。然後打了一個大呵欠，結束了一天的工作。喝了保特瓶的綠茶，吃了幾片餅乾，抽了一根菸。在洗臉台刷了牙，順便用力伸出舌頭來照鏡子。很久沒看自己的舌頭了。上面生了像青苔般厚厚的舌苔。像眞的青苔般帶著淡綠色。他在燈下仔細檢查那舌苔。好可怕的東西。而且牢牢地附著在整個舌頭上，怎麼也無法去除的樣子。這樣下去我可能不久就會變成青苔人了，牛河想。從舌頭開始蔓延到全身到處的皮膚上都長滿綠色青苔。就像在沼澤地裡悄悄活著的烏龜的龜甲那樣。光想像這個心情就暗淡下來。

牛河隨著嘆息發出不成聲的一聲，不再去想舌頭的事了，關掉洗手間的燈。在黑暗中摸索著脫掉衣服，鑽進睡袋。把拉鍊拉上，像蟲子般弓起背。

醒來時周遭一片漆黑。轉頭想看時間，但該有時鐘的地方卻沒有。牛河一瞬間混亂了。爲了在黑暗中也能立刻確認時間，他睡前一定會確認時鐘的位置。這是長年的習慣。爲什麼沒有時鐘？從窗簾縫隙只透進些微的光線，那只照出房間角落的一角而已。周遭正被深夜的黑暗所包圍。

牛河發現心臟強烈鼓動著。由於分泌的腎上腺素送到全身的關係，心臟拚命鼓動著。鼻孔張開呼吸粗重。好像正在做著令人興奮激動的夢，中途醒來時那樣。

但不是在做夢。有什麼在現實中發生了。枕邊有人。牛河感覺到那跡象。在黑暗中浮起更黑的影子，正俯視著牛河的臉。牛河的背脊先僵硬。一秒的幾分之一之間意識再度重組，他反射地想拉開睡袋的拉鍊。

那個誰間不容髮地用手腕扣住牛河的脖子。連發出短暫叫聲的時間都不給。牛河脖子上感到千錘百鍊強壯男人的肌肉。那手腕輕鬆地扣住他的脖子，卻像老虎鉗般毫不留情地勒緊。男人一語不發。連呼吸都聽不見。牛河身體在睡袋裡扭動、掙扎。雙手在尼龍內側亂抓，雙腳猛踢。想高聲呼叫。但怎麼做都沒用。對方一旦在榻榻米上擺好姿勢，就不再動了，只把手腕的力量逐步加強。有效而不白費的動作。隨著那樣牛河的氣管受到更大的壓迫，呼吸逐漸變得越來越微弱。

在那絕望狀態中，牛河腦子裡所閃現的，是這個男人如何進到這房間來的疑問。門上了圓筒鎖，還從內側扣上鍊條。窗戶也關得萬無一失。然而他怎麼進得了這房間？如果撬鎖一定會發出聲音，聽到那聲音，我應該一定會醒來。

這傢伙是專家，牛河想。如果必要，可以毫不遲疑地奪取人命。受過這樣的訓練。是「先驅」派來的人嗎？他們終於決定要把我除掉了嗎？他們判斷我已經是沒有利用價值的礙事存在了嗎？如果是那樣，這判斷就錯了。因爲我只差一步就能逮到青豆了。牛河想出聲對那個男人說。請先聽我說。但聲音出不來。已經沒有足以振動聲帶的空氣了，舌頭和喉嚨深處像石頭般僵硬。

氣管現在已經不留空隙地被塞死。空氣完全進不來。肺正瘋狂地索求著新鮮氧氣，然而到處都見不到那東西。感覺身體和意識正被逐漸分離。身體正在睡袋裡持續掙扎，另一方面他的意識卻被拖進渾沌而沉重的空氣層裡。雙手和雙腳急速失去感覺。爲什麼？他在逐漸淡化的意識中發問。爲什麼我非要在這麼悲慘的地方，以這麼悲慘的模樣死去？當然沒有回答。終於沒有邊緣的黑暗從天花板降下，包圍一切。

意識恢復時，牛河已經被移出睡袋外面。雙手和雙腳沒有感覺。他只知道眼睛被蒙住，和臉頰上有榻榻米的觸感。喉嚨已經不再被勒緊。肺像風箱般發出聲音邊收縮著邊吸進新鮮空氣。冷冷的冬天空氣。得到氧氣可以製造新的血液，心臟把那紅色溫暖液體馬力全開地送到神經末梢。他一邊不時激烈地咳嗽，一邊只集中精神在呼吸上。不久雖然只是漸漸的，但雙手和雙腳的感覺都回來了。耳朵深處聽得見心臟緊密的鼓動聲。我還活著，牛河在黑暗中這樣想。

牛河被放在榻榻米上趴著。雙手被繞到背後，用軟布般的東西綁住。兩腳也被綑住。雖然不是很緊卻是熟練而有效的綁法。除了滾動之外身體動彈不得。自己還能這樣活著呼吸，牛河覺得不可思議。原來那樣並不是死掉。雖然瀕臨死亡邊緣，但並不是眞正的死。喉嚨兩邊銳利的疼痛還像腫瘤般留著。溢出的尿液滲透到內褲開始變冷。但那絕對不是不快的感覺。反而是該歡迎的感覺。因爲疼痛和冷，是表示自己還活著的證據。

「沒那麼簡單讓你死。」男人的聲音說。簡直像讀出牛河的心情般。

第23章　青豆

沒錯那裡確實有光

過了午夜，日期從星期天移到星期一了，依然沒有睡意。

青豆泡過澡後從浴室出來換上睡衣，上床躺下關了燈。就算晚睡她也不能做任何事。問題暫時交給Tamaru處理。不管想什麼，現在暫且先睡覺吧，明天早晨再以新鮮的頭腦重新思考比較好。雖然如此，她意識的每個角落都還清醒著，身體漫無目標地要求活動。不太可能睡的樣子。

青豆放棄地起床，在睡衣上披了一件長袍。燒開水泡了花草茶，在餐廳的桌前坐下，一點一點啜飲著。腦子裡浮現某種想法，但分不清是什麼樣的想法。像看得見遠方的雨雲那樣，形狀厚而濃密。知道形狀卻掌握不住輪廓。形狀和輪廓之間似乎錯開了。青豆拿著馬克杯走到窗邊，從窗簾的縫隙眺望兒童公園。

當然那裡沒有人影。半夜的一點過後，沙坑、鞦韆和溜滑梯，全都被遺棄了。格外寂靜的夜晚。風停了，沒有一片雲。而且大小兩個月亮，並排浮在凝凍的樹梢。月亮從最後看到的時候開始，雖然隨著地球的自轉而相應改變了位置，然而還留在視野中。

青豆依然站在那裡，腦子裡浮現福助頭走進去的那棟舊公寓，和三〇三號房的名牌框裡所放的名片卡。白色卡片上印著「川奈」兩個字。卡片不是新的。卡角軟趴趴的有折痕，好些地方因爲沾染了溼氣而冒出淡淡的斑點。那卡片放進名牌框裡已經經過不短的歲月了。

那房間的住戶是川奈天吾嗎？或者是姓川奈的別人？Tamaru應該可以幫她找到眞相。時間不久了，或許明天就會有報告進來。無論做什麼都不會多耗時間的男人。到時候就會眞相大白了。看情況說不定不久我就可以見到天吾了。這可能性讓青豆感到呼吸困難。周遭的空氣好像急速變稀薄了似的。

但事情也許沒那麼順利。就算三〇三號房的住戶是川奈天吾，那棟公寓的某個地方可能也潛伏著那不祥的福助頭。而且不知道有什麼企圖，不知道是什麼樣的事，但總之是壞事。那傢伙一定是在巧妙尋思對策，要固執地糾纏我和天吾，阻止我們重逢。

不，不用擔心，青豆說給自己聽。Tamaru是個足以信賴的男人。而且比我所認識的任何人都更周到更能幹而經驗豐富。事情只要交給他辦，他應該就會不懈怠地去跟福助頭交手。福助頭不只是對我而已，對夫人來說也是個麻煩的存在，一個不得不排除的危險份子。

不過如果Tamaru因爲某種理由（雖然不知道是什麼理由），判斷我和天吾相見會帶來不良後果，到時候到底又會怎麼樣呢？如果那樣，他一定會斷然排除我和天吾見面的可能。我和Tamaru彼此近乎擁有好感。這是眞的。雖然如此他在任何情況下，都會以老婦人的利益和安全爲第一優先。這是他本來的工作。他並不是只爲青豆設想而行動的。

想到這裡青豆不安起來。青豆無從知道，天吾和她能夠相遇並結合這件事，在Tamaru的優先順位表上到底處在什麼位置。對Tamaru坦白川奈天吾的事，會不會是致命的錯誤？天吾和我之間的問題，會不會是從最初到最後都必須由我一個人的力量來處理的事？

不過事到如今已經無法回到原點了。總之我已經向Tamaru坦白。在那個時間點不得不那樣做。福助頭可能埋伏在那裡等著我出現，而我居然一個人衝進那樣的地方去，簡直近乎自殺行爲。而且時間正一刻一刻過去。已經沒有餘裕採取保留態度和繼續觀望了。對Tamaru明白說出事情的緣由，把問題託付到他手上，是那時候的我所能做的最佳選擇。

青豆決定不再多想天吾了。想越多，思緒越複雜地糾纏在一起，弄得動彈不得。什麼都別想了。也別再看月亮了。月光無聲地擾亂她的心。改變入海口海潮的水位，動搖森林的生命。青豆喝完最後一口花草茶後離開窗邊，到流理台洗了馬克杯。很想喝一點白蘭地，但因爲懷孕中，不能攝取酒精。

青豆在沙發上坐下來，打開旁邊的小讀書燈，重新再讀一次《空氣蛹》。那本小說她到目前爲止至少讀完十次以上。不算多長的故事，甚至到連文章的細部都會背的地步。不過想試著再更留心地重讀一次看看。反正現在也睡不著。而且說不定書中還有什麼自己看漏的地方。

《空氣蛹》換句話說，就像是暗號帖般的東西。深田繪里子可能以散布某種訊息爲目的說了這個故事。天吾把內容轉換成技巧洗鍊的文章，把結構改成富有效果的故事。兩個人組成搭檔，創作出感動許多讀者的小說。根據「先驅」領導的說法，「兩個人分別擁有互補的資質。他們互相補足，合力完成了一件工作。」而且如果領導的說法可信的話，《空氣蛹》成爲暢銷書，由於其中所含有的某種祕密被明文化之後，Little People則被非活性化，停止再說出「聲音」。結果井水乾涸水流斷絕了。那本書產生了如此重大的影響。

她集中注意力在那本小說的字裡行間。

牆上的時鐘針指著兩點半時，青豆已經讀完小說的三分之二左右。她在這裡暫且把書頁合上，努力把自己心中強烈感覺到的事情轉換成語言的形式。她在那個時間點就算還稱不上得到啟示，至少獲得近乎確信的印象。

我不是碰巧被送進這裡來的。

那印象如此訴說。

我是應該在這裡而在這裡的。

我過去以爲，自己來到這「1Q84年」是因爲被動地被捲進別人的想法中。由於某種意圖，軌道線的交叉點被切換了，結果我所搭乘的列車離開主線，開進這嶄新的奇妙世界裡來。而且一回神時我已經在這裡了。天空浮著兩個月亮，有Little People出沒的世界。這裡有入口卻沒有出口。

領導在死以前爲我這樣說明。所謂「列車」也就是天吾所寫的故事本身，而我則被包含在那故事裡進退不得。所以我現在才會在這裡。始終是被動的存在。換句話說，是徘徊在濃霧中混亂而無知的配角。

不過不只是這樣，青豆想。**不只是這樣**。

我並不只是被捲進誰的想法，無意間被送到這裡的被動存在。確實可能有一部分是這樣。但同時，我自己也選擇在這裡。

在這裡也是我自己主體性的意思。

她這樣確信。

而且我在這裡的理由很清楚。理由只有一個。就是要和天吾相遇、結合。那是我存在這個世界的理由。不，以相反的看法來說，那是這個世界存在我心中的唯一理由。或者那就像對鏡般無止境反覆下去的悖論。我被包含在這個世界中，這個世界被包含在我自己心中。

天吾現在正在寫的故事，是擁有什麼樣情節的故事，青豆當然無從知道。那個世界可能浮著兩個月亮。那裡可能有Little People出沒。她能推測的頂多只到這裡。雖然如此，那既是天吾的故事，同時也是我的故事。青豆知道。

青豆是在重讀到，少女主角和那些Little People，每天夜晚一起在那倉房裡持續織造空氣蛹的場面時知道的。她的眼睛一面追逐著那詳細而鮮明的描寫，下腹深處一面感到一陣緩慢而確實的溫暖。像要融化般擁有不可思議深度的溫暖。裡頭雖小，卻擁有沉重核心的熱源。那熱源是什麼？發熱意味著什麼？不用想也知道。是那小東西。小東西感應到主角和Little People一起織造著空氣蛹的情景，正在發熱。

青豆把書放在旁邊的桌上，解開睡衣的上衣釦子，手掌放在腹部上面。手掌可以感覺到那裡在發熱。好像裡面還發出橘紅色淡淡的光。她把讀書燈關掉。在臥室的黑暗中眼睛注視著那個地方。若隱若現的微弱發光。但沒錯那裡確實有光。我不是孤獨的，青豆想。我們是結合成一體的。可能因爲同時被包含在同一個故事裡。

而且如果那是天吾的故事，同時也是我的故事，我應該也可以寫出那情節。青豆這樣想。應該一定可以在那裡添加寫進什麼，或把上面所寫的什麼加以改寫。而且最重要的是，結尾應該可以依照自己的意思來決定。不是嗎？

她針對那可能性思考。

但這種事要怎麼做才能辦到呢？

青豆還不知道那方法。她只知道，應該一定有那樣的可能性。現在那還只是個缺乏具體性的理論而已。她在隱密的黑暗中緊緊閉著嘴唇，努力尋思。這是非常重要的事。不得不深入思考。

我們兩人組成搭擋。就像天吾和深田繪里子在寫《空氣蛹》時組成能幹的搭檔那樣，在這新的故事裡我和天吾是一組team。我們兩個人的意思——或做爲意思潛流的東西——化爲一個，創作出這複雜的故事，讓它進行下去。那可能是在某個看不見的很深的地方進行的作業。因此就算沒見面，我們還是可以結合成一體。我們創作故事，另一方面故事推動著我們。事情不是這樣嗎？

有一個疑問。非常重要的疑問。

在我們所寫的那個故事中，這個小東西到底意味著什麼？他會擔任什麼樣的角色？

這個小東西，對Little People和少女主角在那倉庫裡織造空氣蛹的那一幕，有那樣強烈的感應。在我的子宮裡雖然輕微卻可以觸知發熱，發出淡淡的橘紅色光。簡直就像空氣蛹本身那樣。那意謂，我的子宮正在扮演「空氣蛹」的角色嗎？我是Mother，而這個小東西是對我來說的Daughter嗎？我沒有性交卻懷了天吾的孩子，這跟Little People的意思以某種形式有關嗎？他們巧妙地占據了我的子宮，利用來製造「空氣蛹」嗎？他們想從我這個裝置，取出他們自己的新Daughter嗎？

不，沒這回事。她強烈而明白地這樣想。這不可能。

現在Little People已經失去活動力了。領導這樣說。由於《空氣蛹》小說在市面上廣爲流傳的關係，他們原來的活動被妨礙了。這懷孕應該是在他們的眼光所到不了的地方，巧妙地躲過他們的力量所進行的不會錯。那麼到底是誰——或什麼樣的力量——使這懷孕成爲可能的？而且爲了什麼？

青豆不明白。

她只知道，這個小東西是天吾和自己之間所懷的，無可替代的生命這件事。她再度摸摸下腹部。好像將那框住般輕輕溫柔地壓著那淡淡浮起的橘紅色微光。並花時間讓手掌所感受到的溫暖傳遍全身。我不管發生什麼事都必須徹底保護這個小東西。誰也無法奪走他。誰也不能損壞他。我們要守護他養育他。她在深夜的黑暗中這樣下定決心。

走進臥室脫下長袍，躺在床上。仰臥著，手放在下腹上，手掌再感覺一次那溫暖。不安已經消失。也不再迷惑。我必須堅強起來。我的心和身體必須一致才行。睡眠終於像飄緲的煙般無聲地降臨，將她全身包住。天空仍並排浮著兩個月亮。

第24章 天吾 離開貓之村

父親的遺體，隆重地穿著燙得漂亮筆挺的ＮＨＫ收費員制服，被安置在簡素的棺材裡。可能是最便宜的棺材。像比蛋糕木箱稍微牢固一點的程度，實在不親切的東西。故人的軀體雖小，但長度仍然幾乎沒有餘裕。用合板做的，也沒有施加任何裝飾。這個棺材沒關係吧，葬儀社的人客氣地向天吾確認。天吾回答沒關係。父親從型錄中自己選的，自己付了錢的棺材。如果死者對這沒有異議的話，天吾也沒有異議。

身穿ＮＨＫ收費員制服，躺在樸素棺材裡的父親，看來不像死了。好像趁工作空檔小睡片刻似的。好像馬上就會醒過來坐起來，戴上帽子出門去收剩下的款項似的。縫上ＮＨＫ標誌的那套制服，看來就像是他皮膚的一部分。這個男人是包在這套制服裡被生到這個世界，又包在這個裡被燒掉。實際在眼前時，他最後該穿的衣服，除此以外天吾也想不到別的了。就像出現在華格納的音樂劇裡戰士們被鎧甲包覆著火葬一樣。

星期二早晨，在天吾和安達久美面前，蓋上棺材蓋，釘上釘子。然後送上靈車。雖說是靈車，只是從輪床換成棺材而已。那可能是最便宜的靈車。上頭完全沒有莊嚴肅穆的要素。也聽不見〈諸神的黃昏〉的樂聲。話雖如此對靈車的形狀，天吾也找不到該提出異議的理由。安達久美對這種事情似乎也不在意的樣子。那只不過是移動的方法而已。重要的是一個人從這個世界消失了。留下來的人對這個事實必須銘記在心。兩個人搭計程車，跟在黑色廂型車後面。

離開濱海道路，稍微進入山區的地方就到了火葬場。算是比較新，卻非常缺乏個性的建築物，與其說是火葬場不如說是什麼工廠，或政府機構的廳舍。只有庭園細心整理得很美，高高的煙囪朝向天空堂堂聳立著，因而知道這是擁有特殊目的的設施。那一天，火葬場可能並不太忙，不用等候，棺材就被送進高熱爐了。棺材靜靜地被送進爐裡，像潛水艇的升降口般沉重的蓋子關閉起來。戴手套的上年紀職員，朝天吾行一鞠躬後，按了點火開關。安達久美朝那關閉的蓋子雙手合十，天吾也照樣做。

在火葬結束前的一小時多，天吾和安達久美在建築物裡一個休息室度過。安達久美從自動販賣機買來兩罐熱咖啡，兩個人默默喝著。兩個人在面對大玻璃窗前擺的長椅上，並排坐下。窗外是冬季枯黃的草坪寬闊的庭園，有葉子落盡的樹叢。看得見兩隻黑鳥停在枝頭。不知名的鳥。尾巴長長的，軀體雖小聲音卻尖銳而宏亮。啼叫時尾巴伸得筆直。樹叢上方是沒有一片雲的藍色冬季天空寬闊地延伸。安達久美奶油色粗呢短大衣底下，穿著黑色短裙洋裝。天吾在黑色圓領毛衣上，穿著深灰色人字斜紋上衣。焦茶色輕便皮鞋。這是他所擁有的最正式衣服。

「我父親也是在這裡燒的。」安達久美說。「一起來的人，全都在猛抽菸。因此天花板一帶好像浮著一團雲似的。因爲來這裡的幾乎全都是漁夫伙伴嘛。」

天吾想像著那光景。一群曬得黝黑的人，身上穿著不習慣的深色西裝，大家一起猛抽著菸。並哀悼著因肺癌死去的男人。但今天，休息室裡只有天吾和安達久美兩個人。周遭一片寂靜。除了偶爾從樹叢傳來尖銳的鳥鳴聲外，就沒有打破那寂靜的東西。沒有音樂，也聽不見人聲。太陽將安穩的光投射到地上。那光透過窗玻璃射進室內，在兩人腳邊形成沉默的光池。時間像接近河口的河流那樣緩慢地流著。

「謝謝妳陪我一起來。」天吾沉默很久之後這樣說。

安達久美伸出手，疊在天吾的手上。「一個人還是很難過的。有人在旁邊會比較好。事情就是這樣嘛。」

「也許是。」天吾承認。

「一個人死去，說起來不管因爲什麼總是不簡單的事啊。這個世界忽然空空地張開一個洞。我們不得不鄭重地對那表示敬意。要不然洞會變得沒辦法合起來。」

天吾點點頭。

「不能讓洞一直開著。」安達久美說。「因爲說不定有人會從那個洞掉進去。」

「不過有時候，死掉的人會帶著幾個祕密走掉。」天吾說。「而洞合起來的時候，那個祕密依舊還是祕密就結束掉了。」

「我認爲，這也是必要的啊。」

「爲什麼？」

「如果死掉的人把那個帶走了，那個祕密一定是那種不能留下來的東西。」

「爲什麼不能留下來呢？」

安達久美放開天吾的手，筆直看著他的臉。「可能裡面有只有死掉的人才能正確理解的事情。不管花多少時間用多少言語都說不清的事情。那是死掉的人只能自己帶著走掉的事情。就像重要的手提行李那樣。」

天吾閉著嘴，望著腳邊的光池。油氈地板發出鈍重的光。在那前面有天吾穿舊的便鞋，和安達久美式樣簡單的黑色淺口鞋。那一面感覺像近在眼前，一面像距離幾公里外的光景似的。

「天吾一定也有很難向別人清楚說明的事。不是嗎？」

「或許有。」天吾說。

安達久美什麼也沒說，把黑色絲襪包著的細腳交叉。

「妳說妳以前死過，是嗎？」天吾這樣問安達久美。

「嗯，我以前死過一次。在一個下著冷雨的寂寞夜晚。」

「還記得那時候的事嗎？」

「嗯，我想我還記得。因爲從以前就常常夢見那時候的事。非常眞實的夢，每次都一模一樣。只能想成是眞的發生過的事。」

「那是像Reincarnation嗎？」

「Reincarnation？」

「就是輪迴。轉世。」

安達久美想了想。「是嗎？也許是。也許不是。」

「妳死後也像這樣燒掉嗎？」

安達久美搖搖頭。「這我不記得。因爲那是死之後的事。我只記得死的時候的事。有誰把我勒死。一個我不認識沒見過的男人。」

「妳記得他的臉嗎？」

「當然哪。因爲夢見好幾次了啊。在路上遇見也會一眼就知道。」

「如果眞的在路上遇見的話妳會怎麼樣？」

安達久美用指腹搓搓鼻子。好像在確認那裡還有鼻子似的。「我自己也想過幾次呢。如果眞的在路上遇見了怎麼辦？也許就那樣跑著逃走。也許悄悄跟蹤他。不實際遇見一定不會知道吧。」

「跟蹤他要做什麼？」

「不知道啊。不過說不定那個男人，握有關於我的某種重要祕密。如果順利也許可以解開祕密。」

「什麼樣的祕密？」

「例如我在這裡的意義之類的。」

「可是那個男人可能會再度把妳殺掉。」

「也許。」安達久美噘起嘴唇。「我當然很清楚，那裡有危險。或許最好就那樣跑到什麼地方逃走算了。雖然如此我還是毫無辦法地被那裡應該有的祕密所吸引。就像如果有黑暗的入口，貓無論如何還是非要往裡頭窺探不可一樣。」

火葬完，和安達久美兩個人把父親留下的骨頭撿起來，放進小納骨罈裡。納骨罈交給天吾。拿到那納骨罈，天吾也不知道該如何處理才好。話雖如此，總不能放在什麼地方就走掉。天吾無聊地抱著那個納骨罈，跟安達久美一起搭計程車前往車站。

「其他瑣碎的事務性事情就由我來幫你處理。」安達久美在計程車上說。然後稍微考慮一下再補充道：「要不要也幫你辦納骨？」

天吾一聽嚇了一跳。「這種事也行嗎？」

「並不是不行。」安達久美說。「因爲連一個家人都沒出現的葬禮，也不是完全沒有啊。」

「如果能這樣眞是幫助很大。」天吾說。雖然有幾分愧疚，但老實說卻也鬆了一口氣，把納骨罈交給安達久美。他那時候想，我可能再也不會看到這遺骨了。留下的只有記憶。而且那記憶有一天也會像灰塵般消失。

「因爲我是本地人，大多的事情都可以通融。所以天吾還是早一點回東京去好了。我們當然很喜歡你，不過這裡不是天吾久留的地方。」

離開貓之村，天吾想。

「非常感謝妳。」天吾再一次道謝。

「嘿，天吾，我可以給你一個忠告嗎？雖然沒有資格給你忠告。」

「當然可以呀。」

「你父親，可能懷著某種祕密到那邊去了。你看來好像因此而感到有點混亂。那種心情並不是不能理解。不過，天吾最好別再去窺探那個黑暗入口了。那只要交給貓就行了。即使窺探你也任何地方都到不了，還不如去想以後的事比較好。」

「洞必須關閉起來才行。」天吾說。

「沒錯。」安達久美說。「貓頭鷹也這樣說。你還記得貓頭鷹嗎？」

「當然。」

因為貓頭鷹是森林的守護神，知識淵博，所以能賜給我們夜晚的智慧。

「貓頭鷹還在那座森林裡啼叫嗎？」

「貓頭鷹哪裡也不去。」護士說。「一直在那裡。」

安達久美目送著天吾上了往館山的電車。好像有必要親眼確認他眞的搭上電車離開這地方似的。她在月台上大大地揮手直到看不見爲止。

回到高圓寺的房子時是星期二晚上七點。天吾打開燈，在餐桌的椅子上坐下來，看看房間裡。房間還像昨天清晨離開時一樣。窗簾沒有空隙地緊緊拉上，桌上堆積著列印出來的原稿。六支削得漂漂亮亮的鉛筆，放在筆筒裡。洗好的餐具還堆積在廚房的流理台上。時鐘默默刻著時間，牆上的月曆顯示出一年已經來到最後一個月。房間好像比平常更靜悄悄的。有點過分靜悄悄的。在那寂靜中可以感覺到好像含有某種過度的東西。不過也許是心理作用。可能因爲剛剛才目擊一個人從眼前消失。可能因爲世界的洞還沒完全塞住的關係。

喝了一玻璃杯水後，沖了個熱水澡。仔細洗過頭，清了耳朵剪了指甲。從抽屜裡拿出新內衣新T恤穿上。必須把很多氣味從身上除掉。貓之村的氣味。我們當然很喜歡你，不過這裡不是天吾久留的地方，安達久美說。

沒有食慾。沒有心情工作，不想翻開書，也不想聽音樂。身體雖然很疲倦，神經卻莫名地亢奮。因此也不可能躺下來睡覺。籠罩著周圍的沉默也含有某種技巧性趣味。

如果深繪里在這裡就好了，天吾想。不管多無聊的事情都沒關係。就算不帶有意義也無所謂。宿命性缺乏抑揚和問號也沒關係。就算不帶有意義也無所謂。宿命性缺乏抑揚和問號也沒關係。好久沒聽了好想再聽她說話。不過深繪里可能不會再回到這個房子了，天吾知道。至於為什麼知道，無法適當說明，不過她已經不會回來了。也許。

誰都可以，總之想跟人說話。最好能跟大十歲的女朋友說話。但無法聯絡上她。不知道要往那裡聯絡，而且就他的說法，她已經失去了。

試著撥了小松公司的電話號碼。是他桌上的專線。但沒有人接。鈴聲響了十五次後，天吾放棄地放下聽筒。

此外還能給誰打電話？天吾試著想想。但想不起一個適當的對象。也想過給安達久美打看看，卻想起不知道她的電話號碼。

然後他想到在世界的某個地方，還一直開著的黑暗洞穴。不是多大，但很深的洞。如果探頭到那洞口大聲喊，還可以跟父親對話嗎？死者會把眞相告訴我們嗎？

「即使窺探你也任何地方都到不了。」安達久美說。「還不如去想以後的事。」

不過天吾想事情並不是這樣。不只是這樣。就算知道了祕密，或許那個也無法把我帶到任何地方去。即便是這樣，我還是不得不知道，為什麼那個無法把我帶到任何地方去。由於能知道那眞正的原因，說不定我可以到某個地方去。

無論你是，或不是我親生的父親，這件事都無所謂了。天吾朝在那裡的黑暗洞穴這樣說。怎麼樣都沒關係。無論是或不是，你都把我的一部分帶走了就那樣死去了。而我則帶著你的一部分這樣繼續活著。無論有沒有眞正的血緣關係，那事實到現在也不會改變。時間已經經過該有的份，世界已經向前推進了。

感覺好像聽見窗外傳來貓頭鷹的啼聲。不過當然是耳朵的錯覺。

第25章 牛河

無論冷，或不冷，神都在這裡

「沒這麼簡單讓你死。」男人的聲音在背後說。簡直像讀出牛河的心情似的。「只是讓你一度喪失意識而已。不過確實到了差一點就回不來的地方。」

沒聽過的聲音。缺乏表情的中立聲音。不高不低。不太軟不太硬。好像在告知飛機的起飛時刻或股票行情的聲音。

今天是星期幾？牛河毫無頭緒地想。確實是星期一的夜晚。不，正確說可能已經變成星期二了。

「牛河先生。」男人說。「稱呼你牛河先生可以嗎？」

牛河默不作聲。大約有二十秒的沉默時間。然後男人沒有預告地，往牛河左側的腎臟送來短截的一擊。沒聲音。但可能是從背後的強烈一擊。激烈的疼痛穿透全身。所有的內臟器官都緊縮起來，直到疼痛告一段落之前無法正常呼吸。牛河口中終於發出乾乾的呻吟。

「我想還是有必要仔細問話。希望你能回答。如果嘴巴還無法好好回答，只要用點頭、搖頭，也行。這是所謂的禮貌。」男人說。「稱您牛河先生可以嗎？」

牛河點了幾次頭。

「牛河先生，這個姓很容易記。我查了長褲裡的皮夾。有駕照和名片。『新日本學術藝術振興會專任理事』。相當冠冕堂皇的頭銜嘛，牛河先生。不過『新日本學術藝術振興會』的理事，躲在這種地方用照相機，到底在做什麼呢？」

牛河默不作聲。聲音還出不太來。

「最好要回答才好。」男人說。「這是忠告喔。如果腎臟破了，痛會拖一輩子。」

「在監視住在這裡的人。」牛河終於說了。聲音高低不穩定，有些地方破裂沙啞。眼睛被遮住後，聽起來不像是自己的聲音。

「你是說川奈天吾嗎？」

牛河點頭。

「小說《空氣蛹》幕後槍手的川奈天吾。」

牛河再點一次頭，然後稍微咳嗽。這個男人知道那件事。

「是受誰委託的？」男人問。

「『先驅』。」

「這一點我們也預料得到，牛河先生。」男人說。「不過為什麼教團到現在還不得不監視川奈天吾的舉動呢？對他們來說，川奈天吾應該不算是那麼重要的人物吧？」

這個男人到底站在什麼立場？狀況掌握到什麼地步？牛河快速地轉動腦筋。雖然不知道他是誰，但至少不是教團派來的人。然而這是該高興的事？或相反？牛河也還搞不清楚。

「我在問您呢。」男人說。並用指尖推著他左側的腎臟。強有力地。

「他跟一個女人有關聯。」牛河呻吟般地說。

「那個女人有名字嗎？」

「青豆。」

「爲什麼要追青豆？」男人問。

「因爲她害了教團的領導。」

「害了？」男人像在查證般說。「你是說殺了嗎？說得更簡單的話。」

「是的。」牛河說。他想無法對這個男人隱瞞事情。遲早都會被逼供出來。

「但這件事情並沒有讓世間知道。」

「這是內部的祕密。」

「教團裡有幾個人知道這個祕密？」

「一小撮。」

「而你也包括在那裡面？」

牛河點頭。

男人說：「換句話說你在教團裡處於相當重要的位置。」

「不。」說著牛河搖搖頭。脖子一往旁邊搖，被毆打的腎臟就痛。「我只是跑腿的。只是碰巧剛好知道這些事而已。」

「在不妙的時候，置身於不妙的場所。是這麼回事嗎？」

「我想是。」

「不過牛河先生，您這次是單獨行動嗎？」

牛河點頭。

「但這就奇怪了。通常這種監視或跟蹤的行動都是成組的團隊作業。如果認眞做，再加上負責補給的人，至少需要三個人。而且你們應該一直是組織嚴密的團隊行動。單獨行動相當不自然。因此，對你的回答我有點不滿意。」

「我不是教團的信徒。」牛河說。呼吸沉著，似乎總算可以正常開口了。「我只是教團私下雇用的個人而已。如果使用外部的人比較方便的話，他們就會找我。」

「以『新日本學術藝術振興會』專任理事的名義？」

「那是虛設的。那個團體並沒有實體。主要是爲了配合教團的節稅政策所成立的單位。像我這種跟教團沒有關係的個人工作者，可以爲教團效力。」

「就像傭兵那樣。」

「不，和傭兵不同。只是接受委託代爲收集情報而已。如果有必要，粗暴的事可以由教團裡的別人負責。」

「在這裡監視川奈天吾，找出和青豆的聯繫，是教團所指示的嗎？牛河先生。」

「是的。」

「不對吧。」男人說。「這不是正確回答。如果教團已經掌握到那件事，換句話說他們如果已經掌握到青豆和川奈天吾的關係，是不會交給你一個人監視的。他們會用自己內部的人，組成一個團隊去做。那樣比較不會出差錯，也可以更有效地使用武力。」

「不過眞的是這樣。我只是照上面的指示做而已。爲什麼會讓我一個人做，我也不知道。」牛河的聲音又開始不穩，有些地方出現破音。

牛河想，如果讓他知道「先驅」還沒掌握到青豆和天吾的關係的話，我可能會就這樣被做掉。如果我消失了，誰都不會知道就結束了。

「我不喜歡不正確的答案。」男人以冷冷的聲音說。「牛河先生，你應該對這件事切身體驗地清楚理解。再一次對付同一個腎臟也行。只是用力揍，我的手也很痛，而且造成你的腎臟嚴重受傷也不是我的目的。因爲我並沒有憎恨你個人。我的目的只有一個，就是得到正確答案。所以這次就試試新方案吧。麻煩你到海底去走一趟。」

海底？牛河想。這個男人到底要說什麼？

男人似乎從口袋裡拿出什麼。喀沙喀沙塑膠摩擦的聲音傳到耳裡。然後不知道什麼東西從牛河頭上整個罩下來。是塑膠袋。好像是冷凍食品用的厚塑膠袋。然後把粗壯的大橡皮筋纏在脖子周圍。這個男人打算讓我窒息。牛河領悟了。想吸入空氣時口中便塞滿塑膠。鼻孔也塞住了。兩邊的肺拚命索求新鮮空氣。卻到處都沒有這種東西。塑膠袋緊緊密貼在整個臉上，名副其實變成死亡的面具。不久全身肌肉開始激烈痙攣。牛河想伸手把那塑膠袋剝掉，但手被緊緊綁在背後，當然動不了。腦在頭顱中像氣球般膨脹起來，好像就快脹破了似的。牛河想叫。無論如何需要新鮮空氣。不管怎樣。然而聲音當然出不來。舌頭脹滿整個嘴裡。意識從頭腦中逐漸喪失。

橡皮筋終於被拆掉，塑膠袋從頭上扯掉。牛河把眼前的空氣拚命送進肺裡。然後在幾分鐘之間，牛河簡直像想咬住搆不著的某種東西的動物那樣，一面挺起身體一面反覆激烈地呼吸。

「海底怎麼樣？」男人等牛河呼吸平穩下來之後問道。那聲音依然沒有感情。「到達相當深的地方。眼前看到各種以前從來沒看過的東西吧。很寶貴的體驗。」

牛河什麼也沒說。聲音出不來。

「牛河先生，不管重複幾次，我要的是正確答案。所以我只再問一次。在這裡監視川奈天吾的動向，找出他和青豆的關係，是教團指示的嗎？這是非常重要的事。事關人命的事。仔細想想，請正確回答。你一說謊，我就知道喔。」

「教團不知道這件事。」牛河終於只這樣說。

「對，這才是正確答案。教團還沒掌握到青豆和川奈天吾之間有關係。你還沒把這個事實告訴那些傢伙。是這樣嗎？」

牛河點頭。

「如果一開始就老實回答，就不用看什麼海底了。很痛苦吧？」

牛河點頭。

「我知道喔。我以前，也曾經遇過這種事情。」他好像在聊著不足掛齒的閒話似地說。「那有多痛苦，沒經驗過的人是不會知道的。所謂痛苦這種事情並不能簡單地一般化。各種痛苦都個別擁有不同的特性。托爾斯泰名言的一段，讓我稍微換個說法，所謂快樂大多是類似的，但痛苦則各有微妙的差異。或許微妙得感受不到。你不覺得嗎？」

牛河點頭。他還有幾分喘。

男人繼續：「所以在這裡彼此把心攤開來談，別再隱瞞什麼，老實說。好嗎？牛河先生。」

牛河點頭。

「如果再有不正確答案的話，就要請你再走一趟海底。這次會要你走比剛才更久，更慢。到達更極限的地方。搞不好或許就回不來了。你不會想遭遇這樣的情況吧。怎麼樣？牛河先生。」

牛河搖搖頭。

「我們似乎有共通點。」男人說。「看來彼此都是一匹狼。或走散的狗。說白一點，是社會的邊緣人。天生不適應組織。或本來就不被組織這種地方接受。一切都一個人做。一個人決定一個人行動，一個人負責。雖然會接受上面來的命令，但既沒有同事也沒有部下。只能靠上天給的頭腦和雙手。大概是這樣吧？」

牛河點頭。

男人說：「那是我們的強項，同時也是弱點。例如以這次來說，你有點太急於立功了。沒把中途的經過向教團報告，想自己一個人解決。可能的話想幹得漂漂亮亮，當成個人的功勞。因此疏忽了防衛。不是嗎？」

牛河再一次點頭。

「有什麼理由不得不做到這樣的地步嗎？」

「關於領導的死，要怪我的疏忽。」

「怎麼說？」

「我對青豆做過身家調查。在讓她和領導見面之前嚴格檢查過。沒有發現不妥的地方。」

「然而她卻帶著殺意去接近領導，並實際致他於死地。你把被交付的工作搞砸了，人家可能遲早會要你負責。反正是用了就丟的外部的人。何況現在又是知道太多內情的人。如果要生存下去，就不得不把青豆的頭交給那些傢伙。是這樣嗎？」

牛河點頭。

「那就眞抱歉了。」男人說。

眞抱歉？牛河把這句話的意思，在歪斜的頭腦裡尋思一番，然後想到。

「殺害領導的那件事是您設計的嗎？」牛河說。

男人沒回答。不過那無言的回答絕對不是否定的，牛河理解了。

「你打算把我怎麼樣？」牛河說。

「怎麼樣嗎？老實說還沒決定。現在開始慢慢想。一切就看你的態度了。」Tamaru說。「還有幾件事要問你。」

牛河點頭。

「請你告訴我『先驅』聯絡人的電話號碼。應該有類似你直屬的負責人。」

牛河稍微猶豫一下，但終究還是告訴他那號碼。事到如今這個也沒必要捨命去隱瞞到底了。Tamaru把那寫下來。

「名字呢？」

「不知道名字。」牛河說了謊。但對方沒有特別在意。

「他們很厲害嗎？」

「相當厲害。」

「不過不算專家。」

「身手不錯。上面命令的事不管是什麼都會毫不遲疑地去做。不過不是專家。」

「青豆的事掌握到什麼地步？」Tamaru說。「知道她躲藏的地方嗎？」

牛河搖頭。「還不知道。所以我還趴在這裡繼續監視川奈天吾。如果知道青豆的去向，早就移到那邊去了。」

「有道理。」Tamaru說。「不過你是怎麼查出青豆和川奈天吾之間有關聯的？」

「用腳。」

「怎麼用法？」

「我試著全面清查青豆的經歷。追溯到童年時代。她上的是市川市的公立小學。川奈天吾也是市川市出身的。於是我想說不定是同學。就到小學去調查看看。果然不出所料，兩個人有兩年之間是同一班。」

Tamaru在喉嚨深處像貓般小聲低吟。「原來如此。眞是黏功一流的調查啊，牛河先生。一定花了很多時間和勞力。佩服！佩服！」

牛河沉默著。現在並沒有被問到任何問題。

「我再重複問你。」Tamaru說。「現在，知道青豆和川奈天吾關係的人，只有你一個人？」

「您也知道。」

「我除外，我是說，在你周圍。」

牛河點頭。「這邊相關的人只有我知道這件事。」

「沒說謊吧？」

「沒說謊。」

「不過你知道青豆懷孕的事嗎？」

「懷孕？」牛河說。那聲音中聽得出驚愕的感覺。「誰的孩子？」

Tamaru沒有回答這個問題。「你真的不知道這件事嗎？」

「不知道。我沒說謊。」

Tamaru暫時無言地試探，牛河的反應是不是真的。然後才說：「好吧。你說不知道似乎是真的。就相信你吧。不過關於麻布的柳宅，有一段時間你曾經到那裡去到處嗅，有這回事沒錯吧？」

牛河點頭。

「為什麼？」

「那棟宅子的女主人到附近的高級健身俱樂部上課，她的私人教練就是青豆。兩個人看來似乎結下親密關係。而且那位女性，為了遭受家庭暴力的女性所提供的庇護所，就設在跟宅子相鄰的土地上。戒備也非常森嚴。以我的眼裡看來是有點過分森嚴了。所以當然推測青豆可能藏匿在那庇護所裡。」

「然後呢？」

「但仔細想想，應該不是這樣。那位女性多的是金錢和實力。這樣的人，假如要把青豆藏匿起來，也不會放在自己身邊。應該會盡量放到遠方去。所以我就不再去麻布的柳宅刺探，而決定從天吾這條線來追查。」

Tamaru再度小聲低吟。「你的第六感很好，頭腦很能推理，也很有耐心。只當個跑腿太可惜了。一直都在做這種工作嗎？」

「以前當過開業律師。」牛河說。

「原來如此。一定很有本事吧。不過也許有點得意忘形做過頭了，中途滑一跤跌倒了。現在則落魄潦倒，為了圖一點零用錢而幫新興宗教團體當跑腿。是這樣嗎？」

牛河點頭。「正是這樣。」

「沒辦法。」Tamaru說。「像我們這種邊緣人，靠自己的本事，要到世間的表面活下去並不容易。看來似乎開始順利了卻一定會在什麼地方跌倒。世間就是這樣運作的。」他握起拳頭發出關節的聲音，一股尖銳不祥的聲音。「那麼柳宅的事有告訴教團嗎？」

「對誰都沒說。」牛河老實說。「柳宅有嫌疑只不過是我個人的推測而已。但戒備過分森嚴，並沒有得到確實的證據。」

「那就好。」Tamaru說。

「一定是您在掌管的吧？」

Tamaru沒有回答。他是發問的一方，沒必要回答對方的問題。

「你到目前為止，對這邊的問題沒有說謊。」Tamaru說。「至少大體說來。一度被沉到海底之後，就會失去說謊的力氣。就算勉強說謊也會立刻從聲音聽出來。因為害怕的關係。」

「我沒說謊。」牛河說。

「那就好。」Tamaru說。「沒必要自討苦吃。對了，你知道卡爾·榮格嗎？」

牛河在眼睛被蒙著之下不由得皺起眉頭。卡爾·榮格？這個男人到底想說什麼？「心理學家的榮格？」

「沒錯。」

「大致知道。」牛河小心謹慎地說。「十九世紀末，生在瑞士。佛洛伊德的弟子，但後來分道揚鑣。提出『集體潛意識』說。我只知道這些。」

「很好。」Tamaru說。

牛河等他繼續。

Tamaru說：「卡爾．榮格在瑞士的蘇黎世湖畔安靜的高級住宅區擁有一棟漂亮的房子，和家人在那裡過著優渥的生活。但他爲了方便專注深入思索，需要一個人獨處的場所。於是在湖的邊緣地帶一個叫做柏林根的偏僻地方，找到一塊面湖的土地，在那裡蓋了一棟小房子。並不是可以稱得上別墅的豪華房子。而是自己把一塊一塊石頭疊起來，蓋了一棟圓頂的高高石屋。採用附近石材工廠切出來的石材。當時瑞士要砌石頭需要有砌石工的資格，因此榮格特地去取得資格。還參加了同業公會。蓋那棟房子，而且親手蓋這件事，對他來說，具有如此重大意義。他母親去世，也成爲他蓋那棟房子的一個重大原因。」

Tamaru稍微停了一下。

「那棟房子稱爲『塔』。他把那設計成類似他在非洲旅行時所看到的部落的小房子。在沒有任何隔間的空間，容納生活的一切。非常簡素的住所。他以爲要活下去這樣就夠了。沒有水、電、瓦斯。水要從附近山裡引來。但後來他才知道，那只不過是一個原型。後來『塔』終於應需要而隔間，分割，改成兩樓，後來又增加了幾棟。牆上是他親手描繪的畫。那原原本本顯示出個人意識的分割，和發展。那棟房屋換句話說產生了立體曼陀羅的機能。那棟房屋大體完成大約花了十二年時間。對榮格研究者來說，是非常耐人尋味的建築物。你聽過這件事嗎？」

牛河搖頭。

「那棟房子現在還立在蘇黎士湖畔。由榮格的子孫管理，但很遺憾並沒有對一般人公開，所以無法看到內部。據說那棟創始的『塔』入口，有榮格親手刻上文字的石碑，現在還嵌在那裡。『無論冷，或不冷，神都在這裡。』這是榮格自己刻在那石頭上的句子。」

Tamaru 再度停了一下。

「『無論冷，或不冷，神都在這裡。』」他再一次以安靜的聲音重複說。「你知道意思嗎？」

牛河搖搖頭。「不，不知道。」

「是啊。我也不太清楚是什麼意思。裡頭有太深的暗示了。很難解釋。不過榮格無論如何都要親手動鑿子，把這句話鏤刻在他自己設計、自己親手將一塊一塊石頭砌起來所建的房屋入口。而我不知怎麼，從很久以前就被這句子強烈吸引。雖然不太能理解意思。不過就算不能理解，那句話還是在我心裡深深迴響著。我不太知道神。或者不如說，我在天主教辦的孤兒院裡遭遇到相當悽慘的境遇，因此對神不太有什麼好印象。而且那裡一直是很冷的地方。連盛夏季節都冷。不是相當冷，就是冷得不得了，這兩者之一。就算有神，也很難說對我很照顧。不過，雖然如此，那句話卻靜靜地滲透進我靈魂的細小皺褶裡喲。我有時閉上眼睛，在腦子裡反覆那句話無數次。心情竟然不可思議地鎮定下來。『無論冷，或不冷，神都在這裡』。不好意思，請你發出聲音說說看好嗎？」

「『無論冷，或不冷，神都在這裡。』」牛河不明所以地小聲說。

「聽不太清楚呢。」

「『無論冷，或不冷，神都在這裡。』」牛河這次盡可能以清楚的聲音說。

Tamaru閉上眼睛，吟味著那句子的餘韻一陣子。然後終於像做了某種決斷般深深吸進一口氣，再吐出來。睜開眼，看看自己的雙手。爲了不留指紋，雙手戴著手術用拋棄式薄手套。

「很抱歉。」Tamaru安靜地說。可以聽出嚴肅的意味。他再度拿起塑膠袋，從牛河頭上整個罩下來。然後用粗橡皮筋勒緊脖子。不由分說地迅速動作。牛河想發出抗議的話語，但那話語終究沒能說出口，當然也沒有傳到任何人耳裡。爲什麼呢？牛河在那塑膠袋裡想。知道的事情全都誠實說了。爲什麼到現在還非殺我不可呢？

他那快脹破的頭腦裡，想到中央林間的小獨棟別墅，兩個小女兒。也想到在那裡養的狗。他從來沒喜歡過那長身體的小型狗，狗也從來沒有喜歡過牛河。是一條頭腦不好，卻常常叫的狗。經常咬地毯，在新的走廊小便。跟他小時候養的聰明雜種狗簡直完全不同。雖然如此，牛河在人生的最後所想到的，卻是在庭園草地上到處奔跑的那隻不中用的小型狗的姿態。

牛河被綑綁起來的圓形軀體，像被丟到地上的巨大的魚那樣，在榻榻米上激烈地掙扎打滾，Tamaru以眼角望著。因爲牛河的手腳是被反向綁在背後，因此不管他怎麼掙扎，Tamaru都不用擔心聲音會傳到隔壁。那種死法有多麼痛苦，他非常清楚。不過要殺人，那是最俐落而乾淨的方法。既聽不見喊叫，也看不見流血。他的眼睛追逐著瑞士豪雅（TAG Heuer）潛水錶的秒針。經過三分鐘，牛河手腳的激烈亂動靜止了。之後再過三分鐘，Tamaru注視著秒針。然後用手摸他脖子的脈搏，確認牛河生命的一切徵兆都失去了。有微微的小便氣味。牛河再度失禁。這次膀胱是完全放開了。不能怪他。他那麼痛苦過了啊。

他把橡皮筋從脖子上解開，把塑膠袋從臉上拿起來。塑膠袋被緊緊吸進口中。牛河兩眼大大地張開，嘴巴斜斜歪著張開死掉了。骯髒不整齊的牙齒暴露出來，也看得見長了綠色青苔的舌頭。像孟克的畫所描繪的那種表情。本來就歪斜的大頭，異形性更誇大地強調出來。一定相當痛苦吧。

「很抱歉。」Tamaru說。「這邊也不樂意這麼做。」

Tamaru用雙手的手指把牛河臉上的肌肉按鬆，下顎的關節調整好，讓那臉變得稍微好看一點。用廚房的毛巾把嘴邊的唾液擦掉。雖然花了時間，不過那樣外表多少好看些了。至少不會到讓人想轉開眼睛的地步。但是眼瞼卻無論如何都無法閉上。

「就像莎士比亞所寫的那樣，」Tamaru朝那歪斜而沉重的頭以安靜的聲音說。「今天死掉的話，明天就不用死了。彼此，盡量以好看的一面相見好嗎？」

《亨利四世》還是《理查三世》呢？想不起典故是出自哪裡了。不過那對Tamaru來說並不是多重要的問題，牛河事到如今想必也不會想知道那正確引用來源了。Tamaru解開綁住牛河手腳的繩子。為了讓皮膚不留痕跡而用柔軟的毛巾繩，用特殊綁法。他把那繩子，和罩住頭的塑膠袋、綁脖子的橡皮筋收集起來，裝進準備好的塑膠包包裡。大概檢查一下牛河所擁有的東西，把他所拍的照片一張不留地收起來。相機和三角架也放進包包裡帶回去。如果被知道他在這裡監視誰就麻煩了。他們會想他到底在監視誰。結果，川奈天吾的名字浮現的可能性就大了。他寫得密密麻麻的手冊也收起來。此外沒留下任何重要東西。只留下睡袋、食物、換洗衣服、皮夾和鑰匙，還有牛河可憐的屍體而已。最後Tamaru從牛河皮夾裡放的幾張「新日本學術藝術振興會專任理事」頭銜的名片中抽出一張，放進自己的外套口袋。

「很抱歉。」Tamaru臨走時再向牛河打一聲招呼。

Tamaru在車站附近走進公共電話亭，把電話卡插進去，按了牛河告訴他的電話號碼。是都內的號碼。應該是澀谷區吧。響了第六聲時對方來接。

Tamaru省掉開場白，直接告訴對方高圓寺公寓的地址和房間號碼。

「寫下來了嗎？」他說。

「可以請你重複一次嗎？」

Tamaru重複說了一次。對方寫下來，複誦一次。

「牛河先生在那裡。」Tamaru說。「知道牛河先生吧？」

「牛河先生？」對方說。

Tamaru不理對方的發言繼續說：「牛河先生在那裡，很遺憾已經沒有呼吸了。看起來不像自然死亡。皮夾裡有幾張『新日本學術藝術振興會專任理事』頭銜的名片。警察如果發現的話，也許遲早會知道跟你們有關連。那麼在這個節骨眼上可能就有麻煩了。還是早一點處理掉比較好。這方面你們不是很擅長嗎？」

「您是？」對方說。

「好心的通報者啊。」Tamaru說。「這邊也不太喜歡警察。跟你們差不多。」

「不是自然死？」

「至少不是老衰，也不是安詳的死。」

對方暫時沉默。「那麼，那位牛河先生在那樣的地方到底在做什麼？」

「這就不清楚了。詳細情形只有問牛河先生了，不過剛才也說過，他已經處於無法回答的狀態了。」

對方停頓一下。「您可能是和到大倉飯店來的年輕女子有關的人對嗎？」

「這是得不到答案的問題。」

「我是見過那個女人的人。這樣說她就知道了。希望您幫忙傳個話。」

「我聽得見。」

「我們並不打算害她。」對方說。

「就我所知你們拚命在找她。」

「沒錯。我們一直在尋找她的行蹤。」

「但你說並不打算害她。」Tamaru說。「證據呢？」

回答之前有短暫的沉默。

「簡單說從某個時間點開始狀況改變了。當然領導的死周圍人都深切地哀悼。話雖如此那已經結束了，是終結的案件了。領導本來身體就有病，在某種意義上是他自己要求劃下終止符的。因此我們對那件事，已經打算不再追究青豆小姐了。我們現在希望的是想跟她談。」

「關於什麼？」

「關於共同的利害。」

「不過那畢竟只是你們那邊的方便。就算對你們來說有必要跟她談。但她可能認為沒有這種必要。」

「應該有商談的餘地。我們有東西可以給你們。例如自由和安全。還有知識和情報。不能在某個中立的地方進行商談嗎？任何地方都可以。由你們指定地方，我們過去。我們保障百分之百安全。不只是她而已，並保障有關這次事件的所有人員的安全。沒有人需要再到處逃了。應該對彼此都是不錯的事。」

「你這麼說，」Tamaru說：「不過並沒有可以信任這個提議的證據。」

「總之請轉達給青豆小姐好嗎?」對方耐心地說。「事態很緊急,我們也還有幾個可以讓步的餘地。如果信賴性需要更具體的保證,我們也可以想想看。只要打電話來這裡,隨時可以聯絡上。」

「可以把事情說得清楚一點嗎?爲什麼你們那麼需要她?到底發生了什麼事?使狀況改變那麼大呢?」

對方小小地呼吸一次。然後說:「我們必須繼續聽聲音才行。那對我們來說就像是水源豐沛的井一樣的東西。我們不能失去那個。在這裡我能說的只有這些。」

「爲了維持那口井,你們需要青豆?」

「這不是一句話可以說明的。只能說是跟那有關的事。」

「深田繪里子又怎麼樣呢?你們難道不再需要她了嗎?」

「我們現在這個時點並不特別需要深田繪里子。她現在在什麼地方做什麼都沒關係。她已經完成她的使命了。」

「什麼樣的使命?」

「事情的原委很微妙。」對方稍微頓一下才說。「很抱歉,在這裡沒辦法說得更詳細了。」

「請把所處的立場想清楚。」Tamaru說。「現在這場遊戲的發球權在這邊。這邊可以自由地聯絡,你們那邊卻沒辦法。連我們是誰你們都不知道。不是嗎?」

「沒錯。主導權現在在你們那邊。我也不知道您是誰。雖然如此,這也不是電話中可以談的事。我說到這裡,已經說太多了。應該超出權限範圍了。」

Tamaru沉默了一會兒。「好吧。我們考慮看看你的提議。這邊也需要商量。日後可能再聯絡。」

「等候聯絡。」對方說。「好像有點重複,不過這對雙方都不是壞事。」

「如果我們不理會或拒絕那提案呢？」

「如果那樣，就只能以我們的做法來做了。我們有一點力量。有時候不是刻意的，但事情可能會變得相當粗暴，可能會給周圍的人帶來麻煩。無論你們是誰，應該都無法無傷地全身而退。那對彼此可能都不能算是愉快的結果。」

「也許。不過事情要發展到那個地步會花一些時間。而且借用你的話，事態緊急。」

對方那個男人輕輕乾咳一聲。「可能要花時間。或者，不太需要。」

「不實際做做看還不知道。」

「沒錯。」對方說。「此外，還有一個重點必須事先提出來。如果借用您的比喻，確實你們擁有遊戲的發球權。不過你們對這遊戲的基本規則好像還不太了解。」

「那也是不實際做做看還不知道的事。」

「實際做做看，如果不順利的話就會變得不太好玩了。」

「彼此彼此。」Tamaru 說。

有一段含有幾個暗示的短暫沉默。

「那麼，牛河先生的事怎麼辦？」Tamaru 問。

「我們會盡早領回來。今天晚上之內。」

「房間沒上鎖。」

「謝了。」對方說。

「對了，你們那邊，對牛河的死會深深哀悼嗎？」

「無論是誰，人的死在這裡都會被深深哀悼。」

「最好能好好的哀悼。他算是相當能幹的男人。」

「不過卻不到十分的地步。是嗎？」

「沒有人可以能幹到永遠活下去。」

「你這樣想。」對方說。

「當然。」Tamaru說。「我這樣想。你不這樣想嗎？」

「等你聯絡。」對方不回答那問題，以冷冷的聲音說。

Tamaru默默掛上電話。不需要再多說了。有必要時再從這邊打就行了。走出電話亭，他走到事先停車的地方。暗藍色舊的廂型Toyota Corolla，不顯眼的車。開了十五分鐘左右，停到一個沒有人影的公園前，確定沒人看見後，把塑膠袋、繩子和橡皮筋丟到垃圾桶。手術用手套也丟掉。

「人的死在那裡都會被深深哀悼。」Tamaru發動引擎，邊繫上安全帶邊小聲唸著。那就再好不過了。他想。人的死都應該被深深哀悼。就算只有很短暫的時間。

第26章 青豆

非常浪漫

星期二中午過後電話鈴響了。青豆坐在瑜伽墊上雙腳大大張開，正在做著腸腰筋的拉筋動作。比看起來更費力的運動。身上穿的襯衫薄薄滲出汗水。青豆中止運動，邊用毛巾擦著臉邊拿起電話筒。

「福助頭已經不在那棟公寓了。」Tamaru像平常那樣省略開場白直接這樣切入。連喂喂都沒說。

「已經不在？」

「不在了。被說服了。」

「被說服了。」青豆重複說。福助頭被Tamaru，以某種形式強制排除的意思嗎？

「還有住在那棟公寓姓川奈的人物，就是妳要找的川奈天吾。」

在青豆周圍的世界忽而膨脹忽而縮小。就像她的心臟本身一樣。

「妳有在聽嗎？」Tamaru問。

「我在聽。」

「只是川奈天吾，現在不在那棟公寓裡。他出去幾天。」

「他沒事吧？」

「現在不在東京，不過沒事應該不會錯。福助頭租了川奈天吾住的公寓一樓房間，等著妳爲了見他而去到那裡。架著隱藏的相機，監視玄關。」

「他拍到我的相片了嗎？」

「拍到三張。因爲是晚上，帽子又壓得很低，還戴了眼鏡，用圍巾把臉遮起來，所以看不到臉的細部。不過沒錯就是妳。如果妳再去那裡一次的話，一定會發生麻煩。」

「交給你辦是正確的對嗎？」

「如果有所謂正確的事的話。」

青豆說：「不過總之，他已經變成不必擔心的存在了。」

「那個男人已經不會害妳了。」

「因爲被你說服了？」

「有過需要調整的局面，最後。」Tamaru說。「照片也都收回來了。福助頭的目的在等妳現身，川奈天吾只不過是個誘餌而已。所以現在他們並沒有找到加害川奈天吾的理由。他應該沒事。」

「幸好。」青豆說。

「川奈天吾在代代木的升學補習班教數學。以教師來說似乎是優秀的，每週只教幾天，看來收入並不多。還單身，在那外觀低調的公寓裡，一個人過著樸素的生活。」

閉上眼睛時耳朵裡聽得見心臟的鼓動，看不清世界和自己之間的境界。

「除了在補習班當數學老師之外，一方面也在寫自己的小說。長篇小說。《空氣蛹》的幕後代筆只是打工性質，他有自己的文學野心。這是一件好事。適度的野心可以使人成長。」

「那是怎麼查出來的？」

「因爲他不在，所以我就自己進去屋子裡。門雖然上鎖了，不過那不能算鎖。雖然覺得侵犯人家的隱私不太好，不過還是有必要做個基本調查。以男人的單身生活來說，房間整理得很整齊。瓦斯爐擦得很亮。冰箱裡也整理得很乾淨，後面沒有腐爛掉的高麗菜。也有燙衣服的跡象。以伴侶來說是不錯的對象。我是說如果不是同性戀的話。」

「其他還知道什麼？」

「我打電話去補習班，問他預定的上課時間。接電話的小姐說，川奈天吾的父親星期天深夜，在千葉縣的某個醫院過世了。他爲了葬禮的事不得不離開東京。所以星期一的課取消不上。她不知道葬禮會在什麼地方什麼時間舉行。總之下次的課是星期四，在那之前大概會回到東京。」

青豆當然還記得，天吾的父親是ＮＨＫ的收費員。星期天，天吾和父親一起去繞收費路線。他們在市川市的街上碰過幾次面。想不太起他父親的臉。但記得瘦瘦的個子矮小，穿著收費員的制服。而且跟天吾完全不像。

「如果福助頭已經不在的話，我可以去見天吾嗎？」

「最好不要。」Tamaru即刻說。「福助頭已經被妥善說服了。但老實說，我不得不聯絡教團請他們代爲解決一件事。有一件東西如果可能盡量不想交到相關執法人員手中。如果被發現的話，整棟公寓的人大概都會被調查得滴水不漏。妳的朋友可能也會被連累進去。可是我一個人要收拾那東西也太吃力了。半夜裡如果一個人正在吃力地搬運東西時被相關執法人員擋下來盤問的話，怎麼說也說不清。教團裡有的是人手和機動力，對這方面的作業已經習慣了。就像從大倉飯店搬東西出去時那樣。我想說的妳懂吧？」

青豆把Tamaru的用語，在腦子裡翻譯成現實的語言。「說服似乎採取了相當粗暴的方式啊？」

Tamaru小聲低吟。「雖然很可憐，不過那個男人知道太多了。」

青豆說：「教團的人知道福助頭在那棟公寓裡做什麼嗎？」

「福助頭雖然是在爲教團做事，不過到目前爲止都採取單獨行動。還沒向上面報告自己現在正在做什麼。這對我們倒是有利的。」

「不過現在他們也知道他正在那裡做什麼了。」

「沒錯。所以妳暫時還是別靠近那邊比較好。因爲川奈天吾是《空氣蛹》的執筆者，他的名字和地址，應該已經列在他們的注意名單中了。他們還沒掌握到川奈天吾和妳的個人關係。不過如果追查福助頭在那棟公寓一室的理由，川奈天吾住在那裡這件事不久就會浮上檯面，只是時間的問題。」

「不過如果順利，等他們弄清楚可能會花掉相當長的時間。福助頭的死可能不會聯想到天吾的存在。」

「如果順利。」Tamaru說。「如果那些傢伙沒有我預料的那樣用心注意的話。不過我並不指望所謂如果順利的假定。所以到目前爲止才能總算沒出過大錯地存活到現在。」

「所以我最好不要靠近那棟公寓。」

「當然。」Tamaru說。「我們是活在只隔薄薄一張紙的地方。再怎麼小心謹愼都不爲過。」

「福助頭有沒有掌握到我躲在這棟大廈的事？」

「如果掌握到的話，妳現在早就到了某個我的手無法搆到的地方了。」

「不過他已經靠近到我的腳邊了。」

「沒錯。但是我想，可能有某種偶然把那傢伙引導到那邊。應該沒有別的原因。」

「所以他才會毫無防備地把自己的身影暴露在溜滑梯台上。」

「是啊。那傢伙完全不知道自己在那裡會被妳看到。也沒料到，最後卻因此丟了性命。」Tamaru說。

「我不是說過嗎？人的生和死，全都只隔一張薄紙啊。」

數秒的沉默降臨。人的死——無論是誰的死——所帶來的沉重沉默。

「福助頭雖然不見了，教團還在繼續追蹤我嗎？」

「這一點，我也還搞不太清楚。」Tamaru說。「那些傢伙最初是想逮捕妳，逼問殺害領導的背後是什麼樣的組織在撐腰。料想光妳一個人無法籌備得那麼周密。誰都看得出背後有某種靠山。妳如果被捕，一定會被嚴厲拷問。」

「所以我才需要手槍。」青豆說。

「福助頭當然也明白會這樣。」Tamaru繼續說。「他以為教團追捕妳是為了要拷問和處罰。不過事情好像中途有了很大的轉變。福助頭從舞台消失之後，我跟那些傢伙的其中一個在電話上通過話。對方說已經不打算傷害妳了。還說要我傳話給妳。當然可能是陷阱。不過在我耳裡聽來那好像是眞話。那個男人對我說明，領導的死在某種意義上是他本人主動尋求的。換句話說那是像自殺的事，因此現在已經沒有必要為那件事處罰妳了。」

「是這樣沒錯。」青豆以乾乾的聲音說。「領導從一開始就知道我是來殺他的。而且也求我殺他。那一夜，在大倉飯店的套房裡。」

「警衛沒有識破妳的眞面目。但領導知道。」

「對，雖然不知道為什麼，但他事前已經知道一切了。」青豆說。「他是在那裡等著我的。」

Tamaru稍微停一下，然後說：「在那裡發生了什麼?」

「我們做了交易。」

「我沒聽過這件事。」Tamaru以僵硬的聲音說。

「沒有機會說。」

「是什麼樣的交易，現在請妳說明。」

「我幫他做了一小時左右的肌肉伸展，在那之間他說了。他知道天吾的事。不知道爲什麼也知道我跟天吾的關係。而且他說希望我殺他。希望我能盡早把他從肉體持續不斷的強烈痛苦中解救出來。如果我能帶給他死亡，他就可以替我救天吾的命。所以我下決心奪走他的生命。就算我不動手，他也正確實地走向死亡，何況想到那個男人到目前爲止的所做所爲，眞想把他繼續留在痛苦中。」

「而且妳也沒向夫人報告，有關這件交易的事。」

「我爲了殺害領導而去到那裡，完成了那個使命。」青豆說。「而且天吾的事，說起來算是我個人的問題。」

「好吧。」Tamaru好像半放棄了似地說。「妳確實把使命完全達成了。這點必須承認。而且川奈天吾的問題也是屬於妳個人範圍的事。只是在那前後妳爲什麼懷孕了。這就不是可以簡單忽視的問題了。」

「不是前後。而是在激烈打雷、都心降下豪雨的那一夜，我受孕了。正好就是我處理了領導的那一夜。就像我以前也說過的那樣，完全沒有性交。」

Tamaru嘆一口氣。「從問題的性質來看，我要不就完全相信妳的說法，要不就完全不信，這二者之一。我向來認爲妳是個足以信賴的人，現在也想相信妳的說法。但是關於這件事，無論如何都看不見事情的脈絡。因爲我是一個只能以演繹法思考事情的人。」

青豆繼續沉默。

Tamaru問：「殺害領導和那謎般的受孕之間，有沒有什麼因果關係？」

「我什麼也說不出來。」

「說不定，妳肚子裡的胎兒是領導的小孩，沒有這種可能嗎？領導不知道以什麼方法，但總之以某種方法，那時候讓妳懷孕了。如果是那樣的話，就可以理解爲什麼那些傢伙非要想盡辦法得到妳的身體了。他們需要領導的繼承人。」

青豆握緊聽筒，搖搖頭。「不可能有這種事。這是天吾的孩子。我知道。」

「關於這點，我也只能相信或不相信，二選一。」

「我也沒辦法再多說明。」

Tamaru再嘆一次氣。「好吧。現在暫且先接受妳的說法。那是妳和川奈天吾之間的孩子。妳知道這個。但就算是這樣，還是看不清事情的脈絡。他們最初想逮捕妳嚴加懲罰。但在某個時間點不知發生了什麼事。或弄清楚了什麼。他們現在卻開始需要妳了。他們說會保障妳的安全，還說他們那邊也有東西可以提供給妳。而且關於這件事希望能立刻交談。到底發生了什麼事？」

「他們不是需要我。」青豆說。「我想他們需要的是，我肚子裡的東西。他們從某個時間點知道了這件事。」

「啊哈——」湊熱鬧的Little People不知在哪裡出聲音。

「對我來說，事情的發展有點太快了。」Tamaru這樣說。然後再一次從喉嚨深處發出小聲的低吟。

「還看不出脈絡來。」

脈絡不通是因爲有兩個月亮啊。青豆想。那個把一切事情的脈絡奪走了。但她沒開口。

「啊哈——」剩下的六個人在某個地方齊聲附和。

Tamaru說：「他們需要聽聲音的人。跟我在電話上談話的那個人這樣說。他說如果失去那聲音，教團可能會就這樣消滅掉。我不知道，所謂聽聲音具體上是意謂著什麼。不過總之，那是那個男人說的。換句話說妳肚子裡的孩子，會成爲那個『聽聲音的人』吧？」

她把手輕輕放在自己的下腹部。Mother和Daughter，青豆想。但沒出聲。不能讓月亮們聽見那個。

「我眞不明白。」青豆謹愼地選擇用語。「不過除此之外，我想不起他們需要我的理由。」

「不過到底爲什麼，川奈天吾和妳之間所懷的孩子，會具有那樣特殊的能力呢？」

「不知道。」青豆說。

或許領導以自己的生命做交換，把自己的繼承人託付給我。這種想法在青豆的腦子裡浮現。因此領導在那雷雨夜，把和異世界交叉的回路暫時打開，讓我和天吾結合爲一體也不一定。

Tamaru說：「這不管是和誰懷的孩子，不管這孩子將擁有什麼樣的能力而被生下來，妳都沒有打算和教團交易，是這樣嗎？就算這交易可以得到什麼。例如他們主動向妳解開在那裡的各種謎。」

「無論如何，都不要。」青豆說。

「不過和妳的想法無關，他們可能會極力想得到那個。會不擇手段。」Tamaru說。「而且妳有川奈天吾這個弱點。或許可以說幾乎是唯一的弱點。卻是很大的弱點。如果那些傢伙知道這件事的話，想必一定會集中火力攻向那邊。」

Tamaru說得很對。川奈天吾對青豆來說既是活下去的意義，同時也是致命的弱點。

Tamaru說：「繼續留在那個地方太危險了。在他們知道川奈天吾和妳的關係之前，應該移到更安全的地方去。」

「事到如今，這個世界的任何地方都沒有什麼安全的場所了。」青豆說。

Tamaru玩味著她的意見。然後安靜地開口：「把妳的想法說來聽聽。」

「首先我一定要見到天吾。在那之前我不能離開這裡。就算那意味著會有多大的危險。」

「見到他要做什麼？」

「我知道該做什麼。」

Tamaru短暫地沉默。「沒有絲毫懷疑？」

「我不知道會不會順利。不過我知道該做什麼。沒有絲毫懷疑。」

「不過不打算把那內容告訴我。」

「很抱歉現在還不能說。不只是你，而是對其他任何人都一樣。因為如果我說出來的話，一定會在那一瞬間傳遍全世界。」

月亮們豎著耳朵。Little People豎著耳朵。房間豎著耳朵。那不可以從她心中踏出外面一步。必須用厚牆緊緊地把心圍起來。

Tamaru在電話另一端用原子筆頭敲著桌子。叩叩叩規則而乾脆的聲音傳到青豆耳裡。缺乏餘韻的孤獨聲音。

「好吧。會讓妳可以聯絡上川奈天吾。不過在那之前有必要得到夫人的同意。我所接到的命令，是盡早把妳從那裡移到別的地方。可是妳說在見到川奈天吾以前無論如何都無法離開那裡。要向她說明理由好像沒那麼簡單。這點妳明白吧？」

「理論說不通的事情，要以理論去說明是非常困難的。」

「就是這樣。就像要在六本木的Oyster Bar海鮮餐廳遇到牡蠣中有眞正珍珠那樣困難。不過還是想辦法努力看看。」

「謝謝。」青豆說。

「妳所主張的事，我覺得每一件好像都完全沒有脈絡可循。原因和結果之間找不到理論的聯繫。雖然如此，在這樣談著之間，卻漸漸開始覺得暫且就先接受妳的說法也好。不知道爲什麼。」

青豆保持沉默。

「而且夫人私下信賴妳、信任妳。」Tamaru說。「因此如果妳這樣強烈主張的話，我想她大概也想不到，不讓妳和川奈天吾見面的理由。看來妳和川奈天吾的聯繫是很難動搖的樣子。」

「比全世界的任何東西。」青豆說。

比哪一個世界的任何東西，青豆在心中重新說。

「而且如果，」Tamaru說：「就算我說這樣太危險了，拒絕幫妳聯絡川奈天吾，妳一定也會到那棟公寓去見他吧？」

「沒錯我想我會那麼做。」

「誰也阻止不了。」

「我想很難。」

Tamaru稍微停頓一下。「那麼，我該怎麼轉告川奈天吾才好呢？」

「希望天黑後，到那溜滑梯台上來。只要是天黑後任何時間都可以。我會等著。轉告他青豆這樣說，他就會知道。」

「明白了。我會這樣轉告他。天黑後到溜滑梯台上來。」

「還有，如果有不想留下的重要東西，請他帶著來。請這樣轉告他。不過要讓雙手能自由使用。」

「那行李要運到什麼地方呢？」

「很遠。」青豆說。

「多遠？」

「不知道。」青豆說。

「沒關係。我是說只要夫人的許可下來的話，我就把這訊息傳達給川奈天吾。而且盡可能努力為妳確保安全。盡我的力量。不過雖然如此，還是會有危險。他們似乎也在拚命。自己的身體終究只能自己保護。」

「我知道。」青豆以平靜的聲音說。她的手掌還輕輕貼在下腹部。不只是自己的身體，她想。

掛斷電話後，青豆好像倒下般坐進沙發。並閉上眼睛，想著天吾。除此之外已經沒辦法想任何事情了。心像縮緊了般苦。不過那是舒服的苦。再多也能忍受得了的苦。他果然就住在近在眼前的地方。走路不到十分鐘的地方。光這樣想，就從身體的芯溫暖起來。他還單身，在補習班教數學。住在整理得乾乾淨淨的樸素房間裡，自己開伙，燙衣服，寫長篇小說。青豆很羨慕Tamaru。如果可能，希望自己也同樣進入他的房間看看。天吾不在的天吾的房間。在那無人的安靜中，用手一一觸摸在那裡的每一樣東西看看。確認他所用的鉛筆有多尖。拿起他所喝的咖啡杯，聞聞他留下的衣服氣味。在實際見到他的面之前，希望能先走過那樣一個階段。

沒有那樣的前置階段，兩個人忽然單獨相見，要怎麼開口打破僵局才好呢？青豆無法預料。一想像到這裡，呼吸就變得激烈快速，頭腦開始恍惚起來。該說的話太多了。同時一到緊要關頭，又覺得沒有任何一句需要說的。她想說的，都是一旦化爲語言那重要的含意就會喪失的事情。

無論如何，現在的青豆能做的只有等了。定下心來小心地等。她把行李準備好，只要看見天吾的身影就能立刻跑出去。爲了可以就那樣不再回到這個房間，她把必要的東西毫不遺漏地裝進一個黑色皮製大側背包裡。並不太多。整疊現鈔，當下需要換的衣服，裝滿子彈的海克勒&寇奇手槍。就這樣。那包包放在立刻伸手可及的地方。把衣架上掛著的Junko Shimada套裝從衣櫥裡拿出來。確定沒有皺紋後，掛在客廳牆上。找出搭配的白襯衫和絲襪，配上Charles Jourdan高跟鞋。還有淺茶色春季大衣。最初從首都高速公路的太平梯爬下時同樣的服裝。大衣以十二月的夜晚來說有點太薄。不過沒有選擇餘地。

準備好這些之後，她坐在陽台的庭園椅上，從遮蔽目光的條板縫隙注視著溜滑梯。星期天深夜天吾的父親去世了。人的死亡，從確認到火葬，需要經過二十四小時。應該有這樣的法律規定。這樣計算起來，火葬應該是星期二以後進行的，今天是星期二。天吾在葬禮結束後，從那某個地方回到東京，最快也要到今天傍晚吧。Tamaru向他轉達我的話，又在那時之後。在那之前天吾應該不會到公園來。而且現在天色還亮著。

領導臨死時，把這個小東西設定在我的胎內。這是我的推測。或直覺。那麼結果，我還是被那個死去的男人的遺志所操縱，正被導向他所設定的目的地前進嗎？

青豆歪著臉。沒辦法判斷。Tamaru推測我可能是在領導的企圖之下懷了「聽聲音者」的胎兒。可能以「空氣蛹」之身。但為什麼非要是我這個人不可呢？而且那對象為什麼非要是川奈天吾不可呢？這也是無法說明的事情之一。

總之到目前為止，在不明前因後果的情況下，我的周圍發生了很多事情。也看不清那原理和方向。結果我就像被捲進去一樣。不過到此為止，青豆下了決心。

她撇起嘴唇，強烈歪曲著臉。

從今以後會和目前為止不一樣。我再也不要被誰的意志任意操縱了。從今以後自己的唯一原則，就是順著自己的意思行動。我無論如何都要保護這個小東西。為了這個我會拚死盡力奮鬥。這是我的人生，在這裡的是我的孩子。無論是誰以什麼目的、如何安排設定，都不容質疑這是我和天吾之間所懷的孩子。絕對不會交到誰的手中。不管什麼是善，什麼是惡，今後我就是原理，我就是方向。無論是誰最好先記住這點。

第二天，星期三下午兩點電話鈴響了。

「話傳到了。」Tamaru依然省略開場白地說。「他現在，在公寓的自己房間裡。今天早晨，在電話上談過。他今天晚上七點整會去溜滑梯台。」

「他還記得我嗎？」

「當然記得很清楚。他好像也一直在找妳的行蹤。」

跟領導說的一樣。天吾也在找我。只要知道這一點就夠了。她的心充滿幸福感。這個世界上的其他任何話語，對青豆來說都已經沒有意義了。

「他說到時候他會把重要東西帶在身上到那裡去。照妳說的那樣。依我推測其中應該會包括寫到一半的小說稿。」

「一定會。」青豆說。

「我在那樸實的公寓周圍檢查了一下。看起來是乾淨的。附近並沒有看見正在監視的可疑人物。福助頭的房間也沒人。周遭一片安靜。不過，並沒有安靜得過分。那些傢伙好像半夜裡已經悄悄把東西處理掉，就那樣離開了。可能覺得久留不妙吧。我也看得很仔細，所以大概沒有看漏才對。」

「那就好。」

「不過那終究只是大概而已，只是指現在而已。事態會隨時改變。我當然也不是完全周到的。可能看漏了什麼重要的點也不一定。或可能只是他們那邊比我技高一籌地展開行動了也不一定。」

「所以總之自己的身體只能自己保護了。」

「就像之前說過的那樣。」Tamaru說。

「很多事情多虧你了。很感謝。」

「以後妳在什麼地方做什麼我就管不著了。」Tamaru說。「不過妳就這樣到某個遠方去，而且從此見不到面的話，我也會覺得有點寂寞。以保守的說法，妳也是個難得遇見的性情中人。像妳這種人物很少見。」

青豆在電話旁微笑。「我也想對你說幾乎相同的感想。」

「夫人需要妳這個人。除了工作以外也就是所謂以個人的同伴來說。所以對於在這樣的情況下不得不分離，深深感到悲哀。現在她無法出來講電話。請妳諒解。」

「我知道。」青豆說。「我可能也沒辦法跟她好好說。」

「妳說要到很遠的地方去。」Tamaru說。「有多遠呢？」

「那是數字所無法測量的距離。」

「就像隔開人心和人心的距離那樣。」

青豆閉上眼睛，深深吸進一口氣。眼淚差一點掉下來。不過總算忍住了。

Tamaru以安靜的聲音說：「祝妳一切順利。」

「很抱歉，海克勒&寇奇可能沒辦法還你了。」青豆說。

「沒關係。那是我個人送給妳的。如果覺得帶在身邊很麻煩就丟進東京灣去好了。雖然微不足道不過世界可以更接近非武裝一步。」

「結果，最後手槍可能不會發射。似乎違背契訶夫的原則。」

「那也沒關係。沒有比不發射更好的事了。現在已經是接近二十世紀的尾聲了。和契訶夫所在的時代情況有點不同。馬車已經不跑了，也沒有女人再穿緊身胸衣了。世界雖然經歷了納粹主義、原子彈，和現代音樂，總算還活了下來。在那之間小說的寫法也改變很大。妳不用在意。」Tamaru說。「我有一個問題。今天晚上七點妳跟川奈天吾要在溜滑梯台上見面。」

「如果順利的話。」青豆說。

「如果見到他了，你們在溜滑梯台上到底要做什麼？」

「兩個人一起看月亮。」

「非常浪漫。」Tamaru好像很佩服地說。

第27章 天吾
只有這個世界可能還不夠

星期三早晨，電話鈴響時，天吾還在睡夢中。因爲快天亮了都還睡不著，當時喝的威士忌還留在體內。他從床上起來，知道周遭已經完全大亮了吃了一驚。

「川奈天吾先生。」男人說。沒聽過的聲音。

「是的。」天吾說。他想大概是有關父親去世的事務性手續的事吧。因爲聽起來對方的聲音肅靜並帶有實務性感覺。不過鬧鐘指著早上快八點。並不是政府機構或葬儀社會打來的時刻。

「一大早就打來很抱歉。但因爲事情緊急所以不得已。」

是緊急的事。「什麼樣的事？」頭腦還有點恍惚。

「您還記得青豆小姐的名字嗎？」對方說。

青豆？這一來醉意和睡意全都消失了。像劇情的暗中轉變般意識也急速切換。天吾把聽筒在手中重新握緊。

「記得。」天吾回答。

「相當少見的姓。」

「小學的同班同學。」天吾總算把聲音調整過來說。

男人稍微停一下。「川奈先生，現在我要談到青豆小姐的事，您有興趣嗎？」

天吾覺得這個男人的說法非常奇怪。語法獨特。簡直像在聽翻譯的前衛戲劇台詞一般。

「如果沒興趣的話，對彼此就浪費時間了。我可以立刻掛斷電話。」

「我有興趣。」天吾急忙說。「不過很失禮，您是站在什麼立場的人呢？」

「青豆小姐請我傳話。」男人沒有理會天吾的問題。「青豆小姐希望能見您。川奈先生這邊呢？您打算見她嗎？」

「打算。」天吾說。乾咳一聲清清喉嚨。「我也有很長一段時間一直想見她。」

「那很好。她想見您。您也希望見青豆小姐。」

天吾突然發現房間裡的空氣是凝凍的。拿起身邊的毛衣外套，披在睡衣上。

「那麼，該怎麼辦才好呢？」天吾問。

「天黑以後可以請您到溜滑梯台上來嗎？」男人說。

「溜滑梯台上？」天吾說。這個男人到底在說什麼？

「她說只要這樣說，您就會知道。她說希望您到溜滑梯台上來。我只是照青豆小姐說的傳話而已。」

天吾下意識地用手摸頭髮。頭髮因爲睡姿僵硬所以一撮撮變了形。溜滑梯台，我從那裡仰望著兩個月亮。當然是指**那個**溜滑梯台。

「我想我知道。」他以乾乾的聲音說。

「很好。還有，如果有想帶著走的重要東西的話，請您帶在身邊。以便可以就那樣移動到遠方去。」

「想帶著走的重要東西？」天吾吃驚地反問。

「就是指不想留下來的東西。」

天吾尋思著。「我不太清楚，不過所謂要移動到遠方去，是指不再回到這裡來的意思嗎？」

「這個我也不清楚。」對方說。「就像剛才說過的那樣，我只是把她的訊息照樣轉達而已。」

天吾一面用手指梳理著糾結的亂髮一面想。移動？然後說：「我可能會帶少量的文件去。」

「應該沒問題。」男人說，「要選什麼是您的自由。只是關於要帶的包包，她說要能讓雙手可以自由使用的。」

「雙手可以自由使用的。」天吾說。「那麼也就是說旅行箱之類的不行對嗎？」

「我想是這樣。」

從男人的聲音聽來，很難推測年齡、風貌和體格。缺乏具體線索的聲音。電話一掛斷的瞬間好像就會想不起是什麼樣的聲音了。個性和感情——如果有這種東西的話——也隱藏在深處。

「必須傳到的話就是這些了。」男人說。

「青豆小姐還好嗎？」天吾問。

「身體沒有問題。」對方很小心地回答。「不過她現在，處於有點緊迫的狀態。一舉一動都必須小心注意才行。要不然可能會有損傷。」

「會有損傷？」天吾機械性地複述。

「最好不要太遲比較好。」男人說。「所以時間是重要因素。」

時間是重要因素，天吾在腦子裡複述。這個男人選擇用語的方法有什麼問題嗎？或者是自己這邊太神經質了呢？

「我想今晚七點可以去溜滑梯台上。」天吾說。「如果因為某種原因今晚不能見面的話，明天同一個時刻我會去那裡。」

「好啊。那是哪一個溜滑梯台，您知道吧？」

「我想我知道。」

天吾看看時鐘。還有十一小時的餘裕。

「對了，聽說令尊這個星期天去世了。請節哀。」男人說。

天吾幾乎反射性地道了謝。然後想到：「為什麼這個男人知道這件事呢？」

「可以請您多談一點有關青豆的事嗎？」天吾說。「比方，她在哪裡？做什麼事？」

「她還單身，在廣尾的一家健身俱樂部當指導員。是個優秀的指導員，但因為某種原因現在那份工作中止了。而且從前一陣子開始，完全是偶然地，住到川奈先生住宅的附近。除此之外的事情，您最好聽她本人親口說比較好。」

「關於她現在是處於什麼樣的緊迫狀態也是嗎？」

男人沒有回答這個問題。是自己不想回答——或認為沒有必要回答——很自然地不回答問題。天吾身邊似乎聚集了不少這種人。

「那麼就今天晚上七點，在溜滑梯台上。」男人說。

「請等一下。」天吾急忙說。「我有一個問題。有一個人告訴我說，有人在監視我。所以要小心。很抱歉，那會不會是指您呢？」

「不，那不是我。」男人即刻回答。「說到您被監視，應該是指被別人。不過無論如何還是小心爲妙。正如那個人所說的那樣。」

「關於我可能被誰監視的事，和她處於相當特殊的狀況，是不是有關係呢？」

「是有點緊迫的狀況。」男人更正。「是的，我想應該是有關的。在某方面。」

「那是伴隨著危險的事嗎？」

男人像在分別選著混在一起的不同類豆子般，花時間小心地選擇用語。「如果您見青豆小姐的事變成不可能，對您來說稱爲危險的話，其中確實可能伴隨著危險。」

天吾把那婉轉的語法，在腦子裡自己重新排列成容易懂的形式。雖然無法讀出情況和背景，但可以感覺到迫切的氣氛。

「搞不好，我跟她永遠無法再相見了是嗎？」

「沒錯。」

「明白了。我會注意。」天吾說。

「一大早打來很抱歉。好像把您吵醒了。」

男人這樣說完不等回話就掛斷了。天吾暫時望著手中的黑色聽筒。電話一旦掛斷後，就像事先預料的那樣，對方的聲音已經變得想不太起來了。天吾再看一次時鐘。八點。從現在到下午七點的時間該怎麼打發才好？

他首先去沖澡、洗頭，糾結的亂髮總算稍微服貼了些。然後在鏡子前刮鬍子。仔細刷了牙，連牙線都用上了。從冰箱拿出番茄汁來喝，用水壺燒開水，磨了豆子泡了咖啡，烤了一片吐司。設定計時器，煮了半熟蛋。集中精神在每一個動作上，比平常花更長的時間。雖然這樣也才只不過九點半。

今晚要在溜滑梯台上和青豆見面。

一想到這裡，身體的機能就七零八落地鬆開了。被散亂到四面八方的感覺所襲。手、腳、臉，分別要往不同方向去。沒辦法把感情長久綁在一起。即使想做什麼，也無法集中精神。既不能讀書，當然也無法寫文章。沒辦法一直安靜坐在一個地方。勉強能做的，說來只有在廚房洗碗盤，或洗衣服，整理衣櫥的抽屜，整理床鋪而已。但不管做什麼，每五分鐘都會停下手來，眼睛看看時鐘。每次想到時間，就覺得時間的腳步又變得更緩慢了。

青豆知道啊。

天吾一面在流理台上，磨著並不特別需要磨的刀子一面這樣想。她知道我去過幾次那兒童公園的溜滑梯的事。她一定看到了，我一個人坐在溜滑梯台上仰望天空的樣子。想不到其他可能性。他想像在溜滑梯台上水銀燈照射下自己的身影。天吾當時完全沒有自己正被誰看著的感覺。她到底從什麼地方看見的？

從哪裡都沒關係，天吾想。那不是大問題。無論從任何地方看，她都能一眼就看出我現在的臉。想到這裡他全身充滿深深的喜悅。從那次以來，就像我始終一直想著她一樣，她也在想著我。這對天吾來說是難以相信的事。在這變動激烈的迷宮般的世界，二十年之間一次也沒見過面，人與人的心——少年和少女的心——依然不變地彼此一直連結在一起。

不過爲什麼青豆那時候，沒有當場出聲叫我呢？那樣事情就簡單多了。首先她怎麼會知道我住在這裡呢？她，或那個男人，是怎麼知道我的電話號碼的？自己討厭別人打電話來，並沒有把電話號碼公開刊載。所以應該查不到號碼。

有幾個解不開的謎團。而且話的條理也錯綜複雜。看不出哪條線和哪條線相連，那些之間又有什麼因果關係。不過試想起來，自從深繪里出現之後，好像一直活在那樣的地方似的。疑問過多、頭緒太少成爲常態的地方。不過那樣的渾沌也逐漸接近終結了——依稀有這種感覺。

無論如何只要到今天晚上七點，至少有幾個疑問應該可以解除。我們要在溜滑梯台上見面。不是以十歲的無力少年少女，而是以兩個獨立自主的自由成年男女。以補習班數學講師和健身俱樂部指導員的身分。我們到時候到底會談什麼樣的話題？不知道。不過總之會交談。我們必須塡滿空白，必須分享對彼此的了解。而且如果照打電話來的男人所用的奇怪說法，我們可能要從那裡移動到某個地方去。所以如果有不能留下的重要東西，必須整理在一起。放進雙手可以自由活動的包包裡。

離開這裡並沒有特別留戀。在這房子住了七年的時間裡，每星期有三天在補習班教書，但從來沒感覺過這裡是自己的生活場所。這裡只不過像河流中浮出的島那樣，暫時屈就的居住場所而已。過去持續每星期在這裡幽會一次的年長女朋友也已經不在了。暫時住在這裡的深繪里也離開了。天吾不知道，她們現在都在哪裡做什麼。但總之她們都從天吾的生活中靜靜消失了。補習班的工作，他不在之後應該會有別人遞補。沒有了天吾，這個世界還是可以照樣無礙地動下去。如果青豆說想移動到什麼地方去，他可以毫不猶豫地跟她一起行動。

對自己來說想帶去的重要東西到底是什麼？五萬圓左右的現金和一張銀行信用卡。能稱得上財產的只有這個。活期儲蓄存款有將近一百萬圓。不，不只這樣。《空氣蛹》的版稅該得的份也匯進來了。打算退還小松的還沒退。此外還有寫到一半的小說列印稿。這個不能留下來。雖然對世間沒有價值，對天吾來說卻是重要的東西。他把稿子裝進紙袋，放進補習班上課時所用的紅褐色硬質尼龍側背包裡。這樣包包一下就很重了。磁碟另外放在別的皮夾克口袋裡。文字處理機不可能帶走，另外只加了筆記本和鋼筆。好了，其他還有什麼？

他想到律師在千倉交給他的公文信封。裡面有父親留給他的存款簿、印鑑章、戶籍謄本，和謎樣的家族照片（大概是）。那可能帶著比較好。小學的成績單、ＮＨＫ的獎狀當然留下來。要換的衣服和盥洗用具也決定不帶。上課的側背包裝不下這些東西，而且這些如果需要也都買得到。

把這些塞進側背包後，總之該做的事都做完了。既沒有該洗的餐具，也沒有該燙的襯衫。再看一次牆上的鐘。十點半。想到該給幫他在補習班代課的朋友打電話，但想起每次早上打對方都不太高興。

天吾和衣躺在床上，想著各種可能性。最後見到青豆還是十歲的時候。現在兩個人都三十歲了。在那之間兩個人都有了很多經驗。無論是喜歡的事，或稱不上多喜歡的事（恐怕後者要多一些）。外貌、人格和生活環境應該都有了相應的改變。我們已經不是少年也不是少女了。那個青豆眞的是來找我的青豆嗎？還有在這裡的自己是不是眞的一直在找青豆的川奈天吾呢？兩人今夜要在溜滑梯台上相見，近距離互相對看，天吾想像著彼此都感到失望的光景。甚至連可談的話題都找不到。這是很可能發生的事。不，毋寧說不發生才奇怪。

或許不該見面的。天吾這樣問天花板。兩個人心裡分別珍惜地懷著想見面的願望，但到最後還是分離兩地會比較好吧？這樣的話可以永遠懷著希望活下去。那希望會成爲溫暖身體軸芯的微小但重要的熱源。被手掌珍惜地圍著護著，免得被風吹熄的小火焰。被現實的風一吹，可能就會輕易吹熄。

天吾邊注視著天花板一小時左右，邊在兩種相反感情之間來回擺盪。他怎麼樣都想見青豆。但同時，又非常怕見到青豆。爲了可能出現的冷冷的失望，和不舒服的沉默，讓他的心感到畏縮僵硬。身體像要被從正中央撕裂成兩半似的。天吾雖然長得比普通人高大強壯，但他知道自己對從某個方向施加而來的力量卻出乎意料之外地脆弱。不過不可能不去見青豆。這是他二十年來，在心中一直強烈地持續追求到現在的事情。不管那結果會帶來什麼樣的失望，都不可能就這樣轉身逃走。

注視天花板累了，就繼續在床上仰臥著睡一會兒。四十分鐘或五十分鐘，無夢的安靜睡眠。集中精神動腦筋思考，疲倦後深沉而舒服的睡眠。試想起來，這幾天只能間斷而不規則地睡。到天黑之前，必須先把累積的疲勞從肉體中消除才行。而且必須以健康而嶄新的心情從這裡出去，到兒童公園才行。他本能地知道身體需要無牽無掛的休息。

天吾被拉進睡眠中時，聽到安達久美的聲音。或感覺好像聽見。**在天亮以前天吾要從這裡出去喲。趁著出口還沒被關閉之前。**

這既是安達久美的聲音，同時也是夜之貓頭鷹的聲音。在他的記憶中這兩者難以分辨地混在一起。天吾當時最需要的是智慧。粗壯的根深深植入大地的夜之智慧。那應該是只有在沉沉的睡眠中才能發現的東西。

六點半時，天吾把側背包斜揹在肩上走出房間。穿著跟上次去溜滑梯台時完全一樣的服裝。灰色的連帽罩衫和舊的皮夾克，藍色牛仔褲茶色工作靴。全都是穿舊的、身體穿著很熟悉的東西。甚至已經成爲像他自己身體的一部分了。可能不會再回來這裡了。爲了愼重起見把門上和信箱上印有名字的名牌卡收起來。以後會怎麼樣，只能到時候再想了。

站在公寓的玄關，小心謹愼地環視周圍。如果相信深繪里所說的話，他應該被人從某個地方監視著。但和上次一樣，感覺不到周圍有那種跡象。只有和平常一樣的風景看起來像平常一樣。日落後的路上沒有人影。他先往車站的方向慢慢走。並偶爾回頭，確定沒有人跟在後面。幾次轉進沒必要轉的狹窄道路，站定下來確認有沒有人尾隨。必須小心才行，電話上的男人說。爲了自己，也爲了正處於緊迫狀況的青豆。

但是打電話來的男人真的是青豆認識的人嗎？天吾忽然想。說不定這是設計巧妙的陷阱呢？天吾開始思考那可能性時，漸漸不安起來。如果這是個陷阱的話，一定是「先驅」所設計的不會錯。天吾身爲《空氣蛹》的幕後代筆，可能（不，毫無疑問）應該被他們列在黑名單上。所以那姓牛河的奇怪男人才會以教團爪牙的身分，提出底細不明的補助金話題來接近他。加上天吾——雖然不是出於自願——讓深繪里藏在自己的公寓房間達三個月之久，共同生活。教團有超過十足的理由對他感到不滿。

不過雖然如此，天吾相當不解，他們爲什麼非要特地以青豆爲誘餌設下陷阱把我引誘出來呢？他們已經知道天吾住的地方了。他並沒有逃避也沒有躲藏。如果他們有事找天吾，可以直接來找就行了。何必大費周章，把他引誘到那兒童公園的溜滑梯。當然反過來，如果他們想以天吾爲誘餌把青豆引誘出來，則另當別論。

可是他們為什麼非要誘出青豆不可呢？

想不到任何理由。說不定「先驅」和青豆之間有什麼關係？但天吾無法再繼續往前推論了。只能直接問青豆。如果能見到她的話，當然。

無論如何，就像那個男人在電話上說的那樣，小心一點總不會錯。天吾爲了愼重起見繞著路走，確認沒有人跟蹤他。然後才快速走向兒童公園。

到兒童公園時差七分才到七點。周遭已經暗下來，水銀燈將均勻的人工光線照在公園的各個角落。託好天氣的福是個溫暖的午後，日落後氣溫急速下降，也開始吹起冷風。連續幾天安穩的冬陽乍暖如春的天氣離去了，嚴寒的眞正冬天正要再度盤踞。櫸樹的枝枒，彷彿提出警告的古老手指般發出乾癟的聲音震顫著。

周圍的建築物有幾扇窗的燈是亮著的。但公園裡看不見人影。皮夾克下心臟緩慢地刻著粗重的節奏。他的雙手互相搓了幾次。確認手上確實有正常的感覺。沒問題，準備好了。沒什麼可怕的。天吾定下心開始爬上溜滑梯的階梯。

走到溜滑梯台上之後，以和之前同樣的姿勢坐下。溜滑梯台的地上是冰涼的，略含溼氣。雙手依然放在皮夾克的口袋裡，背靠在扶手上，仰望天空。雲混合著飄浮在天空。大大小小各自不同。有幾片大片的雲，幾片小片的雲。天吾瞇細了眼，尋找月亮。但現在這時候月亮似乎藏在某一片雲背後。不是厚而密實的雲。而是說來算輕淡的白雲。雖然如此厚度還是足以將月亮的姿態隱藏起來不讓人看見。雲從北方往南方以緩慢的速度移動著。上空吹的風似乎並不強。或者雲可能是在相當高的地方。無論如何雲並不急著往前進。

天吾看看手錶，針指著七點三分。而且秒針還在繼續正確地刻著時間。青豆還沒現身。他在幾分鐘之內，像在看著什麼珍貴的東西般盯著秒針的前進。然後閉上眼睛。他也像被風吹動而前進的雲那樣，並不急著前進。如果需要花時間的話就那樣沒關係。天吾停止想事情，決定把流動而去的時間當成自己置身的場所。這樣讓時間自然而均等地前進，是現在比什麼都重要的事。

天吾仍然閉著眼睛，像在調收音機的頻率時那樣，仔細傾聽周遭世界所發出的聲響。首先傳進耳裡的是環狀七號線上不停奔馳的車輛聲音。那和在千倉的療養院所聽見的太平洋海濤聲有點類似。其中似乎也混進少許海鷗尖銳的啼聲。聽得見大型卡車在路上倒車時所發出的一陣短促斷續的示警聲。大型狗像要發出警告般短而尖銳地吠著。某個遠方有人大聲呼叫誰。各種不同的聲音不知從什麼地方傳來。長時間閉著眼睛之後，傳進耳裡的各種聲音一一失去方向和距離感。凜冽的風偶爾飛揚起來，但並不覺得冷。關於現實的冷——或在那裡的一切刺激和感覺——天吾暫時忘記去感覺和反應。

一回神時，有人在他身旁握住他的右手。那手像在尋求溫暖的小生物般，鑽進皮夾克的口袋裡，緊緊握住裡面天吾的大手。時間好像在什麼地方跳過了似地，當意識覺醒時一切的一切都已經發生過了。並沒有前置，狀況就整個移到下一個階段了。不可思議，天吾還閉著眼睛這樣想。爲什麼會發生這種事呢？有時候時間流得慢得令人難以忍受，而有時候卻一舉跳過了幾個過程。

那個誰，爲了確認在這裡的東西是真的有的，而更加把勁地用力握緊他那寬大的手。修長而光滑的手指，而且擁有強有力的芯。

青豆，天吾想。但沒出聲。也沒睜開眼。只是回握對方的手而已。他在回憶那手。二十年之間從來沒有一次忘記過那觸感。那當然已經不是十歲少女的小手了。這二十年之間那手想必碰觸過各種東西，拿起並緊握過各種東西。所有各種形狀的東西。而且握力也變強了。不過天吾立刻就知道，那是同一隻手。握法一樣，想傳達的心情也一樣。

二十年的歲月在天吾的內心一瞬間融解了，混爲一體轉成漩渦。在那之間聚集了一切風景，一切語言，一切價值觀，在他心中形成一根粗大的柱子。那中心像轆轤般團團旋轉。天吾無言地凝視著那光景。就像正在目擊一顆行星的毀滅和再生的人那樣。

青豆也保持沉默。兩個人在冰冷的溜滑梯台上無言地互相握著手。他們回到十歲的少年和十歲的少女。孤獨一人的少年和孤獨一人的少女。在初冬放學後的教室裡。能夠給予對方什麼？可以向對方求取什麼？兩個人沒有力量也沒有知識。出生以來從來沒有被誰真正愛過，也沒有真正愛過誰。沒有擁抱過誰，也沒有被誰擁抱過。也不知道那件事今後會把兩個人帶到什麼地方去。他們當時一腳踏進的是沒有門的房間。無法從那裡出去。而且因此也沒有人能進來。當時兩個人並不知道，那裡在世界上只是一個完結的場所。無止境地孤立，同時卻不會被染成孤獨的場所。

到底經過多少時間？可能是五分鐘可能是一小時。可能經過了一整天。或時間就那樣停止了也不一定。關於時間天吾知道什麼呢？他只知道，在這兒童公園的溜滑梯台上，兩個人像這樣一面互相握著手，可以一面在沉默中讓時間永遠過下去。十歲的時候是這樣，二十年後的現在也一樣。

而且他需要時間讓自己和這新造訪的世界同化。該有的心態，看風景的眼光，話語的選法，呼吸的方法，身體的動法，今後都要一一調整，重新學習才行。因此必須把這個世界所有的時間收集起來。不，只有這個世界可能還不夠。

「天吾。」青豆在耳邊呢喃。聲音不高也不低，對他做某種約定的聲音。「睜開眼睛。」

天吾睜開眼睛。世界上的時間重新開始流動。

「看得見月亮。」青豆說。

第28章 牛河

他靈魂的一部分

牛河的身體被天花板的日光燈照射著。暖氣關閉，窗戶中的一扇開著。因此房間裡像冰窖般冰冷。房間中央部分有幾張會議用桌子併在一起，牛河被放著仰臥在那上面。只穿冬天的全身內衣，上面蓋著一條舊毯子。毯子腹部一帶像原野上的螞蟻塚般鼓鼓地隆起。好像在問什麼般睜開的兩眼——誰也沒辦法把那眼睛閉上——被蒙上一小塊布。嘴唇微微張開，但從那裡已經不會吐露出氣息或話語了。頭頂比活著動著時顯得更扁平，更充滿了謎。令人聯想到陰毛的又黑又粗的捲曲頭髮，寒酸地繞在周圍。

和尚頭穿著深藍色長夾克，馬尾巴穿著衣領附毛皮的茶色反毛牧場外套。兩者都微妙地不合尺寸。簡直像從有限的庫存品中，急忙選來穿的似的。他們在房間裡吐出的氣也變白了。房間裡只有三個人。和尚頭、馬尾巴，還有牛河。牆壁接近天花板的地方排著三扇鋁窗，其中一扇，爲了保持室內的低溫而敞開著。除了放置屍體的桌子之外沒有任何家具。非常無個性而務實的房間。東西被放在那裡時，連屍體——例如牛河的屍體——看來都顯得無個性而務實了。

沒有人說話。室內完全處於無聲狀態。和尚頭有太多事情不得不想。馬尾巴本來就不開口。牛河算是很有辯才的男人，然而兩天前的夜晚卻心不甘情不願地喪命了。和尚頭在放著牛河遺體的桌前，邊落入沉思邊慢慢來回踱步。除了在靠近牆壁時轉變方向之外，步調沒有亂掉。他的皮鞋踏在淺黃綠色的便宜地毯上時，沒發出任何聲音。馬尾巴照例站在門附近，位置固定後就動也不動一下。腳微微張開，背脊挺直，視線盯著空間的一點。似乎絲毫不感覺疲倦或寒冷。唯有從他偶爾快速的一眨眼，和從口中規則吐出的白氣勉強可以判斷，他這個生命體的機能仍在運作。

那個白天，有幾個人聚集在那冷冷的房間，進行交談。幹部中有人去了別的地方，費了一天時間才等到全體到齊。開會在祕密中進行，爲了不洩漏出去而以壓低的聲音說話。牛河的屍體在那之間，一直以工作機械展的樣本展示品般被擺在桌上躺著。屍體現在已經處於死後的僵硬狀態。那要化解，身體再度恢復柔軟至少需要三天。在場者的眼光偶爾會短暫轉向牛河的屍體，邊討論幾個實際的問題。

在討論進行間，連提到死者本人時，房間裡都沒散發對遺體的敬意或哀悼的意念。這僵硬的矮胖屍體在人們心中所喚起的，只有某種教訓，或重新確認過的幾個省察，這樣程度的東西而已。不管發生什麼，一旦時間過去就是無法回復了，即使由於死而帶來解決，也只不過是對死者自己的解決。這樣的教訓，或省察。

牛河的屍體該如何處理？結論似乎一開始就出來了。死於非命的牛河如果被發現，警察可能會進行詳細調查，他跟教團的關係必定會浮上檯面。總不能冒這樣的危險。等到屍體的死後僵硬一化解，就要在不引人注目之下運到教團境內的大焚化爐去，迅速處理掉。化爲黑煙和白灰。煙被吸入空中，灰則撒到菜園裡當蔬菜的肥料。這是過去在和尚頭的指導下也進行過幾次的作業。領導的身體因爲過大，所以還必須用電鋸「分解」成幾個部分。但這個小個子男人的情況則沒有這個必要。這算是幫了和尚頭一個大忙。他本來就不喜歡血淋淋的作業。無論是以活著的人爲對象，或以死人爲對象，最好都不要見血。

相當於上司的人物詢問和尙頭。到底是誰殺害牛河的？爲什麼牛河非被殺不可？和尙頭身爲保安班的班長，不得不回答這些問題。但實際上，他也答不上來。

他在星期二，天還沒亮就接到謎樣男人（Tamaru）的電話，通知他牛河的屍體留在那棟公寓的一室。當時所交談的內容既是實際的，同時也是繞圈子的。電話掛斷後，和尙頭即刻召集都內所屬的信徒，四個人穿上同樣的工作服，裝成搬家公司的業者，開著Toyota Hiace到現場去。爲了確認這不是被設計的陷阱，花了點時間。車子停在有些距離的地方，先派一個人到公寓周圍暗中偵察一番。有必要小心。說不定警察正埋伏著，等人一踏進房間就立即逮捕，這種情況無論如何都必須避免。

他們把已經開始變僵硬的牛河屍體，總算壓進帶來的貨櫃箱，從公寓玄關搬出去，放在Hiace的貨台上。因爲是寒冷的深夜，幸虧周圍完全沒有人經過。爲了確認房間裡有沒有留下會成爲線索的東西而花了些時間。用手電筒搜索室內的每個角落。但沒有發現任何引人注意的東西。除了食品的存貨、小型電暖爐、登山用睡袋之外，只有一套最低限度的生活用品而已。垃圾袋裡有的幾乎都是空罐頭和保特瓶。牛河可能躲在這個房間監視誰。和尙頭小心謹愼的眼睛沒有看漏窗邊榻榻米上所留下相機三角架的輕微痕跡。但沒有相機、也沒留下照片。可能被奪走牛河性命的人物拿走了。當然連底片一起。從只穿著內衣褲死亡看來，可能是正躺在睡袋裡睡覺時被襲擊的。那個誰可能是無聲地進入房間。而且那死似乎伴隨著相當大的痛苦。褲子上留下大量失禁的尿液痕跡。

那輛車開往山梨縣時只有和尙頭和馬尾巴兩個人。其他兩人留在東京處理善後。從開始到最後都是馬尾巴在握方向盤。Hiace從首都高速公路轉到中央高速公路，往西前進。天還沒亮的公路上空蕩蕩的，但嚴守速度限制。如果被警察攔下臨檢一切就完了。不但汽車前後都掛著失竊車牌，而且貨台上還有裝屍體的貨櫃。完全沒有辯解餘地。在路上兩個人始終無言。

黎明時分到達教團後，等候著的教團內醫師就先檢查了牛河的屍體，確認是窒息死。但脖子周圍沒有被勒的痕跡。他推測爲了不留痕跡，可能是用袋子套在頭上。雙手雙腳也檢查過，看不出被綁的痕跡。也沒有被毆打、被拷問的樣子。從表情上也看不出苦悶的臉色。那臉上所浮現的，要勉強形容的話，只有無法回答的純粹疑問般的表情。怎麼想應該都是被殺的，卻也著實是不留痕跡的屍體。醫師對這點感到不可思議。死掉後，可能有人幫他按摩臉部讓他顯得表情安詳吧。

「這是天衣無縫的專家絕技。」和尚頭向相當於上司的人物說明。「完全沒有留下痕跡。可能連聲音也沒讓他發出。半夜裡發生的事，因此如果痛苦得喊叫的話公寓裡應該聽得見。外行人實在沒辦法辦到。」

爲什麼牛河非經專家之手被消除不可呢？

和尚頭小心地選著用語。「可能，牛河先生踩到誰的尾巴了。不該踩的尾巴，在他自己都不太了解那意思之間。」

對方和處理領導的人相同嗎？

「沒有確實證據，不過可能性很高。」和尚頭說。「還有牛河先生可能受到近乎拷問的事。不知道是什麼樣的事，不過一定受到嚴厲的逼問。」

牛河說出多少呢？

「知道的事應該全部抖出了。」和尚頭說。「毫無疑問。話雖這麼說不過牛河先生在這件事上，只得到有限的情報。所以無論他說了什麼，對我們應該都沒有太大的實質傷害。」

以和尚頭來說，也只被告知有限的情報。不過當然，比外部人的牛河要知道得多。

所謂專家，也就是跟黑道有關嗎？上司問。

「這不是流氓或暴力團的做法。」和尚頭搖頭說。「這些人的做法會更血淋淋的胡亂來。不會做得這麼細心。殺牛河先生的人物，對我們留下了訊息。那就是他們的系統是高度洗鍊的，而且如果有人對他們出手，他們就會確實地反擊。希望不要再追究這個問題了。」

這個問題？

和尚頭搖頭。「這具體上是什麼樣的問題，我也不知道。牛河先生最近一直都單獨行動。我要求過他幾次先做中間報告，但他都推說還沒準備好足夠完整的資料。他可能想憑自己一個人的手，確切地把眞相弄清楚。因此他把事情還藏在自己心裡就那樣被殺了。牛河先生本來就是領導個人從什麼地方帶來的人，到目前爲止也以像外包部隊那樣的形式爲我們工作。他不習慣待在組織裡。從命令系統來說，我的立場也不能統御他。」

和尚頭不得不弄清楚責任範圍。教團已經確立起組織。所有的組織都有規則，有規則就會伴隨有罰則。可不能把過錯的責任完全歸咎到自己身上。

牛河在那棟公寓的一室到底在監視誰？

「這點還不清楚。以常理推測，可能是住在那棟公寓，或附近的誰。留在東京的人現在應該正在調查這件事，不過還沒聯絡。調查似乎需要花時間。我想可能要我到東京去，自己確認比較好。」

和尚頭對留在東京的部下的執行能力評價不太高。他們雖然忠實，卻不得要領。也還沒有被詳細告知狀況。不管做什麼，應該都不如自己做有效率得多。牛河的事務所最好也能徹底調查。或許那個打電話的男人已經先做過了。不過上司卻不認同他去東京。在事情更明朗化之前，他和馬尾巴必須留在總部。這是命令。

牛河在監視的是不是青豆？上司問。

「不，應該不是青豆。」和尚頭說。「如果在那裡的是青豆的話，一確定她的所在地時就應該會立即向我們報告。到這裡他的責任已經完成，被賦予的工作也結束了。牛河在那裡監視的，應該是和青豆有關，或可能有關的誰。不這樣想的話前後的道理就說不通了。」

而在監視誰的時候，反而被對方發現而採取了手段？

「應該是這樣。」和尚頭說。「他單獨太靠近危險的地方了。他可能得到有利的線索，急於立功。如果能以好幾個人去監視還可以互相掩護，應該就不會發生那樣的結果。」

你跟那個男人在電話中直接談過話。你想我們有可能約定跟青豆面談的地點嗎？

「我也無法預測。只是如果青豆本人不打算跟我們交涉的話，就不可能約定面談地點。以打電話來的男人的說法，可以感受到這種氣氛。一切都要看她的心情而定。」

不再追究領導的那件事，並保障她的人身安全，這樣的條件對對方來說應該也是值得慶幸的。

「雖然如此他們還是需要有更詳細的情報。我們爲什麼要見青豆？爲什麼跟他們之間要談和？具體上想交涉什麼？」

所謂需要情報，也就是他們沒有正確情報的意思。

「沒錯。不過同時我們對他們也沒有正確情報。爲什麼他們非要擬訂那樣周密的計畫，那樣大費周章地殺害領導不可？我們連那原因都還不清楚。」

無論如何，一邊等對方回答，我們還是必須一邊繼續搜索青豆。就算在那過程中會踩到誰的尾巴。

和尚頭停頓一下後說：「我們擁有嚴密的組織。可以召集人員，有效而迅速地行動。也有目的意識，士氣也高，必要時也可以捨棄自己。但如果純粹從技術層次來說，我們只不過是一群聚集了外行人的集團而已。並沒有接受專門訓練。相較之下對方卻是專家。懂專門知識，能冷靜行動，無論做什麼都毫不猶豫。好像也很有實戰經驗。而且正如您所知的那樣，牛河先生也絕對不是一個不小心的人。」

具體上今後你打算如何展開搜索？

「現在，繼續去追究牛河先生手中的有力線索是最有效的。不管那是什麼。」

也就是說我們除此之外，並沒有自己的有力線索？

「是的。」和尚頭坦白承認。

無論遭遇什麼樣的危險，付出多大的犧牲，我們都必須找到青豆這個女人並確保她。刻不容緩。

「這是給我們的聲音指示嗎？」和尚頭反問。「無論付出多大的犧牲，都要刻不容緩地確保青豆。」

上司沒回答。超過這個以上的情報不能對和尚頭這個階層公開。他不是幹部。只是執行部隊的領班而已。但和尚頭知道。那是他們所給的最後通知，可能也是女巫們耳中所聽到的最後的「聲音」。

和尚頭在冰冷的房間裡，在牛河的遺體前來回踱步時，他的意識角落有什麼閃了一下。他當下站定下來，臉色凝重，皺起眉頭。想看清那閃過的什麼的形狀。他的踱步中斷時，馬尾巴在門邊稍微改變姿勢。吐一口長氣，腳的重心換到另一邊。

高圓寺，和尙頭想。他輕輕皺起眉頭。並探尋記憶的黑暗底層。把一根細細的線小心地，慢慢拉近來。和這事件有關的誰也住在高圓寺。到底是誰？

他從口袋裡掏出皺巴巴的厚厚手冊，快速翻著。並確認記憶沒錯。是川奈天吾。他的地址也是杉並區高圓寺。和牛河死掉的公寓地址和號碼完全一致。同一棟公寓只有房間號碼不同而已。三樓和一樓。牛河在那裡監視著川奈天吾的動向嗎？毫無疑問。不可能只是地址相同的偶然。

但牛河爲什麼到現在，在這樣迫切的狀況下還非要打探川奈天吾的動向不可呢？和尙頭到現在爲止沒有想到川奈天吾的地址，是因爲對他已經完全不關心了。川奈天吾把深田繪里子所寫的《空氣蛹》重新改寫過。那本書獲得雜誌社的新人獎，出版成書。成爲暢銷書的那陣子，他也是需要注意的人物之一。推測他可能擔任重要角色，也許握有某種重大祕密。但現在他的任務已經結束。弄清楚他只是一個代筆者而已。受小松委託改寫小說，得到些微收入，只是這樣的人物。沒有任何背景。現在教團的關心，已經集中在青豆的去向這一點上。然而牛河卻把焦點放在這位補習班講師身上活動著。採取眞正具體行動展開埋伏監視。結果卻喪失了性命。爲什麼？

和尙頭想不透。牛河一定是掌握到某種線索了。而且可能想到只要緊緊貼著川奈天吾，就可以逮到青豆的去向。所以他特地找到那個房間，在窗邊立起三角架設定照相機，可能從相當久以前就一直在監視川奈天吾了。川奈天吾和青豆之間到底有什麼聯繫？如果有，那到底是什麼樣的聯繫？

和尙頭什麼也沒說地走出房間，走進有暖氣的鄰室，打電話到東京。在澀谷櫻丘一棟大廈的一室。叫出在那裡的部下，命令他們現在就回到高圓寺的牛河房間去，從那裡監視川奈天吾的出入。對方是短頭髮高個子的男人。應該不會看漏。如果那個男人從公寓出去要到哪裡去的話，就兩個人去跟蹤，別讓他注意到。一定不要跟丟了。看清楚他去那裡。無論如何都要跟緊那個男人。我們也會盡快趕過去。

和尚頭回到放置牛河遺體的房間，告訴馬尾巴現在要立刻到東京去。馬尾巴只短短點個頭。沒要求做任何說明。只要理解被要求的事，迅速採取行動就行了。和尚頭走出房間時，爲了不讓外人進入裡面而上了鎖。並走出建築物外，從排在停車場的十輛車中，挑選了黑色Nissan Gloria。兩個人上了車，轉動本來就插在上面的鑰匙發動了引擎。汽油照規定經常保持加滿狀態。這次也由馬尾巴開車。Nissan Gloria的車牌是合法的，車子出處也乾淨。某種程度加快速度也不成問題。

想到回東京沒有先得到上司許可，是在上了高速公路過一會兒之後。日後可能出問題。也沒辦法。這是刻不容緩的緊急問題。只能到東京之後再重新說明事情的原由了。他輕輕皺起眉頭。組織的規定有時眞讓他厭煩。規則只會增加不會減少。不過他知道自己離開組織是活不下去的。他不是一匹狼。只是接受上面指示，照著行動的許多齒輪之一而已。

打開收音機聽八點的準點新聞。新聞報完後和尚頭關掉收音機，把前座的椅子放倒稍微睡一下。醒來時感覺肚子餓了（在這之前吃過正常一餐是什麼時候的事了？）沒時間到服務區把車子停下來。非趕緊趕路不可。

但那時候，天吾已經在公園的溜滑梯台上和青豆重逢了。他們沒能知道天吾的去向。天吾和青豆頭上浮著兩個月亮。

牛河的遺體在冰冷的黑暗中安靜躺著。房間裡除了他沒有任何人。燈熄掉了，門從外面上鎖。從接近天花板的窗戶照進青白色月光。但因角度的關係牛河看不見月亮的姿影。因此他無從知道，那數目是一個還是兩個。

房間裡沒有時鐘因此不知道正確時間。大概是和尚頭和馬尾巴退出後經過一小時左右吧。假定有人碰巧在那裡，看見牛河的嘴巴突然開始蠢蠢動起來，一定會嚇壞。那是常識所無法想像的可怕事情。牛河不用說已經沒命了，而且那身體已經完全進入死後的僵硬狀態。但他的嘴巴還在細細地顫抖般持續動著，終於發出乾乾的聲音忽然啪一下張開。

碰巧在那裡的人，可能會想牛河現在開始要說什麼嗎？可能是只有死者才知道的某種重要情報。那個人一定邊害怕，邊屏著氣等候。好吧，這下子不知道要揭開什麼樣的祕密了？

但從牛河張大的口中並沒有發出聲音。從那裡出來的不是言語，不是嘆息，而是六個小小的人。身高頂多五公分左右。他們的小身體上穿著小衣服，踏過長了青苔的舌頭，跨過骯髒而不整齊的牙齒，順序走出外面來。就像傍晚工作完畢，回到地上來的礦坑工人那樣。但他們的衣服和臉卻非常乾淨，沒有一點弄髒的地方。他們是和髒和磨損無緣的人。

六個Little People從牛河口中出來後，就下到遺體橫躺的會議桌上，在那裡分別搖擺著身體，體型漸漸變大起來。他們可以應需要隨意讓自己的身體變成適當的尺寸。但身高不會超過一公尺，也不會小過三公分。終於身高達到六十公分到七十公分左右時，他們就停止搖擺身體，順序從桌上下到房間的地板上來。Little People臉上沒有表情。雖然如此，但並不是像面具那樣的臉。他們只是長得很普通的臉。除了尺寸之外，和你我大致相同。只是現在並不需要特別露出表情而已。

他們看來並不特別急，也沒有特別慢。他們要做的工作需要一定的時間，他們正好被賦予這必要的時間。那時間不太長，也不太短。六個人沒有誰發出信號，就在地板上安靜坐下，圍成一圈。沒有破綻的美麗圓圈，直徑約二公尺。

終於有一個人在無言中伸出手，從空中咻一下抓住一根細線。線的長度約十五公分，接近白色的半透明奶油色。把那放在地板上。下一個人也做了完全相同的動作。同樣顏色同樣長度的線。接下來的三個人也重複同樣的動作。只有最後一個人採取不同的動作。他站起來離開圓圈，再度上到會議桌上，伸出手到牛河形狀歪斜的頭上，從長在那裡的捲縮毛髮中拔下一根。聽得見微小的噗吱一聲。對他來說那就代替線。那五根空中的線，和一根牛河的頭髮，第一個Little People手法熟練地把那紡成一條。

就這樣六個Little People做著新的空氣蛹。這次誰也沒開口。也沒發出鼓譟聲。在無言中從空中取出線，從牛河的頭上拔下頭髮，一邊維持著安定而平滑的節奏，一邊俐落地紡著空氣蛹。他們雖然身在冰冷的房間裡，但所吐出的氣並沒有變白。如果有人碰巧在那裡，或許也會覺得這件事很不可思議。或者該驚訝的事太多，沒注意到那點也不一定。

不管Little People多麼熱心而不休息地工作（他們實際上沒有休息），當然也無法在一個晚上完成空氣蛹。至少也要花三天時間吧。但六個Little People並不著急。到牛河的死後僵硬化解，被送進焚化爐為止還有兩天時間。他們知道這點。能在兩個晚上之內完成大致的形狀就行了。他們手上有必要的時間。而且他們不知道什麼叫疲倦。

牛河浴著青白的月光，躺在桌上。嘴巴大大張開，閉不起來的眼睛被蒙上一條厚布。那瞳孔在生前的最後瞬間所看見的，是位於中央林間建好出售的獨棟別墅，在那有草坪的小庭園裡生氣蓬勃地繞著奔跑的小狗的姿態。

而他靈魂的一部分現在正要開始變成空氣蛹。

第29章 青豆

再也不要放開手了

天吾，睜開眼睛，青豆呢喃般地說。天吾睜開眼睛。世界上時間再度開始流動。

看得見月亮，青豆說。

天吾抬起臉仰望天空。雲剛好裂開，看得見月亮浮在櫸樹的枯枝上。大小兩個月亮。大的黃色月亮，和小的綠色歪斜月亮。Mother和Daughter。月亮剛剛通過的雲際，被淡淡地染上這兩個月亮混合的色調。好像長裙的裙襬不小心浸到染料那樣。

然後天吾看著身旁的青豆。她已經不是那個，穿著尺寸不合的舊衣服，頭髮被母親胡亂剪短，有點營養不良的瘦巴巴的十歲女孩了。幾乎沒有過去的影子了。然而，一眼就知道她就是青豆。在天吾的眼裡看來那除了青豆誰也不是。她那一雙眼睛所洋溢的表情，歷經二十年歲月依然不變。那是強有力、不混濁、徹底透明的。對自己在追求什麼有無比信心的眼睛。誰也阻止不了，熟知該看什麼的眼睛。那眼睛正筆直地看著他。窺探進他的心裡。

青豆在他所不知道的地方送走這二十年的歲月，長成美麗成熟的女人。但天吾可以把那些地方和時間，毫不保留地瞬間吸進自己內部，成為自己活生生的血肉。那些現在也已經是他自己的地方，他自己的歲月了。

天吾心想該說點什麼了。但話卻說不出口。他的嘴唇微微動一下，在空中尋找適當的話語。但到處都找不到。除了令人想起漫遊的孤島的白色吐氣之外，沒東西從嘴唇間出來。青豆一面看著他的眼睛一面只短短地搖頭。天吾了解那意思。什麼都不用說。她繼續握著口袋中天吾的手。她的手一刻都沒抽出過。

我們在看著同樣的東西，青豆注視著天吾的眼睛以安靜的聲音說。那既是問話同時也不是問話。她已經知道這件事了。雖然如此她還是需要有形的承認。

天上浮著兩個月亮，青豆說。

天吾點頭。天上浮著兩個月亮。天吾沒有把這說出聲。不知怎麼，聲音竟發不太出來。只在心裡這樣想。

青豆閉上眼睛，低下頭彎著身，把臉頰依靠在天吾胸前，耳朵貼在心臟上面。傾聽著他的想法。我想知道，青豆說。我們是在同一個世界，看見同樣的東西。

一回神時，天吾心中大漩渦的柱子已經消失。只有安靜的冬夜包圍著他。馬路對面的大廈——那是青豆以逃亡者之身度過許多日子的地方——裡面有幾扇窗戶透出燈光，顯示除了他們之外的人們也活在這個世界。這對兩個人來說覺得是相當不可思議的事。不，以理論上來說甚至覺得是不正確的事。除了他們自己以外的人還存在於這個世界，分別過著各自的生活。

天吾稍微彎下身，聞著青豆頭髮的氣味。直溜溜的美麗秀髮。小巧的粉紅色耳朵像內向的生物般，從那中間只能窺見一小部分臉。

好久不見了，青豆說。

好久不見了，天吾也想。但同時他發現二十年這樣的歲月，已經變成不帶實質的東西了。那毋寧說，在一瞬之間已經成爲過去的歲月了，因此也是能在一瞬之間塡補掉的歲月。

天吾把手伸出口袋，抱住她的肩膀。用手掌感覺她肉體的密度。並抬起頭再看一次月亮。一對月亮仍然從雲和雲之間，往地上投下互相混合成色調不可思議的光。雲流動得非常慢。心這東西的作用，能把時間變成多麼相對化的東西，天吾在那月光下重新痛切地感覺到。二十年是漫長的歲月。在那之間可能發生各種事情。很多東西生出來，同樣多的東西消失而去。留下來的東西也變了形，變了質。好長的歲月啊。但對安定的心來說，那並不太長。假定兩個人在從現在開始的二十年後才相遇，他在青豆面前，也還會跟現在擁有一樣的心情吧。天吾知道。如果兩個人都到五十歲了，他面對青豆，一定還是會和現在一樣感到激烈的心跳，一樣感到深深混亂。心中無疑一定會強烈擁有同樣的喜悅和同樣的確信。

天吾只在心裡這樣想並沒有出聲。但那沒有說出聲的話語，青豆卻一一小心謹慎地聽進去了，天吾知道。她那粉紅色小耳朵貼在天吾胸前，傾聽著心的動向。就像能邊用手指摸索著地圖，就能邊讀取上面鮮明而生動的風景的人那樣。

希望能一直留在這裡，希望就這樣把時間忘掉，青豆小聲說。但我們有不得不做的事情。

我們要移動，天吾想。

對，我們要移動，青豆說。而且越早越好。因爲已經沒剩多少時間了。現在開始要去什麼樣的地方，我還說不出來。

沒有必要說，天吾想。

你不想知道要去那裡嗎？青豆問。

天吾搖搖頭。現實的風無法吹熄心中的火。沒有任何事情比這更有意義了。

我們不要再離開了，青豆說。這是比什麼都清楚的事。我們再也不要放開手了。

新的雲飄過來，花時間吞掉兩個月亮，就像舞台的幕無聲地降下那樣，包住世界的影子更加深一層。不能不趕快了，青豆小聲呢喃。於是兩個人從溜滑梯台上站起來。兩個人的影子重新在那裡結爲一個。像用手摸索著、正要穿越被黑暗所包圍的深深森林的幼小孩子那樣，他們的手緊緊地互相握在一起。

「我們現在要離開貓之村。」天吾第一次說出話來。青豆珍惜地接受這剛剛生出的新的聲音。

「貓之村？」

「深深的孤獨支配白晝，成群的巨大的貓支配夜晚的村子。有美麗的河流，河上架著古老的石橋。不過那不是我們該留的地方。」

我們分別以不同的話語稱呼這個世界，青豆想。我以「1Q84年」的名字稱呼，他以「貓之村」的名字稱呼。不過所指的是同樣一個東西。青豆把他的手握得更緊。

「對，我們現在要從貓之村出去。兩個人一起。」她說。「只要離開這個村子，不管白天或晚上，我們都不會再兩地分離了。」

兩個人快步離開公園時，大小一對的月亮還隱藏在以緩慢速度流動的雲背後。月亮們的眼睛被蒙起來了。少年和少女手牽著手穿越森林。

第30章 天吾

如果我沒錯的話

走出公園後，兩個人走到大馬路上招計程車。青豆向司機說，請沿國道二四六號線到三軒茶屋。

到那時候天吾的目光才終於停留在青豆的服裝上。她穿著淺色調的春季大衣。在這樣的季節有點太薄。腰帶繫在前面。裡面穿著剪裁新穎的綠色套裝。裙子是短窄裙。穿著絲襪的腳穿著光澤豔麗的高跟鞋。肩膀上背著黑皮側背包。背包看來鼓鼓的很重的樣子。沒戴手套，也沒圍圍巾。戒指、項鍊、耳環都沒戴。也沒有香水的氣味。她身上帶的東西，和沒戴的東西，在天吾眼裡一切都顯得非常自然。想不到任何一件需要減少的東西，或任何一件需要增加的東西。

計程車從環狀七號線往二四六號線開。交通流動比平常順暢。車子開出後很長時間，兩個人都沒開口。計程車的收音機是關著的，年輕司機也沉默寡言。傳進兩人耳裡的只有不休止的單調輪胎聲。她在椅子上把身體靠近天吾，繼續握著他的大手。怕一旦放開，可能就再也找不回來。兩個人周圍，夜晚的街燈，像被夜光蟲點綴得七彩繽紛的海流般流過。

「雖然有很多事情不能不說，」過了很久後青豆才說：「但我想不可能在到達那裡之前說明一切。因爲沒有那麼多時間。不過就算有很多時間，可能也無法說明一切。」

天吾短短地搖頭。不必勉強說明。從今以後，兩個人可以花時間把空白一一塡滿——如果有非塡滿不可的空白的話。但對現在的天吾來說，如果那是由兩個人所共有的東西，就算是被放棄的空白或沒解開的謎，都感覺可以從中發現近乎慈愛的喜悅似的。

「首先關於妳的事，可能有什麼需要知道的吧？」他問。

「你對現在的我，知道什麼嗎？」青豆反問天吾。

「幾乎什麼都不知道。」天吾回答。「除了妳在一家健身俱樂部擔任指導員，單身，現在住在高圓寺。」

青豆說：「我對現在的你也幾乎一無所知。不過只知道幾件事。你在代代木的補習班教數學，一個人生活。而且《空氣蛹》的小說實際上是你寫的。」

天吾看看青豆的臉。他的嘴唇驚訝得稍微張開。知道這件事的人極爲有限。難道她跟那教團有關係？

「你不用擔心。我們是站在同一邊的。」她說。「我爲什麼知道這件事，過程說來話長。不過我知道《空氣蛹》是你和深田繪里子共同創作的。而且你和我兩個人都不知道從什麼時候開始，進入天空浮著兩個月亮的世界。還有一件事，我懷孕了。可能是你的孩子。我想總之，這首先是你現在不得不知道的重要事情。」

「妳懷了我的孩子？」司機可能豎起耳朵在聽。不過天吾並沒有餘裕去想到那種事。

「我們這二十年之間一次也沒碰過面。」青豆說。「然而我卻懷了你的孩子。我打算生下你的孩子。當然這不合道理。」

天吾默默等她繼續說。

「你記得九月初有過一場激烈的雷雨嗎？」

「我記得很清楚。」天吾說。「白天天氣非常好，但天黑之後，卻突然開始打雷，變成像暴風雨那樣。水還流進赤坂見附的車站，地下鐵暫時停駛。」深繪里說是Little People在騷動。

「我在那雷雨夜受胎了。」青豆說。「不過那一天，或那前後的幾個月，我都沒有跟任何人有那種關係。」

她看著那件事實確實滲透到天吾的理解中後，繼續說：

「不過那是那一夜發生的不會錯。而且我確信懷的就是你的孩子。我無法說明。但我就是知道。」

那一夜，和深繪里之間唯一一次的奇妙性行爲的記憶，在天吾腦子裡甦醒過來。外面響著激烈的雷聲，大粒的雨滴打在窗戶上。如果借深繪里的說法是Little People在騷動。他全身處於麻痺狀態仰臥在床上時，深繪里騎到他身上，把僵硬的陰莖插入自己裡面，榨取了精液。她看起來完全處於催眠狀態。那眼睛始終閉著陷入冥想中。乳房大而圓，沒有長陰毛。看來不像現實的風景。但那是實際發生的事不會錯。

第二天早晨，深繪里看來完全不記得前一夜所發生的事。言行之間並沒有表現出記得的樣子。而天吾感覺那與其稱爲性行爲，不如說更接近實務處理作業。深繪里利用天吾身體的麻痺有效地採集了精液。名副其實搾到最後一滴。天吾到現在都還記得那時候的奇怪感覺。深繪里那時候看起來好像帶有別種人格的樣子。

「我想起一件事。」天吾以乾乾的聲音說。「那一夜在我身上發生過，也是理論上無法說明的事。」

青豆注視著他的眼睛。

天吾說：「當時不知道，那到底意謂著什麼。現在也還沒正確理解那意義。不過如果妳說妳在那一夜受胎的話，而且除此之外想不到別的可能性的話，妳懷的確實是我的孩子不會錯。」

在那裡的深繪里可能是通過的媒介。那是那個少女當時被賦予的任務。以自己爲通路讓天吾和青豆結合。在限定的時間，物理上把兩個人連結起來。天吾知道這個。

「當時發生了什麼，我想以後會詳細告訴妳。」天吾說。「不過現在在這裡，以我現在所擁有的語言還不夠說明。」

「不過你眞的相信我嗎？我裡面的小東西是你的孩子。」

「眞心相信。」天吾說。

「太好了。」青豆說。「我想知道的只有這件事。只要你相信這個，其他的事都無所謂了。不需要說明什麼。」

「妳懷孕了。」天吾重新問。

「四個月了。」青豆牽起天吾的手，從大衣上貼著下腹。

天吾屛住氣，試著感受那裡的生命跡象。那還只不過是非常小的東西。但他的手掌可以感覺到那溫暖。

「我們現在要移動到哪裡去呢？妳和我和這個小東西。」

「不是這裡的地方。」青豆說。「天空只浮著一個月亮的世界。本來我們應該在的地方。Little People沒有力量的地方。」

「Little People？」天吾的臉稍微皺起眉頭。

「你在《空氣蛹》中詳細描寫過的Little People。你描寫了他們長得什麼樣子，在做什麼事情。」

天吾點頭。

青豆說：「他們在這個世界實際存在著。正如你所描寫的那樣。」

在改寫《空氣蛹》的稿子時，以爲Little People只是想像力旺盛的十七歲少女所想出的虛構生物。或頂多是某種比喻或象徵而已。但這個世界Little People眞的存在，並發揮著現實的力量。天吾現在可以相信這個了。

「不只是Little People。還有空氣蛹、Mother和Daughter、兩個月亮，在這個世界都是實際存在的。」青豆說。

「妳知道從這個世界出去的通路嗎？」

「我們要從我進入這個世界的通路，離開這裡。除此之外我想不到其他出口。」然後青豆追問：「寫到一半的小說原稿帶來了嗎？」

「放在這裡呀。」天吾用手掌輕輕拍著揹在肩上的紅褐色側背包。然後覺得很不可思議。她爲什麼知道？

青豆有點遲疑地微笑，「不過總之我知道。」

「妳好像知道很多事情。」天吾說。天吾還是第一次看見青豆微笑。雖然是非常微小的笑，但他周圍世界的潮位已經開始變化。天吾知道。

「不要放掉那個。」青豆說。「對我們來說，那是具有重要意義的東西。」

「沒問題。我不會放掉。」

「我們是爲了與彼此相遇而來到這個世界的。雖然連我們自己都不知道，那是我們進入這裡的目的。我們不得不通過許多麻煩混亂的事物。不合理的事物，無法說明的事物。奇妙的事物，血腥的事物，悲哀的事物。有時是美麗的事物。我們被要求誓約，也給出去了。我們被附加試煉，並通過了考驗。然後我們就這樣達成來到這裡的目的。不過現在危險正在逼近。他們想要得到我體內的Daughter。Daughter意謂著什麼，天吾知道吧？」

天吾深深吸進一口氣。然後說：「妳和我之間即將生出Daughter。」

「是的。雖然不清楚詳細的原理，但通過空氣蛹，或我自己扮演了空氣蛹的角色，我即將生出Daughter。而且他們想要完全得到我們三個人。形成新的『聽聲音』的系統。」

「在那裡我能擔任什麼樣的角色呢？如果我被賦與Daughter的父親的角色的話。」

「你嘛——」青豆話說一半又閉嘴。下面的話出不來。兩個人的周圍留下幾個空白。從現在開始，兩個人不得不同心協力，花時間去塡滿的空白。

「我已經下了決心要找到妳。」天吾說。「不過我沒辦法找到妳。是妳找到我的。實際上我好像幾乎什麼都沒做。該怎麼說才好呢？我覺得這樣不公平。」

「不公平？」

「我虧欠妳太多。結果，我一點都沒幫上妳。」

「你一點都沒欠我。」青豆斷然說。「你到目前爲止一直在引導我喔。以眼睛看不見的形式。我們兩個人是一體的。」

「我想我看過那個Daughter。」天吾說。「或者意謂著那Daughter的東西。那和妳十歲時一模一樣，睡在空氣蛹的淡淡光芒中。我可以摸到那手指。雖然那只發生過一次。」

青豆把頭倚靠在天吾肩上。「天吾，我們對彼此都不虧欠什麼。一點都不。我們現在必須考慮的，是如何保護這個小東西。他們在背後緊追著我們。已經近在咫尺。我聽得見那腳步聲。」

「無論如何，我都不會把你們兩人交到任何人手中。妳和那個小東西。我們因爲這樣相遇，已經達成進入這個世界的目的了。這裡是危險的場所。而妳又知道出口在哪裡。」

「我想我知道。」青豆說。「如果我沒錯的話。」

第31章 天吾和青豆
像被包進豆莢裡的豆子那樣

在記得看過的地方下了計程車，青豆站在十字路口環視周圍，在高速公路下方看到用鐵皮圍籬圍起來的陰暗的材料放置場。然後牽著天吾的手穿過人行步道，朝那邊走去。

記不太清楚，到底鐵皮圍籬螺絲脫落的是在哪一帶，耐心地一片片試推之間，找到了可以容一個人通過的縫隙。青豆彎下身，邊注意著衣服別被勾到，邊鑽進裡面去。天吾也縮起龐大的身軀，跟在她後面。圍牆裡還維持和青豆四月間所看到時一樣。褪色的水泥袋、生鏽的鋼筋、枯萎的雜草、散落的舊紙屑仍然放在那裡。到處黏著白色的鴿糞。八個月以來沒有任何改變。從那時候到現在，或許沒有一個人踏進來過。雖然處在都會正中央，而且是幹線公路交會的位置，但那裡卻是個被遺棄和被遺忘的場所。

「這就是那個地方嗎？」天吾環視周圍一圈這樣問。

青豆點頭。「如果這裡沒有出口的話，我們哪裡也去不成。」

青豆在黑暗中，尋找過去自己爬下來的太平梯。連接首都高速公路和平面道路的狹小階梯。階梯**應該**
在這裡，她對自己這樣說。我不得不相信這個。

找到太平梯了。實際上與其說是階梯，不如說幾乎是接近梯子的東西。比青豆記憶中更簡陋、更危險。我居然沿著這樣的東西從上面下降到這裡來，青豆再次感到佩服。但總之那裡有梯子。接下來只要和以前相反地，由下往上一級級爬上去。她脫下Charles Jourdan的高跟鞋，塞進側背包裡，把側背包斜揹。只穿著絲襪的赤腳踏上梯子的第一階。

「你跟在我後面上來。」青豆回頭對天吾說。

「我先上去會不會比較好？」天吾擔心地說。

「不，我先走。」那是她走下來的路。她非先上去不可。

梯子比上次下來時，更冰更冷。握著的手凍得僵硬，似乎快失去知覺。吹過高速公路支柱之間的風，也遠比上次銳利而嚴酷。那階梯一副生疏而帶挑戰意味的樣子，對她沒有絲毫承諾。

九月初她到高速公路上找的時候，太平梯消失了。那個通路堵起來了。但從地上的材料放置場往上走的通路，現在卻這樣存在著。正如青豆所預測的那樣。她有預感從這個方向走的話，階梯應該還留著。我體內有小東西。如果那個有某種特別力量的話，一定會保護我，並暗示我正確方向。

有階梯。但這階梯到底是不是真的接到高速公路，就不得而知了。也許中途就堵住，走不通也不一定。對，在這個世界什麼事都可能發生。只能靠自己實際用手和腳爬到上面去，親眼確認那裡有什麼——或沒有什麼。

她一階一階，小心謹慎地登上階梯。往下看時，可以看見天吾就緊跟在後面。偶爾吹過一陣強勁的風，發出尖銳的聲音，拍撲著她的春季大衣。像要割裂般的風。迷你短裙下襬更往上掀到大腿一帶。頭髮被風吹亂，糾結著貼在臉上遮住視線。連呼吸都感到困難。青豆後悔沒把頭髮綁到後面。也應該準備手套的。為什麼都沒想到這些？但後悔也沒用了。腦子裡只想到總之要穿得和下來的時候一樣。不管怎麼樣，只能抓緊梯子，就這樣登上去了。

青豆冷得發抖，邊忍耐著往上移步前進，眼光邊望向隔街大廈的陽台。五層樓茶色磚瓦的樓房。上次下來時也看見同一棟樓房。有半數窗戶燈是亮的。可以說近在眼前般靠近的程度。如果被大廈住戶看到，自己半夜裡正爬上高速公路的太平梯，恐怕會有麻煩。現在兩個人的身影在二四六號線的照明燈下，被相當清楚地照出來。

不過很幸運的是，每扇窗都看不見人影。全都將窗簾嚴密地拉上。要說當然也是當然的事。這麼冷的冬夜首先就沒有人會特地走出陽台，眺望首都高速公路的太平梯。

有一個陽台上放了一盆橡膠樹盆栽。那棵樹在有點髒的庭園椅旁，縮著身子蹲踞著。四月裡爬下這太平梯時，也看見那裡有橡膠樹。比她留在自由之丘公寓的那棵還要落魄。在這八個月間，那棵橡膠樹可能一直在同一個位置，以同樣的姿勢蹲踞著。那東西受過傷褪了色，被推到世界上最不顯眼的角落，一定被所有的人都遺忘了。可能連水都沒怎麼澆。雖然如此那棵橡膠樹，對懷著不安和迷惑、手腳冰冷正爬著不穩定梯子的青豆，雖微小但確實給了她勇氣和承認。沒問題，不會錯。至少我正逆向爬上和來時同樣的路。這棵橡膠樹，為我扮演了標誌的角色。非常靜悄地。

那時候我爬下階梯時，看到幾個寒磣的蜘蛛網。然後我想到大塚環。高中時代的夏天，和那位最要好的朋友一起去旅行，夜晚躺在床上互相觸摸彼此赤裸的身體時的事。為什麼偏偏在爬下首都高速公路太平梯的途中，會忽然想到那種事呢？青豆邊逆向爬上同一個階梯，邊再度想念大塚環。想起她那光滑而形狀美麗的乳房。青豆經常羨慕環的豐滿乳房。那和自己可憐的發育不良的乳房完全不同。不過那乳房現在也已經消失了。

然後青豆想起中野Ayumi。八月的一個夜裡，在澀谷的飯店一室，兩腕被手銬銬住，被用浴巾腰帶勒死的孤獨女警。心裡懷著幾個問題，走向毀滅深淵的一個年輕女子。她也擁有豐滿的胸部。

青豆打心裡哀悼這兩個朋友的死。爲她們已經不在這個世界而感到寂寞。爲那兩對壯觀的乳房都消失得無影無蹤感到惋惜。

請保護我好嗎？青豆在心中傾訴。拜託，我需要妳們的幫助。這兩個不幸的朋友的耳朵，一定聽見她無聲的心聲。她們一定會保護我的。

終於爬完筆直的梯子之後，來到通往道路外側的平坦小徑「貓徑」。小徑雖然附有矮扶手，但若不彎著身子就無法前進。那小徑前方看得見之字形階梯。雖然稱不上像樣的階梯，但至少比太平梯那段要好多了。根據青豆的記憶，只要登上這階梯應該就能走出高速公路的待避空間。由於來往於公路上的大型卡車震動地面，那小徑像受到橫波衝擊的小船般不安定地搖晃著。車輛的噪音現在變得更大聲了。

她確認爬完梯子後天吾就在她背後，便伸出手握住他的手。天吾的手很溫暖。在這樣寒冷的夜晚，徒手抓著冰冷的梯子爬上來，手怎麼還能繼續保持這樣溫暖呢？青豆覺得不可思議。

「還有一小段喏。」青豆把嘴靠近天吾的耳邊說。爲了對抗車輛的噪音和風聲不得不大聲說。「登上那道階梯就能走出公路了。」

如果階梯沒有被堵住的話。不過這倒沒說出口。

「從一開始妳就打算爬上這道階梯嗎？」天吾問。

「對。我是說，如果能找得到階梯的話。」

「可是妳爲什麼特地穿成這個樣子？也就是窄裙、高跟鞋。看起來這身裝扮並不適合攀登這樣陡的階梯。」

青豆再微笑。「我有必要穿成這樣。下次告訴你爲什麼。」

「妳的腿非常漂亮。」天吾說。

「你喜歡？」

「非常。」

「謝謝。」青豆說。身體探出狹小的小徑，在天吾的耳朵上悄悄吻一下。像花椰菜般皺皺的耳朵。那耳朵是冰冰冷冷的。

青豆再度帶頭前進走過小徑，到那盡頭開始攀登陡峭而狹窄的階梯。腳底是凍的，指尖的感覺已經遲鈍。不得不小心注意腳別踩空了。邊用手壓著被風吹亂的頭髮，邊繼續攀登階梯。冰冷的風吹得她的眼睛滲出淚來。她抓緊扶手免得被風搧動得失去平衡，一步步愼重地移動，邊想著背後的天吾。想到他那大手，和冰冷的花椰菜般的耳朵。想到她體內睡著的小東西。想到收在側背包裡的黑色自動手槍。想到裡面裝的七發九毫米子彈的事。

無論發生什麼都必須逃出這個世界。因此不得不打心裡相信，這道階梯一定會通往高速公路。要相信，她說給自己聽。青豆想起那個雷雨夜，領導臨死前所說的話。是歌的歌詞。她現在還能正確記得。

這是個馬戲團一樣的世界，
一切都是裝假的。

不過如果你相信我，
一切都可以變成真的。

無論有什麼，無論做什麼，都不得不憑我的力量把那變成眞的。不，憑我和天吾兩個人的力量，把那變成眞的。我們必須聚集所有的力量，合而爲一。爲了我們兩個人，也爲了這個小東西。

青豆在階梯平坦的迴轉空間停下來，回過頭。天吾就在後面。她伸出手。天吾握住她的手。她在手上感覺到和剛才同樣的溫暖。那帶給她確實的力量。青豆再一次挺身出去，嘴唇湊近他那皺皺的耳朵。

「嘿，有一次我打算爲你捨棄自己的生命。」青豆坦白說。「差一點就眞的死掉。只差幾毫米。你相信嗎？」

「當然。」天吾說。

「你可以說我眞心相信嗎？」

「我眞心相信。」天吾打心裡說。

青豆點頭，放開握著的手。然後轉向前面再度開始攀登階梯。

幾分鐘後青豆爬完階梯，走出首都高速公路三號線。太平梯沒有被堵住。她的預感是正確的，努力得到回報。她在翻越鐵柵前，用手背把眼睛滲出的冷冷淚水擦掉。

「首都高三號線。」天吾一時無言地環視周圍，然後佩服地說：「這就是世界的出口啊。」

「對。」青豆回答。「這裡既是世界的入口也是出口。」

青豆把窄裙的裙襬拉高到臀部翻越鐵柵，天吾從後方抱起幫助她。柵欄另一邊，是停得下兩輛車的待避空間。到這裡來這是第三次了。眼前就是每次看見的Esso的大看板。讓老虎為您的車加油。同樣的文案，同樣的老虎。她還打著赤腳，說不出話來只是站定在那裡。並將充滿汽車廢氣的夜晚空氣大口吸進胸部。對她來說那比任何空氣都更清爽舒暢。回來了！青豆想。我們回到這裡來了。

高速公路像以前那樣非常壅塞。往澀谷方向的車列幾乎沒有前進。她看到這樣非常驚訝。為什麼呢？我來這裡的時候，道路一定會阻塞。平日這個時刻三號線的上行阻塞是很稀奇的事。可能前方某個地點發生車禍。對向車道暢通無阻。但上行車道卻塞得無可救藥。

在她身後天吾也同樣越過鐵柵。把腳大大抬起，輕鬆跳過來。而且並排站在青豆身旁。就像眼前第一次看見大海的人站在海邊，呆然注視著一波又一波湧起的碎浪那樣。兩個人失去語言，只眺望著眼前擁擠的車列長龍。

車中人也一起注視著兩個人的模樣。人們對自己所目睹的光景感到迷惑，不知該如何反應。他們眼裡浮現的與其說是好奇，不如說是疑惑的神色。這對年輕情侶在這樣的地方到底在做什麼？兩個人突然從黑暗中出現，恍惚地呆站在首都高速公路的待避空間。女的身上穿著時髦的套裝，卻身穿春季薄大衣，只穿絲襪卻沒穿鞋子。男的高頭大馬，身穿陳舊的皮夾克。兩個人都斜揹著側背包。是搭乘的車子在附近拋錨了，還是發生車禍了嗎？但並沒看到像那樣的車子。而且看來他們也沒有特別像在求救的樣子。

青豆終於想到，從包包裡拿出高跟鞋穿上。把裙襬拉下來，把側背包恢復平常的側揹。大衣前面的腰帶繫好。用舌頭把風乾的嘴唇舔溼，用手指把前髮梳理一下。拿出手帕擦擦滲出的眼淚。然後再度靠近天吾。

和二十年前同樣是十二月，放學後的小學教室裡，所做的一樣，兩個人並排站在那裡，無言地互相握著對方的手。在那個世界裡除了兩個人以外沒有別人。兩個人眺望著眼前車子緩慢的流動。但兩個人，其實什麼也沒在看。自己在看著什麼，聽著什麼，對兩個人都無所謂。他們的周圍，風景、聲音、氣味，都完全失去原來的意義了。

「這樣，我們已經出到另一個世界了嗎？」天吾終於開口。

「大概。」青豆說。

「可能要確認一下比較好。」

確認的方法只有一個，兩邊都沒有必要開口。青豆默默抬起頭，看天空。天吾也幾乎同時做了同樣的動作。兩個人在天空找月亮。以角度來說，月亮的位置應該是在Esso廣告看板的上方一帶。但他們在那裡沒有找到月亮的蹤影。月亮現在可能隱藏在雲的背後。上空往南吹的風以緩慢的速度把雲朵悠閒地飄流著。兩個人等著。不必著急。有的是時間。這裡有的是爲了恢復失去的時間的時間。兩個人共有的時間。沒有必要慌張。Esso看板的老虎手拿著加油槍，臉上露出會心的微笑，斜眼望著互相握著手的兩個人。

這時青豆忽然注意到。有什麼事跟以前不同。是什麼如何不同呢？一時還沒弄清楚。她瞇起眼睛，集中精神。然後想到了。看板的老虎是以**左側面**朝向這邊的。但她所記得的老虎，應該是以**右側面**朝向世界的。老虎的姿勢反向了。她的臉自動扭曲起來。心臟的跳動亂了。她體內有什麼在逆流般的感覺。不過眞的能這樣斷言嗎？我的記憶有那麼確實嗎？青豆沒有自信。只是有這種感覺而已。記憶有時會背叛人。

青豆把這懷疑只放在自己心中。還不便說出口。她先閉上眼睛調整呼吸，讓心臟的跳動恢復正常，等雲飄過去。

人們從車上透過玻璃窗看著兩個人的姿態。這兩個人到底抬頭在熱心地看著什麼？爲什麼手互相握得那麼緊？有幾個人轉頭望向兩個人所注視的同一個方向。但那裡只看得見白雲，和Esso的廣告看板而已。讓老虎爲您的車加油，那老虎以左側面朝向大家，微笑地訴求消費更多的石油。橘紅色的橫紋尾巴得意地朝空中翹起。

雲終於裂開，月亮出現在天空了。

月亮只有一個。經常看慣的那黃色的孤高月亮。有時默默高掛在大片芒草原野上方，有時化爲白色圓盤浮在安穩的湖面，或靜夜入睡後悄悄照著家家屋頂的那個月亮。把漲潮用力湧上沙灘，讓獸毛發出溫柔的光，包容守護著深夜旅人的那個月亮。有時變成銳利的月牙刮削著靈魂的皮膚，變成新月讓陰暗孤絕的水滴無聲地滴落地表，那個熟悉的月亮。那月亮在Esso看板正上方固定的位置。旁邊並沒有形狀歪斜的綠色小月亮的蹤影。月亮不跟從誰只沉默地浮在那裡。不必互相確認，兩個人都在看著同一個光景。青豆在無言中握緊天吾的大手。逆流的感覺已經消失。

我們已經回到1984年了，青豆對自己這樣說。這裡已經不是那個1Q84年。而是原來的1984年的世界了。

但眞的是這樣嗎？世界能這麼簡單地復原嗎？沒有任何回到舊世界的通路，領導在死前不是這樣斷言嗎？

或許這裡是另一個不同的地方。我們會不會只是從一個異世界移動到另一個相異的，第三世界呢？到老虎不是用右側面，而是用左側面朝向這邊微笑的世界。而且在這裡，新的謎和新的規則正在等著我們呢？

或許是這樣，青豆想。至少現在的我，沒辦法斷言不是這樣。不過雖然如此，只有一件事我可以確信地說。無論如何，這裡已經不是那個天空浮著兩個月亮的世界了。而且我正握緊天吾的手。我們闖進一個道理說不通的危險地方，經歷過嚴苛的考驗，找到了彼此，從那裡逃了出來。現在跋涉到的地方不管是舊有的世界，或更新的世界，都沒什麼可怕的。如果還有新的考驗，就再一次穿越吧。只不過是這麼回事。至少我們已經不再孤獨。

她放鬆身上的力量，爲了相信該相信的事，她倚在天吾寬闊的胸膛。耳朵貼在那裡，傾聽心臟的鼓動。並委身在他的臂彎裡。像被包進豆莢裡的豆子那樣。

「我們現在要往哪裡去才好呢？」不知經過多久時間，天吾問青豆。

不能一直待在這裡。確實。不過首都高速公路沒有路肩。雖然池尻的出口算是比較近的，雖說交通正阻塞中，但步行者要在狹小的高速公路上穿過車輛之間移動也太危險了。而且首都高上，可能也找不到哪個開車的人會輕易理會想搭便車者的手勢。雖然可以用緊急電話向道路公團的辦公室求救，但那樣就不得不向對方詳細說明，兩個人被困在這裡的理由。就算能安全走到池尻出口，收費站的職員也會責備兩個人吧。要從剛才攀登上來的階梯再走下去就更不必提了。

「我不知道。」青豆說。

現在開始該怎麼辦？要往哪裡去才好？她眞的不知道。當青豆攀到太平梯的頂點時就已經達成任務。爲了想盡辦法，爲了判斷各種事情的對錯，能量已經耗盡。她體內已經一滴燃料都不剩。其他事情只好靠別的力量了。

天上的主啊。願人都尊祢的名為聖，願祢的王國降臨。請饒恕我們的許多罪過。請賜福我們微小的每一步。阿門。

祈禱的句子，很自然地就那樣從口中出來。近乎條件反射地。不用考慮。這些句子一一沒有什麼含意。這些詞語，到現在只剩單純的聲響，只不過是記號的羅列。但一面唱著這祈禱時，她心情不可思議地起了變化。甚至可以稱爲虔誠的心境。深處有什麼悄悄打動她的心。不管發生什麼事，自己沒有損傷眞幸運。她這樣想。我以我自己能夠在這裡——不管這裡是哪裡——感覺眞好。

願祢的王國降臨。青豆再一次出聲重複唸著。就像在小學的營養午餐前所做的那樣。不管那意謂著什麼，她衷心這樣希望。願祢的王國降臨。

天吾用手指梳理般撫摸著青豆的頭髮。

十分鐘後天吾攔下一輛經過的計程車。兩個人一時之間無法相信自己的眼睛。在塞車中的首都高速公路上，居然有一輛沒載乘客的計程車慢吞吞地開過來。天吾半信半疑地舉起手時，後座的車門立刻就開了，兩個人坐進去。好像怕幻覺會消失般，趕快，急忙上了車。戴著眼鏡的年輕司機轉頭朝向後面。

「這麼塞，所以要請你們在前面的池尻出口下車，這樣可以嗎？」司機說。以男人來說音調算是高的。但不刺耳。

「可以。」青豆說。

「其實在首都高的路上中途載客是違法的。」

「例如什麼法呢？」青豆問。映在駕駛座鏡子裡的青豆的臉稍微皺起眉頭。

司機一時想不起來，禁止計程車在高速公路上中途載客的法律名詞。而鏡子裡青豆的臉讓他漸漸開始受到驚嚇。

「算了沒關係。」司機放棄那話題。「那麼，請問要到哪裡下才好？」

「到澀谷車站附近讓我們下就行了。」青豆說。

「我不用里程表喔。」司機說。「車費只算從出口下去以後那段就行了。」

「可是為什麼你的車沒載客會開在這種地方呢？」天吾問司機。

「說來話長。」司機以疲憊的聲音說。「想聽嗎？」

「想聽。」青豆說。不管話多長多無聊都沒關係。她想聽這個新世界的人們所說的故事。話中可能藏著新的祕密，新的暗示。

「我在砧公園附近接到一個中年男乘客，叫我走高速公路到青山學院大學附近。因為如果從下面經過的話澀谷一帶可能很塞。那時候首都高速公路也塞的新聞還沒進來。據說路況很順暢。所以我就依他說的在用賀上了高速公路。可是到了谷町一帶好像發生車禍，你看就這樣。一旦上了高速公路，不到池尻出口想下去也沒辦法下。就在折騰之間，那位客人遇見一位熟人。在駒澤一帶癱瘓了動不了時，旁邊車道上有一輛銀色賓士雙門轎車並排，開車的那位女性居然碰巧是他的朋友。於是，兩個人打開車窗聊了起來，對方說過來這邊吧。因此，很抱歉請在這裡結帳好嗎，我想轉到那邊去，那個人對我說。從來沒聽過在高速公路上讓客人下車的，不過實質上車子就像沒動一樣，總不能說不行吧。客人就這樣轉到那輛賓士車去了。說很抱歉噢，車資稍微添加一點，雖然如此，這邊還眞是嚥不下這口氣。因爲就這樣動彈不得了。所以一點一點慢慢移動總算開到這裡。前面不遠就快到池尻出口了。結果就看見你們在那邊招手。實在難以相信。你們不覺得嗎？」

「我相信。」青豆簡潔地說。

兩個人那一夜，在赤坂的高層飯店訂了房間。他們關了燈各自脫了衣服，上床擁抱。雖然有太多話不能不談，但那等天亮再說吧。首先還有別的非做不可的事。兩個人二話不說，在黑暗中花時間彼此探索著對方的身體。用十根手指和手掌，確認什麼在哪裡，一一確認是什麼形狀的。像在祕密的房間裡尋寶的小孩那樣，心一邊怦怦跳著。而且每確認一個存在，便在那上面親吻，給與認證的封印。

花時間做完這些動作之後，青豆的手長久握著天吾變硬的陰莖，就像過去放學後在教室裡握著他的手一樣。覺得那比她所知道的任何東西都更硬。幾近奇蹟的地步。然後青豆張開腿，身體靠緊，把那慢慢導入自己體內。一直進入深處。她在黑暗中閉上眼，深深暗暗地吸進一口氣。然後花時間把那氣吐出來。天吾胸前感覺到那溫暖的氣息。

「我一直在想像被你這樣抱著。」青豆停止身體的動作，湊近天吾耳根這樣悄悄說。

「想像跟我做愛？」

「是啊。」

「從十歲開始就一直想像**這件事**嗎？」天吾問。

青豆笑了。「怎麼可能？從大一點以後開始啊。」

「我也在想像同樣的事。」

「想進入我裡面？」

「是啊。」天吾說。

「怎麼樣，跟想像的一樣嗎？」

「還不覺得像眞的。」天吾老實說。「感覺好像還在想像的延續中似的。」

「不過這是眞的喔。」

「以眞的事情來說，覺得太過於美好了。」

青豆在黑暗中微笑。然後嘴唇疊在天吾的唇上。兩個人舌頭短暫糾纏在一起。

「嘿，我的胸部不太大吧？」青豆這樣說。

「這樣剛剛好。」天吾把手放在她的胸上說。

「眞的這樣想？」

「當然。」他說。「比這更大就變成不是妳了。」

「謝謝。」青豆說。並補充道：「不只這樣，右邊和左邊的大小也相差不小。」

「現在這樣就好。」天吾說。「右邊是右邊，左邊是左邊。完全不需要改變。」

青豆耳朵貼在天吾的胸口。「嘿，有好長一段時間我都一個人孤伶伶的。而且因爲很多事情而深深受傷。如果能早一點跟你重逢就好了。那麼就不用這樣繞遠路了。」

天吾搖頭。「不，我可不這樣想。我覺得這樣最好。現在正是最好的時期喲。對我們兩個人來說都是。」

青豆哭起來。一直忍著的眼淚從兩邊眼睛湧出來。她沒辦法控制自己。大顆眼淚，像雨滴般無聲地滴落床單上。依然把天吾深深包在裡面，她身體細細地顫抖著繼續哭泣。天吾雙手擁抱著她的背，緊緊支撐著她的身體。這是他今後會一直支撐下去的身體。而且天吾爲此感到無比的喜悅。

他說：「要知道我們以前是多麼孤獨，我們各自都需要這樣長的時間。」

「動吧。」青豆在他耳邊說。「慢慢花時間。」

天吾照著她說的。非常緩慢地動起身體。他靜靜地呼吸，邊傾聽著自己的鼓動。青豆在那之間，就像快溺斃的人般緊緊抓住天吾龐大的身軀。她停止哭泣，把自己和過去與未來隔開，一心只和天吾的身體波動同步。

將近黎明時分，兩個人穿著飯店的浴袍，並肩站在大玻璃窗前，手上拿著以客房服務點的紅葡萄酒杯。青豆只啜了一小口。他們已經不需要再睡了。從十七樓房間的大窗，可以盡情眺望月光。流雲已經不知飄到何方，沒有任何東西遮住他們的視野。黎明的月亮雖然已經移動了相當距離，但依然還浮在都會天際線邊緣。那近乎灰色的泛白程度一邊增加，一邊過不久即將功成身退地沒入地平線。

青豆之前在櫃台，要求房價貴一點沒關係，但希望選一間能眺望月亮的高層房間。「這是最重要的條件。能看得見漂亮的月亮。」青豆說。

負責的小姐對突然來訪的年輕情侶很親切。飯店那一夜碰巧很空，而且她對兩個人一眼就自然產生好感也有關係。她讓服務生先去房間實際看看，確定從窗戶看得見漂亮的月亮之後，把精選套房的鑰匙交給青豆。並適用特別優待的房價。

「今天是滿月或什麼嗎？」櫃台的小姐深感興趣地問青豆。她到目前為止，聽過客人提出各種要求、希望和懇求。但還沒遇過認眞要求房間要從窗戶可以看見漂亮月亮的客人。

「不。」青豆說。「滿月已經過了。今天是三分之二左右大的，不過這樣就好。只要看得見月亮。」

「您喜歡看月亮嗎？」

「那是很重要的事。」青豆微笑地說。「非常重要。」

黎明臨近了，月亮的數目並沒有增加。只有一個，那看慣了的平常的月亮。從誰也想不起的上古開始，就在地球周圍以同樣速度忠實地持續旋轉的獨一無二的衛星。青豆一面眺望著月亮一面用手輕輕撫摸著下腹部，再度確認那裡有小東西在裡面。感覺似乎比剛才又膨脹了一些。

還沒弄清楚，這裡是什麼樣的世界。但不管是如何成立的世界，我可能都會留在這裡。青豆想。我們可能會留在這裡。這個世界可能有這個世界的威脅，可能也潛藏著危險。而且也可能充滿了屬於這個世界的許多謎和矛盾。往後我們可能不得不穿過許多未知的黑暗道路。但就算這樣也好。沒關係。我樂於接受。我再也不要從這裡去什麼地方了。不管發生什麼事，我們都要留在這只有一個月亮的世界。天吾和我和這個小東西三個人。

讓老虎為您的車加油，Esso的老虎說。他左邊的側面朝向這邊。不過不管哪一邊都沒關係。那大大的微笑非常自然而溫柔，而且筆直朝著青豆。現在就相信那微笑吧。那很重要。她也同樣地微笑。非常自然，非常溫柔。

她向空中輕輕伸出手。天吾接住那手。兩個人並肩站在那裡，彼此一邊合爲一體，一邊無言地凝視著浮在極近大樓上方的月亮。直到月亮被剛剛初昇的朝陽照射下，急速失去夜晚的深濃光輝，變成只是掛在天邊的灰白切片爲止。

（BOOK3終）

藍小說叢書⑨⑤④
1Q84 Book 3
作　者—村上春樹
譯　者—賴明珠
主　編—嘉世強
責任編輯—邱淑鈴
校　對—王俞惠、邱淑鈴、賴明珠
美術設計—鄭宇斌
企　劃—黃千芳
董事長
發行人—孫思照
總經理—莫昭平
總編輯—林馨琴
出版者—時報文化出版企業股份有限公司
10803台北市和平西路三段二四〇號三樓
發行專線—（〇二）二三〇六—六八四二
讀者服務專線—〇八〇〇—二三一—七〇五
（〇二）二三〇四—七一〇三
讀者服務傳真—（〇二）二三〇四—六八五八
郵撥—一九三四四七二四時報文化出版公司
信箱—台北郵政七九～九九信箱
時報悅讀網—http://www.readingtimes.com.tw
電子郵件信箱—liter@readingtimes.com.tw
法律顧問—理律法律事務所　陳長文律師、李念祖律師
印　刷—盈昌印刷有限公司
初版一刷—二〇一〇年九月二十七日
平裝本定價—三八〇元
精裝本定價—四五〇元
⊙行政院新聞局局版北市業字第八〇號

國家圖書館出版品預行編目資料

1Q84 / 村上春樹著；賴明珠譯. -- 初版. -- 臺北市：時報文化，
2009.11
冊；　公分. --（藍小說；952-）
譯自：1Q84
ISBN 978-957-13-5100-1（全套：平裝）. --
ISBN 978-957-13-5101-8（第1冊：平裝）. --
ISBN 978-957-13-5102-5（第2冊：平裝）. --
ISBN 978-957-13-5103-2（全套：精裝）. --
ISBN 978-957-13-5104-9（第1冊：精裝）. --
ISBN 978-957-13-5105-6（第2冊：精裝）. --
ISBN 978-957-13-5249-7（第3冊：平裝）. --
ISBN 978-957-13-5250-3（第3冊：精裝）. --

861.57　　98016410

1Q84 Book 3
by Haruki Murakami

Originally published in Japan by SHINCHOSHA Publishing Co., Ltd., Tokyo.
Chinese (in complex character only) translation rights arranged with
Haruki Murakami, Japan
through THE SAKAI AGENCY and BARDON-CHINESE MEDIA AGENCY.

ISBN 978-957-13-5249-7（平裝）
ISBN 978-957-13-5250-3（精裝）
Printed in Taiwan